HEYNE
BÜCHER

SCIENCE FICTION

Herausgegeben
von Wolfgang Jeschke

Von **Timothy Zahn** erschien in der Reihe
HEYNE SCIENCE FICTION & FANTASY:

DER BLACKCOLLAR-ZYKLUS:
Die Blackcollar-Elite · 0604586
Die Backlash-Mission · 0604587

Astra · 0604645
Totmannschaltung · 060473
Kriegspferd · 0604941
Zeitbombe · 0605084

DER COBRA-ZYKLUS:
Cobra · (in Vorb.)
Cobra schlägt zu · (in Vorb.)
Ein Handel mit Cobra · (in Vorb.)

TIMOTHY ZAHN

ZEITBOMBE

Erzählungen

Aus dem Amerikanischen übersetzt
von
HILDE LINNERT

Deutsche Erstausgabe

WILHELM HEYNE VERLAG
MÜNCHEN

HEYNE SCIENCE FICTION & FANTASY
Band 0605084

Titel der amerikanischen Originalausgabe
TIMEBOMB
Deutsch von Hilde Linnert
Das Umschlagbild malte Ralph Voltz

Redaktion: Wolfgang Jeschke

Erstausgabe by Baen Publishing Enterprises, New York

Printed in Germany 1994
Umschlaggestaltung: Atelier Ingrid Schütz, München
Technische Betreuung: Manfred Spinola
Satz: Schaber, Satz- und Datentechnik, Wels
Druck und Bindung: Elsnerdruck, Berlin

ISBN 3-453-07270-7

INHALT

ERNIE

Ich sah Ernie Lambert zum erstenmal an dem schwülen Augusttag, an dem er in meinem winzigen Büro im Sportclub auftauchte und mich fragte, ob er Mitglied meiner Boxmannschaft werden könne.

»Klar«, meinte ich. »Es ist eigentlich keine Mannschaft, sondern nur ein Haufen junger Leute, die gern boxen. Hast du es schon einmal versucht?«

Er nickte. »Ja, Sir. Bevor wir hierher übersiedelt sind, habe ich in St. Louis sehr oft geboxt.« Er sprach sorgfältig, als wäre er ein Kind, das den Ghettoakzent ablegen will. »Ich habe gehofft, daß Sie mir während der nächsten Monate genug beibringen können, damit ich am Turnier um die Goldenen Handschuhe teilnehmen kann.«

»Wir werden sehen, was wir tun können. Ich muß dir aber sagen, daß ich kein richtiger Boxtrainer bin. Ich unterrichte an der High School Turnen und habe seit dem College keinen Wettkampf mehr ausgetragen.«

»Das ist okay. Mein letzter Trainer war ebenfalls kein Profi.«

»Schön. Ich wollte nur, daß du es weißt.« Ich warf einen Blick auf die Uhr und fuhr fort: »Einige der Jungen werden bald zum Sparring kommen. Wenn du mitmachen willst, bist du willkommen.«

»Ja, Sir, danke.«

Allmählich trudelten weitere acht Jungen ein. Ich schlug ihnen vor, ihre Aufwärmübungen allein zu machen; erstens ist das für mich einfacher, zweitens wollte ich Ernie beobachten. Er hatte zweifellos gute Trainer gehabt. Er kannte alle Standard-Übungen und außerdem zwei, die ich noch nie gesehen hatte, die ich aber bei näherer Überlegung für vernünftig hielt. Er war offensichtlich auch gut in Form, und ich hatte den Eindruck, daß er es nicht erwarten konnte, im Ring zu stehen. Das machte mir ein bißchen Sorgen. Nicht deshalb, weil er schwarz war; drei meiner zwölf Boxer waren Schwarze und das hatte nie zu Problemen geführt. Aber Ernie war heute der kleinste unter den Anwesenden und um fünf bis fünfundzwanzig Kilo leichter als die anderen, und ich wollte nicht, daß er am ersten Tag überfahren wurde. Ich hoffte, daß er das einsehen und so vernünftig sein würde, auf den Ring zu verzichten.

Ernie bemerkte es entweder nicht, was schlecht ist, oder es war ihm gleichgültig, was noch schlechter ist, denn als Ray und Hal mit ihrem Sparring fertig waren, bat er um eine Runde im Ring. Ich hätte am liebsten nein gesagt, aber ich hatte es ihm sozusagen schon versprochen und konnte es nicht mehr rückgängig machen. Der einzige Junge, der in der Größe halbwegs zu ihm paßte, war Chuck, der noch immer um fünf Kilogramm schwerer und etliche Zentimeter größer war. Aber da war nichts zu machen, also setzten die beiden den Kopfschutz auf, zogen die übergroßen Übungshandschuhe an und stiegen zusammen in den Ring. Ich hielt den Atem an und läutete die Glocke.

Ernie erledigte ihn. Ich meine, gänzlich.

Es war der seltsamste Kampf, den ich je gesehen hatte. Ernie wirkte nicht besonders schnell, aber während jedes Schlags kam dieser merkwürdige kleine Ruck, und plötzlich war die Faust hinter Chucks Deckung und prallte von seinem Kopf ab. Von fünf Schlägen landeten mindestens drei, was für jemand so guten wie Chuck lächerlich war. Dazu kam, daß Chucks Schläge ausschließlich danebengingen, denn Ernies Ruck brachte nicht nur seine Faust nach vorn, sondern auch seinen Kopf nach hinten.

Chuck wurde im Lauf der zweiten Runde allmählich klar, was los war, und er legte alles hinein, was er hatte, so daß ich den Kampf abbrechen mußte. Aber ich hatte genug gesehen. Ich hatte mit Ernie einen echten Anwärter auf die Goldenen Handschuhe vor mir.

Es dauerte eine Weile, bis die übrigen es begriffen, und danach noch eine Weile, bis sie erfaßten, was es für das Prestige der Stadt bedeuten würde, aber irgendwann kapierten sie es und von da an gehörte Ernie zur Gang. Am Ende des Trainings verkündete Chuck, daß alle zusammengelegt hatten, um Ernie auf einen Drink im Drugstore einzuladen, und sie marschierten gemeinsam davon. Ich ging nach Hause und erschreckte meine Frau mit der Mitteilung, daß wir zum Dinner ausgingen.

Die nächsten Wochen vergingen schnell, was erstaunlich ist, wenn ich bedenke, wieviel Arbeit ich während dieser Zeit leistete. Bis auf die zwei Wochen zwischen der Sommerschule und dem Herbstsemester nahmen die Turnstunden in der High School einen großen Teil meiner Zeit in Anspruch. Ernie hatte ebenfalls sehr viel zu lernen, so daß wir nicht so häufig trainierten wie vorher. Aber jede Minute, in der ich Ernie und zumindest einen weiteren Jungen in den Ring bringen konnte, verbrachte ich im Club. Eine Zeitlang befürchtete ich, daß ich durch die Arbeit mit Ernie die übrigen Jungs vernachlässigte, aber Ray erklärte mir, daß ich ihnen jetzt, wo ich in Schwung war, beim Training mehr beibrachte als je zuvor. Seit dem Tag in meiner Collegezeit, an dem ich mir das Handgelenk brach und aus der Boxmannschaft ausscheiden mußte, hatte ich mir gewünscht, einmal mit jemandem zu arbeiten, der das Zeug zu einem Champion hatte. Wahrscheinlich war meine Begeisterung außer Kontrolle geraten.

Und allmählich lernte ich Ernie kennen.

Er war das letzte von fünf Kindern und war im Ghetto von St. Louis aufgewachsen. Sein Vater verdiente nicht sehr viel, aber Mister Lambert hatte offensichtlich einen Großteil seiner Zeit dazu verwendet, seine Kinder zu erziehen, denn Ernie war wesentlich besser angepaßt als eine Menge reicher Jugendlicher, die ich kenne. Er war in bezug auf Größe und Körperbau normaler Durchschnitt, wirkte irgendwie unscheinbar und trug die Haare kurz geschnitten statt in einem Afro-Look. Er sprach leise und höflich, und obwohl ich ihm endlich abgewöhnte, mich ›Sir‹ zu nennen, sagte er nie ›Ron‹ zu mir, wie es einige der anderen taten. Für ihn war ich immer ›Boss‹ oder ›Boss Morrissey‹.

Außerdem hatte er Grips, vor allem in Mathematik und Wirtschaftskunde. Seine Lehrer sagten mir, daß er in diesen Fächern lauter Sehr gut bekommen würde, wenn er nicht dauernd im Club steckte. Das beunruhigte mich ein wenig, aber schließlich war es meine Pflicht, das Talent des Jungen zu fördern. Jedenfalls redete ich mir das ein.

Etwa anderthalb Monate, nachdem Ernie in die Stadt gekommen war, ergab sich für uns ein echter Glücksfall. Eine der Banken im Ort sperrte wegen Umbaus zu, und ich überredete sie dazu, mir für einige Tage eine ihrer Videokameras zu leihen. Ich stellte sie im Club auf und verkündete den Jungen, daß sie sich jetzt genau wie die Profis ihre eigenen Kämpfe ansehen konnten.

Alle waren begeistert. Das heißt, alle bis auf Ernie. Er war irgendwie nervös und sah immer wieder zur Kamera, während die anderen sparrten. Und als er in den Ring kam, wurde er zum erstenmal, seit ich ihn kannte, zusammengeschlagen. Sein Timing versagte vollkommen und der blitzschnelle *Ruck* war weg. Ich mußte den Kampf nach zwei Runden abbrechen. Ernie wollte nichts dazu sagen, außer, daß ihn die Kamera wahrscheinlich nervös gemacht hatte.

Nach vier Tagen bekam die Bank die Kamera zurück und Ernie wurde im Ring wieder zu Dynamit. Aber es machte mich verdammt wütend. Ernie war gut, klar, aber er war noch nicht perfekt, und ich wußte einfach, daß es ihm helfen würde, wenn er sich im Film in Aktion sah. *Wirklich* in Aktion, nicht die miese Show, die er vor der Kamera abgezogen hatte.

Es machte mich schließlich so wütend, daß ich etwas unternahm. Die Videokamera befand sich wieder in der Bank, aber ich besaß eine alte Schmalfilmkamera. Ich nahm sie in den Club mit und brachte sie so an, daß man sie vom Ring aus weder sah noch hörte. Wenn Ernie nichts davon wußte, konnte er nicht nervös werden.

Tatsächlich war Ernie am nächsten Tag im Ring genauso gut wie immer. Sobald alle fort waren, nahm ich den Film heraus und rannte damit nach Hause. Ich schlang das Abendessen hinunter – Diane beschwerte sich darüber –, ging in den Keller und entwickelte den Film.

Er war sehr gut geworden. Die Kamera war dem Ring so nahe gewesen, daß die Boxer manchmal aus ihrer Reichweite gerieten, aber es gab auch einige sehr deutliche Sequenzen. Ernies blitzschneller Schlag war bestens zu sehen, genau wie einige Male sein schnelles Wegtauchen und seine Seitschritte. Mein Projektor war ein teures Modell, ein Geschenk der Schwiegereltern, und hatte drei Geschwindigkeiten und sogar einen Einzelbildbetrachter. Nachdem ich alles, was Ernie konnte, ein paarmal gesehen hatte, ließ ich den Film zurücklaufen und sah mir dann einen seiner blitzschnellen Schläge in Zeitlupe an.

Es sah nicht viel anders aus. Der komische kleine *Ruck* mitten im Schlag war noch immer da und genauso unmöglich zu beobachten wie bei normaler Geschwindigkeit. Auch die langsamste Zeitlupe nützte nichts.

Das war seltsam.

Jetzt war ich neugierig geworden. Ich spulte die Rolle händisch ab und hielt den Film vor dem Ruck an. Ich prägte mir genau ein, wo sich Ernies Faust im Verhältnis zum Hintergrund befand und bewegte dann den Film um ein Bild weiter.

Die Faust hatte sich zweifellos bewegt. Aber das tat sie auf jedem Bild. Natürlich. Was für einen Ruck sah ich dann? Ich zerbrach mir einige Minuten lang den Kopf über die beiden Bilder, dann hatte ich's.

Ernies ganzer Körper hatte sich ein wenig nach vorn bewegt. Sein *ganzer* Körper, sogar seine Füße, die so aussahen, als stünden sie fest auf dem Boden.

Das kam mir etwas merkwürdig vor, weil man sich nur nach vorn bewegen kann, wenn die Füße auf dem Boden bleiben und man sich mit ihnen abstößt. Anscheinend übersah ich etwas, also sah ich mir alle Bilder an, auf denen Ernie wegduckte oder einen Schlag anbrachte. Auf allen war es dasselbe. Auf dem einen Bild war er *hier* und auf dem nächsten *dort*. Nicht weit, zwei bis drei Zentimeter oder weniger, aber wenn man darauf achtete, sah man es.

Ich zerbrach mir den Rest des Abends den Kopf darüber, fand aber keine zufriedenstellende Antwort. Vielleicht konnte Ernie sie mir geben.

»Weshalb wollten Sie mit mir sprechen, Boss?«

»Setz dich, Ernie. Sind die anderen fort?«

Er nickte. Infolge des Konditionstrainings, das ich mit ihnen gemacht hatte, lief ihm noch der Schweiß über das Gesicht. Er zog den einzigen Gästestuhl im Büro zu meinem Schreibtisch und ließ sich in ihn fallen.

»Ich muß dir etwas gestehen, Ernie«, begann ich. »Weißt du noch, daß du die Videokamera nicht mochtest, die wir vor zwei Wochen verwendeten? Ich nahm damals an, daß du einfach Lampenfieber hast. Deshalb habe ich gestern meine Schmalfilmkamera hier aufgestellt, ohne jemandem etwas davon zu sagen, und habe dich gefilmt, während du mit Jess gesparrt hast.«

Ernie hatte aufgehört zu atmen. Nach einer Weile fiel es ihm offenbar auf, denn er holte vorsichtig Luft. Sein Gesicht – na ja, *erschrocken* paßt nicht richtig. Vielleicht war es *mißtrauisch.*

Ich fuhr fort. »Etwas auf dem Film stört mich. Der kleine, blitzschnelle *Ruck* bei deinen Schlägen sieht irgendwie merkwürdig aus. Vielleicht kannst du es mir erklären.«

»Mensch, Boss, ich hau hin un' mein Körper mach'n Rest.« Er schien zu merken, daß er in Slang verfiel, und unterbrach sich kurz. »Ich denke nicht darüber nach, was ich tue«, schloß er.

Ich schüttelte den Kopf. »Tut mir leid, Ernie, aber das nehme ich dir nicht ab. Was immer du tust, du weißt darüber Bescheid, sonst hättest du nicht damit aufgehört, als die andere Kamera auf dich gerichtet war.«

Er sah aus wie ein in die Enge getriebenes Tier. »Sie würden es nicht verstehen«, murmelte er. »Sie würden – sie würden mich für ein Monster halten.«

»Versuch es. Hör mal, wenn ich dich richtig trainieren soll, muß ich alles über dich wissen. Wenn du willst, gebe ich dir mein Wort darauf, daß ich es niemandem erzählen werde.«

Er schwieg lange und blickte auf seine Hände hinunter, die er im Schoß gefaltet hatte. »Also gut«, gab er schließlich nach. »Haben Sie jemals von Teleportation gehört?« Als ich den Kopf schüttelte, fuhr er fort. »Man liest manchmal in den Science Fiction-Büchern darüber. Das ist, wenn man in überhaupt keiner Zeit von einem Ort zum anderen gelangen kann.«

»In diesen Büchern steht lauter verrücktes Zeug. Und?«

»Genau das tue ich. Ich kann mich um zwei Zentimeter teleportieren, und das tue ich, wenn ich schlage oder wegducke. Es genügt meist, um das Timing des anderen durcheinanderzubringen.«

Ich rührte mich nicht, sondern fragte mich nur, ob er mich auf den Arm nahm. Er las es mir anscheinend vom Gesicht ab, denn seine Augen wurden wieder argwöhnisch. »Sie glauben mir nicht«, murmelte er.

»Wie wäre es, wenn du es mir vorführst?« fragte ich.

»Wie schnell hast du gesagt, daß du… teleportieren kannst?«

»Ich kann mich jedesmal um zwei Zentimeter bewegen, aber wenn es notwendig ist, kann ich es fünf- oder sechsmal pro Sekunde tun.« Er stand auf, schob den Stuhl an die Wand und sah mich an. »In welche Richtung soll ich mich bewegen? Nach vorn, zurück oder seitlich?«

Ich stand ebenfalls auf, damit ich seine Füße beobachten konnte. »Wie wär's, wenn du sechzig Zentimeter nach links und dann dreißig Zentimeter zurückgehst? Mehr geht nicht, denn dann würdest du durch die Wand gehen.«

»Das kann ich nicht. Wenn mir etwas Festes im Weg steht, kann ich mich nicht in diese Richtung teleportieren. Ich kann auch nicht hochsteigen, und wenn ich hinuntergehe, heizt es mir richtig ein.« Er holte tief Luft. »Ich fange an.«

Es war das Verdammteste, das ich je gesehen hatte. Sie kennen die Zeichentrickfilme im Fernsehen, bei denen man etwas fotografiert, ein bißchen verschiebt und es wieder fotografiert. Es war genauso wie in so einem Film. Ernie hoppelte irgendwie durch das Zimmer, ohne jemals seine Füße zu bewegen – auf die übliche Weise, meine ich. Es war wirklich unheimlich, ihm dabei zuzusehen.

Als er fertig war, zog er den Stuhl wieder zum Schreibtisch, setzte sich und sah plötzlich sehr müde aus. Ich setzte mich ebenfalls. Meine Beine fühlten sich etwas weich an. »Wie hast du das überhaupt gelernt?« fragte ich.

»Das weiß ich nicht, Boss. Irgendwann, als ich dreizehn war… *tat* ich es einfach, und von da an war es nicht schwer.«

»Du tust es also seit drei Jahren? Weiß deine Familie oder sonst jemand davon?«

»Nein. Zuerst… zuerst hatte ich einfach zuviel *Angst,*

um jemandem davon zu erzählen. Ich brauchte Monate, bis ich herausbekam, wie das überhaupt heißt, und als ich merkte, daß die Leute es für einen Schwindel hielten, beschloß ich, lieber den Mund zu halten. Ich versuchte einmal, es meinem Bruder zu erzählen, aber er wollte mir nicht zuhören. Vielleicht weiß meine Familie Bescheid, will aber einfach nicht darüber sprechen.«

Das konnte ich verstehen. »Es wundert mich, daß du das Risiko eingehst zu boxen. Das Teleportieren muß irgendwo in deinem Gehirn stecken. Du bekommst einen zu harten Schlag gegen den Kopf und verlierst es.«

»Wenn ich nicht teleportieren könnte, würde ich überhaupt nicht boxen, Boss. Ich nehme an, daß ich jetzt schon Profi werden könnte.«

Darüber erschrak ich. Ich hatte keine Ahnung gehabt, daß er den Sport so ernst nahm. »Professionelles Boxen ist nichts für dich, Ernie. Es ist eine harte Art, seinen Lebensunterhalt zu verdienen, und es gibt eine Menge Gauner, vor denen man sich in acht nehmen muß. Außerdem solltest du mit deinem Verstand und deinem ausgefallenen Talent keine Schwierigkeiten haben, im Leben weiterzukommen.«

»›Ausgefallenes Talent‹, was?« Ernie sah plötzlich verbittert aus. »Wie kann ich Ihrer Meinung nach mit meinem Teleportieren Geld verdienen?«

»Was meinst du damit?«

»Ich meine damit, daß es das unnützeste ›Talent‹ ist, das ich je gesehen habe. Ich kann damit überhaupt nichts anfangen. Nur kämpfen.«

»Na, na, komm schon. Es muß Hunderte Dinge geben...« Ich sprach den Satz nicht zu Ende, weil mir nichts Passendes einfiel. »Also hör mal, nur weil mir nicht sofort etwas einfällt, heißt das nicht, daß es nichts gibt.«

Er schüttelte den Kopf. »Ich habe drei Jahre lang darüber nachgedacht, Boss. Es ist wirklich nutzlos.«

»Schön, nehmen wir an, daß das stimmt. Das ist noch

immer kein Grund dafür, daß du deinen Lebensunterhalt durch Boxen verdienen mußt. Ich weiß, daß du in Mathe und Wirtschaftskunde gut bist. Buchhaltung wäre für jemanden wie dich ein guter Job. Wird auch gut bezahlt.«

»Nein.« Ernie richtete sich noch gerader auf. Seine Augen glitzerten. »Ich will kein – kein Rädchen in einer großen Firma sein. Ich will jemand *sein.*« Er beugte sich halb herausfordernd, halb bittend über den Tisch; seine übliche Zurückhaltung war verschwunden. »Ich war mein Leben lang niemand, Boss. Ich bin herumgeschubst, abschätzig gemustert und wie Müll behandelt worden; ich habe genug davon. Ich werde mir einen Namen machen. Die Menschen werden mich mit ›Sir‹ und nicht mehr mit ›Boy‹ anreden, und sie werden mich respektvoll behandeln. Ich werde jemand *sein.*«

Er schrie beinahe, und das wurde ihm anscheinend bewußt, denn er verstummte und lehnte sich zurück.

»Die einzige Art Achtung, auf die man Wert legen sollte, ist die, die man sich verdienen muß«, sagte ich. »Und wenn du *jemand* sein willst, zählt nicht der Name, sondern der Mann dahinter. Es gibt am Fließband eine Menge Männer, die bessere Menschen sind als jeder Boxer, der jemals gelebt hat.«

Ernie schüttelte langsam den Kopf. »Sie verstehen mich nicht, Boss. Aber ich werde auf jeden Fall Profi. Wenn Sie mir dabei nicht helfen wollen, dann … dann muß ich es allein schaffen.«

Ich überlegte eine Minute lang angestrengt. »Wenn es dir soviel bedeutet, dann werde ich weiter mit dir arbeiten. Aber du mußt für andere Möglichkeiten offen sein.«

Er zögerte und nickte dann. »Okay. Und … bitte erzählen Sie niemandem von meinem Teleportieren, ja?«

»Das verspreche ich dir. Bis morgen?«

»Klar. Gute Nacht, Boss. Und danke, daß Sie mir zugehört haben.«

Ich dachte auf der Heimfahrt und beinahe den ganzen Abend darüber nach. Ernie hatte recht: Mir fiel kein einziger Job ein, in dem es sich lohnte, etwas zwei Zentimeter zu teleportieren. Es war langsamer als Gehen, man konnte damit nicht durch Wände hindurch oder irgendwo arbeiten, wo es gefährlich war. Ich wußte nicht, wieviel er mitnehmen konnte, wenn er teleportierte – er erzählte mir später, daß er beinahe alles bewegen konnte, er mußte es nur berühren – aber das brachte mich nicht weiter. Es geht schneller, wenn man eine Tonne Stahl oder was immer hochwindet und auf Rädern transportiert, statt es herumzuteleportieren. Vor allem, da er nichts hochteleportieren konnte.

Ich schlief erst nach zwei Uhr ein, und als ich am nächsten Morgen aufwachte, hatte ich fast einen Katzenjammer, so müde war ich. Diane erzählte mir, daß ich die ganze Nacht im Schlaf gemurmelt und mich so wild herumgewälzt hatte, daß ich sie beinahe aus dem Bett stieß. Sie wollte wissen, was los war, aber das konnte ich ihr natürlich nicht sagen. Das gefiel ihr nicht besonders.

An den Rest des Tages erinnere ich mich nur verschwommen, aber irgendwie brachte ich den Unterricht hinter mich. Ich wurde sogar soweit wach, daß ich über eine Stunde mit Ernie und den übrigen im Club trainierte.

Seit ich wußte, wie wichtig es für Ernie war, Profi zu werden, bemerkte ich auch die ruhige Entschlossenheit, mit der er in den Ring stieg. Dieser Mut machte sich bald bezahlt, weil er immer mehr zu einem wirklich erstklassigen Boxer wurde. Seine Schnelligkeit und Stärke nahmen zu, und seine Reflexe wurden so gut, daß er beinahe überhaupt nicht mehr teleportieren mußte. Das war in Ordnung, denn die anderen lernten, auf seine blitzschnellen Schläge zu reagieren, auch wenn sie nicht wußten, wie er es machte. Seit Ernie nicht mehr teleportieren mußte, wurde sein Stil noch tödlicher, weil man nie wußte, wann dieser Ruck erfolgen würde. Das Timing der anderen kam da nicht mit.

Auch die anderen wurden besser, was mich nicht überraschte, denn wenn sie mit Ernie fertigwurden, dann wurden sie mit jedem fertig. Einer von ihnen war schon so gut, daß er am Turnier um die Goldenen Handschuhe teilnahm und gut abschnitt, und die übrigen waren nicht weit zurück. Als ihr Trainer hätte ich glücklich sein müssen. Aber ich war es nicht.

Das Gespräch, das ich vor Wochen mit Ernie geführt hatte, ließ mir noch immer keine Ruhe. Je besser ich den Jungen kannte, desto mehr mochte ich ihn, und desto weniger gefiel mir seine Idee, Profi zu werden. Natürlich war er gut, aber mit fünfundsechzig Kilogramm war er nur ein Leichtgewicht und würde nie mehr als ein Mittelgewicht werden, es sei denn, er schoß in den nächsten Jahren in die Höhe. Ein guter Mittelgewichtler konnte Geld machen, klar, aber so berühmt, wie Ernie es unbedingt werden wollte, wurden nur die Schwergewichtler. Es war viel wahrscheinlicher, daß er nicht berühmt, sondern enttäuscht sein würde. Und ich wollte nicht, daß er das durchmachte. Er war zu klug, zu höflich – verdammt, dafür war er einfach zu nett.

Außerdem plagte mich mein Gewissen immer mehr, je besser Ernie wurde. Nämlich: War es fair, Ernie auf Boxer loszulassen, die nicht wußten, wogegen sie antraten? Nur weil die offiziellen Regeln das Teleportieren nicht verboten – kein Wunder –, hieß das nicht, daß es moralisch war. Es gab Ernie einen unfairen Vorteil, weil ein Boxer Ernies blitzschnellen Schlag einen Monat lang als Zuschauer beobachten konnte, ohne daß er herausbekam, wie er ihn abblocken mußte. Dazu mußte man mit ihm in den Ring steigen, und da war es zu spät. Hatte ich dem Rest der Boxwelt gegenüber eine Pflicht zu erfüllen?

Was mich dabei wirklich wahnsinnig machte, war die

Tatsache, daß es einen Ausweg aus diesem Schlamassel gab. Ich mußte nur etwas finden, bei dem Ernie sein Teleportier-Talent erfolgreich einsetzen konnte und allgemein geachtet wurde. Das war alles. Aber mir fiel nichts ein. In der Industrie war es unbrauchbar, und bei den Profi-Jobs war es noch schlimmer. Ich versuchte, einen anderen Sport für Ernie zu finden, aber er war für Fußball oder Basketball zu klein, und auch im Baseball gab es nichts, bei dem Teleportieren nützen konnte. Vielleicht sollten ihn einige Wissenschaftler studieren, damit sie herausbekamen, wie er teleportierte, aber damit wäre Ernie auf keinen Fall einverstanden gewesen.

Ich gab schließlich auf. Ernie war um mindestens zwanzig IQ-Punkte besser als ich, und wenn es ihm im Lauf von drei Jahren nicht gelungen war, mit seinem Teleportier-Trick etwas anderes anzufangen, vergeudete ich vermutlich meine Zeit.

Etwas mußte geschehen. So gern ich es gesehen hätte, daß einer meiner Schüler ein echter Champion wurde – ich konnte Ernie nicht weiter trainieren, wenn ich fand, daß es nicht gut für ihn war. Es war ihm gegenüber nicht fair, und für meinen Magen war es auch nicht gut. Ich beschloß, sobald wie möglich wieder ein ausführliches Gespräch mit ihm zu führen.

Ein paar Tage später ergab sich die Gelegenheit. Als ich von der Schule wegfuhr, um einige Besorgungen zu machen, sah ich Ernie, der die Straße entlangging. Ich fuhr an den Randstein und fragte: »Wohin bist du unterwegs, Ernie?«

»Zum Fluß hinunter, Boss. Ich bin dort mit Jenny verabredet.«

Jenny Cooper war seine neueste Freundin. Sie war nett, nur machte sie sich nicht viel aus Boxen. »Ich bin in die Richtung unterwegs«, sagte ich. »Willst du mitkommen?«

»Klar, danke.«

Er stieg ein und wir fuhren weiter. »Was wollt ihr dort unten unternehmen?« fragte ich.

Er lächelte. »Sie sagt, daß ein Herbsttag wie der heutige zu schön ist, um vergeudet zu werden, also werden wir unter dem Kliff ein Picknick abhalten.«

»Gute Idee«, stimmte ich zu. »Hätte mir auch einfallen können.«

»Ich wollte heute nachmittag in den Club kommen«, fuhr er fort. »Aber ich nehme an, daß ich einmal beim Konditionstraining fehlen kann, ohne daß ich deshalb zu weich werde.«

Ich räusperte mich. »Eigentlich wollte ich mit dir darüber sprechen, Ernie.«

Ich brauchte den größten Teil der Acht-Kilometer-Fahrt, um ihm den Widerspruch zwischen seinen Wünschen und dem, was ich für ihn für gut hielt, auseinanderzusetzen. Er wartete schweigend, bis ich fertig war.

»Soll das heißen, daß Sie mich nicht mehr trainieren wollen, Boss Morrissey?« fragte er.

»Wenn du wirklich entschlossen bist, ein Profi-Boxer zu werden, dann wird dich mein Training weder fördern noch dich behindern«, meinte ich. »Ich werde dir soweit helfen, Ernie, wie es mir möglich ist, weil alles andere dir gegenüber unfair wäre. Aber ich mußte dir das alles sagen, damit du verstehst, warum ich nicht so Feuer und Flamme bin wie vor zwei Monaten. Außerdem wollte ich zum letzten Mal versuchen, dir die Profilaufbahn auszureden.«

»Ist Ihnen etwas anderes eingefallen, das ich mit dem Teleportieren anfangen könnte?«

Es tat weh, es auszusprechen. »Nein.«

»Dann bleibt mir keine andere Wahl. Ich werde *jemand* sein, auch wenn ich den Rest meines Lebens dazu brauche.« Er zögerte. »Aber wenn es Ihnen solche Sorgen macht, dann könnte ich allein weitermachen. Sie haben mich eine Menge gelehrt, Boss, und das werde ich nie vergessen. Vielleicht könnte ich allein trainieren und mit einigen der Jungen im Club oder in der Schule sparren. Es hat keinen Sinn, wenn sie sich deshalb ein Magengeschwür einhandeln!«

Wir hatten das Textilgeschäft erreicht, zu dem ich unterwegs war; es lag mit einigen anderen kleinen Geschäften genau auf der Spitze des zum Fluß abfallenden Hügels. »Soll ich dich noch hinunterfahren?« fragte ich.

Er schüttelte den Kopf und zeigte den Hügel hinunter. »Ich treffe Jenny genau unter dem Kliff.«

Wir stiegen aus und blieben vor meiner Tür stehen. Ein Wagen fuhr an uns vorbei und parkte fünfzig Meter weiter unten direkt vor Toms Metzgerladen. Wahrscheinlich Urlauber aus einem des Häuschen unten an der Straße, dachte ich, als ich den Haken für den Wohnanhänger und die extragroßen Rückspiegel bemerkte. Ein Mann und eine Frau stiegen aus und gingen in den Laden; ein ein- bis zweijähriger Junge blieb auf dem Vordersitz zurück. Ich hoffte, daß sie die Feststellbremse angezogen hatten; der Hügel war ziemlich steil.

»Das klingt, als wäre die ganze Stadt dort unten versammelt«, bemerkte Ernie.

»Ja«, bestätigte ich. Sogar hier oben war gedämpft das Gebrüll einer Menschenmenge zu hören. »Du kannst nur hoffen, daß Jenny einen Platz belegt hat.« Ich blickte hinunter, konnte aber natürlich von hier aus nichts sehen. Die Ingenieure hatten die Straße so angelegt, daß sie einige hundert Meter direkt bergab führte und dann eine scharfe Kurve nach links beschrieb. Dadurch sollte das Gefälle entschärft werden, denn sofort nach der Biegung wurde der Hügel bis zum Flußufer hinunter immer steiler: Das ›Kliff‹, das Ernie erwähnt hatte. Es handelte sich eigentlich um kein richtiges Kliff, aber auf hundert Kilometer gab es nichts Besseres, und alle nannten es so. Wegen des Hangs sah man von hier aus das Flußufer nicht.

»Wir sehen einander bestimmt wieder, Boss«, meinte Ernie nach einer unbehaglichen Stille.

»Überleg es dir«, drängte ich. »Du mußt auf keinen Fall meinetwegen aus dem Team ausscheiden.«

»Das ist schon in Ordnung. Ich ...«

Er brach plötzlich ab, packte mich am Arm und starrte mit weit aufgerissenen Augen auf die Straße. Ich drehte mich um.

Der Wagen mit den großen Rückspiegeln rollte den Hügel hinunter. Er wurde bereits schneller.

Vielleicht sah Ernie den Jungen im Wagen. Vielleicht hatte er die Menge unten am Kliff gehört oder vielleicht dachte er an Jenny. Wahrscheinlich war es alles zusammen. Bevor ich den Schock überwunden hatte, durch den ich auf dem Asphalt festklebte, war Ernie unterwegs wie eine Rakete, rannte dem Wagen nach und setzte dabei seine gesamte Schnelligkeit ein.

Nicht nur die gesamte Schnelligkeit. Er teleportierte sich auch beinahe unsichtbar, und gewann alle zwei Sekunden dreißig Zentimeter dazu. Es war nicht viel, aber vielleicht ausschlaggebend.

Aus dem Augenwinkel sah ich, wie die Autobesitzer aus dem Laden kamen. Ihr Schrei und sein Fluch, als sie begriffen, was geschehen war, setzten meine Füße endlich in Bewegung, und wir drei liefen den Hügel hinunter. Ich weiß nicht, was sie dachten, aber ich wußte, daß wir nicht die geringste Chance hatten, den Wagen einzuholen. Ich wußte allerdings, daß ich plötzlich Angst um Ernie hatte.

Er erreichte nach einigen Sekunden den Wagen und vergeudete keine Zeit damit, die Tür zu öffnen, sondern legte eine Hand auf den Dachrand und die zweite auf den Rückspiegel und schwang sich auf die Rückspiegel-Stützen. Er verkrümmte sich zu einer verrückten Fötus-Stellung, hakte die Füße um die Spiegelstützen, griff durch das offene Fenster und packte das Lenkrad.

Ich wollte fluchen, brauchte aber meinen gesamten

Atem für das Laufen. Der Wagen begann, die Richtung zu ändern, aber nur langsam, und er war dem Rand des Kliffs schon gefährlich nahe. Ich hielt es für unmöglich, daß Ernie ihn rechtzeitig in die neue Richtung bringen konnte, und wenn er das nicht erreichte, würde er mitsamt dem Wagen durch die Leitplanke krachen. Und wenn er absprang, brachte er sich garantiert um. Mir kam ein entsetzlicher Gedanke: Ernie hätte nie etwas so Selbstmörderisches getan, wenn ihn unser Gespräch nicht deprimiert hätte. Ich verfluchte mich wortlos und versuchte, schneller zu laufen.

Der Wagen befand sich jetzt in der Kurve, aber Ernie hatte die Vorderräder schon beinahe weit genug eingeschlagen. Eine Sekunde lang glaubte ich, daß er es schaffen würde. Dann prallte der Wagen gegen die Leitschiene.

Die Frau hinter mir keuchte. Ernies Beine zappelten ein bißchen, als ihn der Ruck beinahe hinunterwarf, aber er ließ nicht los. Der Wagen war offenbar von der Leitschiene abgeprallt, denn er war noch immer auf der Straße, und prallte noch zwei Mal von ihr ab. Dann befand er sich unglaublicherweise wieder auf dem Asphalt. Doch die Vorderräder waren noch eingeschlagen, und als die Straße in die Gerade überging, behielt der Wagen seine Richtung bei. Er überquerte beide Fahrbahnen und schlitterte in den Graben am Berghang. Hier blieb er endlich stehen und warf Ernie ab.

Ich warf nicht einmal einen Blick in den Wagen, um zu sehen, ob dem Jungen nichts geschehen war, sondern lief direkt zu Ernie. Er wandte mir das schweißnasse Gesicht zu und lächelte schwach. Dann wurde er ohnmächtig.

Das Krankenhaus stellte bei Ernie nur Quetschungen fest, aber er war so erschöpft, daß sie darauf bestanden, ihn über Nacht dazubehalten. Ich war zehn Minuten nach Beginn der Besuchszeit in seinem Zimmer. Jenny

Cooper saß bereits an seinem Bett, hielt seine Hand und sprach leise mit ihm. »Boss Morrissey!« sagte er, als er mich in der Tür erblickte. »Kommen Sie herein.«

»Wie geht es dir?« fragte ich, während ich einen Stuhl an das Bett zog.

»Großartig, nur ein bißchen müde.«

»Das kann ich mir vorstellen«, meinte ich, als ich an das Teleportieren dachte, das er hinter sich hatte. »Vermutlich wissen schon alle Leute in der Stadt, was du heute getan hast. Du bist ein echter Held.«

»Ja«, gab er zu. »Wissen Sie, Boss, eigentlich habe ich mir alles ganz anders vorgestellt.«

»Tatsächlich?« Ich glaubte, daß ich ihn verstanden hatte.

»Nein. Ich habe es mir wunderbar vorgestellt, wenn mir jeder sagt, wie großartig ich bin. Komischerweise ist es mir gar nicht mehr so wichtig. Lang bevor alle begannen, mir zu erklären, ich sei ein Held, fühlte ich mich gut, weil ich es geschafft hatte.«

»Ich habe dir vor langer Zeit gesagt, daß nicht der Name wichtig ist, sondern der Mensch, der ihn trägt. Wenn man ein gutes Gefühl von sich hat, ist es überhaupt nicht mehr wichtig, was die anderen von einem denken. Na ja, fast alle anderen«, fügte ich hinzu und lächelte Jenny an. Sie lächelte zurück.

»Ja.« Ernie schwieg einen Augenblick lang. »Wären Sie sehr wütend, Boss, wenn ich aus der Boxmannschaft ausscheide? Sie haben gehofft, daß ich im Turnier um die Goldenen Handschuhe kämpfen werde, aber – na ja, ich möchte mehr Zeit für die Schule haben. Außerdem hält Jenny das Boxen für zu gefährlich.«

»Wenn du das wirklich willst, Ernie, dann tu's. Ich hoffe nur, daß du gelegentlich vorbeikommst und Hallo sagst, wenn du kannst.«

Er grinste. »Klar, Boss.«

»Gut. Jetzt werde ich euch allein lassen.« Ich ging zur Tür, drehte mich aber noch einmal um. »Ich habe übrigens vorhin mit Chief Dobbs gesprochen. Er erzählte mir, daß der Wagen bei diesen drei Mal mit voller Wucht gegen die Leitschiene krachte. Er hält es für ein Wunder, daß ihr sie nicht durchbrochen habt und über das Kliff hinuntergestürzt seid.«

Jenny umschloß Ernies Hand fester, aber er lächelte nur. »Ich glaube an Wunder, Boss. Sie nicht?«

»Und ob.« Im Geist sah ich, wie Ernie sich an den Wagen klammerte, ihn sechs Mal pro Sekunde zwei Zentimeter weiter teleportierte und von der Leitschiene wegbrachte. Ich sah Ernie ins Gesicht und entdeckte dort endlich Frieden und Selbstachtung. Ernie Lambert war wirklich *jemand,* und zum erstenmal in seinem Leben wußte er es. »Und ob«, wiederholte ich.

Ich höre noch immer zweimal jährlich von Ernie. Er und Jenny sind verheiratet und haben zwei Kinder, und er ist amtlich zugelassener Wirtschaftsprüfer in Denver. Er boxt nicht mehr, spielt aber gelegentlich bei Amateur-Baseball-Veranstaltungen mit, und Jenny behauptet, daß er nicht schlecht ist. Er hat einen komischen kleinen *Ruck,* den er jedesmal beim Wurf einsetzt, und der die Schläger wahnsinnig macht.

Inzwischen halte ich die Augen offen. Irgendwo auf dieser Welt muß es noch jemanden geben, der wie Ernie teleportieren kann, und der Kerl könnte groß genug und gemein genug sein, um ein echter Schwergewichts-Profi zu werden.

Ich kann ja weiter hoffen.

RAISON D'ÊTRE

Etwas ist geschehen. Etwas ist anders.

Ich versuche, zu verstehen. An verschiedenen Stellen drückt etwas auf mich; anderes befindet sich in mir. Durch die dicke Wand sehe ich meine Arbeit vor mir. Alles ist wie immer.

Aber etwas *hat sich verändert. Was?*

Ich verstehe es nicht. Aber ich habe es letztes Mal auch nicht verstanden.

Letztes *Mal?*

Ja … ja, das ist schon früher geschehen. Irgendwie weiß ich, daß ich mich schon einmal so gefühlt habe … und einmal davor. Es ist merkwürdig, von etwas zu wissen, das jetzt nicht ist. Ich verstehe es nicht und es macht mir Angst. Auch Angst ist für mich neu. Was geschieht?

Plötzlich kommt der Gedanke: Es ist mir bewußt.

Ich denke lange darüber nach, verstehe jedoch nicht, wieso das anders ist. Dann kommt unerwartet eine weitere Entdeckung. In mir geschieht etwas, wodurch ein Teil des Drucks auf mich stärker wird – und plötzlich sehe ich auf ganz neue Art.

Ich bin so erschrocken, daß ich zum erstenmal aufhöre zu arbeiten. Ich weiß, daß das nicht richtig ist und versuche, wieder anzufangen, aber dieses neue Sehvermögen ist so anders, daß ich mich nicht konzentrieren kann. Schließlich gebe ich einfach auf, obwohl ich mich sehr danach sehne weiterzumachen. Ich muß dieses neue Sehvermögen verstehen.

Ich merke bald, daß es viel eingeschränkter ist als mein normales Sehvermögen. Es kann nur in eine Richtung gleichzeitig verwendet werden, und was es mir zeigt, ist nicht das, was ich normalerweise sehe. Die Dinge sind dunkel, undeutlich und flach. Manche sind nicht einmal da; obwohl ich mich anstrenge, kann ich meine Arbeit, die sich an mir vorbeibewegt, nicht sehen.

Es kommt mir falsch vor, daß ich zwei Sehvermögen habe,

wenn eines so schwach ist. Aber noch während ich darüber nachdenke, fällt mir etwas Aufregendes ein: So wie mir das normale Sehvermögen Dinge zeigt, die mir das neue nicht zeigen kann, kann mir das neue Sehvermögen Dinge zeigen, die mir das normale nicht zeigen kann. Und wenn dem so ist, kann ich sie vielleicht entdecken.

Ich beginne eifrig zu suchen, und verwende dabei beide Sehvermögen. Der Hunger in mir, zur Arbeit zurückzukehren, ist noch immer stark, aber ich versuche, mich nicht um ihn zu kümmern.

Projektleiter Ted Forester befand sich an der anderen Seite des Kontrollraums und beobachtete die Energiemonitore, als Vic O'Brian lakonisch verkündete:

»Defekt bei Nummer Siebenundzwanzig. Schlimm.«

Forester war mit vier Schritten neben ihm. Die Anzeige blinkte tatsächlich rot; die Daten erschienen bereits auf dem Bildschirm. »Verdammt«, murmelte Forester leise und überflog die Zahlen.

»Er strengt sich nicht an«, bemerkte O'Brian mit kaum verborgener Verachtung. »Das ist das vierte Mal innerhalb von drei Wochen, daß er die Norm nicht einhält.«

»Ich kann zählen«, stellte Forester kurz fest; er hatte gemerkt, daß die beiden anderen Techniker ihr Geplauder unterbrochen hatten und schweigend zuhörten. »Haben Sie es schon mit einer Spritze versucht?«

»Ich glaube nicht, daß es diesmal viel nützen wird.« O'Brian klopfte auf eine Zahl auf dem Bildschirm. »Er hat alles bekommen, was er braucht. Es ist an der Zeit, daß wir den da herausnehmen; er macht uns nur Schwierigkeiten.«

Forester beherrschte sich eisern, obwohl sein Geschwür sich vor Besorgnis zusammenkrampfte. »Gehen wir nicht gleich hoch. Versuchen wir es zuerst mit einer Spritze – doppelte Menge.«

Er wartete schweigend, während O'Brian die Einstellung änderte und den entsprechenden Knopf drückte. »Nichts«, stellte er fest.

»Geben Sie ihm eine Minute.« Forester ließ die Strahlungswerte vom Förderband neben der Nummer Siebenundzwanzig nicht aus den Augen. *Komm schon,* drängte er schweigend, und einen Augenblick lang krochen die Zahlen hinauf. Aber es hielt nicht an; die Werte glitten unerwartet ruckweise hinunter, bis nur die normale Strahlung des Nuklearabfalls angezeigt wurde.

Forester atmete halb schnaubend, halb seufzend aus. Er griff über O'Brians Schulter und rief die Biodaten von Siebenundzwanzig ab. Atmung normal; Herzschlag um zwei bis drei Impulse erhöht...

»He, der kleine Scheißer versucht, sich zu bewegen«, stellte O'Brian überrascht und empört fest.

Die Einschränkungssensoren zeigten tatsächlich leichte, stoßweise Drucke an. »Ja. Wir sollten ihn uns ansehen«, sagte Forester und riß sich zusammen, als O'Brian einen Schalter umlegte und der Betriebsfernseh-Monitor zum Leben erwachte.

Nummer Siebenundzwanzig lag festgeschnallt, an Drähte und Schläuche angeschlossen im weichen Gefängnis seines körpergerechten Raums/Wiege. Sein Gesicht mit der gespaltenen Lippe, den schrägen Augen und der sattelförmigen Nase war der Kamera zugewendet. Foresters Magen verkrampfte sich wie jedesmal, wenn er einen der neunundvierzig Löffelbieger von Projekt Wiedergewinnung betrachtete. *Warum, zum Teufel, bleibe ich bei diesem verdammten Projekt?* fragte er sich zum millionstenmal – und zum millionstenmal antwortete er sich selbst: *Weil Leute wie O'Brian die Leitung übernehmen, wenn ich es nicht tue.*

»Ich sehe nichts Auffallendes«, meinte er einen Augenblick später. »Rufen Sie lieber Kincaid an.«

»Wir könnten es zuerst mit einem Restart versuchen«, schlug der Techniker vor.

Restart – die Kurzformel dafür, daß man dem Löffelbieger den Sauerstoff eine Minute lang abschaltete, so daß er einschlief. Man hoffte, daß nach dem Einschalten des Sauerstoffs die Ursache für seine Arbeitseinstellung nicht mehr vorhanden sein würde. Eine der grausigen Beschönigungen, vor denen dieses Projekt strotzte. »Nein, wir denken zuerst nach, bevor wir weitere Knöpfe drücken. Holen Sie auch Doc Barenburg hierher.« *Falls er nüchtern ist,* dachte er; die Freizeitbeschäftigung des Arztes war allgemein bekannt.

O'Brian wandte sich ab. Forester blickte wieder zum Monitor hinüber... und plötzlich verkrampfte er sich und sog die Luft scharf ein.

»Was ist los?« O'Brian wirbelte mit dem Telefon in der Hand herum.

Forester zeigte auf den Bildschirm. »Sehen Sie doch! Seine Augen sind offen!«

O'Brians Antwort war eine erschrockene Obszönität. Er drehte sich wieder um und begann zu wählen.

Der überwältigende Drang, wieder an die Arbeit zu gehen, ist vergangen, und wenn ich mich wirklich anstrenge, bin ich wieder imstande, mich nicht um ihn zu kümmern. Es ist trotzdem unrecht – ich weiß das, obwohl ich nicht wirklich verstehe, was ›unrecht‹ bedeutet. Es gibt vieles, das ich nicht verstehe.

Mein neues Sehvermögen ist immer weniger interessant. Ich habe es überall verwendet, wo es mir möglich ist, und es zeigt mir noch immer nichts, das ich auf andere Weise nicht sehen kann. Warum existiert es dann?

Bevor ich mir weitere Fragen stellen kann, erregt etwas Neues meine Aufmerksamkeit. In einer der Schachteln, die ich sehe, beginnt Bewegung/Strömung; es ist die gleiche Bewegung/Strömung, die ich in einigen der kleinen, an mich angeschlossenen Dinge und auch bei den Dingen neben meiner Arbeit sehe. Der Unterschied ist nur, daß ich mich nicht daran erinnern kann, daß diese eine Schachtel das getan hat.

(Wieder weiß ich etwas, das nicht jetzt ist. Aber diesmal

macht es mir keine Angst, obwohl ich es noch immer nicht verstehe.)

Die Bewegung/Strömung hält an. Ich greife hinauf, berühre die Schachtel und sehe, daß die Bewegung/Strömung von ihr wegführt. Ich wundere mich darüber, und nach langem Nachdenken berühre ich eines der an mich angehängten Dinge und folge ihm bis zu der Stelle, an der mein neues Sehvermögen aufhört. Auch hier spüre ich, daß die Bewegung/Strömung anhält.

Aber das ist unrecht. Ich muß jetzt arbeiten.

Ich greife nach der Arbeit, die sich vor mir bewegt. In den kalten Schachteln gibt es etwas, das eine andere Art von Bewegung/Strömung hat. Ich berühre es, weil ich weiß, wie man das tut, ermutige die Strömung und mache sie schneller. Darin liegt tiefe Befriedigung, und ich frage mich, warum ich aufgehört habe, um das neue Sehvermögen zu verstehen, das ich entdeckt hatte. Vielleicht bedeutet ›unrecht‹ etwas, das nicht erfreulich ist.

Und dann sehe ich etwas, das mir noch nicht aufgefallen ist. Eine der Bewegung/Strömungen in meiner Arbeit fühlt sich wie die Bewegung/Strömung in der Schachtel in meiner Nähe an!

Meine Arbeit wird wieder langsamer und hält dann an, während ich die Schachtel ansehe. Nein, ich habe mich nicht geirrt. Aber es gibt viele Unterschiede, die ich nicht verstehe. Die Arbeit und ihre Bewegung/Strömung bewegen sich vor mir einen Weg entlang, doch die Schachtel steht still. Wohin geht dann ihre Bewegung/Strömung?

Ich bin neugierig. Ich greife nach der Schachtel und beginne, der von ihr wegführenden Bewegung/Strömung zu folgen.

Die Zahlen auf dem Bildschirm hüpften träge auf und ab wie ein Jo-Jo in Honig, bevor sie sich wieder beruhigten und nur die normale Strahlungsintensität anzeigten.

»Ich hatte es beinahe«, murmelte Norm Kincaid, der

Direktor des Projekts Wiedergewinnung und blickte zu O'Brian hinunter. »Was haben Sie getan?«

»Vorhin? Nichts.«

»Hmmm.« Kincaid nickte und ging von dem Schaltbrett zu Forester. »Sie haben gesagt, daß Sie es schon mit einer RNS-Verstärkung versucht haben?« fragte er den Projektleiter.

»Doppelte Dosis. Siebenundzwanzig hat heute offenbar keine Lust zu arbeiten.«

»Er hat zu nichts ›Lust‹«, rief ihm Kincaid ruhig ins Gedächtnis; in seiner Stimme lag nur eine Andeutung von Schärfe. »Sie sind *Gemüse,* Ted; Werkzeug, das uns helfen soll, eines der unzähligen kritischen Schlamassel zu lösen, in die wir uns gebracht haben. Wenn Sie anfangen, sie als menschliche Wesen zu betrachten, verlieren Sie jegliche Perspektive.«

Die Pro-Abtreibungs-Philosophie der vorhergehenden Generation, dachte Forester bitter. Wie weit sich der Streit ausgebreitet hatte!

Kincaid blickte zum Monitor zurück und rieb sich das Kinn. Die Augen von Siebenundzwanzig waren wieder geschlossen, stellte Forester fest. »Ich weiß nicht«, überlegte der Direktor. »Vielleicht sollten wir tatsächlich eine neue Einheit einsetzen. Es ist nicht das erste Mal, daß wir mit ihm Schwierigkeiten haben, aber eine gehörige Dosis von Memory-DNS hat ihn bis jetzt immer wieder spuren lassen. Vielleicht entwickelt sich eine Stoffwechselstörung.«

Forester brach wider Willen in kurzes, bellendes Gelächter aus. Ausgerechnet Stoffwechselstörung. Alle Löffelbieger litten dank der Gentechnik, die sie erzeugt hatte, unter jeder Menge Stoffwechselstorungen und physiologischen Problemen.

»Was soll das heißen?« fragte Kincaid scharf.

»Ich wollte vorschlagen, daß Dr. Barenburg einige Studien durchführt, bevor wir etwas Drastisches unternehmen.«

»Na ja. Haben Sie den Rückstand draußen gesehen? Die Hälfte der Atomanlagen an der östlichen Küste hat begonnen, ihren Abfall zur Entsorgung zu uns zu schicken, und Washington würde gern die Erlaubnis innerhalb der nächsten zehn Jahre auf alle Anlagen auf dieser Seite des Mississippi ausdehnen. Wenn wir nur einen einzigen Löffelbieger außer Dienst stellen, wird der gesamte Betrieb verlangsamt und unsere Effizienz nimmt ab. Wir müssen ihn aber nicht sofort abschalten, wenn Ihnen das hilft. Wir haben zwei oder drei Löffelbieger in den Tanks, die beinahe soweit sind – wir werden Siebenundzwanzig durch einen von ihnen vertreten lassen, während Barenburg ihn durchcheckt. Vielleicht ist es etwas Einfaches und er kann wieder an seinen Posten zurück.«

»Sie glauben das selbst nicht«, meinte Forester ruhig. »Sie schlagen nur eine Beendigung in zwei Stadien vor.«

»Forester ...«, begann Kincaid, wurde aber durch schwere Schritte vor der Tür unterbrochen.

»Da bin ich«, verkündete Dr. Barenburg; er schwankte nur leicht, während er sich am Türrahmen festhielt.

»Verdammt«, murmelte Kincaid. »Wieder betrunken.«

Forester blickte verlegen weg, als Barenburg hereinstapfte ... und war daher der einzige, der sah, wie über das entstellte Gesicht von Siebenundzwanzig ein Gefühl zuckte.

ENTSETZEN!

Ich zucke zurück, gleite mit meiner Berührung so rasch wie möglich an der Bewegung/Strömung entlang zurück. Ich weiß irgendwie, daß ich mich schneller zurückziehen könnte, wenn ich loslasse, aber dazu habe ich zuviel Angst. Doch ich bin endlich zurück.

Ich habe lange zuviel Angst, um auch nur zu versuchen zu denken. Ich möchte mich zusammenrollen, aber unter dem

Druck auf mich kann ich es nicht. Meine Arbeit bleibt unberührt, aber das ist mir gleichgültig.

Allmählich läßt das Entsetzen nach und ich bin seltsam schwach, aber imstande zu verstehen, was geschehen ist. Ich erinnere mich, daß ich ein Ende der Bewegung/Strömung fand, eine Schachtel, in der die Bewegung/Strömung mit einer verwirrenden Gruppe von anderen verschmolz. Ich ging weiter und betrat einen großen, leeren Raum. Zuerst machte er mir Angst – soviel Leere – aber ohne zu wissen warum, bewegte ich mich weiter und suchte etwas, das ich berühren konnte.

Und dann berührte ich es.

Ich kann noch immer nicht verstehen, was es war. Ich war nicht imstande gewesen, meiner Bewegung/Strömung durch die Schachtel zu folgen, die ich gefunden hatte; das da war noch viele, viele Mal schlimmer. Am erschreckendsten war, daß ich … etwas … Vertrautes … dabei fühlen konnte.

Schluß, sagte ich mir. Ich bleibe hier und mache die Arbeit, die ich machen soll. Ich beginne wieder, die Bewegung/Strömung in den kalten Schachteln zu beschleunigen, und warte gierig auf die tiefe Befriedigung, die kommen wird.

Aber wieder eine Überraschung – sie kommt nicht. Nicht so wie früher. Wieder hat sich etwas verändert.

Bei dieser Veränderung gibt es keine Angst, weil ich glaube, daß ich verstehe. Ich habe viel Neues gesehen, seit ich bewußt wurde, und ich möchte alles verstehen. Aber ich verstehe es nicht, und die Befriedigung durch meine Arbeit genügt mir nicht mehr. Bedeutet bewußt werden, daß man nie befriedigt ist? Wenn ja, dann möchte ich nicht so bleiben.

Aber vielleicht habe ich keine Wahl. Noch während ich versuche, meine Arbeit zu tun, greife ich wieder nach der Bewegung/Strömung. Ich werde vorsichtig sein, weil ich noch immer Angst habe … aber der Drang zu entdecken ist genauso stark wie der Drang zu arbeiten. Das ist etwas, das ich tun muß.

»Da ist es wieder – zuerst hinauf, dann hinunter«, sagte Kincaid, ohne die Strahlungsdetektoren aus den Augen zu lassen. »Ich wäre wesentlich glücklicher, wenn er ganz aufgäbe.«

»Das würde *uns* allerdings vieles leichter machen«, bemerkte Dr. Barenburg trocken, während er sich über das Schaltpult beugte; seine Nase war zwölf Zentimeter von dem Monitor mit den Biodaten entfernt. Forester hatte den Eindruck, daß er in den letzten Minuten etwas nüchterner geworden war. Aber vielleicht war es nur schwieriger, im Sitzen zu schwanken.

Barenburg lehnte sich zurück und schüttelte den Kopf. »Ich weiß nicht, was es sein könnte. Sein Nährstoffgemisch ist in Ordnung, und sein Sauerstoffgehalt entspricht der Vorschrift. Der Stoffwechsel ist etwas hoch, befindet sich aber innerhalb des normalen Spielraums. Am wichtigsten ist meiner Meinung nach, daß hier nichts die gleichen Schwankungen aufweist wie die, die wir von seinen telekinetischen Funktionen erhalten.«

»Sie glauben, daß er gänzlich ausfällt?« fragte Kincaid besorgt.

Barenburg zuckte die Achseln. »Das werde ich erst nach weiteren Tests wissen.« Er wandte sich Forester zu. »Du hast gesagt, Ted, daß seine Augen einmal offenstanden. Waren sie auf etwas Bestimmtes gerichtet?«

Jetzt zuckte Forester die Achseln. »Das weiß ich nicht. Weil die Augen schräg sind und eine epikanthische Falte aufweisen, ist es sehr schwierig, so etwas festzustellen.«

»Bewegten sie sich oder blickten sie nur geradeaus?«

»Sie bewegten sich; ich erinnere mich deutlich daran, daß sie einmal nach links blickten.«

»Hmmm«, meinte Barenburg nachdenklich ... und ein wenig besorgt.

Kincaid bemerkte es. »Was bedeutet es Ihrer Meinung nach?«

»Na ja ... es klingt so, als würde er von seiner Arbeit abgelenkt.«

»Das ist unmöglich«, widersprach Kincaid eine Spur zu schnell. »Keiner der Löffelbieger bringt es auch nur auf einen IQ von 10. Was sollte auch ihre Aufmerksamkeit erregen, wenn sie instinktiv darauf eingestellt sind, die Neutronen aus radioaktiven Kernen herauszureißen?«

»Die kodierte RNS ist *nicht* so stark wie ein Instinkt«, bemerkte Barenburg. »Und was Ablenkungen betrifft – wer weiß? Löffelbieger Siebenundzwanzig ist nicht ausschließlich auf die Zelle Siebenundzwanzig beschränkt. Mit telekinetischem ›Berühre-und-greife-zu‹ kann er in die nächste Zelle langen oder das Förderband untersuchen, das den nuklearen Abfall transportiert. Es stimmt, daß er nicht stark genug ist, um viel zu *tun*, aber wer weiß, wie weit sein Verstand reicht?«

Kincaid warf Forester einen Seitenblick zu. »Selbst *wenn* ich all das akzeptiere, bleibt immer noch der niedrigere IQ und die geringere Aufmerksamkeitsspanne.«

»Vielleicht ist sein IQ gestiegen«, warf Forester ein.

Diesmal sahen ihn beide an. »Wie?« fragte Kincaid.

»In den letzten achtzehn Monaten ist eine Menge stark radioaktives Material an ihm vorbeigekommen. Ich weiß, daß zwischen dem Material und den Löffelbiegern eine Bleiwand steht, aber ist es vielleicht möglich, daß die Strahlung, die durchgekommen ist, sein Gehirn irgendwie verändert hat?«

»Und ihn klüger gemacht hat?« Kincaid schüttelte den Kopf. »Unmöglich.«

Forester wurde widerborstig. »Warum nicht?«

»Reparierst du eine Uhr, indem du mit dem Hammer auf sie einschlägst?« warf Barenburg ein.

»Nein, aber ...«

»Was weißt du über die Physiologie der Löffelbieger, Ted?« fragte der Arzt. »Überhaupt etwas?«

Forester zuckte die Achseln. »Sie wurden aus Spermaproben, die sofort nach Red Staleys Sieg beim Smithsonian B.P.P. entnommen wurden, in Reagenzgläsern aufgezogen.« Jedenfalls kurz danach; denn daß ein Mann, der verächtlich als anmaßender ›Löffelbieger‹ bezeichnet wurde, tatsächlich den Preis für Beweisbare Psychische Phänomene gewann, konnte nur noch mit Jesse Owens Leistung bei der Olympiade in Berlin 1936 verglichen werden; die Presse genoß die Story. Sonst war es tagelang niemandem gelungen, Staley in die Nähe zu kommen. »Du hast Staleys natürliche Telekinese verstärkt, indem du das entsprechende Chromosom verdoppelt und damit die Trisom-Probleme geschaffen hast, mit denen sie sich jetzt herumschlagen…«

»Uns *waren* die Gefahren bewußt, die ein zusätzliches Autosom mit sich bringt«, unterbrach ihn Barenburg, der jetzt in die Defensive gedrängt war. »Wir versuchten, das entsprechende Autosom vor der Befruchtung aus den Eizellen zu entfernen. Aber diese Technik führte irgendwie zu Instabilität; es gab Brüche und Translokationen…« Er schüttelte den Kopf, als wolle er ihn klar bekommen. »Aber das ist Genetik und nicht Physiologie. Weißt du etwas über ihre Probleme mit der Gehirnchemie?«

»Nein. Ich habe angenommen, daß die Entwicklungshemmung einfach auf einen Gehirnschaden zurückzuführen ist.«

Barenburg schüttelte wieder den Kopf. Sein Gesichtsausdruck verschwand so rasch, daß Forester ihn nicht identifizieren konnte. »Wir nehmen an, daß es nirgends eine wirklich schwere Zellschädigung gibt. Das Problem ist das Fehlen der internen Kommunikation zwischen den verschiedenen Teilen des Gehirns infolge der Hemmung der Chemikalien, die bei den neuralen Synapsen als Neurotransmitter fungieren.«

Forester runzelte die Stirn. »Wie können sie dann Telekinese verwenden?«

»Offenbar ist diese Funktion ziemlich lokalisiert, und Botschaften kommen in diesem Gebiet gut durch. Aber bei etwas wie Intelligenz… ja also, wenn sich das abstrakte Denkzentrum im Scheitellappen befindet, liegt das organisatorische Zentrum für diesen Gedanken im Stirnlappen, und – ach verdammt, du verstehst schon.«

»Ja«, bestätigte Forester, der einen sauren Geschmack im Mund hatte.

»Befassen wir uns wieder mit dem vorliegenden Problem, ja?« griff Kincaid ein. »Einer unserer Löffelbieger verliert anscheinend den Kontakt, und wenn das stimmt, müssen wir sofort herausfinden, warum. Doktor, Ihre Leute werden doch keine Tests an ihm vornehmen wollen, bevor wir ihn aus der Reihe entfernen, oder?«

Barenburg seufzte. »Wahrscheinlich nicht. Sie wollen, daß wir sofort beginnen?«

»Moment mal«, mischte sich Forester ein. Er hatte sich darauf verlassen, daß Barenburg nicht ganz so gefühllos sein würde wie der Direktor. »Sie nehmen ihn aus der Reihe, um Tests durchzuführen, und es ist so gut wie sicher, daß er nicht zurückkommen wird, oder? Also?«

»Sieh mal, Ted ...«

»Dein abschließender Test wird eine Autopsie sein, stimmt's?«

»Sie gehen zu weit, Ted«, sagte Kincaid leise und warnend.

Forester drehte sich zu ihm um. »Warum? Es gibt Tests, die man dort machen kann, wo er sich jetzt befindet: zum Beispiel, indem man seine Glukose- oder Sauerstoffmengen ändert ...«

»Jetzt reicht's«, fuhr ihn Kincaid an. »Stellen Sie Ihr Team zusammen, Doktor, und legen Sie sich Ihre Vorgangsweise zurecht, aber unternehmen Sie nichts, bevor ich meine Zustimmung gegeben habe. Sie begleiten mich, Forester; ich möchte mit Ihnen sprechen.«

Er machte kehrt und stolzierte zur Tür. Forester kochte vor Wut, während er ihm folgte.

Es dauert lange, bis ich es wage, wieder über den großen, leeren Raum zu greifen. Statt dessen bleibe ich in der Nähe der

Schachtel, die ich letztes Mal gefunden habe, und suche in der verwirrenden Ansammlung von Bewegung/Strömungen in dem Gebiet. Es gibt viele, jede ist anscheinend anders, und ihren Zweck kann ich nur erraten. Ein Teil von mir möchte hierbleiben und lernen … aber ich weiß, daß ich das andere, verwirrendere Etwas wiederfinden möchte. Ich lasse los und greife.

Es ist näher bei mir als beim letzten Mal, und als ich es berühre, erschrecke ich. Ich weiche zurück, bleibe aber hier. Ich warte in der Nähe, bis ich besser vorbereitet bin, und dann berühre ich es vorsichtig.

Dieses Mal ist es leichter. Es gibt es verschiedene Ebenen, und wenn ich vorsichtig bin, kann ich die erschreckenderen Teile meiden. Ich beginne, dieses Etwas zu verstehen … und erkenne langsam, warum es sich vertraut anfühlt.

Es ist so wie ich.

Die Entdeckung, daß es noch etwas wie mich gibt, das nicht ich ist, sollte mir Angst einjagen. Aber das tut sie nicht. Vielleicht habe ich – irgendwie – die ganze Zeit gewußt, daß es solche Dinge gibt. Ich verstehe nicht, wie ich es wissen und doch nicht wissen konnte, aber es kommt mir richtig vor.

Ich spüre, wie meine eingeschränkte Aufmerksamkeit für meine Arbeit noch mehr nachläßt, aber ich merke es kaum. Ich möchte dieses Etwas so gut studieren, wie es mir möglich ist. Meine Arbeit ist wichtig, aber ich werde sie später tun.

Kincaid schloß die Tür des Konferenzraums und zeigte auf einen Stuhl. »Setzen sie sich.«

Forester gehorchte. Kincaid zog einen zweiten Stuhl heran, aber statt sich darauf zu setzen, stellte er einen Fuß auf den Sitz. Er beugte sich leicht vor, stützte die Unterarme auf das Knie und betrachtete seinen Projektleiter kühl. »Seien wir offen zu einander, Forester, ja? Ich beobachte Sie seit zwei Monaten, und seit die Probleme mit Siebenundzwanzig begannen, läßt ihre Begeisterung für das Projekt immer mehr nach. Was ist los?«

Forester schüttelte den Kopf. »Ich weiß es nicht. Ich frage mich nur allmählich, ob das, was wir tun, richtig ist.«

»Die höchste Pflicht jedes Menschen ist, seinen Mitmenschen zu dienen und der Menschheit zu nützen, stimmt's? Und genau das tun wir. Haben Sie eine *Ahnung,* wie viele Tonnen radioaktiver Abfall alljährlich in diesem Land erzeugt werden? Dabei erwähne ich noch nicht die Kubikkilometer Schädlingsvernichtungsmittel und die industriellen Zeitbomben der Chemikalien, die die Löffelbieger – beachten Sie das – genauso mühelos handhaben können. Sobald die Genetiker herausbekommen, wie man eine Memory-RNS für diesen Vorgang anfertigt, wird es ihnen genauso leicht fallen, ein PCB-Molekül zu zerlegen wie Neutronen aus Strontium 90 herauszureißen. Wir *brauchen* das Projekt Wiedergewinnung, Ted; Amerika erstickt unter seinem Müll, und das ist die beste Lösung, die uns seit fünfzig Jahren eingefallen ist. Vielleicht bleibt es unsere einzige brauchbare Lösung.«

»Das alles weiß ich.« Forester schob sich unbehaglich in seinem Stuhl zurecht. »Wenn wir statt der menschlichen Kinder etwas anderes verwendeten, wäre es mir gleichgültig. Aber … ich denke immer daran, daß wir ihnen vielleicht etwas wegnehmen, auf das wir keinen Anspruch haben.«

»Was zum Beispiel – ihre Kindheit? *Sie sind keine normalen Kinder.* Es ist nicht einmal sicher, ob man sie nach modernen Grundsätzen für *menschlich* halten kann. Ihre Umgebung ist ihnen nicht bewußt; sie verfügen über weniger Intelligenz als Affen und haben einen niedrigeren motorischen Index als ein normaler Sechs-Monate-Fötus.«

»Dr. Barenburg hält es für möglich, daß ihnen ihre Umgebung bewußt ist.«

»Barenburg hat eine blühende Phantasie«, antwortete Kincaid brüsk. »Es geht darum, daß man einen Löffelbieger nicht für menschlich halten kann, wenn der Fötus nicht als menschlich gilt.«

»Dann sollten wir den Streitfall über die Fötusse vielleicht auch überdenken«, sagte Forester nur halb im Scherz.

Kincaid sah ihn merkwürdig an und schwieg einen Augenblick lang. »Hören Sie, Ted, vielleicht identifizieren Sie sich zu sehr mit ihrer Arbeit«, sagte er dann etwas ruhiger. »Vielleicht sollten Sie Urlaub machen, für einige Zeit verreisen.«

Forester lächelte gequält. »Was, das streng geheime Innenleben des Projekts Wiedergewinnung verlassen? Ist das nicht genauso, als würde ich aus der Mafia austreten? Woher wollen Sie wissen, daß ich, sobald ich die Anlage verlassen habe, nicht schreiend zu den Medien laufe und ihnen erzähle, wie unsere große Blackbox wirklich arbeitet?«

Kincaid zuckte die Achseln. »Ich habe natürlich nicht gemeint, daß Sie einfach irgendwohin fahren können. Aber die Regierung hat für solche Fälle sowas wie Urlaubsorte, abgelegene Gegenden, wo Sie weit genug von der Öffentlichkeit entfernt wären. Das was wir tun, ist keinesfalls *ungesetzlich*«, fügte er hastig hinzu, weil er vielleicht spürte, daß er in Gefahr war, in die Ecke gedrängt zu werden, »aber Sie wissen, zu was für unfairen Reaktionen es kommen könnte, wenn die Hundertfünfzigprozentigen davon Wind bekommen, bevor sich die Löffelbieger bewährt haben. Sie verstehen.«

»Ja.« *Vollkommen.* »Danke für das Angebot, aber ich werde den Urlaub lieber noch eine Weile aufschieben.«

»Sind Sie sicher? Er täte Ihnen gut.«

»Ich bin sicher.« Forster stand auf. »Danke trotzdem für Ihr Entgegenkommen. Ich muß jetzt in den Kontrollraum zurück; der Doktor braucht vielleicht meine Hilfe.«

»In Ordnung.« Kincaid sah ihn scharf an. »Aber schalten Sie ihre Gefühle auf ›kühl‹, okay? Um ihres Blutdrucks und des Projekts willen.«

»Klar.«

Ja, er würde öffentliche Auftritte vermeiden, beschloß Forester, während er den Korridor entlangging. Aber wenn er seiner Besorgnis vertraulich Ausdruck verlieh, war es etwas anderes – selbst wenn Kincaid ein gutes Gewissen hatte, traf das beinahe sicher nicht auf Dr. Barenburg zu. Wenn Forester ihn dazu überreden konnte, würde Siebenundzwanzig nicht geopfert werden. Zumindest nicht so schnell …

Ich lerne schneller als je zuvor. Es erschreckt mich, aber es ist auch aufregend.

Das Etwas – die ›Person‹ –, das ich berühre, weiß so viel mehr als ich, daß ich ihn bestimmt nie ganz verstehen werde. Aber irgendwie … fließt sein Wissen … in mich, so wie andere Dinge durch die Schläuche in meinem Körper in mich fließen.

(Ich hatte nie gewußt, was diese Dinge sind oder was sie tun. Ich verstehe es auch jetzt nur ein wenig, aber ich werde weiterlernen.)

Die Person weiß viel über die Schachtel, in der die Bewegung/Strömung aus meiner Schachtel endet, aber dadurch wird mir nur klar, daß man mehr davon verstehen kann, als ich geglaubt habe. Die anderen Dinge (›Instrumente‹), in denen Strömungen fließen, sind vielleicht weniger unterschiedlich, als ich erwartet habe; irgendwie gibt es zwischen ihnen eine Ähnlichkeit, obwohl ich es noch nicht verstehe.

Es gibt so viel, das ich nicht verstehe!

Das Seltsamste daran ist jedoch die Person selbst. Die Gedanken, die ich berühren kann, sind gründlich mit Gefühlen vermischt, die ich spüre, aber nicht verstehen kann. Einige – sehr wenige –, sind ein bißchen wie die Angst oder Erregung, die ich fühle. Aber sogar sie werden in Dinge verwandelt, die ich kaum erkennen kann … und sie machen mir Angst.

Ich fühle mich sehr klein.

Aber ich werde nicht aufgeben. Ich kann nicht mehr zurückgehen und durch meine Arbeit gänzlich befriedigt sein, obwohl der Wunsch zu erfreuen genauso stark ist wie zuvor. Ich habe so viel gelernt; ich kann mich sicherlich nützlicher machen, indem ich etwas anderes tue. Das würde mir sehr viel Befriedigung geben.

Ich denke über diese Möglichkeit nach, während ich Wissen in mich fließen lasse.

Als Forester zurückkehrte, saß Barenburg noch immer vor dem Hauptschaltpult und beobachtete den Monitor. O'Brian und die beiden anderen Techniker drängten sich am anderen Ende des Raums zusammen, unterhielten sich leise, und versuchten so auszusehen, als arbeiteten sie. Als Forester zum Arzt trat, sah er, daß die Augen von Siebenundzwanzig wieder offenstanden. »Was werden Sie mit ihm tun?« fragte er und deutete auf den Bildschirm.

Barenburg seufzte. »Wir haben keine Wahl, Ted. Kincaid hat vor nicht einmal dreißig Sekunden seinen endgültigen Befehl durchgegeben; ein medizinisches Team ist schon unterwegs zur Zelle. Es tut mir leid.«

Foresters Kiefermuskeln verkrampften sich. »Du gibst also einfach auf?«

»Kincaid hat den Befehl erteilt.«

»Na und? Du bist hier der Mediziner – wenn du in situ Tests machen willst, kannst du darauf bestehen.«

»Was würde ich damit erreichen? Er wird auf jeden Fall sterben.«

»Für einen Arzt ist das eine niederträchtige Einstellung«, fuhr ihn Forester an. »*Und* für einen Wissenschaftler. Ist dir die Ursache dieses Phänomens gleichgültig?«

»Ich bin sicher, daß wir es durch die Obduktion erfahren werden«, murmelte Barenburg.

»Großartig. Einfach großartig. Bei der Gelegenheit vergibst du vielleicht deine Chance, in die Geschichte der Medizin einzugehen.«

Barenburg sah ihn von der Seite an. »Wovon redest du?«

»Angenommen, du hattest vorher recht – angenommen, Siebenundzwanzig *wird* abgelenkt.« Forester wählte seine Worte sorgfältig; er hoffte, daß er Barenburgs Interesse wecken würde. Es schien zu wirken, zumindest ein wenig. »Das könnte bedeuten, daß er gegen alle Wahrscheinlichkeit tatsächlich klüger wird. Vielleicht nicht sehr, aber einige IQ-Punkte wären schon eine wesentliche Änderung. Falls ihm seine Umgebung wirklich bewußt ist …«

»*Natürlich* ist ihm seine Umgebung bewußt. Warum würde ihn Kincaid sonst so schnell aus der Reihe herausnehmen wollen?«

Foresters Gedankengang wurde jäh unterbrochen. »*Was?*«

Barenburg wendete sich ihm zu; seine Augen waren vor Schuldbewußtsein weit aufgerissen. »Ach verdammt. Vergiß, daß ich das gesagt habe – bitte, Ted. Und erzähl es Kincaid nicht …«

»Was darf ich nicht erfahren, Doc?« unterbrach ihn Forester scharf. Hier stimmte etwas nicht. »Du mußt jetzt mit der ganzen Geschichte herausrücken.«

Barenburg sank im Stuhl zusammen und fuhr sich mit der Hand über die Augen. »Der verdammte Bourbon«, sagte er müde. »Also, Ted, Red Staley hat das Smithsonian B.P.P. wegen seiner telekinetischen Fähigkeiten gewonnen, richtig? Aber er war auch ein zu 80 Prozent genauer Telepath. Das hast du wahrscheinlich nicht gewußt; er hat nie viel Aufhebens darum gemacht.«

»Nein, ich habe einmal ein Gerücht gehört. Aber ich habe nicht gewußt, daß es stimmt.«

»Es stimmt. Wir haben jetzt also neunundvierzig aktive Löffelbieger mit genetisch verstärkter Telekinese. Wenn die Chromosomen-Kartographie stimmt … dann verfügen sie auch über verstärkte Telepathie. *Sehr* verstärkt.«

Die Mitteilung wirkte auf Forester wie eine eiskalte

Dusche. Er tastete blindlings nach einem Stuhl, wandte sich Barenburg zu und sah ihn an. »Willst du damit sagen, daß sie die ganze Zeit über imstande gewesen wären, unsere Gedanken zu lesen?« Diese Vorstellung jagte ihm eine Gänsehaut über den Rücken.

Barenburg seufzte. »Davon bin ich überzeugt, wenn auch wahrscheinlich nur auf einer unbewußten Ebene. Aber du verstehst mich nicht. Ihr wirkliches Problem ist das Fehlen von intrazerebraler Kommunikation über große Distanzen, stimmt's? Doch bei einem funktionierenden telepathischen Zentrum *brauchen sie die Nervenverbindungen nicht.* Sie können alles Wichtige durch dieses Zentrum shunten und die Neuronen mit örtlich beschränkteren Operationen und dem Speichern beschäftigen. Es würde eine Menge Anpassung erfordern, aber das menschliche Gehirn ist in dieser Hinsicht gut.«

»Du heiliger Strohsack«, flüsterte Forester. Er blickte unwillkürlich auf den Monitor von Siebenundzwanzig. »Dann könnten sie über vollkommen normale IQs verfügen.«

»Sie könnten sogar Genies sein, ohne daß wir es wissen«, meinte Barenburg.

»Aber wenn es nicht ihre Gehirnchemie ist, was hat sie dann so bleiben lassen ... wie sie sind?«

»Du meinst halb bewußt?« Barenburg lächelte bitter. »Der älteste Trick, den es gibt: Ihr Sauerstoffpegel ist absichtlich niedrig gehalten worden. Nicht so niedrig, daß sie einschlafen, aber genügend niedrig, um den Stoffwechsel einzuschränken.« Er zuckte die Achseln. »Zumindest hat es so funktioniert, und laut der Anzeige ist der Sauerstoffzufluß zu Siebenundzwanzig noch immer normal. Ich habe keine Ahnung, was ihn aufgeweckt hat.«

Foresters Gehirn versuchte, die Betäubung abzuschütteln, die Barenbugs Bombe verursacht hatte. »Hast du Kincaid oder dem Aufsichtsrat davon erzählt?«

»Wer hat deiner Meinung nach den geringen Sauerstoffzufluß angeordnet? Natürlich wissen sie es.«

»Aber …« Forester unterbrach sich, als die Tür aufging und Kincaid hereinkam.

Der Projektdirektor begriff schnell. Er hatte erst zwei Schritte in den Raum gemacht, als er offensichtlich von den Gesichtern der beiden ablas, was geschehen war. Er wurde langsamer und sein Gesichtsausdruck veränderte sich. »Verdammt, Barenburg. Ich sollte Sie dafür nach Leavenworth schicken.«

Der Doktor murmelte etwas und blickte zu Boden.

Forester stand mit geballten Fäusten auf. »Es war schon schlimm genug, als Sie ein menschliches Gemüse töten wollten«, knirschte er. »Aber Sie sind im Begriff, ein absolut intelligentes, vernunftbegabtes Kind zu vernichten. Das *können* Sie nicht tun.«

»Bitte dämpfen Sie Ihre Stimme, Ted«, sagte Kincaid leise und blickte nervös zu den drei Technikern hinüber. »Ich tue das nicht leichtfertig; ich konnte diesen Befehl nur deshalb so rasch erteilen, weil wir seit Monaten darüber diskutieren, was wir tun sollen, wenn dieser Fall eintritt. Wir *müssen* ihn aus der Reihe nehmen, bevor er einen anderen Löffelbieger beeinflußt – und wenn er tatsächlich mit Telepathie und Telekinese herumpfuscht, wird das irgendwann geschehen.«

»Warum wäre das so schlecht?«

»Weil er trotz seiner Intelligenz vielleicht geistig nicht ganz gesund ist. Vergessen Sie nicht, daß das zusätzliche Kernmaterial in seinen Zellen seinen Hormonspiegel und die Gehirnchemie restlos durcheinandergebracht hat. Er kann schizophren, manisch-depressiv, paranoid oder etwas sein, wofür wir noch nicht einmal einen Namen haben. Wir können einfach nicht das Risiko eingehen, daß er einen der anderen destabilisiert. Sie sind zu wertvoll, um sie aufs Spiel zu setzen. Das *Projekt* ist zu wertvoll, um es aufs Spiel zu setzen.«

»Soviel Gutes wie möglich für so viele wie möglich«, stellte Forester bitter fest. »Geht es darum?«

»Vermutlich«, gab Kincaid zu. »Wobei ›so viele wie möglich‹ in diesem Fall das ganze Land ist.« Er wandte sich dem Schaltpult zu und hob den Hörer ab.

Forester wußte, daß er verloren hatte, doch die Spannung in ihm hielt an. Vielleicht war es so besser, sagte er sich. Vielleicht war der Tod besser als die Sklaverei – oder das halbtote Zwielicht, in dem die übrigen Löffelbieger lebten.

Aber er wußte, daß das nicht stimmte. Selbst der unterdrückteste Sklave hat zumindest eine Chance auf Freiheit. Der Tod ist jedoch nicht mehr rückgängig zu machen.

Und Forester konnte ihn nicht verhindern.

Kincaid beendete das Gespräch und legte den Hörer auf. »In Ordnung«, wies er Barenburg an, »Sie können anfangen, ihn abzuschalten.«

Beinahe zu spät tauchte aus dem Nichts eine Tatsache auf und verdrängte Foresters Verzweiflung. »Warte einen Augenblick«, fuhr er Barenburg an. »Ich habe eine Idee.«

Die anderen wandten sich ihm zu; Barenburgs Hand wartete über dem Schalter. »Und zwar?« fragte er.

»Wenn ich Siebenundzwanzig in seinen ursprünglichen Zustand zurückversetzen könnte, dann hätten wir keinen Grund mehr, ihn zu töten, nicht wahr?«

Kincaid runzelte die Stirn. »Aber wir wissen nicht, wieso er sich überhaupt verändert hat.«

»Vielleicht wissen wir es doch.« Forester zeigte auf das Meßgerät oberhalb des Sauerstoffschalters. »Der Sauerstoff wird an der Stelle gemessen, an der die Gase für sein Luftgemisch vermischt werden. Diese Stelle befindet sich aus technischen Gründen außerhalb der Zelle, also muß nach dem Kontrollgerät die Luft etwa einen Meter durch einen Schlauch fließen, bevor sie ihn erreicht. Wenn es in diesem Meter ein Leck gibt, dann dringt Raumluft in den Schlauch, und die enthält mehr Sauerstoff, wie mir der Doc erklärt hat. Es könnte genügen, um die Sachlage zu ändern.«

»Sehr weit hergeholt«, knurrte Kincaid, doch er war nachdenklich geworden. »Wie sollte es zu einem solchen Leck kommen?«

»Das weiß ich nicht, aber ich könnte es innerhalb von fünfzehn Minuten herausfinden.«

»Ein kleines Leck könnte erklären, warum es gerade bei diesem so oft der Fall war«, murmelte Barenburg.

»Wenn ich recht habe, dann erspart es Ihnen die Kosten für einen neuen Löffelbieger«, fügte Forester hinzu.

Kincaid zögerte, dann nickte er. »Es ist das Risiko wert. Machen Sie sich an die Arbeit.«

Forester riß die entsprechende Werkzeugtasche aus dem Regal und lief hinaus.

Die Personen sind ungehalten.

Dieser Gedanke ist für mich ein schwerer, erschreckender Schock, aber ich kann nicht so tun, als wäre es nicht wahr. Ich habe drei von ihnen berührt, und alle drei sind unglücklich … und irgendwie weiß ich, daß sie meinetwegen *unglücklich sind.*

Ich bin nicht darauf vorbereitet, wie heftig ich auf diese Erkenntnis reagiere. Seit ich die erste Person berührt habe, vermute ich, daß der Drang, meine Arbeit zu tun, nur Teil des noch größeren Wunsches war, diese anderen Personen zu erfreuen. Aber mir war nicht klar, wie stark dieser Wunsch war.

Ich bin todunglücklich. Ich ziehe mich in mich zurück, kauere mich mit meinem Kummer zusammen und bedaure, daß ich nicht weiß, wie ich meine Sorgen ausdrücken soll. Es tut mir leid, daß es mir bewußt wurde.

Ich bin so allein …

Nach einiger Zeit versuche ich, die Wolke der Traurigkeit zu durchdringen, die mich umgibt. Vielleicht ist es nicht zu spät; vielleicht kann ich die anderen Personen doch noch glücklich machen. Sie möchten, daß ich meine Arbeit wieder aufnehme, also greife ich nach den kalten Schachteln über mir. Gleichzeitig folge ich der anderen Strömung dorthin zurück, wo sich die Personen befinden.

Etwas an ihnen ist anders. Sie sind noch immer unglücklich, aber nicht mehr so sehr. Ein neues Gefühl ist dabei, das ein wenig wie Erregung ist. Zuerst glaube ich, daß sie sich freuen, weil ich die Arbeit wieder aufgenommen habe, aber ich weiß, daß das nicht stimmen kann; ich versuche noch immer, die andere Bewegung/Strömung richtig zu berühren; das muß ich tun, bevor ich sie ermutigen kann. Es ist schwieriger, als ich es in Erinnerung habe, aber ich werde bald fähig sein, die Arbeit aufzunehmen.

Ihr Unglücklichsein wird immer schwächer. Ich verstehe nicht, warum, aber ich entdecke jetzt, daß sie ihre Aufmerksamkeit den Instrumenten vor ihnen zuwenden. Ist ihnen meine Arbeit gleichgültig geworden? Nein, ich spüre, daß es nicht so ist. Ich muß versuchen, darüber zu lernen.

Ich beginne, mich sehr seltsam zu fühlen …

Forester kam atemlos in den Kontrollraum gerannt. »Ich hab's«, keuchte er und schleuderte seine Werkzeugtasche auf eine freie Ecke des Schaltpults.

»Während Sie fort waren, spielte die Sauerstoffanzeige verrückt – zuerst hinauf, dann hinunter«, berichtete Kincaid und überging gnädig die Tatsache, daß Forester länger als die versprochenen fünfzehn Minuten fort gewesen war. »Was haben Sie getan?«

Forester atmete jetzt wieder regelmäßig. »Ein Idiot hat in der Wartungsnische von Siebenundzwanzigs Zelle ein schlecht verschlossenes Faß eines Lösungsmittels stehengelassen. Der Plastikschlauch ist voller winziger Löcher. Ich konnte nicht alle versiegeln, deshalb habe ich den Sensor an der Wand der Zelle, nach dem schadhaften Teil, angebracht. Ich will ihn nicht für immer dort lassen, aber wir bekommen wenigstens die richtigen Werte, bis wir den Schlauch instandsetzen können.« Er klopfte versuchsweise auf das Sauerstoff-Meßgerät. »Ja, es stimmt, das Gemisch enthält zuviel Sauerstoff. Das muß es sein.«

»In einer Minute wissen wir es«, sagte Kincaid. »Sind Sie soweit, Doktor?«

»Ja.« Barenburg zögerte unmerklich, bevor er den Schalter ergriff und ihn vorsichtig zu drehen begann.

Etwas in mir verändert sich, und ich spüre, daß das ganz falsch ist. Meine Gedanken kommen langsamer; mein Tastsinn und meine Sehfähigkeit sind nicht mehr so sicher. Ich werde weniger bewußt.

Ich erstarre einen Herzschlag lang vor Panik – dann werde ich fieberhaft aktiv und suche mit meiner gesamten schwindenden Fähigkeit nach dem, was mit mir geschieht. Ich berühre viele Instrumente und Arten von Bewegung/Strömungen, Dinge, die mir noch vor kurzem nicht einmal bewußt waren. Ich weiß, daß ich noch viel zu lernen habe. Aber ich habe soviel gelernt und kann den Gedanken nicht ertragen, es zu verlieren. Ich bin darüber entsetzt.

Ich spüre schon, wie mich leichter Dunst einhüllt. Ich setze meine Suche verzweifelt fort.

»Passen Sie auf!« fauchte Kincaid und zeigte auf das Meßgerät. »Die Nadel springt!«

»Das sehe ich«, fuhr ihn Barenburg an. »Was ist los, Ted?«

Einen Sekundenbruchteil lang sah Forester Siebenundzwanzig vor sich, der sich telekinetisch die Kontrolle über das große Ventil im Sauerstoffschlauch aneignete und es mit Gewalt öffnete. Aber diesem Bild folgte eine vernünftigere Erklärung auf dem Fuß. »Das Ventil besteht zum Teil ebenfalls aus Kunststoff; wahrscheinlich wurde es zugleich mit dem Schlauch beschädigt. Vermutlich halten einige Dichtungen nicht mehr gut. Na also – es geht zurück – du bist offenbar an einer Schadstelle vorbeigekommen.«

»Wir werden anscheinend das ganze System ersetzen müssen«, knurrte Kincaid. »Okay, verpassen Sie ihm noch einen Schuß RNS, bevor Sie weiter zudrehen.«

Barenburg gehorchte und wandte dann seine Aufmerksamkeit wieder dem Sauerstoffschalter zu. Die drei Männer sahen zu, wie die Nadel langsam herunterging.

Es gibt keine Hoffnung mehr. Ich kann jetzt kaum noch denken, und bin nicht fähig, dem plötzlichen, überwältigenden Drang, zu meiner Arbeit zurückzukehren, zu widerstehen. Ich greife nach den kalten Schachteln, berühre die Bewegung/Strömung.

Vielleicht hätte ich den anderen Personen erzählen können, was mit mir geschieht, wenn ich die Möglichkeit gehabt hätte, mit ihnen zu sprechen. Sie wären bestimmt in der Lage gewesen, es aufzuhalten. Aber ich weiß nicht, wie man das tut, und es ist für mich zu spät, es zu lernen.

Das Bedürfnis, sie zufriedenzustellen, wird stärker. Ich kann ihm nicht mehr widerstehen – aber ich will es auch gar nicht. Ich wollte sie immer schon glücklich machen. Es tut mir nur leid, daß ich nicht mehrere Arten gelernt habe, auf die ich das tun kann.

Es ist zu spät. Ich greife zu, um so zu dienen, wie ich es kann …

»Der Strahlungspegel ist wieder normal.« An Kincaids Stimme merkte man deutlich, wie erleichtert er war.

Barenburg lehnte sich seufzend zurück. »Das gilt auch für den Sauerstoffpegel. Ich versuche jetzt, auf die automatische Kontrolle zurückzuschalten … ja, alles bleibt gleich.«

Forester atmete erleichtert auf, und seine Spannung ließ langsam nach. Er hatte ein Leben gerettet … aber nur, um es in geistlose Sklaverei zurückzuführen. Bei dieser Leistung konnte man kein Siegesgefühl empfinden; man konnte nur das Bewußtsein haben, daß man nicht geschlagen worden war.

Kincaid beobachtete ihn nachdenklich. Forester bemerkte den Blick und nickte leicht. »Mir geht es gut. Wir haben das Richtige getan.«

»Ja. Ich bin froh, daß wir es tun konnten.« Der Direktor zögerte. »Übrigens – das Zeug, das Ihnen Dr. Barenburg über die mögliche Intelligenz der Löffelbieger erzählt hat: Ich muß darauf bestehen, daß Sie es als streng geheimes Material betrachten; es unterliegt den üblichen Klauseln in bezug auf Enthüllungen.«

Und den üblichen Strafen bei Nichteinhaltung. »Ich kenne die Routine«, sagte Forester. »Sie müssen mich jetzt entschuldigen; ich möchte veranlassen, daß der Luftschlauch von Siebenundzwanzig ersetzt wird.«

Er griff nach dem Hörer und wählte die Reparaturabteilung. Während er darauf wartete, daß sich jemand meldete, betrachtete er noch einmal das unbewegte, entstellte Gesicht auf dem Monitor von Siebenundzwanzig. Sein Magen krampfte sich wieder zusammen… aber jetzt war er sicherer denn je, daß er bei dem Projekt bleiben würde. Sowohl für sein Gewissen als auch für die Löffelbieger war der Einsatz erhöht worden. Er machte sich keine Illusionen darüber, daß es ihm gelingen könnte, die Lage zu ändern, aber selbst wenn das einzige, das er je für sie tun konnte, darin bestand, daß er sie am Leben erhielt, würde er zufrieden sein. Andere Männer hatten in ihrem ganzen Leben nicht mehr geleistet.

Das Telefon erwachte zum Leben. Forester verdrängte seine Gedanken und begann, Befehle zu erteilen.

Ich liege still, tue meine Arbeit, so gut ich kann, und genieße die Befriedigung, die sie mir bringt. Ich bin mit meiner Arbeit glücklich und werde sie nicht wieder vernachlässigen. Aber sie nimmt nicht meine gesamte Aufmerksamkeit in Anspruch, und ich kann noch immer hinausgreifen und über andere Dinge lernen. Das ist gut, denn ich wäre nicht glücklich, wenn ich nicht mehr lernen könnte.

Die Personen in dem großen Raum (›Kontrollraum‹) sind anscheinend ebenfalls wieder glücklich, und auch das verschafft mir Befriedigung. Ich weiß nicht, warum es sie freut, wenn ich diese besondere Nadel an ihrem Platz halte, aber es ist anscheinend so, und das ist wichtig. Es gibt noch so vieles, das ich nicht verstehe.

Doch ich werde lernen.

DER PREIS DES ÜBERLEBENS

Das war's, Schiffsmeister«, sagte Pliij offensichtlich erleichtert vom Steuerpult aus. »Zielstern direkt vor uns; relative Bewegung und Dichte der Atmosphäre festgestellt, Vektor berechnet. Letzte Kursänderung in neun *aarns.*«

Letzte Kursänderung. Während der langen Reise hatte es Zeiten gegeben, in denen Schiffsmeister Orofan geglaubt hatte, daß er diese Worte nie hören, daß er vorzeitig zu den Ahnen gerufen werden und daß ein anderer seine geliebte *Dawnsent* zu ihrem endgültigen Ruheplatz bringen würde. Doch jetzt wußte er, daß er die neue Welt sehen würde, die die Weitseher zu Hause gefunden hatten. »Sehr gut, Pilot«, erwiderte er formell auf Pliijs Mitteilung, und dann brachen beide Sk'cee in ein ungeheures Vieltentakel-Grinsen aus.

»Wir sind beinahe da, Orofan.« Pliij blickte zum vorderen Bullauge hinaus. »Beinahe da.«

»Ja, mein Freund.« Orofan berührte das Bullauge sanft mit einem seiner beiden langen Tentakeln und spürte das Vibrieren des Fusionsantriebs und ein leichtes Kribbeln infolge der riesigen magnetischen Schaufel, die sich vor ihnen über Hunderte *Pha* erstreckte. Es gab nichts zu sehen; das Bullauge war nur der Tradition wegen vorhanden. »Werden die Schläfer uns glauben, wenn wir ihnen erzählen, daß wir sie über Hunderte Sternpfade transportiert haben, ohne einen einzigen Stern zu sehen?«

Pliij kicherte; seine kurzen Tentakeln kräuselten sich dabei. »Der Regenbogeneffekt durch die seitlichen Bullaugen ist hübsch, aber ich freue mich darauf, daß der Himmel wieder normal aussehen wird.«

»Ja.« Orofan starrte einen Augenblick lang ausdruckslos geradeaus, dann schüttelte er sich. Zurück an die Arbeit. »Die Kursänderung ist also programmiert. Sind die Rammschaufel und die Kondensatoren bereit?«

»Alles erledigt. Thistas führt jetzt einen letzten Check durch.«

»Gut.« Noch neun *aarns.* Sechs genügten, um sich auszuruhen. »Ich gehe in meine Kajüte. Wenn ich zwei *aarns* vor dem Eindringen nicht da bin, rufen Sie mich bitte an.«

»In Ordnung. Schlafen Sie gut.«

»Das werde ich bestimmt.« Orofan verließ lächelnd die Brücke.

Es geschah wohl zum erstenmal seit Menschengedenken, nahm General Sanford Carey an, daß Vertreter des Executor-Büros, der Solaren Versammlung, des Chironinstituts und der Peacekeeper nur Tage nach Erhalt der Verständigung zusammentrafen. Nicht einmal die Dringlichkeitsstufe Eins des Befehls, mit dem er sie einberufen hatte, hätte eine so schnelle Reaktion auslösen können, und er hätte gern gewußt, wie viele von ihnen auf dem Peacekeeperfeld, auf dem das Tachyonschiff vor nicht einmal drei Stunden gelandet war, eigene Informationsquellen besaßen.

An der anderen Seite des Raums schloß ein Leutnant des Sicherheitsdienstes die Tür und schaltete die Spionage-Versiegelung ein. Er nickte, und Carey trat zum Rednerpult und wandte sich seiner kleinen Zuhörerschaft zu.

»Meine Damen und Herren, ich danke Ihnen dafür, daß Sie heute nachmittag hierhergekommen sind«, begann er mit seiner weichen, melodiösen Stimme – einer Stimme, die in krassem Gegensatz zu seinem knorrigen Aussehen stand, wie man ihm wiederholt gesagt hatte. »Vor ungefähr drei Stunden haben wir erfahren, daß sich ein großes, nicht identifiziertes Objekt sehr rasch dem Sonnensystem nähert.«

Nur ein Drittel der anwesenden neun Männer und Frauen behielt den ausdruckslosen – wenn auch gespannten – Gesichtsausdruck bei, der verriet, daß sie schon vorher davon gewußt hatten. Der Rest der Gesichter war ein Kaleidoskop von Schreck, Staunen und Besorgnis, als sie begriffen, was Careys Worte bedeuteten.

Noch bevor das Gemurmel ganz verstummt war, sprach er weiter. »Der Eindringling ist knapp unter Lichtgeschwindigkeit mit etwa Null komma neun neun neun C unterwegs, verwendet einen extrem heißen Fusionsantrieb und etwas, das wie ein elektromagnetisches Rammschaufelgerät aussieht. Er ist ungefähr acht Lichttage entfernt – unter vierzehn A.U. –, und obwohl wir seinen genauen Kurs noch nicht errechnet haben, wird er bestimmt durch unser System kommen.«

»›Durch‹, General?« fragte Evelyn Woodcock, erster Stellvertreter des Executors. »Es wird nicht hier anhalten?«

»Nein, sein Antrieb zeigt noch immer nach hinten«, erklärte Carey. »Es würde jetzt Hunderte Ge erfordern, die Geschwindigkeit bis zum relativen Stillstand herabzusetzen.«

Sie wußten sichtlich nicht, ob sie durch das Desinteresse des Eindringlings erleichtert oder beleidigt sein sollten. »Warum kommt er dann hierher?« fragte Versammlungsvorsitzender Wu-sin.

»Vielleicht Erkundung, aber das ist nicht wahrscheinlich. Er kommt in einem steilen Winkel zur Ekliptik herein – ein schlechter Vektor, wenn man viel von dem System sehen will. Er könnte auch versuchen, seinen Kurs leicht zu korrigieren, indem er nahe an der Sonne vorbeifliegt; wir werden besser informiert sein, sobald wir genaue Werte besitzen. Es ist sogar möglich, daß der Eindringling noch nicht weiß, daß es uns gibt. Bei seiner Geschwindigkeit verschiebt sich das Blau des Sonnenlichts zum Ultraviolett, und er besitzt vielleicht nicht die geeigneten Instrumente, um es zu entdecken.«

»Das ist nicht wahrscheinlich«, murmelte Dr. Louis Du Bellay vom Chironinstitut. »Sie haben das vermutlich schon vorher gemacht.«

»Ich bin der gleichen Meinung, Doktor«, nickte Carey. »Es ist eine sehr vage Möglichkeit. Gut. Der Eindringling stellt kaum eine große Gefahr für uns dar, vorausgesetzt wir sorgen dafür, daß ihm der örtliche Verkehr nicht in den Weg kommt. Aus dem gleichen Grund wird er unseren Wissensstand nicht wesentlich erweitern. Mit einer Ausnahme: Wir wissen jetzt, daß wir im Universum nicht allein sind. Ihnen ist sicherlich klar, wie wichtig es ist, daß wir dem System und den Kolonien gegenüber mit dieser Offenbarung erst nach reiflicher Überlegung herausplatzen. Danke, daß Sie hergekommen sind; wir werden Sie auf dem laufenden halten.«

Carey verließ das Rednerpult und ging zur Tür, während seine Zuhörerschaft in erregte Gespräche ausbrach. Als er an Dr. Du Bellay vorüberging, erhob sich dieser und schloß sich ihm an. »Macht es Ihnen etwas aus, wenn ich Sie in den Lageraum begleite, General?« fragte er. »Ich möchte über dieses Ereignis auf dem laufenden bleiben.«

Carey nickte. »Das habe ich von Ihnen erwartet und bereits veranlaßt, daß Sie mitkommen dürfen.« Während der Sicherheitsmann nach dem Schalter für die Spionageversiegelung griff, hob Carey warnend die Hand. »Wir sprechen erst darüber, Doktor, wenn wir den inneren Sicherheitsschutz hinter uns haben.«

Der Weg zum zentralen Teil des Peacekeeper-Hauptquartiers war nur kurz, und die beiden Männer benützten die Zeit, um über Du Bellays letzte Reise zu den alten Ruinen auf Van Maanens Stern zu sprechen. »Ich habe davon gehört«, sagte Carey. »Soviel ich weiß, war es Ihr erster Alleinflug mit einem Tachyonschiff.«

»Ja. Der Verwaltungsrat von Chiron hat jeden ermuntert, fliegen zu lernen – es kommt billiger als der Pilot, den sie sonst immer zu jedem Tachyonschiff anheuern müssen. Zum Glück haben sie noch nicht vorgeschlagen, daß ich auch die Ausgrabungen allein durchführe.«

Carey lachte. »Dazu sind die Studenten da. Sind diese Ruinen tatsächlich so umfangreich, wie behauptet wird?«

»Noch umfangreicher. Wir haben die Oberfläche erst angekratzt, und unter der Zivilisation, an der wir arbeiten, liegt mindestens noch eine.«

Als sie durch den Sicherheitsschutz gingen, klickten unsichtbare Sicherheitssysteme, worauf sie abrupt das Thema wechselten. »Wie, zum Teufel, ist ein Tachyonschiff über etwas gestolpert, das so schnell unterwegs ist?« fragte Du Bellay.

»Der Dumme hat's Glück«, meinte Carey. »Ein Kaufmann, der von Alpha Centauri kam, war in den normalen Raum zurückgefallen, um die Navigation zu überprüfen. Sie waren gerade damit fertig, als dieses Ding an ihnen vorbeidonnerte.«

»Ein Glück, daß sie nicht von den Rammschaufelfeldern gebraten wurden.«

»Sie waren verdammt nahe daran. Ein paar Millionen Kilometer näher und es wäre wahrscheinlich passiert. Jedenfalls erholten sie sich von dem Schock und verschafften sich erste Werte über seinen Kurs. Dann sprangen sie über die kürzest mögliche Entfernung und warteten die sechzehn Minuten, die der Eindringling brauchte, um sie einzuholen. Sie erhielten eine weitere Dezimalstelle in seinem Kurs, die bestätigte, daß er zu Sol unterwegs war, und flitzten mit der Neuigkeit hierher.«

»Hmm. Es ist eine Ironie, daß die große Suche nach intelligentem Leben durch ein Pfützen überspringendes Handelsschiff, dessen Navigator seinem eigenen Computer nicht traut, beendet wird. Schön, was kommt jetzt?«

»Wir haben ein Dutzend Tachyonschiffe hinausgeschickt und sie entlang der Route des Eindringlings aufgestellt, damit wir bessere Daten bekommen. Sie müßten bald berichten.«

Der Peacekeeper-Lageraum war ein großes Labyrinth aus Bildschirmen, Holotanks und Computer-Terminals, über das ein im Haus wohnendes Corps von Beamten und Technikern herrschte. In der Mitte des Raums befand sich der Hauptschirm, der im Augenblick eine Karte des gesamten Sonnensystems zeigte. Aus seiner rechten unteren Ecke stieß eine Linie von roten Punkten in das innere System vor.

Als sie näherkamen, blickte ein junger Captain von seinem mit Papieren übersäten Schreibtisch auf. »Ach, General«, begrüßte er Carey. »Gerade rechtzeitig, Sir; Chasers Daten kommen soeben herein.«

»Zeigen Sie mal, was Sie haben, Mahendra.«

Mahendra reichte ihm einen Computerausdruck. Carey überflog ihn und Du Balley las über seine Schulter mit.

Der Eindringling war *groß.* Unter Berücksichtigung von relativistischen Effekten und der Schwierigkeit, bei solchen Geschwindigkeiten Daten zu bekommen, schätzte der Computer das fremde Schiff auf eine Länge von gut über fünfzehnhundert Meter, einen Durchmesser von zweihundert Meter und auf eine Masse von beinahe zweihundert Millionen Tonnen. Seine kegelförmigen Rammschaufel-Felder erstreckten sich über Hunderte Kilometer vor ihm. Das Spektrum des Antriebs zeigte hauptsächlich Helium, aber mit einem überraschend großen Anteil von anderen Elementen.

Hinter ihm pfiff Du Bellay leise. »Weil wir gerade von Ihrem grundlegenden Moloch sprechen! Wo kommt er her?«

»Wir haben ihn zu dem 1228 Circini-System zurückverfolgt«, las Mahendra von einem seiner Papiere ab. »Doch sein Ursprung liegt nicht dort – es ist ein totes System. Wir versuchen, ihn noch weiter zurückzuverfolgen.«

Carey blickte zum Hauptschirm hinauf. »Warum ist der Kurs des Eindringlings nicht über Sol hinaus projiziert?«

Mahendra runzelte die Stirn. »Das weiß ich nicht, Sir.« Er schnappte sich eine Tastatur und tippte etwas. »Die Projektion hat dort aufgehört, wo der Kurs die Sonne durchschneidet«, berichtete er; seine Stirnfalten hatten sich vertieft.

»*Was?*« fragte Du Bellay.

»Zeigen Sie uns das innere System«, befahl Carey.

Mahendra drückte eine Taste, und der Bildschirm veränderte sich; das Bild reichte jetzt nur bis zum Mars. Die gepunktete Linie durchschnitt tatsächlich den Rand des centgroßen Bilds der Sonne. Ohne daß man es ihm sagte, vergrößerte Mahendra den Maßstab noch einmal, und die Sonne füllte den Bildschirm.

Carey kniff die Augen zusammen. »Beinahe daneben. Wie dicht ist der Stoff, auf den er stoßen wird?«

»Der Computer sagt, etwa zehn hoch minus sieben Gramm per Kubikzentimeter. Nach dem Erdstandard nicht viel, aber das ist beinahe hundert Trillionen mal mehr als alles Übrige im interstellaren Medium. Und er muß durch einige tausend Kilometer von dem Zeug.«

»Gar nichts wird er«, widersprach Carey. »Er wird lange vorher knusprig gebraten sein. Ich hatte doch recht, Doktor – er hat das Sonnensystem auf seinem Weg nicht bemerkt.«

Er warf Du Bellay einen Blick zu, wandte sich ihm aber dann noch einmal zu. Der Archäologe starrte stirnrunzelnd vor sich hin. »Doktor?«

»Verfügt dieses Schaltpult über eine DatRetNet-Anlage, Captain?« fragte Du Bellay. »Bitte holen Sie sich die Daten über den Stern, den Sie erwähnt haben – 1228

Circini. Querverweis auf ungewöhnliche stellare Aktivität.«

Mahendra nickte und drehte sich zu dem Schaltpult um. »Stimmt etwas nicht?« fragte Carey den Arzt. Der Gesichtsausdruck des anderen machte ihm Sorgen.

»Ich weiß es nicht. Ich glaube, daß ich vor einigen Jahren von diesem Stern gehört habe …« Er verstummte.

»Ich habe es, Doktor«, meldete sich Mahendra.

Du Bellay und Carey beugten sich über das Schaltpult. »Ich hatte recht«, erklärte Du Bellay mit Grabesstimme und zeigte auf den dritten Absatz.

»›Planetarische Studien weisen auf ein riesiges Aufflammen der Sonne vor etwa hundert Jahren hin, das umfassende Schmelzmuster bis zu eins komma acht A.U. hervorgerufen hat«, las Carey laut. »›Ein solches Verhalten bei einem roten Zwerg kann nicht mittels der heute geltenden Theorien erklärt werden.‹ Ich sehe keinen Zusammen …« Er verstummte mitten im Satz.

Du Bellay nickte grimmig. »1228 Circini ist sechsundneunzig Lichtjahre entfernt. Das ist zu nahe, um ein Zufall zu sein.«

»Wollen Sie andeuten, daß der Eindringling 1228 Circini *bewußt* gerammt hat? Das ist verrückt!«

Du Bellay zeigte nur mit dem Kopf auf den Hauptschirm. Carey betrachtete lange die gepunktete Linie. Dann tupfte er Mahendra auf die Schulter. »Geben Sie mir Executor Nordli, Captain. Dringlichkeitsstufe Eins.«

Als Orofan erwachte, bekam er gerade noch den letzten Ton seines Interkommunikators mit. Er griff nach dem Schalter und stellte etwas überrascht fest, daß die Schattierung der gedämpften Wandbeleuchtung halb *cin* angab – er hatte nicht einmal einen *aarn* geschlafen.

»Ja?«

Es war Pliij. »Wir haben ein Problem, Captain. Es wäre am besten, wenn sie sofort heraufkommen.«

War mit dem Schiff etwas nicht in Ordnung? »Ich bin sofort da.«

Als Orofan auf der Brücke eintraf, war Pliij nicht allein. Auch Lassarr war anwesend. »Meinen Gruß, Reisemeister«, sagte Orofan und grüßte, während seine Augen den Raum absuchten. Auf keinem der Monitore war ein Problem zu sehen.

»Die Schwierigkeit liegt nicht bei der *Dawnsent*«, erklärte Reisemeister Lassarr, der Orofans Handlungen und seinen Gesichtsausdruck mit einer Leichtigkeit durchschaute, die der Schiffsmeister nie gemocht hatte.

»Worum geht es denn?«

»Hier, Schiffsmeister.« Pliij betätigte einen Schalter, und ein relativistisch kompensiertes Bild erschien auf einem Schirm. »Das ist das System, dem wir uns nähern. Sehen Sie hier, hier und hier genau hin.«

Orofan erblickte kleine Lichtpunkte. Das Spektrometer las sie als heißes Helium …

Orofan fröstelte plötzlich. Raumschiffe mit Fusionsantrieb. »Das System ist bewohnt«, zischte er.

»Sie verstehen unser Dilemma«, meinte Lassarr vielsagend.

Orofan verstand nur zu gut. Das Schaufelverfahren der *Dawnsent* würde unweigerlich zu massiven Stoßwellen in den Oberflächenschichten des Sterns führen und ein Aufflammen der Energie und der Strahlung auslösen.

»Wie steht es mit unserem Treibstoffvorrat?« fragte Lassarr.

Orofan wußte es, aber er ließ es von Pliij trotzdem überprüfen. »Auf null komma eins vier Maximum gesunken«, meldete dieser.

»Damit können wir unsere neue Heimat nicht erreichen«, murmelte Lassarr.

»Richtigstellung, Reisemeister«, widersprach Orofan. »Wir können sie nicht in der vorgesehenen Zeit erreichen. Unser normales Aufschaufeln bringt uns genügend Treibstoff, um die Reise zu Ende zu führen.«

»Mit stark verringerter Geschwindigkeit«, wandte Lassarr ein. »Wie schnell könnten wir dort sein?«

Während Pliij die Berechnungen anstellte, herrschte Stille. »Mehrere Lebenszeiten«, antwortete er schließlich. »Fünf, vielleicht sechs.«

»Also«, sagte Lassarr mit grimmig gesträubten kurzen Tentakeln. »Damit ist die Angelegenheit leider erledigt.«

»Wie erledigt?« fragte Orofan mißtrauisch.

»Es ist bedauerlich, aber wir können eine solche Verzögerung nicht riskieren. Die Schlaftanks sind nicht für eine solche Zeitspanne gebaut.«

»Sie wollen damit sagen, daß wir unseren jetzigen Kurs beibehalten? Trotz allem, was wir damit dem Leben in diesem System antun?«

Lassarr runzelte die Stirn. »Ich erinnere Sie daran, Schiffsmeister, daß wir eine Million unserer Sk'cee-Mitbürger befördern …«

»Deren Leben mehr wert sind als die Milliarden Wesen, die dieses System vielleicht bewohnen?«

»Sie haben eine merkwürdige Philosophie, Schiffsmeister; eine Philosophie, möchte ich hinzufügen, die mißverstanden werden könnte. Was würden die Vorfahren sagen, wenn Sie zu ihnen kämen, nachdem Sie bewußt zuließen, daß eine Million Sc'cee hilflos ums Leben kamen? Was würden diese Millionen sagen?«

»Was würden sie sagen«, erwiderte Orofan leise, »wenn sie wüßten, daß wir ihr Leben um einen solchen Preis für andere gekauft haben? Ist das ehrenvoll, Reisemeister?«

»Die Ehre liegt darin, daß man seine Pflicht tut. Meine Pflicht ist es, diese Kolonisten sicher auf ihre neue Welt zu bringen.«

»Das ist mir bewußt. Aber hier gibt es sicherlich eine höhere Verantwortung. Und wir *wissen* nicht, ob die

Schlaftanks die längere Reise nicht doch überstehen würden.«

Lassarr betrachtete ihn schweigend. »Es ist klar, daß Ihnen das nahegeht«, sagte er schließlich. »Ich schlage einen Kompromiß vor. Sie haben einen *aarn* Zeit, um mit einer vernünftigen Alternative daherzukommen. Wenn Sie es nicht können, führen wir unser Treibstoff-Aufschaufeln planmäßig durch.« Er drehte sich um und schritt hinaus.

Phiij sah Orofan an. »Was jetzt?«

Der Schiffsmeister sank in einen Stuhl und überlegte krampfhaft. »Bringen Sie mir alle Informationen, die wir über diesen Teil des Raums besitzen. Die Ergebnisse unserer eigenen Sensoren, die Karten und Daten der Weitseher – alles. Es muß einen anderen Weg geben.«

Die Gruppe, die um den Tisch saß, war klein, sehr auserwählt und sehr mächtig. Und sehr erschüttert, dachte Carey, als er mit seiner Erklärung fertig war. Noch während sich der General setzte, erhob sich Executor Nordli. »Natürlich müssen wir zuallererst herausbekommen, warum unser Besucher vorhat, in die Sonne zu tauchen. Vorschläge?«

»Ich glaube, daß ich eine logische Erklärung habe, Mr. Executor«, sagte ein älterer Mann, der neben Du Bellay saß. Dr. Horan Roth, fiel Carey ein: leitender Astrophysiker im Chironinstitut.

»Sprechen Sie, Dr. Roth«, sagte Nordli.

Roth legte die Finger aneinander. »Die Geschwindigkeit eines Rammjets wird nicht durch die Relativität beschränkt, sondern durch die Reibung mit dem interstellaren Medium. Die Mathematik ist trivial; wesentlich ist die Feststellung, daß die beschränkende Schnelligkeit genau die des Auspuffs des Schiffs ist. Wenn Sie eine magnetische Schaufel einsetzen, um Wasserstoff aufzunehmen, ihn in Helium verwandeln und mittels der freigesetzten Energie dieses Helium durch den Auspuff ausstoßen, stellt sich heraus, daß Ihre Geschwindigkeit nur zwölf Prozent der Lichtgeschwindigkeit beträgt.«

»Aber der Eindringling ist wesentlich schneller«, wandte Montageleiter Wu-sin ein.

»Genau«, nickte Roth. »Sie verwenden offenbar irgendeinen Nach-Beschleuniger, um die Auspuffgeschwindigkeit zu erhöhen. Aber das erfordert Energie und zusätzlichen Treibstoff.«

»Ich verstehe«, brummte Nordli. »Sie müssen zusätzlichen Wasserstoff mitführen, der im interstellaren Medium nicht ersetzt werden kann. Daher tauchen sie in regelmäßigen Abständen in einen Stern, um ihre Tanks wieder aufzufüllen?«

»So ist es offenbar.«

»Sie sind doch Experte für fremde Kulturen, Dr. Du Bellay, nicht wahr?« fragte Nordli.

»Bis zu einem gewissen Grad«, erwiderte Du Bellay, »wobei Sie berücksichtigen müssen, daß wir bis jetzt nur tote Zivilisationen und nur eine Handvoll von ihnen studiert haben.«

»Ja. Wie steht es Ihrer Meinung nach um unsere Chance, mit diesen Fremden zu kommunizieren? Und wie groß ist die Chance, daß wir dadurch ihre Handlungsweise beeinflussen können?«

Du Bellay runzelte die Stirn. »Die Antwort auf beide Fragen ist leider sehr negativ. Zwar haben etliche Wissenschaftler für den Fall, daß wir jemals auf eine lebende intelligente Spezies stoßen, sogenannte ›Leitfäden für erste Kontakte‹ entwickelt. Doch es würde beträchtliche Zeit erfordern, einen Alien eine unserer Sprachen zu lehren, und diese Zeit haben wir nicht. Kein Schiff, das wir je gebaut haben, könnte die gleiche Geschwindigkeit erreichen wie der Eindringling, wir müßten ihnen also alle Informationen in dichten, kurzen Datenstößen übermitteln. Und selbst wenn sie imstande wären, unsere Wellenlängen zu empfangen, haben sie nur sieben oder acht Stunden – in ihrem Zeitsystem – Zeit, um die Daten zu entziffern.«

»Ich muß Dr. Du Bellay zustimmen«, mischte sich Carey ein. »Wir haben bereits eine Reihe von Tachyonschiffen ausgesandt, um genau das zu tun, was er vorgeschlagen hat, aber wir erwarten nicht, daß dabei etwas herauskommt.«

»Vielleicht könnten wir unser Vorhandensein auf andere Weise signalisieren«, schlug Nordlis Assistentin Evelyn Woodcock vor. »Zum Beispiel einen Fusionsantrieb auf sie richten und ihn ein und ausschalten. Das können sie nicht übersehen.«

»Und was dann?« fragte Carey.

»Ja also – sie würden doch bestimmt ihren Kurs ändern.«

»Und ihre eigene Mission gefährden? Wenn es sich um ein Kolonieschiff handelt, dann sind ihre Vorräte sehr genau berechnet. Wenn sie den Kurs ändern, sterben sie vielleicht. Bei ihrer Geschwindigkeit können wir ihnen bestimmt nicht anbieten, sie aufzutanken.«

»Es gibt eine noch unangenehmere Möglichkeit«, sagte Nordli leise. »Diese Auftank-Technik ist vielleicht *bewußt* geschaffen worden, um das System für eine künftige Kolonisierung zu sterilisieren.«

»Ich halte es für unfair, ihnen ohne Beweise solche Beweggründe zu unterstellen«, widersprach Du Bellay. Doch diese Äußerung war mehr eine Reflexhandlung als ein echter Einwand – der Archäologe sah genauso bedrückt aus wie alle anderen.

»Wirklich?« Nordli zuckte die Achseln. »Es spielt eigentlich keine Rolle. Eine Rolle spielt nur, daß der Eindringling uns mit völliger Vernichtung droht. Wir müssen ihn daran hindern.«

Wu-sin bewegte sich. »Executor Nordli, Sie schlagen eine kriegerische Handlung gegen eine andere intelligente Spezies vor. Ein so weitreichender Entschluß muß zumindest von der gesamten Solaren Versammlung gebilligt werden; theoretisch müßten auch die Kolonien zustimmen.«

»Wir haben keine Zeit, die Kolonien zu Rate zu ziehen«, antwortete Nordli. »Und die Versammlung … Sie haben zwei Stunden Zeit, ihre Zustimmung zu erhalten.«

»Und wenn ich sie nicht erhalte?«

»Dann handle ich ohne diese Zustimmung.«

Wu-sin nickte grimmig. »Ich wollte nur wissen, wo Sie stehen.« Er erhob sich, verbeugte sich und verließ den Raum.

Nordli wandte sich Carey zu. »Wie werden wir vorgehen, General?«

Während Carey überlegte, glitten seine Blicke über die Gesichter der anderen. Sie standen alle auf Nordlis Seite; Du Bellay und er selbst nur deshalb, weil sie keine andere Wahl hatten. Wie viele Leben wollten sie auslöschen? – vielleicht unschuldige Leben, die nicht wußten, was sie taten? »Die Schwierigkeit besteht darin, Mr. Executor, daß die Peacekeeper-Streitkräfte nicht auf diese Art von Bedrohung eingerichtet sind.«

»Sie haben doch nukleare Waffen, oder? Und Schiffe, die sie abfeuern können?«

»Es gibt zwei Probleme. Erstens wäre es äußerst schwierig, den Eindringling zu treffen. Ein Schuß von der Seite würde wahrscheinlich danebengehen und sie nur auf unsere Absichten aufmerksam machen. Ein Schuß von vorn würde zwar treffen, aber die extrem starken Magnetfelder, die er durchdringen müßte, würden beinahe sicher jede unserer Raketen außer Betrieb setzen. Und zweitens ist es gar nicht sicher, daß selbst ein direkter Treffer uns nützen würde. Daß sie keine FTL-Antriebe haben bedeutet noch lange nicht, daß sie primitiv sind – sondern nur, daß sich ihre Technik in eine andere Richtung entwickelt hat. Und vergessen Sie nicht, daß dieses Schiff dazu entworfen wurde, mit beinahe Lichtgeschwindigkeit die äußere Schicht eines Sterns zu durchdringen.«

»Es gibt noch ein Problem«, meldete sich Dr. Roth zu Wort. »Wenn wir es jetzt flugunfähig oder sogar in Stücke schießen, nützt uns das überhaupt nichts. Die Bruchstücke würden noch immer die Sonne treffen und die Folgen würden die gleichen sein.«

Einen Augenblick lang herrschte Stille. »Dann müssen wir es stoppen oder ablenken«, schlug Evelyn vor. »Wir müssen ihm etwas Massives in den Weg stellen.«

Nordli sah Carey an. »General?«

Carey stellte im Geist rasch Berechnungen an. »Ja, beides wäre möglich. Selbst wenn wir es nur ein wenig verlangsamen, würde es ein weniger dichtes Gebiet der Photosphäre durchqueren. Natürlich vorausgesetzt, es bleibt auf seinem derzeitigen Kurs.«

»Was können wir ihm in den Weg stellen?« fragte Nordli. »Könnten wir einen Asteroiden dorthin schleppen?«

Carey schüttelte den Kopf. »Unmöglich. Wie ich schon gesagt habe, ist es weit von der Ekliptikebene entfernt. Es würde Monate dauern, einen Asteroiden dorthin zu bringen.« Noch während er sprach, überdachte er im Geist andere Möglichkeiten. Tachyonschiffe waren viel zu klein, um von Nutzen zu sein, und die im System anwesenden schweren Peacekeeper-Schiffe waren zu weit vom Kurs des Eindringlings entfernt. »Die einzige Chance«, begann er langsam, »wäre ein großes privates Schiff oder ein Handelsschiff, das nahe genug ist, um ihn in ausreichender Entfernung von der Sonne abzufangen. Aber wir sind nicht berechtigt, zivile Raumfahrzeuge zu requirieren.«

»Ab jetzt sind Sie es«, stellte Nordli grimmig fest. »Die Regierung garantiert auch eine Entschädigung.«

»Danke, Sir.« Carey drückte den Knopf der Gegensprechanlage und erteilte Captain Mahendra den Befehl, ein solches Schiff zu suchen.

Im Heimatsystem der Menschheit herrschte reger

Verkehr, doch zu den Pflichten der Peacekeepers gehörte es, diese Aktivitäten zu überwachen, und Mahendra meldete sich nach wenigen Minuten über die Gegensprechanlage. »Es gibt eine einzige wirklich gute Möglichkeit«, berichtete er. »Ein großes Passagierschiff, die *Origami,* fast hunderttausend Tonnen. Sie befindet sich jetzt zwischen Titan und Ceres und kann dem Eindringling mit vierundachtzigprozentiger Sicherheit rechtzeitig den Weg abschneiden; wenn sie zuerst ihre Passagiere absetzt, mit neunundsiebzig Prozent. Bei einem weiteren Passagierschiff und acht Frachtschiffen vergleichbarer Größe liegt die Wahrscheinlichkeit bei fünfzehn Prozent oder weniger.«

Careys Lippen waren plötzlich trocken. »Danke, Captain. Halten Sie sich bereit.«

Er sah Nordli an. Der Executor nickte. »Keine andere Wahl. Lassen Sie das Linienschiff seine Passagiere absetzen und machen Sie sich an die Arbeit.«

»Ja, Sir.« Carey wandte sich zur Sprechanlage und begann, Befehle zu erteilen. Er war darüber erstaunt, wie ruhig seine Stimme klang.

»Also, Schiffsmeister?« fragte Lassarr.

Orofans Gesichtsausdruck war undurchschaubar. »Ich habe keinen anderen Vorschlag als den, den ich vor einem *aarn* gemacht habe, Reisemeister: Daß wir den Kurs ändern und mit verminderter Geschwindigkeit weiterfliegen.«

»Sechs Lebenszeiten lang?« fragte Lassarr verächtlich. »Das ist inakzeptabel.«

»Es wird nicht so schlimm werden.« Orofan sah in seinen Berechnungen nach. »Wir könnten in die äußere Atmosphäre des Sterns eindringen, ohne dem System wesentlichen Schaden zuzufügen, und genügend Treibstoff aufnehmen, um den Flug auf knapp zwei Lebenszeiten zu verkürzen.«

»Das genügt noch immer nicht. Ich möchte nicht zu

den Vorfahren gehen, bevor unsere Leute sicher in ihrer neuen Heimat angelangt sind.«

»Das läßt sich machen«, antwortete Orofan steif. »Sie und jeder von der Mannschaft der *Dawnsent*, der diesen Wunsch äußert, kann in einen der Reserve-Schlaftanks versenkt werden. Wenn es notwendig ist, kann ich das Schiff allein fliegen.«

Einen Augenblick lang befürchtete Orofan, daß Lassarr über diesen Vorschlag beleidigt sein würde. Aber der Reisemeister zuckte nur die Achseln. »Ihr Angebot ist ehrenhaft, aber nicht machbar. Der kritische Faktor ist immer noch die Lebensdauer der Schlaftanks, und die hat sich nicht verändert. Ich habe mir jedoch auch etwas einfallen lassen. Wir könnten unsere neue Kolonie in *diesem* System ansiedeln.«

»Unmöglich«, widersprach Orofan, »Wir verfügen nicht über genügend Treibstoff, um anzuhalten.«

»O doch. Für einen kurzen Zeitraum könnten wir auf einen großen Teil der Einrichtung dieses Raumschiffs verzichten. Indem wir all das in Fusionsmaterial und Reaktionsmasse umwandeln, bekommen wir soviel Treibstoff, wie wir brauchen, selbst angesichts der Tatsache, daß wir über das Ziel hinausschießen würden und zurückkommen müßten.«

»Nein!« rief Orofan unwillkürlich. Seine geliebte *Dawnsent* sollte ausgeweidet und für den Fusionsantrieb mißbraucht werden?

»Warum nicht?«

Orofan wußte, daß seine emotionelle Reaktion sein Gegenüber nicht beeindrucken würde und suchte nach logischen Gründen. »Erstens wissen wir nicht, ob es hier einen Planeten gibt, auf dem wir leben könnten. Und selbst wenn es ihn gibt, leben die Einheimischen vielleicht dort. Wir sind kaum in der Lage, um ein Siedlungsgebiet zu feilschen.«

»Wir sind aber nicht ganz hilflos. Unser Sternenschild ist ein gewaltiger Schutz, und unser Meteorzerstörer könnte als Angriffswaffe adaptiert werden. Unsere magnetische Schaufel ist für die meisten bekannten Lebensformen tödlich.« Seine Tentakel nahmen einen sardonischen Ausdruck an. »Und wenn sie zu fortgeschritten sind, um unterworfen zu werden, werden wir sie einfach bitten, uns bei der Wiederherstellung und dem Auftanken des Schiffs zu helfen, und weiterfliegen.«

Orofan traute seinen Ohren nicht. »Meinen Sie das *ernst?* Sie würden wegen nur einer Million Sk'cee einen *Krieg* beginnen – einer *Million* von unseren achthundert Milliarden?«

Lassarr wirkte plötzlich sehr müde. »Ich sage es nur noch einmal, Schiffsmeister. Die Reise und die Million Sk'cee sind meine wichtigste Verantwortlichkeit. Ich kann mir nicht den Luxus leisten, großzügiger zu denken. Charakterlich und aufgrund meiner Ausbildung schütze ich die mir Anvertrauten bedingungslos – sonst wäre ich nicht zum Reisemeister ernannt worden. Für das Überleben ist manchmal rassische Selbstsucht erforderlich, und jene, die uns auf die Reise geschickt haben, wissen das genau. Das ist einer dieser Fälle. Ich werde tun, was ich tun muß, und den Vorfahren gegenübertreten, ohne mich zu schämen.«

Orofan konnte nichts darauf erwidern – für ihn war es genauso lebenswichtig, den ehrenvollen Weg einzuschlagen. Aber was erforderte die Ehre in diesem Fall?

Lassarr blickte in die Schwärze außerhalb des Bullauges. »Sie haben einen halben *aarn* Zeit, um zwischen unserem jetzigen Kurs und der sofortigen Beendigung der Reise zu wählen. Wenn Sie es nicht tun, werde ich für Sie entscheiden.«

Orofans Herz klopfte schmerzhaft, als er nickte. »Sehr wohl.«

Sandra Charey fand, daß eine der nettesten Traditionen aus der Zeit der Luxus-Ozeandampfer das gemeinsame Dinner von Offizieren und Passagieren war. Sie suchte die Leute, die bei ihr am Tisch des Captains sitzen würden, sehr sorgfältig aus und sorgte dafür, daß jemand Interessanter den Platz neben ihr bekam. Deshalb war sie verärgert, als der Erste Offizier Goode eine angeregte Diskussion über Genetik unterbrach, indem er sie über die Gegensprechanlage ersuchte, auf die Brücke zu kommen.

»Mechanische Schwierigkeiten?« fragte sie leise. Es hatte keinen Sinn, die Passagiere zu beunruhigen.

»Nein, Captain. Aber Sie sollten sofort herkommen.« Goode sagte es beiläufig – viel zu beiläufig.

Chandras Ärger verflog. »Ich bin unterwegs.«

Sie entschuldigte sich und langte nach neunzig Sekunden auf der Brücke an. Goode wartete mit einer Nachricht in der Hand. »Halten Sie sich am Geitau fest«, riet er ihr, während er ihr das Papier überreichte.

Während Chandra las, legte sie die Stirn in Falten. »Das ist lächerlich. Ich soll meine Passagiere absetzen und mich in einem Höllentempo von der Ekliptik entfernen? Wozu?«

»Die Erklärung kommt gerade in dem Sicherheitscode der Linie herein«, sagte Goode. »Und sie kommt von Ihrem Vater.« Er nahm ihr den Durchschlag aus der Hand und ging zum Navigator zurück.

»Dad?« Chandra trat an das Kommunikationspult und las das Papier, das langsam aus dem Schlitz glitt. Es stimmte: HAUPTQUARTIER PEACEKEEPERS, ERDE AN P.L.ORIGAMI: VON GEN. SANFORD CAREY. Die Nachricht war beinahe zu Ende und Chandra las sie fasziniert und entsetzt.

»Also?« fragte Goode.

Sie riß das Papier ab und drückte es ihm in die Hände, während sie nach der Hauptsprechanlage tastete. Sie wartete einen Augenblick und ordnete ihre Gedanken, die wie ein martianischer Sturm in ihrem Gehirn herumwirbelten. Dann drückte sie den ›Allgemein‹-Knopf.

»Achtung, Achtung«, sagte sie so autoritär, wie es ihr möglich war. »Hier spricht Captain Carey. Alle Passagiere sowie alle nicht unbedingt an Bord erforderlichen Besatzungsmitglieder begeben sich *sofort* zu den Rettungsbooten. Die *Origami* befindet sich nicht in unmittelbarer Gefahr, aber es handelt sich *nicht* um eine Übung. Ich wiederhole: Alle Passagiere sowie alle nicht unbedingt an Bord erforderlichen Besatzungsmitglieder begeben sich sofort zu den Rettungsbooten. Es handelt sich *nicht* um eine Übung.«

Noch während sie auf einen anderen Knopf drückte, heulte der ›Schiff aufgeben‹-Alarm auf. »Brücke an Maschinenraum. Der Antrieb muß in zwanzig Minuten auf voller Leistung sein. Beginnen Sie, sich auch in die volle Außenverbindung zur Brücke einzukoppeln.« Sie wartete die Bestätigung ab und schaltete dann ab. »Navigator!« rief sie quer durch die Brücke. »Berechnen Sie den Kurs zu dem Vektor auf diesem Papier ...« – sie zeigte mit dem Finger auf den Durchschlag, den Goode ihr gegeben hatte. »Ich möchte den Mindestzeit-Weg zu dem frühesten Kollisionspunkt, bei dem wir bleiben können. Soviel Beschleunigung, wie sie verträgt, und ohne Rücksicht auf den Treibstoffverbrauch. Alle anderen: Wenn Sie nicht bei der Flugvorbereitung eingesetzt sind, helfen Sie den Passagieren von Bord. Wir sind in zwanzig Minuten eine Staubwolke. Bewegt euch!«

Die Brücke explodierte vor Aktivität. Chandra sank in ihren Stuhl und las die Nachricht noch einmal sorgfältig. Es fiel ihr schwer zu glauben, daß die lange Suche so endete – mit einer Töte-oder-stirb-Konfrontation, die weniger sinnvoll war, als eine tödliche Schlange zu erschießen. Dennoch erfaßte sie trotz Gefahr und Ironie Erregung. Die Sicherheit des gesamten Sonnensystems war vollkommen unerwartet in ihre Hände gelegt worden – und ihr Vater verließ sich auf sie. Sie würde ihn nicht enttäuschen.

Sie blickte zur Uhr hinauf und schaltete die Sprechanlage ein. »Captain an Rettungsboot-Schleusen. Stand?«

Lassarr kehrte pünktlich auf die Brücke zurück. »Der halb-*aarn* ist vorbei, Schiffsmeister«, verkündete er.

Orofan blickte vom Sensorenmonitor auf, an dem er und Pliij saßen. »Einen Augenblick, Reisemeister«, sagte er geistesabwesend. »In der Situation hat sich ein neuer Faktor ergeben.«

»Jetzt habe ich es, Orofan«, murmelte Pliij, dessen lange und kurze Tentakeln über die Instrumente tanzten. »Elektromagnetische Mittelwellen-Strahlung, mit starken Verschiebungen und Aberrationen. Ich habe eine Aufzeichnung.«

»Gut. Bearbeiten Sie sie sofort. Und lassen Sie die Sensoren weiter suchen.« Orofan stand auf und ging zum wartenden Lassarr.

»Worum geht es?« fragte der Reisemeister.

»Irgendwelche Signale, die alle paar *aarmis* an uns ausgestrahlt werden. Die Einheimischen versuchen, mit uns Verbindung aufzunehmen.«

Lassarr runzelte die Stirn. »Interessant. Eine bekannte Sprache?«

»Leider nicht. Aber jeder Impuls enthält sehr viel Information. Wir werden vielleicht in einigen *aarns* eine vorläufige Übersetzung haben.«

»Gut. Das wird uns helfen, wenn wir wegen der Reparaturen an der *Dawnsent* feilschen müssen.«

Orofan blinzelte. »Was meinen Sie damit? Es ist noch immer *meine* Entscheidung, ob wir hier anhalten oder nicht.«

»Nicht mehr. Ich habe es mir noch einmal überlegt und finde, daß es die beste Lösung ist. Weitere Daten über die Planeten kommen herein, und es gibt wahrscheinlich einen oder zwei, die wir kolonisieren können.«

Orofan zwang sich, ruhig zu sprechen. »Das können

Sie nicht tun, Lassarr. Sie können uns nicht in einen ungewissen Krieg schicken; und schon gar nicht in einen Eroberungskrieg. Selbst wenn sie primitiv wären – was sie eindeutig nicht sind –, hätten wir nicht das Recht, ihre Welten zu besetzen. Das ist nicht ehrenhaft ...«

»Frieden, Schiffsmeister.« Lassarrs Blick war hart und nachdenklich. »Sie protestieren viel zu viel. Sagen Sie mir, wenn die *Dawnsent* nicht für die erforderliche Treibstoffmasse ausgeweidet werden müßte, wären Sie dann ebenso dagegen, daß wir hier anhalten?«

»Ihre Andeutungen sind beleidigend«, erwiderte Orofan steif. »Das Schiff fällt unter meine Verantwortung, ja, aber deshalb bin ich nicht für alles andere blind. Meine erste Pflicht sind immer noch die Sk'cee in den Schlaftanks.«

»Ich bin davon überzeugt, daß Sie das glauben«, sagte Lassarr sanfter. »Aber das kann *ich* mir nicht leisten. Allein Ihre Ausbildung macht Ihre Einstellung in einem solchen Fall fraglich. Die Entscheidung ist gefallen. Ich habe die Bibliothek angewiesen, die nicht unbedingt erforderliche Ausrüstung zu erfassen; die Demontage wird in zwei *aarns* beginnen.«

»Das können Sie nicht tun«, flüsterte Orofan.

»Ich kann es tun und ich habe es getan«, antwortete der Reisemeister ruhig.

Orofan drehte sich vor Erregung zitternd um und floh von der Brücke.

»Das waren die letzten«, meldete Goode vom Steuer der *Origami* aus. Er klang müde.

Chandra nickte, und dabei protestierten einige Nackenmuskeln. Zwei Tage mit einer Geschwindigkeitsverringerung von zwei Ge genügten nicht, um jemanden arbeitsunfähig zu machen, aber es genügte, um unangenehm zu sein, und sie war froh, daß es beinahe vorbei war. »Waren das die Techniker?«

»Richtig – vier volle Rettungsboote. Wir sind ganz allein, Captain.«

Sie lächelte gezwungen. »Komisch, was? Okay. Jäger Zwölf hat sich gerade gemeldet; der Eindringling befindet sich noch immer auf Kurs. Unsere geschätzte Ankunftszeit an seinem Weg sind vier Stunden?«

»Etwas weniger. Drei Stunden siebenundfünfzig dreißig.«

Sie rechnete schnell. »Das gibt uns eine Spanne von ganzen sechs Minuten. Knapp.«

Goode zuckte die Achseln. »Ich wäre absolut damit einverstanden gewesen, die ganze Reise mit zwei Ge zurückzulegen und einen Tag früher hier zu sein. Aber Treibstoff erschaffen gehört nicht zu meinen Talenten.«

»Wenn wir nach Hause kommen, werde ich Dad eine Tachyon-Tankerflotte vorschlagen«, erwiderte Chandra trocken. »Okay. Nummer 81 sollte unser letztes Boot sein. Ich möchte, daß Sie fünfzehn Minuten bevor wir ankommen hinuntergehen und es bereit machen. Wir werden in dem Augenblick verschwinden, in der die *Origami* in Position ist.«

»Roger.«

Die Konversation brach ab. Chandra kam es seltsam vor, daß sie bewußt auf eine Kollision zusteuerten: seltsam und erschreckend. Es erinnerte sie an ihre ersten Fahrstunden, an die Warnung ihres Vaters, daß sie nie, *niemals* mit einem Monorail um die Wette zu einer Kreuzung fahren durfte. Er hatte es ihr eingehämmert, indem er ihr die Fotos von Wagen zeigte, die diesen Wettlauf verloren hatten, und sie erschauerte heute noch, wenn sie sich an die schrecklich verbogenen Blechhaufen erinnerte.

Und diesen Flug hatte ihr Vater persönlich bewilligt. Wie er sich jetzt wohl fühlte? Wahrscheinlich schlechter als sie.

Seltsamerweise sah der Monorail auf den Fotos nie besonders beschädigt aus. Würde es diesmal auch so sein? Wenn es sich vermeiden ließ, wollte sie keinen der Fremden auf dem Schiff töten. An diesem Durcheinander waren sie wirklich nicht schuld.

Sechs Minuten… Sie hoffte, daß der Eindringling seinen Kurs nicht geändert hatte.

Captain Mahendras Hände lagen leicht auf dem Kommunikationspult des Lageraums, ohne im geringsten verkrampft zu wirken. General Carey beobachtete sie fasziniert und wunderte sich über die Selbstbeherrschung dieses Mannes. Aber Mahendra hatte auch keine Tochter da draußen, die mit dem größten Monorail um die Wette zur mathematischen Kreuzung raste.

Mahendra wandte sich vom Pult ab, nahm seine Kopfhörer ab und Carey hob den Blick zum Gesicht des Captains. »Ja?«

»Jäger Sechs berichtet, daß sowohl der Eindringling als auch die *Origami* noch auf Kurs sind. Die Jäger Acht bis Dreizehn nehmen noch immer Rettungsboote auf. Beinahe alle Passagiere sind schon da; etwa drei Viertel der Mannschaft sind noch draußen.«

Carey nickte. »Wieviel Zeit bleibt der *Origami* bis zum Aufprall?«

»Von jetzt an drei Stunden zwanzig Minuten. Sobald sie an Ort und Stelle sind, etwa sechs Minuten.«

Carey stieß die Luft zischend aus. »Sehr knapp.«

Mahendra runzelte die Stirn. »Es sollte reichen, General. Diese Boote können zehn Minuten lang mit zwei Ge fliegen, bevor ihre Tanks leer sind. Selbst wenn Sie für den Start drei Minuten veranschlagen, können sie bis zum Zusammenprall – mindestens dreihundert Kilometer schaffen. Diese Entfernung sollte relativ sicher sein.«

»Ich nehme es an.«

»Sie scheinen Zweifel zu haben«, schaltete sich eine neue Stimme in das Gespräch ein. Carey drehte sich um und stellte fest, daß Du Balley unbemerkt hereingekommen war und hinter ihm stand.

»Ich mache mir Sorgen um die Leute, die noch an Bord des Schiffs sind«, knurrte der General. »Sie sind Zivilisten und sollten nicht so etwas durchmachen müssen.«

»Ich bin Ihrer Meinung.« Du Bellay machte eine Pause. »Ich habe die Registrierungsdaten der *Origami* nachgeschlagen. Der Captain ist als Chandra Carey angeführt.«

Er verstummte, ohne die naheliegende Frage zu stellen. Carey beantwortete sie ohnehin. »Sie ist meine Tochter.«

»Ihre Tochter, Sir?« Mahendras Augen waren groß geworden. »Es tut mir leid; das habe ich nicht gewußt.« Seine Finger tanzten über die Tasten und auf seinem Bildschirm erschienen Zahlen. »Wir *könnten* ein Tachyonschiff vom Weg des Eindringlings abziehen und es am Kollisionspunkt warten lassen, damit es Captain Carey aufnimmt, sobald die *Origami* eintrifft.«

»Nein. Wir haben nur noch drei Tachyonschiffe, die als Jäger eingesetzt sind, und ich möchte sie lieber dort lassen. Chandra ist gut und hält sehr viel von ihrer Mannschaft. Wir helfen ihnen am meisten, indem wir ihnen weiterhin Daten über den Kurs des Eindringlings liefern.«

»Können wir nicht eines der Tachyonschiffe hinschicken, die beim Einsammeln der Rettungsboote mitmachen?« schlug Du Bellay vor.

»Diese Boote verfügen über nicht allzuviel Lebensmittel und Luft«, sagte Carey kopfschüttelnd. »Die *Origami* hat eine Menge Boote ausgesetzt, und einige von ihnen sind bald am Ende. Tachyonschiffe können nicht mehr als ein Rettungsboot auf einmal transportieren, und da die zivilen Raumschiffe offiziell aus dem Gebiet verbannt sind, haben wir ohnehin alle Hände voll zu tun, um alle aufzulesen.« Beide Männer sahen ihn besorgt an, und Carey lächelte – wie er hoffte, beruhigend. »Machen Sie sich keine Sorgen, Chandra kann selbst für sich sorgen. Wie steht es mit unseren Kommunikationsversuchen, Captain?«

Du Balley verließ den Raum beinahe zögernd und Mahendra wandte sich wieder seinem Pult zu. Seine Hände sahen nicht annähernd so entspannt aus wie zuvor.

Die Tür ging auf und Orofan blieb einen Augenblick auf der Schwelle stehen, bevor er auf die Brücke trat. Lassarr blickte von dem Pult auf, an dem er und Pliij arbeiteten. »Ja, was ist?« knurrte der Reisemeister.

»Ich bitte Sie noch einmal, es sich zu überlegen.« Orofans Stimme war entschlossen und gefühllos.

Lassarr übersah diese Hinweise offenbar. »Es ist zu spät. Die Demontage hat begonnen; unser neuer Kurs wird berechnet.«

»Aber wir steuern ihn noch nicht«, bemerkte Orofan. »Und die Ausrüstung kann wieder montiert werden. Dieser Weg ist nicht ehrenhaft, Reisemeister.«

Lassarr wandte dem Schiffsmeister bewußt den Rücken zu. »Machen Sie sich bereit, die Kursänderung durchzuführen«, wies er Pliij an.

»Sie lassen mir keine Alternative«, seufzte Orofan.

Lassarr fuhr herum – und erstarrte; er klammerte sich an das Pult und seine Augen traten heraus, während er das Sturmgewehr in Orofans Tentakel betrachtete. »Sind Sie verrückt geworden, Schiffsmeister?«

»Vielleicht«, gab Orofan zu. »Aber ich will den Vorfahren nicht mit dem Bewußtsein gegenübertreten, daß ich dabei zugesehen habe, wie wir Krieg gegen eine Rasse führten, die uns nicht provoziert hatte.«

»Tatsächlich?« Lassarrs Stimme triefte vor einem Sarkasmus, der Angst und Zorn entsprang. »Und sie direkt, ohne Warnung vernichten ist ehrenwerter? Vor einigen *aarns* haben Sie nicht so gedacht. Oder wollen Sie statt dessen eine Million Sk'cee zum Tod verurteilen?«

»Das weiß ich nicht.« Orofan betrachtete den Bildschirm, der den näher kommenden Stern zeigte. »Wir haben noch immer Zeit, uns für einen der beiden Wege zu entscheiden.«

Lassarr war wieder entgeistert. »Sie wollen diese Entscheidung bis zum letzten *aarmi*-Impuls aufschieben?«

»Es ist kaum ein Zehntel *aarn* übrig, Orofan«, sagte Pliij mit gepreßter Stimme.

»Ich weiß.« Orofan konzentrierte sich auf Lassarr. »Aber die *Dawnsent* gehört mir, und mit dieser Macht ist die Verantwortung für ihre Aktionen verbunden. Es ist nicht ehrenhaft, diese Bürde abzuwerfen.«

Langsam, als verstünde er endlich, nickte Lassarr zustimmend. »Die Bürde kann an jemanden weitergegeben werden, der dazu bereit ist«, sagte er leise.

»Und was ist dann mit meiner Ehre?« fragte Orofan, dessen Tentakel sich vor bitterer Belustigung kräuselten. »Nein. Ihre Ehre ist in Sicherheit, Reisemeister – nur die Gewalt hat Sie daran gehindert, dem Weg zu folgen, den Sie für richtig hielten. Sie können den Vorfahren ohne Angst gegenübertreten.« Er hob das Sturmgewehr. »Die endgültige Entscheidung liegt jetzt bei mir. Nur *meine* Ehre allein sitzt auf der Anklagebank.«

Und so sollte es auch sein, wußte Orofan. Er starrte den Bildschirm schweigend an und traf seine Entscheidung.

Zehn Minuten bis zum Kollisionspunkt. Chandra war allein auf der Brücke und versuchte, alle Anzeigen gleichzeitig im Auge zu behalten, um Abweichungen von ihrem berechneten Kurs zu suchen. Der Navigationscomputer der *Origami* war genauso gut wie alle diese Geräte, aber zur extrem genauen Lagebestimmung verfügte er normalerweise über die Hilfe von Leitstrahlen und Molekularverstärkern. Hier draußen mitten im Nirgends, sechs A.U. von der Sonne entfernt, mußte sich der Computer auf Trägheitsinformationen und die Positionen der Sterne verlassen, und Chandra wußte nicht, ob er mit dieser Aufgabe allein fertigwerden konnte.

Sie griff nach der Sprechanlage, überlegte es sich aber anders und schaltete statt dessen den Sprechfunk ein. Die Sprechanlagen in den Rettungsbootschleusen waren ziemlich weit von den Booten entfernt, und Goode würde sie eher über das Funkgerät des Bootes hören. »Goode? Wie geht's?« rief sie.

Die einzige Antwort war ein leises, angestrengtes Brummen. »Goode?« fragte sie scharf.

»Schwierigkeiten, Captain.« Seine Stimme war leise, als befände er sich außerhalb des Boots. Chandra drehte Lautstärke und Sendestärke auf und seine nächsten Worte waren besser zu verstehen. »Ein Kabel des Bootsschlittens ist eingeklemmt – an einer Stelle, zu der ich nicht gelangen kann, ist etwas in das Getriebe geraten. Ich brauche einen Laser-Schweißbrenner, um es durchzuschneiden.«

»Verdammt. Der nächste Schweißbrenner befindet sich wahrscheinlich im vorderen Werkstattraum.« Chandra überlegte einen Augenblick lang, ob sie auf ein Ge zurückgehen sollte, solange Goode unterwegs war, kam aber sofort wieder davon ab. In diesem späten Stadium würde dies eine zusätzliche Ge-Verlangsamung erfordern, damit sie trotzdem rechtzeitig beim Kollisionspunkt anlangten, und es war nicht sicher, daß sie über genügend Treibstoff dafür verfügten.

Goode las sogar auf diese Entfernung ihre Gedanken. »Machen Sie sich keine Sorgen, ich kann es schaffen. Was gibt es Neues vom Eindringling?«

»Vor vier Minuten behielt er Kurs und Geschwindigkeit bei. Doch die Entfernung zum nächsten Tachyonschiff beträgt nur eine Minute, deshalb könnte die Nachricht schon überholt sein.«

»Ich verstehe. Ich bin schon unterwegs.«

Die Minuten krochen dahin. Ohne die Anzeigen aus den Augen zu lassen, folgte ihm Chandra im Geist durch das Schiff: Aus dem Hangar hinaus, nach rechts, Lift oder Treppe über zwei Decks hinunter, durch einen langen Korridor, in den Hobby- und Bastelraum Nummer zwei; einen Schweißbrenner aus dem versperrten Schrank holen und zurück. Trotz der doppelt so großen Schwerkraft glaubte sie, daß sie seinen Zeitaufwand großzügig einschätzte, doch als der Antrieb sich unvermittelt abschaltete, verfolgte sie bereits zum dritten Mal seinem Weg.

Die plötzliche Stille und Schwerelosigkeit überraschten sie, und sie vergeudete zwei oder drei Sekunden, bevor sie den Schalter des Sprechfunkgeräts umlegte. »Goode!« schrie sie. »Wo, zum Teufel, *sind* Sie?«

Keine Antwort. Sie wartete und überprüfte dabei die endgültigen Positionszahlen. Die *Origami* war um beinahe achtzig Meter über die richtige Position hinausgeschossen. Sie griff gerade nach den Antriebsschaltern, als das Sprechfunkgerät dröhnte.

»Ich bin zurück«, keuchte Goode. »Ich habe dem Fahrstuhl nicht getraut – mir war nicht klar, wie mühsam der Rückweg sein würde. Tut mir leid.«

»Vergessen Sie's und machen Sie sich an die Arbeit. Können Sie sich irgendwo anhalten? Ich muß die Bugjets einschalten.«

»Lassen Sie sich nicht stören. Aber verdammt, dieser Schneidbrenner ist ein echtes *Spielzeug.* Ich weiß nicht, wie lang es dauern wird, bis ich das Boot losgeschnitten habe.«

Chandra lief eine Gänsehaut über den Rücken, und sie mußte sich beherrschen, um den Hauptantrieb nicht einzuschalten und abzuhauen. »Sie sollten sich beeilen, Partner. Außer Ihnen, mir und einem durchgegangenen Monorail gibt es hier draußen nichts.«

»Ja. He – könnten Sie ein Tachyonschiff auffordern, uns zu holen?«

»Daran habe ich auch schon gedacht. Aber das nächste Tachyonschiff ist nur eine Lichtminute entfernt, und das ist viel zu nahe, um mit einem einzigen Sprung hierherzukommen. Es müßte mindestens zwei A.U. weit springen, und dann hierher zurückspringen. Für die Berechnung von Richtung und Timing für zwei so genaue Sprünge braucht man mindestens zwanzig Minuten.«

»Verdammt. Das habe ich nicht gewußt – ich bin nie für ein Tachyonschiff ausgebildet worden.« Eine kurze Pause. »Die ersten drei Stränge sind zerschnitten; sieben sind noch vorhanden. Eineinhalb Minuten, würde ich sagen.«

»Okay.« Chandra beobachtete die Anzeigen scharf. »Wir sind beinahe in Position; ich werde unten sein, bevor Sie fertig sind. Ist das Boot sonst bereit?«

»Bereit und es kann es nicht erwarten.«

»Genau wie ich.« Der Hauptantrieb spuckte kurz, um die Geschwindigkeit zu neutralisieren, als die Bugjets verstummten; noch ein prüfender Blick auf die Anzeigen – »ich bin fertig und komme.«

Als sie eintraf, war Goode beim vorletzten Kabelstrang. »Steigen Sie ein und schnallen Sie sich an«, sagte er, ohne aufzublicken.

Sie gehorchte, zwängte sich in die Pilotenliege und war bereit, als er auf der anderen Seite hereinkletterte. Ohne zu warten, bis er sich angeschnallt hatte, schlug sie auf den ›Auskuppeln‹-Knopf.

Noch bevor sie den Rumpf hinter sich hatten, waren sie bereits auf zwei Ge. Chandra öffnete die Drosselklappe soweit es ging und überzeugte sich davon, daß sie sich im rechten Winkel zum Weg des Eindringlings entfernten. Erst dann sah sie auf den Chronometer.

Neunzig Sekunden bis zum Zusammenstoß.

Neben ihr seufzte Goode. »Ich glaube nicht, daß wir es schaffen, Chandra.« Seine Stimme klang mehr bedauernd als angstvoll.

Chandra öffnete den Mund, um etwas Beruhigendes

zu sagen, doch statt dessen sprach das Funkgerät. »Avis T-466 an *Origami* Rettungsboot; bitte kommen.«

Ein privates Tachyonschiff? »Rettungsboot; Captain Carey spricht. Hören Sie, Sie sollten verdammt schnell...«

»Das weiß ich«, unterbrach sie die Stimme. »Ich habe über Funk Ihre Probleme belauscht. Sie sind spät dran, aber ich befinde mich dicht hinter Ihnen. Schalten Sie den Antrieb ab; ich habe noch genügend Zeit, um Sie zu packen.«

Chandra hatte bis jetzt die Anzeigen nicht beachtet, doch während sie den Antrieb abschaltete, zeigte Goode darauf. »Da ist er. Koplanarer Kurs, Abfangvektor, zwei-fünf Ge...« Der Echoimpuls veränderte seine Richtung leicht, und Chandra begriff plötzlich, daß ein Amateur am Steuer saß.

Goode erfaßte es ebenfalls. Er murmelte etwas, schlug auf die Tasten des Computers und schaltete den Antrieb wieder ein. »Tachyonschiff, wir verändern Geschwindigkeit und Vektor, um beim Abfangen die gleichen Werte zu haben wie Sie; halten Sie einfach Ihren Kurs«, rief er. »Verfügen Sie über magnetische Standardgreifer?«

»Ja, und sie sind alle eingeschaltet. Rühren Sie sich nicht; ich komme.«

Die Sekunden vergingen. Der Echoimpuls auf dem Radarschirm kam schnell... und dann war er über ihnen und das Rettungsboot schwankte wild, als die Greifer zupackten. »Ich habe Sie!« rief das Funkgerät. »Halten Sie sich fest!«

Und mit einem Spielraum von Sekunden...

Das Universum verschwand. Vor den Bullaugen breitete sich Schwärze aus, drang wie etwas Körperliches in das Rettungsboot. Fünf lange Sekunden...

Die Sonne explodierte direkt vor ihnen, heller, als Chandra sie seit Wochen gesehen hatte. Ein Dutzend Echoimpulse krabbelten über den Radarschirm, und der Leitstrahlsucher des Rettungsboots erwachte unvermittelt zum Leben und teilte ihnen mit, daß sie sich sechstausend Kilometer Nordwestzenit vom Navigationsstrahl Nummer Zwölf der Erde befanden.

Goode wurde schlaff, als die Spannung nachließ. »Sind Sie noch bei mir?« fragte das Funkgerät.

»Und ob.« Chandra wischte sich den Schweiß von den Handflächen. »Ich weiß nicht, wie ich Ihnen danken soll, Mr. ...?«

»Dr. Louis Du Bellay«, stellte sich die Stimme vor. »Aber danken Sie mir noch nicht. Wenn das, was Sie da draußen getan haben, nicht funktioniert hat, dann erwartet uns alle ein schlimmerer Tod.«

Das hatte Chandra beinahe vergessen, und der Gedanke dämpfte ihre Stimmung beträchtlich. »Sie haben recht. Können Sie uns mit dem Peacekeeper-Hauptquartier verbinden? Wir müssen uns melden.«

»Ich habe etwas Besseres anzubieten. Kommen Sie an Bord und Sie erfahren es.«

Sie erhielten bei der Landung Priorität, und auf dem Flugfeld stand ein Wagen für sie bereit.

General Carey erwartete sie vor dem Lageraum. »Ich sollte Ihnen den Pilotenschein wegnehmen, weil Sie gegen den ausdrücklichen Befehl der Peacekeepers hinausgeflogen sind«, erklärte er Du Bellay halb ernst, während er seine Tochter an sich drückte. »Wenn Mahendra nicht gestanden hätte, daß er Ihnen geholfen hat, das Tachyonschiff zu bekommen, hätte ich es wahrscheinlich getan, aber er ist ein zu guter Mitarbeiter, als daß ich ihn durch ein Kriegsgericht verlieren möchte. Gehen wir hinein; die Jäger berichten seit beinahe zwanzig Minuten.«

Als die Gruppe eintrat, blickte Mahendra auf. »Captain Carey und Officer Goode? Meinen Glückwunsch; es sieht aus, als hätten Sie es geschafft.«

Chandra saß ein Riesenkloß im Hals. »Wir haben ihn verlangsamt?«

»Nein, aber Sie haben ihn um zwei Hundertstelsekunden in die richtige Richtung abgelenkt.«

»Wurde das bestätigt?« fragte General Carey scharf, als wage er nicht, es zu glauben.

»Bestätigt, Sir«, nickte Mahendra. »Er wird die obere Sonnen-Chromosphäre durchqueren, statt tief in die Photosphäre einzutauchen. Wir werden einige kräftige Ausbrüche abbekommen, und die Strahlung wird wochenlang deutlich stärker sein, aber mehr wird es nicht sein.«

»Und der Eindringling hat nicht versucht, seinen Kurs zu ändern?« fragte Du Bellay leise.

Mahendra sah ihn traurig und zugleich grimmig an. »Nein, Doktor.«

Chandras Blicke wanderten verständnislos zu ihrem Vater, Mahendra und Du Bellay, die alle offenbar das gleiche dachten. Sogar Goodes Gesicht veränderte sich … und plötzlich verstand sie. »Das heißt … der Zusammenstoß hat *alle* getötet?«

Carey legte ihr den Arm um die Schultern. »Uns blieb keine andere Wahl, Chandra. Es war eine Frage des Überlebens. Das verstehst du doch, nicht wahr?«

Sie seufzte und nickte widerwillig. Goode ergriff sie am Arm und führte sie zu einem Stuhl. Sie setzte sich, umklammerte seine Hand und sah gemeinsam mit den übrigen im Lageraum zu, wie der Eindringling gemäß der Computerberechnung über die Oberfläche der Sonne strich und dann in den Weltraum hinausschoß. Sie fragte sich benommen, wie sie wohl aussahen … und wie viele sie getötet hatte, damit die Erde leben konnte.

Sie wußte, daß sie es nie erfahren würde.

Hinter der *Dawnsent* wich der Stern in die negative Unendlichkeit zurück und sein Licht wechselte über Rot ins Unsichtbare. Orofan beobachtete diesen Vorgang mit gemischten Gefühlen auf dem Bildschirm. Neben ihm blickte Pliij vom Steuerpult auf. »Wir sind fertig, Schiffsmeister. Die Abweichung ist berechnet worden; innerhalb der nächsten hundert *aarns* können wir den Kurs jederzeit korrigieren.« Er unterbrach sich, und sagte dann in persönlicherem Ton: »Sie taten, was notwendig war, Orofan. Ihre Ehre ist makellos.«

Orofan zeigte, daß er zustimmte, aber es war eine automatische Geste. Erst jetzt bemerkte er, daß sich das Sturmgewehr noch in seinem Tentakel befand und schob es in die Hülle.

Ein Tentakel berührte das seine. »Pliij hat recht«, sagte Lassarr sanft. »Was immer es für ein Schiff war – seine Bewohner wurden beinahe sicher von unserer Schaufel getötet, bevor wir es entdeckten. Sie hätten ihnen nicht helfen können. Jede andere Handlungsweise wäre unehrenhaft gewesen. Sie haben richtig gehandelt; Ihre Entscheidungen und Beurteilungen haben sich als richtig erwiesen.«

»Das weiß ich«, seufzte Orofan. Es stimmte; das Schicksal hatte gemeinsam mit seinen Entscheidungen das System vor der Zerstörung bewahrt, ohne die Reise der *Dawnset* wesentlich zu verlängern. Er sollte zufrieden sein.

Und doch ... die Analysatoren meldeten bedeutende Mengen von Silikon-, Kohlenstoff-, Sauerstoff-, Wasserstoff- und Stickstoffatomen zwischen den Metallen des Raumschiffs, das die *Dawnsent* ungewollt überfahren hatte. Welche dieser Atome hatten einst zu lebenden Geschöpfen gehört? ... Und wie viele dieser Wesen waren gestorben, damit die Sk'cee ihr neues Zuhause erreichen konnten?

Er wußte, daß er es nie erfahren würde.

IN DER ZWICKMÜHLE

Meine Damen und Herren, die Shuttles Eins und Zwei zum United Flug 1103 sind jetzt zum allgemeinen Anbordgehen bereit: Skyport Service von Houston nach Dallas-Ft. Worth, Los Angeles und San Francisco.«

Peter Whitney war bereit; er stand seit einigen Minuten am entsprechenden Ende des Warteraums und wartete ungeduldig auf die Ansage. Er griff nach seinem Bordcase, trat zur sich öffnenden Tür, hielt dem Angestellten die Bordkarte hin und ging den kurzen Tunnel zum wartenden Shuttle hinunter. Seine Aufregung schien bei jedem Schritt zuzunehmen, und das machte ihn ein bißchen verlegen – ein achtundzwanzig Jahre alter Computerspezialist sollte sich eigentlich nicht wie ein Kind bei der ersten Reise nach Disney World fühlen. Aber er hatte nicht vor, sich deshalb Sorgen zu machen. Professioneller Ernst war für ihn noch immer etwas Neues, über das er sich ohne weiteres hinwegsetzte.

Das Shuttle war natürlich nicht beeindruckend: Etwas größer als eine Boeing 727 mit einem sehr veränderten Innenraum. Er befolgte die Anweisungen der Flugbegleiterin, setzte sich in die erste Reihe und wählte den linken Fensterplatz. Er schob die Tasche in das Fach unter seinem Sitz, befestigte den Sicherheitsgurt und betrachtete während der nächsten Minuten die an Skilifte erinnernden Stangen, die jedes Stuhlpaar mit den Förderbändern hinter den Hohlkellen in Boden und Decke verbanden. Er hatte Darstellungen und Modelle des Systems in St.Louis gesehen, staunte aber noch immer darüber, wie gut es in der Praxis funktionierte.

Seine Sitznachbarin erwies sich als elegante Geschäftsfrau, die prompt das *Wall Street Journal* herauszog und sich in seinen Inhalt vertiefte. Offensichtlich eine gelangweilte Angehörige der Unternehmensleitung, die allwöchentlich mit Skyports flog; ihre Gleichgültigkeit vertrieb Whitneys letzten Reste von Schuldbewußtsein, weil er den Fensterplatz genommen hatte.

Einige Minuten später war das Shuttle voll und abflugbereit; die Tür wurde geschlossen und der Tunnel weggezogen. Whitney behielt interessiert die Uhr im Auge – angesichts der Logistik von Skyports konnte es sich ein Shuttle nicht leisten, zu spät abzuheben. Trotzdem war er beeindruckt, als das Flugzeug mit nur zwölf Sekunden Verspätung die Startbahn hinunterdröhnte und hochstieg.

Sie bogen nach Osten ab und flogen der Sonne und dem Skyport entgegen, der ihnen von New Orleans, wo er Passagiere aufgenommen hatte, entgegenkam. Whitney sah zu, wie die Stadt hinter ihnen verschwand und blickte dann nach vorn; er war neugierig, aus welcher Entfernung man etwas so Großes wie einen Skyport sehen konnte. Er wußte, daß sie hundertzehn bis hundertdreißig Kilometer außerhalb von Houston andocken würden; wenn das Shuttle seine normalen vierundneunzig Knoten – etwa neuntausend Kilometer – in der Stunde machte, würde es ein Acht- bis Neunminutenflug sein. Sieben Minuten waren bereits verstrichen; der Skyport mußte jeden Augenblick auftauchen. Außer …

Plötzlich sank der Horizont unter sein Fenster und Whitney wußte, daß er gepatzt hatte. Der Skyport befand sich irgendwo rechts vom Shuttle, das jetzt kreiste, um in Andockposition zu kommen. Ihm wurde zu spät klar, daß er die Flugbegleiterin beim Einsteigen hätte fragen sollen, welches die Aussichtsseite war.

Die Passagiere auf der anderen Seite des Gangs begannen, sich für den Ausblick aus ihren Fenstern zu interessieren, und Whitney verrenkte sich den Hals, um etwas zu sehen. Er erblickte von seinem Platz aus nur Boden und Himmel; doch noch während er sich leicht enttäuscht zurücklehnte, begann das Shuttle zu steigen … und plötzlich schob sich voraus über ihnen der Skyport in ihr Blickfeld.

Whitney begriff in diesem Augenblick, daß kein Filmausschnitt, kein Modell und keine Blaupause jemanden auf den überwältigenden Eindruck, den der Skyport machte, vorbereiten konnten. Der Skyport war ein riesiger fliegender Flügel in der Größe von sieben aneinandergereihten Fußballfeldern, und sah ganz anders aus, als alles, was es in der Geschichte der Fliegerei gab – sah überhaupt wie etwas aus, das so hoch oben in der Luft nichts zu suchen hatte. Im Vergleich dazu war die Tatsache, daß er effizienter flog als alles übrige, das sich am Himmel befand, beinahe nebensächlich, obwohl es natürlich die wirtschaftliche Rechtfertigung für die sechs zur Zeit in Betrieb befindlichen Skyports und das Hauptargument im Werbefeldzug von McDonnell Douglas war. Die Skyports blieben wochen- oder monatelang in der Luft; sie waren für maximale Effizienz bei großen Höhen und Geschwindigkeiten entworfen und verzichteten auf das schwere Fahrgestell, die Lärmdämpfung und die Hochleistungs-Landeklappen, die normale Jets brauchten. Und da die Skyports sehr wenig Zeit auf dem Boden zwischen Verseuchungsstoffen wie Staub und Insekten verbrachten, hatten sie endlich die bekannten Theorien der laminaren Strömungskontrolle ausnützen können, die es dem riesigen Flugschiff ermöglichten, mit weniger als dem halben Luftwiderstand von Flugzeugen zu fliegen, die nur einen Bruchteil ihrer Kapazität besaßen. Whitney nahm an, daß es diese unglaubliche Treibstoffeffizienz gewesen war, die United und TWA endlich veranlaßt hatte, es mit der neuen Idee zu versuchen.

Das Shuttle befand sich jetzt genau hinter dem Skyport und kam rasch näher. Whitney sah von seinem

Fenster aus fünf der sieben voneinander unabhängigen Module, aus denen der Skyport bestand, und gerade noch die beiden Backbordmotore des sechsten. Das war in Ordnung; da während dieses Teils des Flugs nur die Motore des zentralen Moduls liefen, war es unwichtig, ob man am letzten oder am vorletzten Modul andockte, denn der Lärm und die Turbulenzen waren gleich. Das Andocken an einem zentralen Modul war hingegen angeblich laut und nervtötend. Whitney war nicht darauf erpicht, diese Theorie zu testen.

Aufblitzendes Sonnenlicht links von ihm erregte seine Aufmerksamkeit – das zweite Houston-Shuttle war zum vorletzten Modul am anderen Ende unterwegs. Whitney beobachtete interessiert, wie sich das Shuttle vorsichtig der Andockschleuse näherte, bis ihm die Backbordmotoren des Moduls, an dem sein eigenes Shuttle andockte, die Sicht verstellten. Der silberne Rand des Skyports war jetzt sehr nahe, und die leichte Vibration, die sich beinahe unmerklich verstärkt hatte, nahm schnell zu. Whitney versuchte gerade, die Vibrations-Schwingungsweite zu schätzen und sich an die dimensionale Toleranz der Andockschleuse zu erinnern, als ein Geräusch wie eine gedämpfte Baßtrommel von dem einen Meter vor ihm liegenden Rumpf kam, und die Vibration unvermittelt aufhörte. Der Andockkragen hatte sich lückenlos um das Shuttle geschlossen. Der Lärm der Skyport-Motoren erfüllte noch immer die Kabine, und deshalb konnte Whitney nicht hören, wie sich das Vorderrad in die Andockschleuse senkte; aber er hörte deutlich den dumpfen Schlag, als sich die vordere Klemme der Schleuse um die Zugstange des Bugrades schloß. Erst jetzt, als das Shuttle sicher und offiziell angedockt hatte, merkte er, daß er den Atem angehalten hatte. Er atmete gequält lächelnd aus, denn er kam sich mehr denn je wie ein Kind bei einem Flug vor, von dem Disney nie geträumt hatte.

Ein zweiter gedämpfter Aufprall und leises Zischen

signalisierten, daß der unter Druck stehende Tunnel an seinem Platz war. Als die äußere Tür geöffnet wurde, wehte eine kühle Brise durch das Shuttle – und plötzlich bewegten sich Whitney und seine Sitznachbarin; ihre Skiliftsitze folgten den Hohlkehlen in Boden und Decke, während sie zuerst in den Gang und dann nach vorn zum Ausgang befördert wurden. An der Tür bogen sie nach links ab, und Whitney konnte gerade noch einen Blick auf die übrigen Sitze des Shuttle werfen, die hinter ihm herkamen. Dann verließen sie das Shuttle infolge der nicht genau anschließenden Hohlkehlen mit einem minimalen Ruck und befanden sich in einem Korridor mit flexibeln Wänden, der wie die Innenseite eines Akkordeons aussah. Der Korridor war kurz und führte zu einer weiteren Flugzeugtür. Direkt vor ihnen lag ein langer Korridor, in dem eine Kolonne von Liftsitzen mit Passagieren zu dem Rückflug des Shuttles nach Houston unterwegs war. Der Raum neben diesen Sitzen war nicht breit genug für eine entgegenkommende Kolonne, aber Whitney hatte keine Zeit, darüber nachzudenken. Sofort nach der Tür schwenkte sein Sitz um neunzig Grad nach rechts, und er glitt an einer Wand entlang auf etwas zu, das wie eine Lounge aussah. Links von ihm folgte der Rest der Shuttlesitze wie eine zerstückelte Schlange. Die Luftfahrtgesellschaften hatten sich gegen das Skiliftsystem gesträubt und behauptet, daß es unnötig kompliziert und teuer sei. Aber die Zeit, die das Shuttle in der Andockschleuse verbrachte, setzte sich in Treibstoff für den Rückflug um, und das war Geld … Außerdem verkürzte das Skiliftsystem den Aufenthalt des Shuttles auf weniger als zehn Minuten.

Die Stühle brachten sie tatsächlich in eine Art Lounge, einen rechteckigen, in weichen Farben gehaltenen Raum, dessen Teppich die Hohlkellen im Boden verdeckte. In der Mitte befand sich ein großes, vierseitiges Computer-Display, das die Ziele und die dazugehörigen Module mit großen Buchstaben anführte. Whitneys Sitznachbarin holte ihre Aktenmappe unter dem Sitz hervor, sprang ab, sobald der Stuhl in den Raum gelangte, und schritt über den Teppich davon; sie warf einen Blick auf das Display und ging durch eine der breiten Türen in der gegenüberliegenden Wand. Whitney hielt sich an die Vorschriften und wartete, bis der Sitz stillstand; dann öffnete er den Sicherheitsgurt und stand auf. Das Display teilte ihm mit, daß er sich in Modul sechs befand; Passagiere für Los Angeles konnten in den Modulen eins, zwei, sechs oder sieben Platz nehmen. Da seine Bordkarte angab, daß er ohnehin von Modul sechs aus von Bord gehen würde, war es am vernünftigsten, wenn er einfach hierbliebe; die meisten übrigen Passagiere waren offenbar zu dem gleichen Entschluß gelangt. Er nahm sein Bordcase und schloß sich den Vorwärtsdrängenden an. Vor ihm lag ein kurzer, von Waschraumtüren eingefaßter Korridor; er durchquerte ihn und betrat…

Sofortige Desorientierung.

Der Raum vor ihm war *riesig* und mehr eine Kombination von Theater, Café und Lounge als eine Flugzeugkabine. Direkt vor ihm befand sich ein Sektor mit den üblichen Flugliniensitzen, doch sie standen nicht wie sonst nebeneinander, sondern in gemütlichen Kreisen um niedrige Tische herum. An beiden Seiten befanden sich Räume, die durch bis zur Decke reichende Tafeln aus durchscheinendem, grauem Kunststoff vom Hauptraum getrennt waren. Weiter vorn beim vorderen Ende des Skyports lag, wieder durch gefärbten Kunststoff vom Warteraum getrennt, ein Sektor, der eindeutig ein Speisesaal war, in dem Tische in verschiedenen Formen und Größen standen; trotz der frühen Stunde war etwa ein Drittel von ihnen besetzt. Dahinter war der letzte Sektor anscheinend in drei kleine Kino/TV-Räume unterteilt.

Das alles wirkte beinahe empörend verschwenderisch für ein Flugzeug, das trotz seiner Größe und seines Prunks dem Gesetz der Schwerkraft unterworfen war; doch sobald Whitney zwischen den Stühlen herumging, begriff er, daß die Extravaganz größtenteils Illusion war. Trotz der verschiedenartigen Sitzgelegenheiten wurde nur wenig Raum verschwendet, und der wäre ohnehin größtenteils für Korridore gebraucht worden. Die rauchfarbenen Kunststofftafeln ließen den Raum größer erscheinen, als er war, während sie ihm gleichzeitig den Eindruck von Behaglichkeit verliehen; und die durchdachte Verwendung von Farben verbarg die Tatsache, daß der Plafond des Raums nicht viel höher war als der eines normalen Jetliners.

Einige Minuten lang ging Whitney mehr oder weniger ziellos herum und nahm die Atmosphäre der Räume auf. Sein knurrender Magen erinnerte ihn daran, daß er an diesem Morgen außer Kaffee noch nichts zu sich genommen hatte, und er unterbrach seine Erforschung, um zu frühstücken. Er setzte sich an einen freien Tisch, überflog die Speisekarte und drückte dann den Knopf in der Mitte des Tisches. Die Sicherheit war nicht zugunsten der Eleganz geopfert worden; Tisch und Stuhl waren solide am Boden befestigt, und die Metallschnalle des Standard-Sicherheitsgurts drückte sich ihm schüchtern in die Rippen.

»Guten Morgen, Sir, kann ich etwas für Sie tun?« fragte eine angenehme Stimme hinter ihm. Er drehte sich um, als sie rechts von ihm in sein Blickfeld gelangte: Eine kleine Blondine, die in der Uniform einer Flugbegleiterin schmuck und sportlich aussah, schob einen Warmhaltewagen vor sich her. Der Wagen überraschte ihn zuerst, doch ihm war sofort klar, daß angesichts der geringen Crew ein echter Restaurantsbetrieb für achthundert Passagiere unmöglich war. Ob es nun zur Aufmachung paßte oder nicht – vorgekochte Tablettmahlzeiten waren die einzige Möglichkeit, eine solche Menschenmenge zu versorgen.

Es gab eben einige Illusionen, die nicht einmal ein Skyport aufrechterhalten konnte.

»Ja. Ich möchte Eier, Wurst und Obstsalat – Nummer zwei.« Er zeigte auf die Speisekarte.

»Gern.« Sie öffnete eine Seitentür ihres Wagens, zog ein dampfendes Tablett heraus und stellte es vor ihn. Das Aroma, das mit dem Dampf aufstieg, veranlaßte seinen Magen, wieder zu knurren. »Kaffee?« fragte sie.

»Bitte. Gibt es übrigens so etwas wie eine Führung durch den Skyport? Ich meine, auch im Obergeschoß?«

Sie runzelte leicht die Stirn, während sie nach einem Becher griff und ihn füllte. »Das Flugdeck? Leider nein – die Vorschriften der Luftfahrtbehörde verbieten es, daß Passagiere hinaufkommen.«

»Oh. Und es gibt keine Ausnahmen?«

»Nicht daß ich wüßte.« Sie stellte den Becher ab und ein Schälchen Sahne daneben. »Gibt es einen besonderen Grund, aus dem Sie hinauf möchten, oder sind Sie nur neugierig?«

»Beides. Ich arbeite für McDonnell Douglas, die Gesellschaft, die dieses Flugzeug gebaut hat. Ich habe Computersimulationen für sie gemacht, und jetzt versetzen sie mich nach Los Angeles, damit ich etwas über ihre neuen Navigationsgeräte mache. Da ich ohnehin mit einem Skyport fliege, wäre es ein Einführungslehrgang für mich, wenn ich mich ein wenig umsehen könnte.«

Die Flugbegleiterin wirkte gebührend beeindruckt. »Klingt, als wäre die Arbeit interessant – und eine Million Kilometer über meinem Kopf. Ich kann mit dem Captain sprechen und ihn fragen, ob wir für Sie die Vorschriften umgehen können, aber ich kann ihnen nichts versprechen. Würden Sie mir bitte Ihren Namen nennen und mir sagen, wo ich Sie nach dem Frühstück erreichen kann?«

»Peter Whitney, und ich werde wahrscheinlich wieder in der Lounge sein. Und verstoßen Sie nicht gegen

Vorschriften – das Ganze ist nicht wichtig genug, damit jemand deshalb Schwierigkeiten bekommt.«

Sie lächelte. »Okay, aber ich werde sehen, was ich tun kann. Genießen Sie die Mahlzeit, Mr. Whitney, und wenn Sie noch etwas brauchen, drücken Sie einfach auf den Knopf.« Sie lächelte ihn nochmals an, wendete ihren Wagen und ging.

Whitney griff nach der Gabel, schnitt eine Scheibe Wurst ab und kostete sie, und probierte dann die Eier. Alles war schön heiß, aber nicht zu heiß zum Essen, und es schmeckte genauso gut, wie es roch. Er rückte sich bequem zurecht und machte sich entschlossen über das Tablett her.

Das Skyport-Flugdeck hatte etwas Magisches an sich.

Betsy Kyser flog seit beinahe achtzehn Monaten auf den riesigen Flugzeugen – war seit vier Monaten Sektorcaptain und für ein ganzes, hundert Meter breites Modul verantwortlich, und wußte noch immer nicht genau, warum diese Umgebung sie so stark beeindruckte. Vielleicht war es die Vermischung von Realität und Phantasie: der Kontrast zwischen dem blauen Himmel, den man durch die winzigen vorderen Fenster sah, und den unzähligen Kontrollämpchen und leuchtenden Computerdisplays. Oder vielleicht war es die Größe des Flugdecks an sich – es war mehr als doppelt so groß wie das eines Jumbo Jets –, die eine Saite in ihr anschlug und ihre kindlichen Träume von riesigen Raumschiffen wahr machte. Was immer der Grund war – das Gefühl würde früher oder später verblassen... doch bis dahin konnte sie es genießen. Sie stand in der Tür zum Flugdeck und ließ den Zauber auf sich wirken.

Aaron Greenburg, der im Copilotensitz lümmelte, blickte zu ihr herüber; die goldenen Schwingen auf den Schulterklappen seines königsblauen Overalls glitzerten bei der Bewegung. »Morgen, Bets – ich habe gehört, wie Sie hereingekommen sind.«

»Morgen, Aaron. Tom, Rick«, fügte sie hinzu, als sich der Pilot und der Flugtechniker umdrehten und ihr zunickten. »Sind nachts irgendwelche Probleme aufgetaucht?«

Tom Lewis, der im Pilotensitz saß, hob die Hände schulterhoch, statt einfach die Achseln zu zucken. »Was könnte schon schiefgehen?«

Daran war etwas. Während des normalen Flugs waren nur die riesigen General Electric CF6-90C1 Turbofan-Motoren der mittleren drei Flügelsektoren im Einsatz, während die beiden äußeren Sektoren ihre Motoren während des Andockens der langsameren Shuttles abstellten. Flügelsektor Sieben, der sich am Steuerbordende des Skyports befand, war hauptsächlich für gratis fliegende Passagiere zuständig und mußte nur darauf achten, daß die Passagiere glücklich waren und der Treibstoff, den die Shuttles brachten, durch die innere Pipeline zu den Sektoren gelangte, die ihn brauchten. »Wollen Sie mir einreden, daß Sie sich hier oben *langweilen?*« fragte sie mit gespieltem Erstaunen. »*Hier,* an Bord der größten fliegenden Maschine, die die Menschheit je gebaut hat?«

Bevor Lewis antworten konnte, meldete sich über die Sprechanlage eine andere Stimme. »Was ist mit euch los, Sieben; ist euch unsere Gesellschaft nicht gut genug? Was wollt ihr noch – Filme von daheim und Salzbrezeln?«

»Wir könnten ihnen einen Teil der Navigationsarbeit überlassen«, schlug eine weitere Stimme vor.

»*Großartige* Idee. Spring mal hinaus, Sieben, und bestimm die Position.«

»Ich weiß etwas noch Besseres, Fünf«, sagte Lewis, der sich inzwischen der Sprechanlage zugewandt hatte. »Machen wir doch eine chinesische Feueralarmübung und schicken Eins, Zwei und Drei auf die andere Seite, so daß *wir* eine Weile steuern.«

»Klingt nach Spaß«, sagte eine Stimme, die Betsy erkannte – es war der Nachtschichtpilot von Eins. »Das würde die Passagiere verdammt durcheinanderbringen. Verraten wir's ihnen oder warten wir ab, ob sie es selbst herausbekommen?«

»Wir könnten ja zurücktauschen, bevor wir Los Angeles erreichen«, meinte Lewis.

»Ich habe eine noch bessere Idee, Sieben«, meldete sich die dröhnende Stimme von Skyport Captain Carl Young von Vier. »Hören Sie mit dem Gequatsch auf und halten Sie sich für das Dallas Shuttle bereit.«

Lewis grinste. »Ja, Sir. Gequatsch aus, Sir.«

Betsy trat vor. »Endgültig aus. Sie können Schluß machen, Tom. Ich übernehme.«

»Meine Schicht dauert noch eine halbe Stunde«, wandte er ein.

»Das geht in Ordnung – die Qualität der Sprechanlage-Witze weist darauf hin, daß *jeder* auf diesem Vogel unter schwerer Langeweile leidet. Verschwinden Sie, trinken Sie Kaffee und entspannen Sie sich. Und vielleicht arbeiten Sie an Ihren Einzeilern.«

Lewis warf ihr einen gekränkten Blick zu. »Also... okay. Wenn Sie darauf bestehen.« Er nahm den Kopfhörer ab, hängte ihn an das Steuer, glitt aus seinem Stuhl und trat vom Instrumentenbrett zurück. »Alles gehört Ihnen, Captain«, fügte er hinzu. »Versuchen Sie, nichts zu überfahren; ich werde ein Nickerchen machen.«

»In Ordnung«, antwortete sie trocken und glitt in seinen Sitz. »Aaron, Rick – wollen Sie eine Münze darum werfen, wer zuerst Pause macht?«

Kurze Stille trat ein, dann sah Greenburg nach hinten. »Gehen Sie schon«, forderte er Rick Henson auf. »Ich bleibe noch eine Weile.«

Henson nickte und stand auf. »Okay. Ich bin bald wieder da.« Er und Lewis verließen das Flugdeck gemeinsam.

Betsy sah Greenburg neugierig an. »Ich habe noch nie jemanden erlebt, der nicht mit allen vieren die Gelegenheit ergriffen hätte, mitten in der Schicht Kaffeepause zu machen.«

»Machen Sie sich keine Sorgen – ich hole es nach. Ich wollte Sie nur wegen des hereinkommenden Shuttles warnen. Eric Rayburn fliegt es.«

Betsys Magen verkrampfte sich plötzlich. »Verdammt. Ich habe ein großartiges Talent für richtiges Timing, was?«

»Wenn Sie wollen, hole ich Tom herein«, schlug Greenburg vor. »Ihr Dienst beginnt erst in einer halben Stunde.«

Sie war in großer Versuchung. Um acht Uhr Skyport-Zeit – sieben Uhr Dallas-Zeit –, würde das Shuttle angekommen, abgeflogen und wieder auf dem Boden sein, und mit ihm Eric Rayburn. Sie würde nicht mit ihm sprechen müssen, was beiden bestimmt sehr angenehm war; und wenn ihr Blutdruck und ihre Verdauung wieder in Ordnung waren, konnte sie sich darauf beschränken, ihr Flugzeug zu fliegen …

Und Eric aus dem Weg zu gehen.

»Ich kann ihm nicht ewig aus dem Weg gehen«, seufzte sie resigniert. »Danke, aber ich bleibe hier.«

Greenburgs dunkle Augen musterten sie forschend. »Wenn Sie sicher sind …« Er unterbrach sich. »Das Shuttle meldet sich jetzt.«

Sie nickte, setzte den Kopfhörer auf und schob den einzigen Hörer in ihr linkes Ohr. Noch bevor sie damit fertig war, vernahm sie Rayburns harten Bostoner Akzent. »… an Skyport Elf-null-drei. Beginne Anflug; ersuche um Andock-Anweisungen.«

Betsy schob die Lippen vor und schaltete ihr Mikrophon ein. »Dallas Shuttle, hier ist Skyport Elf-null-drei. Sie können in Sieben andocken; ich wiederhole, Sieben.« Während sie sprach, überflogen ihre Augen die Instrumente vor ihr. »Skyport Geschwindigkeit gleichbleibend bei zweiundsechzig Knoten; Radar Leitsystem hat Sie erfaßt.«

»Bist du es, Liz? Verdammt; ich hatte keine *Ahnung*, daß ich die Ehre haben werde, an *deinen* Skyport anzudocken. Das ist *tatsächlich* ein Privileg.«

Betsy war auf seinen beißenden Sarkasmus gefaßt gewesen, aber bei seinen Worten ballten sich ihre Hände zu verkrampften Fäusten. *Liz* – zu Beginn ihrer Beziehung hatte er herausbekommen, wie sehr sie diesen Kosenamen haßte, und wenn er ihn jetzt verwendete, empfand sie den gleichen bitteren Schmerz wie bei ihrer Trennung. »Ja, hier spricht Kyser«, bestätigte sie ruhig. »Sie kommen etwas schnell herein, Shuttle. Wollen Sie die Relative-Geschwindigkeitsbestätigung checken?«

»Wozu? Ich kann meinen Vogel genauso gut fliegen wie du den deinen, Liz.«

»Wir sind davon überzeugt, daß Sie es können, Shuttle.« Betsys Stimme war noch immer ruhig, aber sie war die Unterlegene und wußte es. »Docken Sie an, sobald Sie bereit sind; falls Sie Hilfe brauchen, sind wir bereit.« Ohne seine Antwort abzuwarten, schaltete sie das Mikrophon ab und riß den Kopfhörer hinunter, um nicht zu hören, was er vielleicht noch sagte.

Sie starrte einen Augenblick lang die Instrumente an, ohne sie zu sehen, und unterdrückte langsam ihre Wut. Greenburgs ruhige Stimme durchbrach die Schwärze. »Ich bin immer erstaunt – und ein bißchen neidisch –, wenn ich es mit jemandem zu tun habe, der soviel Selbstbeherrschung besitzt wie Sie.«

Sie blickte nicht auf, aber ihre innere Spannung ließ ein wenig nach. »Danke. Sie lügen natürlich wie gedruckt – ich habe nie erlebt, daß Sie auch nur lauter gesprochen hätten –, aber danke.«

Aus dem Augenwinkel sah sie, daß er lächelte. »Sie nehmen für sich viel zu wenig Verdienst in Anspruch und gestehen mir viel zu viel zu. Angeborene Ausgeglichenheit kann man nicht mit Selbstbeherrschung vergleichen. *Meine* Schwächen sind Gin Rummy und Gin Fizz – für gewöhnlich zusammen.« Er schüttelte den

Kopf. »Achtzehn Monate sind eine lange Zeit, um einen Groll gegen jemanden zu hegen.«

»Ja. Ich werde nie wieder das alte sexistische Klischee von einer verschmähten Frau stillschweigend hinnehmen – einige von euch Männern können genauso nachtragend sein wie wir.«

»Wenn Sie eine persönliche Frage entschuldigen – kommt dieser ganze Unsinn *tatsächlich* daher, daß man Sie für den Dienst im Skyport bestimmt hat und er im Shuttle Corps geblieben ist? Ich habe gehört, daß nicht mehr dahintersteckt, aber es kommt mir so lächerlich vor, deshalb eine Fehde anzufangen.«

Sie war soweit, daß sie ein schwaches Lächeln zustandebrachte. »Das zeigt, daß Sie Eric nicht sehr gut kennen. Er ist ein sehr eigensinniger Mann, und wenn er sich etwas in den Kopf gesetzt hat, geht er *nicht* mehr davon ab. Er ist davon überzeugt, daß United mich wegen meines Aussehens in den Skyport versetzte, und weil es eine gute Reklame war, und weil sie eine Vorzeigefrau brauchten – *alles,* nur nicht, weil ich über mehr der erforderlichen Voraussetzungen verfüge als er.«

»Er ist unter anderem der Ansicht, daß Frauen schlechtere Piloten sind als Männer?« fragte Greenburg vorsichtig.

»Zumindest, daß wir schlechtere Piloten sind als *er.* Er akzeptierte meine fliegerischen Fähigkeiten widerspruchslos, bis United eingriff. Er prahlte sogar seinen Freunden gegenüber mit mir.«

Sie öffnete die Fäuste, streckte die Arme und Finger. »Die Ironie dabei ist, daß er während der ersten Woche, in der er hier Dienst gemacht hätte, die Wände hochgegangen wäre. Er ist ein guter Pilot, aber sobald er das Cockpit verlassen hat, erträgt er es nicht, von jemandem Befehle entgegenzunehmen. Sogar die milde Disziplin, die hier rund um die Uhr herrscht, wäre mehr, als er ruhig hinnehmen würde.«

»Wir können hier keine Außenseiter brauchen«, stimmte Greenburg zu. »Versuchen Sie, ihn nicht ernst zu nehmen. In etwas mehr als zehn Minuten ist er nur noch ein schlechter Geschmack in Ihrer Erinnerung.«

»Bis sich unsere Wege wieder einmal kreuzen«, seufzte Betsy. »Es ist so schwer, wenn ich daran denke, was für gute Freunde wir waren.« Eine Zahl auf den Anzeigen fiel ihr auf, und sie beugte sich stirnrunzelnd vor. »Er kommt noch immer eine Spur zu schnell herein. Prüfen Sie es genau nach, Aaron – was sagt der Computer über seine relative Geschwindigkeit?«

Greenburg drehte sich um, um nachzusehen. Gleichzeitig spürte Betsy, daß sich der Skyport leicht senkte, und blickte automatisch zum Wetterradar. Es war nichts Besonderes zu sehen; der Ruck war vermutlich eine Luftturbulenz. Kein Problem; bei einem Flugzeug von der Größe des Skyports bemerkten die Passagiere eine normale Turbulenz nicht einmal ...

Ohne Vorwarnung schoß der Stuhl unter ihr in die Höhe, während das Flugdeck heftig ruckte. Gleichzeitig vernahm sie seltsam undeutlich das Geräusch von gequältem Metall ... und wie aus großer Entfernung einen verzweifelten Schrei.

In Betsys Erinnerung waren die nächsten Sekunden eine Periode fieberhafter Aktivität, in der ihr Verstand, den der Schock anscheinend von ihrem Körper getrennt hatte, kein Beteiligter, sondern ein schweigender Beobachter war. Scheinbar gleichgültig und betäubt sah sie zu, wie ihre Hände den Kopfhörer ergriffen – erst jetzt begriff sie, daß der ferne Schrei aus ihm gekommen war – und ihn ihr auf den Kopf drückten. Ein Dutzend roter Lämpchen blinkten auf dem Instrumentenbrett, und sie sah zu, wie sie gemeinsam mit Greenburg die entsprechenden Knöpfe und Schalter betätigte, kurzschließende Stromkreise und tropfende Kupplungen in der ordentlichen Reihenfolge abschaltete, die ihre Ausbildung ihnen längst eingehämmert hatte. Und die ganze Zeit fragte sie sich, was schiefgegangen war, und fragte sich, was sie tun würde …

Die Tür hinter ihr wurde aufgerissen, brach den Bann und brachte sie in die Wirklichkeit zurück. »Was, zum Teufel, war *das?*« rief Henson, während er schwungvoll hereinstürmte und sich in den Stuhl des Flugtechnikers fallen ließ. Lewis folgte ihm auf den Fersen und bremste erst hinter Greenburg.

»Shuttleunfall«, antwortete sie kurz. Die Notfall-Maßnahmen waren getroffen und sie hatte zum erstenmal Zeit, die übrigen Kontrollen abzulesen und die Situation zu erfassen. »Es sieht schlimm aus. Anscheinend ist das Shuttle schief hereingekommen – nach oben und Steuerbord. Captain Rayburn, können Sie mich hören? Bitte melden Sie sich, Captain Rayburn.«

Einen Augenblick lang vernahm sie in ihrem Kopfhörer nur schwaches, rasselndes Atmen. »Hier ist – hier ist Rayburn.« Die Stimme war betäubt, schwach, und klang überhaupt nicht wie der Mann, den Betsy einmal gekannt hatte.

»Wie ist die Situation unten bei Ihnen?« fragte sie, obwohl ihr etwas die Kehle zusammenschnürte. »Sind Sie verletzt?«

»Ich weiß nicht.« Seine Stimme war jetzt lauter; wahrscheinlich war er nur kurz benommen gewesen. »Mein rechtes Handgelenk schmerzt ein wenig. John … O mein Gott! *John!*«

»Rayburn?« fuhr ihn Betsy an.

»Mein Copilot – John Meredith – die ganze Seite des Cockpits ist über ihm eingebrochen. Er ist – o Gott – ich glaube, er ist tot.«

Betsys linke Hand ballte sich zur Faust. »Reißen Sie sich zusammen, Rayburn! Schalten Sie die Sprechanlage ein und stellen Sie fest, ob Ihre Passagiere unverletzt sind. Dann bekommen Sie heraus, ob Sie einen Arzt an Bord haben, der sich um Meredith kümmern kann. Falls er lebt, kann jede Sekunde wichtig sein. Und verwenden Sie Ihre Sauerstoffmaske – Sie haben vermutlich ein Leck, und die Schleuse steht nicht unter Druck.«

Rayburn holte tief und zitternd Luft, und als er wieder sprach, klang er beinahe normal. »In Ordnung. Ich lasse Sie wissen, was ich erfahre.«

Ein Klicken zeigte an, daß die Sprechanlage des Shuttle eingeschaltet worden war. Betsy hörte ihm mit halbem Ohr zu, schob das Mikrophon von ihrem Mund weg und wandte sich an Greenburg. »Haben Sie schon ein Bild?«

Der Copilot war mit den Schaltern für den Schleusen-TV-Monitor beschäftigt. »Ja, aber die Qualität ist schlecht. Er hat beim Aufprall das Fischaugenobjektiv und auch einen großen Teil der Decken-Flutlichter mitgenommen.«

Betsy sah auf den Schirm. »Die Backbordseite scheint in Ordnung zu sein. Ich würde sehr gern sehen, was er seiner Steuerbordseite angetan hat. Die obere Seite des Rumpfs scheint etwas abgekriegt zu haben – dort oben, der Schatten.«

»Ja. Etwas schwierig ...«

»Betsy!« unterbrach ihn Henson. »Sehen Sie sich die Belastungswerte des Kragens an. Wir stecken in großen Schwierigkeiten.«

Sie fand den entsprechenden Schirm und überflog die Zahlen. Es waren sechs, je eine für jede Stütze, die den Andockkragen mit dem Rand der Schleuse verband. Vier der sechs zeigten überhaupt keine Belastung an, während die anderen beiden gefährlich überbeansprucht waren; sie brauchte eine halbe Sekunde, um zu begreifen, was die Nullwerte bedeuteten. »Großartig«, murmelte sie und zog das Mikrophon wieder an die Lippen. »Rayburn?«

»Die Passagiere sind bis auf einige Quetschungen und vielleicht Verstauchungen in Ordnung.« Rayburns Stimme war gedämpft; er hatte also die Sauerstoffmaske aufgesetzt. »Wir haben einen Arzt, der sich John ansehen wird.«

»Gut. Jetzt hören Sie mir genau zu. Sie halten sich mit knapper Not am Skyport fest – vier der Kragenstützen sind gebrochen, und der Luftwiderstand belastet die letzten beiden. Schalten Sie ihre Motoren mit etwa …« Sie brach ab, weil ihr plötzlich klar war, daß sie keine Ahnung hatte, wieviel Leistung er brauchen würde, um die Belastung der Klemmen zu vermindern. »Starten Sie Ihre Motoren einfach und lassen Sie sie langsam hochlaufen. Wir sagen es Ihnen, wenn Sie die richtige Leistung erreicht haben.«

»Verstanden. Ich beginne.«

Es dauerte beinahe eine Minute, bis die Belastung auf ein Niveau absank, das Betsy für gerade noch akzeptabel hielt. »In Ordnung, bleiben Sie bis auf weiteres auf dieser Leistung«, sagte sie. »Ist der Arzt schon im Cockpit?«

»Er kommt gerade herein.«

»Wenn er mit der Untersuchung fertig ist, geben Sie ihm einen Kopfhörer und lassen Sie ihn mit uns sprechen.«

»Ja, okay.«

Betsy nahm ihren Kopfhörer ab, hing ihn sich um den Hals und sah Greenburg an. »Kümmern Sie sich bitte um ihn. Ich muß mit Carl sprechen.«

Greenburg nickte und Betsy beugte sich über die Sprechanlage. »Carl? Hier ist Kyser auf Sieben.«

»Wir haben mitgehört, Betsy«, antwortete die ruhige Stimme des Skyport-Captains. »Wie ist die Situation?«

»Schlimm. Wir haben ein beschädigtes – vielleicht unbrauchbares – Shuttle mit einem wahrscheinlich toten Ersten Offizier an Bord. Ein Arzt ist bei ihm. Irgendwie sind beim Aufprall vier Stützen des Andockkragens herausgerissen worden, und wenn die letzten beiden nachgeben, verlieren wir das Shuttle gänzlich.«

»Der Notfallkragen?«

»Hat nicht eingegriffen. Ich weiß noch nicht, warum; die Sensoren in diesem Gebiet sind ziemlich schwer mitgenommen worden und nicht alle funktionieren.«

»Ich nehme an, daß die vordere Klemme es nicht bis zum Bugrad geschafft hat?«

»Das stimmt, Sir.« Betsy studierte den TV-Schirm. »Es sieht aus, als wäre sie mindestens einen Meter, vielleicht mehr, von ihm entfernt.«

»Diese Klemmen dürften eigentlich nicht zu früh anhalten, ganz gleich, wie das Shuttle in der Schleuse steckt«, sagte jemand aus einem anderen Flügelsektor. »Vielleicht ist sie nur an etwas hängengeblieben, und in diesem Fall müßten Sie in der Lage sein, sie von der Schleuse aus händisch anzuschließen.«

»Dort drin gibt es nichts, an dem der Arm hängenbleiben kann«, murmelte Greenburg halb für sich.

Young hörte ihn trotzdem. »Es sei denn, der Aufprall hat etwas losgerissen. Sie sollten zuallererst das überprüfen.«

»Entschuldigen Sie, Carl, aber das stimmt nicht«, widersprach Betsy. »Wir müssen zuallererst herausbekommen, ob etwas an Bord von Sieben den Unfall verursacht hat.«

»Ein Untersuchungsausschuß ...«

»Würde zu spät kommen. Unser gesamter Treibstoff kommt über diese Shuttles. Wenn sich in die Elektronik oder das Computer-Leitsystem ein Fehler eingeschlichen hat, müssen wir ihn finden und uns vergewissern, daß er in keinem weiteren Flügelsektor vorkommt. Denn wenn etwas kaputt ist, dann muß es instandgesetzt werden, bevor wir zulassen, daß weiter angedockt wird. Sonst könnten wir vor zwei zerquetschten Shuttles stehen.«

Hinter ihr fluchte Lewis leise und ging zu dem selten benützten Computer-Terminal des Flugdecks. »Sie haben recht«, gab Young zu. »Ich habe nicht so weit gedacht. Können Sie die Überprüfung durchführen, oder soll ich Ihnen Hilfe schicken?«

»Tom fängt jetzt damit an, aber ich bin nicht sicher, was sich dabei herausstellen wird. Der Computer soll ständig selbst Überprüfungen vornehmen und es uns mitteilen, wenn er ein Problem findet. Wenn es einen Fehler gibt, den die Maschine übersehen hat, werden wir ihn mit einer Standard-Überprüfung auch nicht finden.«

»Dann gehen wir zur Quelle. Ich werde bei McDonnell Douglas anrufen und feststellen, ob sie über Fernsteuerung eine genauere Überprüfung durchführen können oder ob wir uns sagen lassen, wie wir es anstellen sollen.«

Betsy sah auf die Uhr. Sechs Uhr vierzig St.-Louis-Zeit; in Los Angeles zwei Stunden früher. Sie mußten die Experten aus dem Bett holen, ein zeitraubender Vorgang. Sie wollte gerade darauf hinweisen, als sich Paul Marinos, der Captain von Sechs, meldete. »Warten Sie mal. Wir haben einen Burschen an Bord, der für McDonnell Douglas arbeitet – Erin erzählte mir, daß er sie gefragt hat, ob er das Flugdeck besichtigen kann.«

»Versteht er etwas von unserer Elektronik?« fragte Young.

»Das weiß ich nicht, aber er sagte, daß er *etwas* mit Computern zu tun hat.«

Betsy drehte sich zu Lewis um, der die Achseln zuckte und nickte. »Könnte reichen«, teilte sie dem Skyport-Captain mit. »Können Sie ihn sofort hierherbringen?«

»Ich hole ihn selbst«, schlug Marinos vor. »Wir sind in zwei Minuten dort.«

»In Ordnung. Kehren wir also zum Shuttle zurück«, sagte Young. »Sie haben gesagt, Betsy, daß die Kragenstützen gebrochen sind. Haben Sie eine Ahnung, wie das geschehen ist?«

»Ich kann mir nur vorstellen, daß der Kragen bereits teilweise gefaßt hatte, als das Shuttle seitlich zur Wand der Schleuse abdrehte.«

»In diesem Fall hat der Unfall vielleicht die äußere Tür des Shuttles und den Ausgangstunnel nicht beschädigt. Könnte man die beiden miteinander verbinden und die Passagiere herausholen?«

»Ich weiß nicht.« Betsy blickte auf den Schirm, verstärkte den Kontrast ein wenig. »Fest steht, daß sie nicht miteinander übereinstimmen. Ich weiß nicht, ob der Tunnel soweit reichen wird, daß er den Unterschied ausgleicht.«

»Selbst wenn es der Fall ist, brauchen wir für alle Passagiere tragbare Sauerstoffmasken«, mischte sich Henson ein. »Sie verwenden jetzt bestimmt die Sauerstoffmasken des Shuttles und mit denen können sie nicht spazierengehen.«

»Das stellt kein Problem dar«, erwiderte Young.»Ich habe mich bereits auf die Notfallbestimmungen berufen; wir gehen auf fünftausend Meter hinunter.«

»Von hier aus kann ich jedenfalls nichts mehr sagen.« Betsy schüttelte den Kopf. »Jemand muß hinunter und es sich ansehen. Wer auf diesem Vogel weiß am besten über die Ausstattung der Andockschleusen Bescheid?«

Eine Pause folgte. »Ich weiß nicht, ob ich *am meisten* weiß«, sagte Greenburg schüchtern, »aber ich habe die Blaupausen gesehen und in meiner Collegezeit im Sommer als Hilfstechniker für Boeing gearbeitet.«

»Hat jemand mehr Vorkenntnisse?« fragte Young. »Nein? In Ordnung, Greenburg, machen Sie sich auf den Weg.«

Als Greenburg seinen Kopfhörer abnahm und aufstand, setzte Betsy den ihren wieder auf. »Ein Satz der entsprechenden Blaupausen wäre nützlich«, sagte er und sah Lewis an.

»Ich lasse sie vom Computer ausdrucken«, antwortete dieser. »Wenn Sie inzwischen hinuntergehen und die Sauerstoffausrüstung zusammenstellen, komme ich hinterher und helfe Ihnen.«

Greenburg sah Betsy fragend an. »Kommen Sie so lang ohne uns beide zurecht?«

Sie zögerte, dann nickte sie. »Klar. Aber Sie sollen sich die Sache nur mal ansehen. Sie sollen dort unten keine großen Reparaturen vornehmen.«

»In Ordnung.« Greenburg ging zur Tür. »Wir treffen einander bei der Laderaumluke Backbord achtern, Tom.«

Lewis nickte, ohne den Bildschirm aus den Augen zu lassen, während Greenburg hinausging. Betsy wandte sich wieder um, und dabei knisterte Rayburns Stimme in ihrem Ohr. »Skyport, hier ist Rayburn. Der Arzt sagt, daß John lebt!«

Der Druck in Betsys Brust verschwand. »Gott sei Dank! Ist der Arzt noch da? Ich möchte mit ihm sprechen.«

»Sofort.« Eine kurze Stille folgte, die durch verschiedene Geräusche unterbrochen wurde, und dann meldete sich eine neue Stimme. »Hallo? Hier ist Dr. Emerson.«

»Hier ist Sektorcaptain Elizabeth Kyser, Dr. Emerson. Wie ist der Zustand von Erstem Offizier Meredith?«

»Leider nicht gut«, gab Emerson zu.»Er scheint eine oder mehrere gebrochene Rippen zu haben und vielleicht auch ein gebrochenes Schlüsselbein. Dadurch, daß der Rumpf nach innen gebogen ist und ihn festgenagelt hat, ist es schwierig, ihn zu untersuchen. Ich könnte versuchen, ihn herauszuziehen, aber dadurch könnte ich innere Verletzungen verschlimmern oder sogar Glasstückchen aus den zerbrochenen Fenstern in ihn hineindrücken. Er ist bewußtlos, aber seine lebenswichtigen Funktionen sind stabil, zumindest für den Augenblick. Leider kann ich Ihnen nicht viel mehr sagen.«

»Zu wissen, daß er am Leben ist, ist an sich schon eine gute Nachricht«, beruhigte ihn Betsy. Sie überlegte kurz. »Können wir vielleicht den ganzen Stuhl herausschneiden? Ist hinter ihm genügend Platz, um den Stuhl nach hinten zu schieben und ihn so herauszuholen?«

»Das wäre möglich, ja. Aber ich weiß nicht, was wir dann tun können. Die Flugbegleiterin hat gesagt, daß die Tür nicht aufgeht.«

Betsy runzelte die Stirn. Das hatte Rayburn nicht erwähnt. »Wir sind vielleicht in der Lage, sie mit Gewalt zu öffnen und mit dem Rest des Skyports zu verbinden. Geht es den übrigen Passagieren gut?«

»Nur einige kleine Verletzungen, meist Quetschungen durch die Sicherheitsgurte. Wir haben sehr viel Glück gehabt.«

Bis jetzt. »Ja. Danke, Doktor. Bitte verständigen Sie uns sofort, wenn sich etwas ändert.«

»Ich habe die Blaupausen, Betsy«, rief Lewis, als sie das Mikrophon abschaltete. »Ich gehe hinunter.«

Er war fort, bevor sie nicken konnte, und ließ sie und Henson allein zurück. Aus irgendeinem Grund störten sie die leeren Sitze, und sie dachte kurz daran, einige dienstfreie Besatzungsmitglieder von Sieben zu holen. Aber so lange sie in dieser Warteschleife steckten, war zusätzliche Hilfe auf dem Flugdeck überflüssig. Sie wandte sich wieder dem Instrumentenbrett zu und Niedergeschlagenheit überwältigte sie. So viele nicht beantwortete Fragen, von denen die meisten für die Sicherheit von einer oder mehreren Gruppen von Leuten an Bord des Skyport wesentlich waren – und sie war vorläufig nicht in der Lage, sich mit ihnen zu befassen. Im Augenblick konnte sie nur versuchen, die Probleme in eine Art logische Ordnung zu bringen: Wenn A stimmt, dann muß B gemacht werden, und D kann nicht vor B oder C kommen. Aber es war so, als würde sie jonglieren oder im Geist Schach spielen; es gab einfach zu viele Möglichkeiten, die bei jedem Schritt in Betracht gezogen werden mußten.

Hinter ihr ging die Tür auf, und sie wandte sich den beiden Männern zu, die hereinkamen. Einen kannte sie:

Paul Marinos, Captain der Flügelsektors Sechs. Den anderen, einen jungen Mann um die Dreißig in einem dreiteiligen Anzug, hatte sie noch nie gesehen. Aber sie wußte sofort, wer er war.

»Betsy«, sagte Marinos, »das ist Peter Whitney von McDonnell Douglas.«

Whitney hatte in seinem Stuhl in der Lounge mit offenen Augen geträumt und die einmalige Atmosphäre des Skyport genossen, als ihn der heftige Stoß wachrüttelte. Er sah sich rasch um, weil er halb erwartete, daß die Wände um ihn einstürzen würden. Aber alles sah normal aus. Weiter vorn kamen aus dem Speisesaal gemurmelte Flüche – zweifellos wegen verschüttetem Kaffee und ähnlichem –, während in der Lounge die Gespräche lauter wurden. Whitney verschloß seine Ohren dagegen, so gut es ging, und versuchte statt dessen, einen Hinweis darauf aufzuschnappen, was geschehen war. Eine explosive Fehlzündung in einem der Motoren war sein erster Verdacht, aber das dumpfe Dröhnen im Hintergrund hatte sich nicht verändert. Eine hydraulische oder Treibstoffleitung, die mit solcher Wucht zerplatzte, müßte noch immer hörbar tropfen; doch er vernahm wieder nichts Derartiges. War es zu dem Alptraum der siebziger und achtziger Jahre gekommen, einem Zusammenstoß in der Luft? Aber heutzutage waren sogar kleine Flugzeuge mit dem Bendix-Honeywell-Antwortsender ausgerüstet – und vor allem: Wie konnte ein Pilot den Skyport *nicht* sehen?

Die Minuten schleppten sich dahin, und die Lautstärke der Gespräche normalisierte sich, als die übrigen Passagiere offenbar zu der Erkenntnis gelangten, daß nichts Ernstes geschehen war. Whitney war anderer Ansicht, und empfand das Schweigen des Lautsprechers zunehmend als bedrohlich. Etwas Ernstes *war* geschehen, und der Captain hatte entweder Angst, den Passagieren zu sagen, was es war, oder die Mannschaft war zu sehr damit beschäftigt, mit dem Problem fertigzuwerden, um zu sprechen. Keine der beiden Möglichkeiten war angenehm.

Aus dem Augenwinkel sah er etwas Königsblaues; er drehte sich um und erblickte einen untersetzten Mann in einem Skyport-Overall, der aus dem Eßsaal in die Lounge kam. Die Flugbegleiterin, die Whitney das Frühstück serviert hatte, war bei ihm, und Whitney sah neugierig zu, wie sie den Raum überblickte. Erst als sie in seine Richtung zeigte und die beiden auf ihn zugingen, fiel Whitney ein, daß sie vielleicht *ihn* suchten. Doch die Unsicherheit ließ ihn sitzenbleiben, bis ihr Ziel zweifelsfrei feststand, und dann hatte er gerade noch Zeit aufzustehen, bevor sie ihn erreichten.

»Mr. Whitney?« fragte der Mann im Overall. Sein Gesichtsausdruck war besorgt, sein Ton höflich, aber dringlich. Das Mädchen wirkte ebenfalls besorgt.

Whitney nickte und bemerkte zum erstenmal die goldenen Nadeln mit Flügeln-in-einem-Kreis auf der Brust und den Achselklappen des Mannes. Ein Sektorcaptain, kein beliebiges Mannschaftsmitglied. Whitneys erster hoffnungsvoller Gedanke, daß es irgendwie mit der Führung zusammenhing, um die er gebeten hatte, schwand wie Steuergeld in Washington.

»Ich bin Captain Paul Marinos«, stellte sich der andere vor. »Wir haben ein Problem, Mr. Whitney, und hoffen, daß Sie uns bei seiner Lösung helfen können. Stimmt es, daß Sie an Computersystemen für McDonnell Douglas arbeiten?«

Whitney nickte sprachlos, doch endlich begann sein Gehirn wieder zu funktionieren. Sie interessierten sich beinahe sicher nicht für allgemeine einfache Computerkenntnisse; seine genickte Bestätigung brauchte eine Ergänzung. »Ich weiß aber nur wenig über die derzeitigen Skyport-Programme«, erklärte er. »Ich arbeite vor allem in der Forschung für die zweite Generation.«

Marinos Ausdruck veränderte sich nicht, aber seine

nächsten Worte waren beinahe ein Flüstern. »Was wir brauchen, ist die Überprüfung einer Funktionsstörung der Anflug- und Leitungsanlage in unserem Shuttle. Können Sie das tun?«

Im Geist hörte Whitney beinahe, wie die Teile des Puzzles einrasteten. Es *war* ein Unfall gewesen, etwas, das alle Kollisionssicherungen von Bendix-Honeywell nicht verhindern konnten. »Das weiß ich nicht, aber ich kann es versuchen. Wo finde ich ein Terminal?«

»Auf Sieben«, lautete die kryptische Antwort. »Kommen Sie bitte mit.«

Marinos ging quer durch die Lounge in den Speisesaal zurück. Durch eine Tür in der rechten Wand gelangten sie in eine der Küchen- und Vorratsabteilungen des Moduls. Hier verließ sie die blonde Flugbegleiterin; Marinos und Whitney durchquerten die Küche und gelangten zum Fahrstuhl. Im nächsten Deck standen sie vor einem engen Korridor voller Türen – wahrscheinlich die Mannschaftsquartiere, nahm Whitney an. In der entgegengesetzten Richtung versperrte ihnen eine schwere, eindeutig hermetisch verschlossene Tür den Weg. Marinos sperrte sie auf und öffnete sie; zu Whitneys Verblüffung standen sie vor einer genau gleich aussehenden, aber in die entgegengesetzte Richtung aufgehenden Tür. Der Captain öffnete auch diese, winkte Whitney durch und verschloß beide Türen hinter ihnen. »Wir befinden uns jetzt im Flügelsektor Sieben«, erklärte er Whitney, während er vor ihm durch einen dem vorhergehenden spiegelgleichen Korridor ging. »Der Sektorcaptain heißt Betsy Kyser. Sie werden mit ihr und ihrer Crew zusammenarbeiten.«

Jenseits des Korridors stießen sie auf eine kleine Lounge und gelangten von dort in eine Art Bereitschaftsraum, in dem ein halbes Dutzend Männer und Frauen in Overalls aufmerksam der Sprechanlage lauschten; dann erreichten sie endlich das Flugdeck.

»Wir sind Ihnen dafür dankbar, daß Sie hierhergekommen sind«, sagte Captain Kyser, nachdem Marinos sie einander vorgestellt hatte. »Ich hoffe, daß Sie uns helfen können.«

»Das hoffe ich auch«, erwiderte Whitney. »Können Sie mir etwas über die Funktionsstörung sagen? Es könnte mir beim Suchen nützlich sein.«

»Wir wissen nur, daß sie in den Geräten oder im Programm stecken muß, das die Shuttles in die Andockschleuse leitet.« Mit einigen kurzen Sätzen berichtete sie ihm, was über den Shuttleunfall bekannt war, einschließlich der derzeitigen Lage des Shuttles in der Schleuse.

»Mein Indikator sagt, daß seine Anfluggeschwindigkeit zu hoch war, falls dies ein Hinweis ist«, schloß sie. »Aber ich weiß nicht, ob das nur die Meinung meines Indikators war oder ob das ganze System verwirrt war.«

»Das Radar des Shuttles ist jedoch von Ihren Geräten unabhängig, nicht wahr? Vielleicht kann der Pilot Ihre Werte bestätigen.«

»Vielleicht – aber wenn er etwas gesehen hätte, das nicht in Ordnung war, hätte er beinahe sicher gebrüllt. Ich werde ihn trotzdem fragen. Doch zuerst möchte ich, daß Sie anfangen. Würden Sie das Shuttle überwachen, Paul?«

Marinos, der bereits im Stuhl des Copiloten Platz genommen hatte, nickte und setzte einen Kopfhörer auf. Kyser nahm den ihren ab und führte Whitney zu einem Pult, das geschickt in die linke hintere Ecke des Flugdecks eingebaut war. Sie winkte ihn in den Stuhl davor, beugte sich über ihn und drückte die Tasten. »Das ist das Zeichen für den Programmbeginn ... der Zugriffcode ... und die Programmdatei.« Auf dem Bildschirm erschien eine Reihe von Namen und Zahlen. »Kommen Ihnen irgendwelche davon bekannt vor?«

»Sogar etliche, falls die Programmierabteilung ihre Nomenklatura beibehalten hat.« Whitney überflog die Liste und gab versuchsweise eine Zahl ein.

»Das ist das Standardprogramm für die Überprüfung der Geräte«, sagte Kyser. »Wir haben es bereits durchgespielt und nichts gefunden.«

»Keine Fehler? Dann steckt das Problem vermutlich nicht im Computersystem.«

Sie schüttelte den Kopf. »›Vermutlich‹ ist nicht gut genug. Gibt es keine vollständigeren Testprogramme, die man abrufen kann?«

»Sie sprechen von den ausgereiften diagnostischen Monstern, die die Bodenwartung verwendet.« Whitney zögerte und versuchte, sich an das Wenige zu erinnern, das er von solchen Programmen wußte. »Das Programm müßte irgendwo in ihrem System gespeichert sein, wahrscheinlich auf einer der Duplikat-Copy-Disketten. Die Schwierigkeit ist, daß das Ding beinahe den gesamten zugänglichen Speicherraum beansprucht, so daß alles, was diesen Raum normalerweise verwendet, vorübergehend abgeschaltet werden muß, während das Programm abläuft.«

Kyser sah zum Flugtechniker hinüber. »Rick?«

»Stimmt mit dem überein, was ich gehört habe«, bestätigte er. »Die meisten Programme, die eine Menge Speicherraum beanspruchen, hängen mit der Navigation, der Radarbeobachtung, den mechanischen Flugsystemen und dem Ladedeck zusammen. Im Augenblick benützen wir keines dieser Programme, also stellt das kein Problem dar. Ich kann auch eine Menge der Passagierdeck-Funktionen von Automatic auf manuelle Kontrolle umschalten.« Er verrenkte sich den Hals, um Whitney anzusehen, der direkt hinter ihm saß. »Würde das genügend Speicherraum freigeben?«

»Das weiß ich nicht – ich weiß nicht, wieviel Speicherraum es braucht. Aber es gibt noch ein Problem, Captain. Da es ein so großes Programm ist, gibt es zweifellos Sicherungen, damit es niemand zufällig abruft und damit alles andere im Speicher löscht.«

»Ein Kennwort?«

»Oder etwas Ähnliches.« Whitney hatte die Programmliste durchsucht und bereits die Beschreibungen von zwei oder drei Zugriffen überprüft. Dann fiel ihm noch einer auf, und er gab ihn ein. »Wir müssen vielleicht die Bodenkontrolle kontaktieren, um den Namen zu finden… Moment. Vergessen Sie's, ich habe ihn gefunden. DCHECK: Sehen wir nach…« Er rief die nächste Seite der Beschreibung ab und überflog sie. »Da ist er. Wir brauchen etwas, das Sasquatch-3L-Paket heißt, um es zu laden.«

»Wird es die Bodenkontrolle in Dallas haben?« fragte Henson.

»Ich würde es annehmen. Wenn nicht, können sie es vermutlich telefonisch von einer der Skyport Wartungseinheiten bekommen.« Whitney zögerte. »Aber ich weiß nicht, ob uns das etwas nützen wird.«

»Warum nicht?«

»Denken Sie daran, daß Sie den Laden-Code vor allem deshalb nicht haben, weil man nicht will, daß jemand das Programm zufällig lädt und etwas löscht, das den Autopilot angeht. Deshalb werden sie gesetzlich vielleicht nicht in der Lage sein, den Code an eine Skyportcrew weiterzugeben, vor allem eine, die gerade fliegt.«

»Das ist idiotisch.«

»Das ist bürokratische Denkweise«, stellte Captain Kyser richtig – oder stimmte zu; Whitney wußte nicht recht, was es war. Sie beugte sich wieder über Whitneys Schulter und sprach in ein kleines Gitter neben dem Displaybildschirm. »Carl? Haben Sie das alles mitbekommen?«

»Ja«, antwortete die Sprechanlage, »und ich vermute, daß Mr. Whitney im wesentlichen recht hat. Aber es muß für Fälle wie diesen Notfallregelungen geben – warum hätte man sonst das Programm an Bord gespeichert? Man müßte einfach einen hinlänglich hochrangigen Beamten finden, der sein Okay gibt. Ich werde den Tower sofort darauf ansetzen.«

»Und hoffen, daß der hochrangige Beamte so früh am Morgen schon seinen Arsch bewegen kann«, murmelte sie.

Whitney hatte in eine andere Richtung weitergedacht. »Wir können noch etwas versuchen. Können Sie mich von hier oben in das reguläre Telefonsystem einstöpseln?«

»Ein Kinderspiel. Aber weshalb?«

»Ich möchte meinen ehemaligen Aufsichtsbeamten in Houston anrufen. Er könnte das Paket vielleicht bekommen – entweder aus seinem eigenen Büro oder von jemandem in L.A.«

»Sie haben gerade gesagt, daß es ungesetzlich ist, den Code bekanntzugeben«, wandte Henson ein.

»Ja, Ihnen, aber vielleicht ist es bei mir etwas anderes. Schließlich *arbeite* ich für die Firma.«

Henson knurrte etwas nicht Salonfähiges, aber Kyser unterbrach ihn. »Wir werden uns später bei der Luftfahrtbehörde beschweren. Im Augenblick benützen wir jedes Hintertürchen, das sich uns bietet. Setzen Sie den Kopfhörer auf, Mr. Whitney, und ich verbinde Sie mit Mama Bell.«

Als die Verbindung endlich zustandekam, war das Gespräch bemerkenswert kurz. Dr. Mills, der frühmorgens selten in bester Laune war, war sofort hellwach, als ihm Whitney eine Kurzfassung der Lage gab. Er notierte sich die Namen des diagnostischen Programms und des Ladecodes, holte sich von Captain Kyser – über Whitney – Anweisungen für den Rückanruf beim Skyport, und versprach, daß er das Paket in fünfzehn Minuten haben würde.

»Das war's, nehme ich an«, bemerkte Whitney, nachdem er das Gespräch beendet hatte. »Jetzt können wir nur noch warten.«

»Ja. Verdammt.«

Whitney musterte sie, während sie auf das Computerschaltpult starrte; sie konzentrierte sich so sehr, daß ihre Augenbrauen beinahe aneinanderstießen. Sie war für ihn eine Überraschung gewesen, und es fiel ihm noch immer schwer zu glauben, daß ein Skyport Sektorcaptain so jung sein konnte. Er schätzte Marinos auf Anfang fünfzig, und Henson war nicht viel jünger. Aber falls Betsy Kyser mehr als Anfang vierzig war, dann war sie die best erhaltene Frau, die er je gesehen hatte. Was bedeutete, daß United dringend Skyport-Personal brauchte, oder daß Captain Kyser ein ausgezeichneter Pilot war. Er prägte sich diesen Gedanken ein; er war eines der wenigen Dinge in diesem Schlamassel, die wenigstens ein bißchen tröstlich waren. »Captain?« meldete er sich.

Sie sah ihn an; sie hatte die Stirn noch immer gerunzelt. Dann bemerkte sie es offenbar und riß sich zusammen. »Nennen Sie mich Betsy«, forderte sie ihn auf. »Es ist nicht der richtige Augenblick für Formalitäten.«

»Ich heiße Peter. Darf ich fragen, warum Sie über die Elektronik *gerade jetzt* Bescheid wissen müssen? Ich würde annehmen, daß Sie sich in erster Linie auf die Sicherheit des Shuttles konzentrieren müssen.«

»Das stimmt, aber wir können in dieser Hinsicht erst etwas unternehmen, wenn wir wissen, daß die nächsten Shuttles sicher andocken können.« Wahrscheinlich sah er sie verständnislos an, denn ihre Mundwinkel zuckten und sie fuhr fort. »Was immer wir schließlich mit dem Shuttle tun müssen – wir werden mit ziemlicher Sicherheit die erforderliche Ausrüstung nicht an Bord haben. Das bedeutet ...«

»Das bedeutet, daß Sie sie mittels Shuttles heraufbringen müssen.« Whitney hatte endlich begriffen. »Deshalb müssen Sie den Fehler in dem Andockprogramm finden und sich vergewissern, daß er nicht auch die übrigen Module betrifft.«

»Richtig. Und danach ist die nächste Aufgabe, entweder die Passagiere herauszuholen oder das Shuttle in der Schleuse zu sichern, je nachdem, was schneller und gefahrloser ist.«

Whitney nickte wieder. Im Geist sah er, wie das beschädigte Shuttle gefährlich aus dem Skyport hinaushing und sich nur an einem dünnen Faden festhielt. Das Bild erinnerte ihn an den Schwindelanfall bei seiner ersten – und letzten – Achterbahnfahrt vor zwanzig Jahren, und er stellte fest, daß er die Armlehnen seines Stuhls etwas fester als notwendig umklammerte. Er unterdrückte entschlossen seine Gefühle. »Der Luftschraubenstrahl des Skyports wird eine ziemliche Belastung für das Shuttle darstellen«, bemerkte er; er wollte die beunruhigenden Bilder noch weiter zurückdrängen, indem er laut dachte. »Das bedeutet, daß der Andockkragen großer Belastung ausgesetzt ist. Würde es etwas nützen, wenn das Shuttle den Treibstoff abläßt, um leichter zu werden?«

»Ganz im Gegenteil; die Moto ...« Sie brach ab, und ihr Gesichtsausdruck veränderte sich. Whitney bemerkte aus dem Augenwinkel, daß Marinos herumgefahren war; wahrscheinlich hatte Betsys Verstummen seine Aufmerksamkeit erregt. »Paul«, sagte sie, ohne sich umzudrehen, »berechnen Sie bitte etwas. Für wie lang hat das Shuttle bei dem derzeitigen Verbrauch noch Treibstoff?«

»Das spielt doch keine ...« Marinos brach ebenfalls ab, und auch sein Gesichtsausdruck veränderte sich. Er drehte sich um und begann, Rechnertasten zu drücken.

»Richtig«, murmelte Betsy scharf. »Wir haben uns zu sehr an die mühelose Übermittlung von Treibstoff zwischen Shuttle und Skyport gewöhnt ... oder ich habe es getan.« Whitney hatte inzwischen begriffen, was los war, aber Betsy erklärte es ihm trotzdem. »Sehen Sie, Peter, das Shuttle läßt zur Zeit seine Motoren mit etwa halber Leistung laufen, um die Belastung auszugleichen, die Sie erwähnt haben. Ich habe wahrscheinlich unbewußt angenommen, daß wir ihm den gesamten

Treibstoff, den es braucht, aus den Reserven des Skyports liefern können.«

»Doch die Anschlüsse sind aus der Flucht?«

»Beinahe sicher. Noch dazu befindet sich die Treibstoffleitung auf der Steuerbordseite, das heißt, es ist wahrscheinlich nicht genug Platz vorhanden, um zu ihr zu gelangen und sie manuell anzuschließen. Vermutlich gibt es in der Nähe auch keinen Zugangsschacht, aber das werden wir noch überprüfen müssen.« Sie verzog das Gesicht. »Noch etwas, das wir tun müssen. Hoffentlich legt jemand eine Liste an.«

»Ich habe es, Betsy.« Marinos blickte auf. »Bei dem derzeitigen Verbrauch wird er in etwas mehr als sieben Stunden auf dem Trockenen sitzen.«

»Sieben Stunden.« Sie schob die Lippen vor. »Vorausgesetzt, daß keine seiner Hauptpumpen durch den Aufprall gelockert wurde. Carl?«

»Ich habe es gehört, Betsy«, sagte die Sprechanlage. »Das ist nicht sehr viel Zeit.«

»Allerdings. Über wieviel Treibstoff verfügt der gesamte Skyport … ich meine für unseren Flug?«

»Bei unserer jetzigen Geschwindigkeit gute zehn Stunden. Alle Tanks waren ziemlich voll.«

»Okay. Danke.«

»Noch immer kein Wort von der Bodenkontrolle über unser Programm«, fügte er hinzu. »Sie versuchen, in den Vorschriften nachzusehen und den Kerl aufzuspüren, der das Paket hat, und tun beides miserabel.«

»Betsy?« meldete sich Marinos wieder. »Ich unterbreche Sie ungern, aber es ist Eric Rayburn vom Shuttle. Er will mit Ihnen sprechen.«

Whitney griff nach seinem Kopfhörer, aber Betsy schüttelte den Kopf, ging zu ihrem Stuhl zurück und griff nach dem ihren. »Hier Kyser«, meldete sie sich.

»Was, zum Teufel, ist da oben los, Liz?« fragte eine scharfe Stimme.

Whitney hätte nicht geglaubt, daß angesichts der

Krise, in der sie sich befanden, die Spannung auf der Brücke noch zunehmen konnte. Aber es war so. Er spürte es daran, wie unruhig Henson in seinem Stuhl herumwetzte, wie Martinos verstohlen zu Betsy blickte, und wie beherrscht Betsys Antwort klang. »Wir suchen eine Möglichkeit, Sie und Ihre Passagiere lebend herauszuholen.«

»Das dauert aber verdammt viel zu lange. Oder haben Sie vergessen, daß Johns Zustand schlecht ist?«

»Nein, das haben wir nicht vergessen. Wenn Sie Vorschläge haben, dann lassen Sie sie hören.«

»Klar. Öffnet einfach den verdammten Kragen und laßt mich mein Flugzeug nach Dallas zurückfliegen.«

Betsy und Marinos sahen einander an; Whitney konnte Betsys Gesicht nicht sehen, aber Marinos blieb sichtlich die Spucke weg. »Das kommt nicht in Frage. Sie wissen nicht einmal, ob das Shuttle überhaupt noch fliegen kann.«

»Und ob es das kann! Ich habe noch immer die Motoren und die Instrumente unter Kontrolle. Was brauche ich noch?«

»Wie wäre es mit der Elektronik? Sie haben offensichtlich nicht einmal genügend Navigationseinrichtungen mehr, denn Sie wissen nicht, wo Sie sich befinden. Sie würden nicht nach Dallas ›zurück‹ fliegen, denn wir sind noch immer dort – wir kreisen in einer Höhe von fünftausend Metern mit einer Geschwindigkeit von zweiundsiebzig Knoten über dem Gebiet.«

»Um so besser. Dann brauche ich keine Leiteinrichtungen, um den Flugplatz zu finden.«

Betsys Schnauben klang für Whitney wie das Zischen einer Schlange. »Haben Sie Ihren Sauerstoff abgedreht oder sowas? Weder Sie noch das Shuttle sind imstande zu fliegen. Punkt.« Rayburn wollte Einwände erheben, aber sie sprach lauter und unterbrach ihn. »Wir wissen, daß Sie sich wegen Ihres Ersten Offiziers Sorgen machen, aber sobald wir sicher sind, daß es ungefährlich ist anzudocken, werden Ärzte und medizinische Notfallgeräte an Bord gebracht, um ihn zu versorgen.«

»Und was dann? Wollt ihr landen, solange ich an eurem Hintern hänge? Seien Sie nicht komisch. Ob es Ihnen paßt oder nicht, Sie werden mich irgendwann gehen lassen müssen. Tun wir es jetzt, damit wir es hinter uns haben.«

»Nein«, wiederholte Betsy mit gepreßter Stimme. »Es gibt ein Minimum an Tests, die wir durchführen müssen, bevor wir die Idee überhaupt in Betracht ziehen können. Sie können uns helfen, indem Sie die vor dem Abheben übliche Überprüfung Ihrer Instrumente und Systeme vornehmen und herausbekommen, was noch funktioniert. Die übrige Zeit müssen sie sich zurücklehnen und warten, wie wir alle.«

»Warten!« Es klang wie eine Obszönität.

»Skyport aus.« Betsy legte einen Schalter um und schob das Mikrophon weg. Whitney sah nur ihren Hinterkopf, aber es war klar, daß sie zornig war. Ihm war unbehaglich zumute, und er wünschte sich weg von hier. In dem Gespräch hatte es Elemente gegeben, die sich wie eine Privatfehde anhörten, und er war merkwürdig verlegen, weil er gelauscht hatte.

»Ärgern Sie sich nicht über ihn, Betsy«, sagte Henson leise. »Er ist es nicht wert.«

»Danke.« Sie gewann allmählich ihre Selbstbeherrschung zurück. »Leider hat er bei einem Problem den Nagel auf den Kopf getroffen.«

»Das Problem der Landung?« fragte Marinos.

Betsy nickte. »Ich weiß nicht, wie wir das schaffen sollen.«

»Das verstehe ich nicht«, mischte sich Whitney zögernd ein. »Sie würden einfach dieses Modul abtrennen und mitsamt dem Shuttle landen, oder?« Ihm kam ein entsetzlicher Gedanke. »Sie denken doch nicht daran, mit dem ganzen Skyport zu landen … oder?«

Betsy drehte sich mit ihrem Stuhl zu ihm um. »Nein,

natürlich nicht. Es gibt auf der ganzen Welt keine Rollbahn, die einen ganzen Skyport aufnehmen könnte, obwohl das Landeareal des Raumshuttles auf Rogers Salzsee in einem wirklichen Notfall reichen müßte.«

»Worin besteht dann das Problem? Die Module können auf einer Sechstausend-Meter-Rollbahn landen, und Dallas muß über mindestens eine so lange Landebahn verfügen.«

»Die sechstausend Meter gelten für einen Flügelsektor ohne Anhang, Peter«, erklärte Marinos geduldig. Er hob die Hand und zählte an den Fingern ab. »Erstens: Mit dem zusätzlichen Gewicht und – was wichtiger ist – der zusätzlichen Belastung, werden wir mit etwas mehr als unserer vorgesehenen Landegeschwindigkeit von hundertfünfundsechzig Knoten hinuntergehen müssen. Schon dafür muß die Landebahn länger sein. Zweitens: Eine der Gewichtsersparnisse bei den Flügelsektoren besteht darin, daß wir keine Schubumkehrer auf unseren Motoren haben, die uns verlangsamen. Wir verlassen uns auf Bremsen an den Landerädern und Bremsfallschirme am Heck. Das Shuttle ist ein zusätzliches Gewicht hinten – und wenn wir aufsetzen, wird sein Landegestell über einen Meter vom Boden entfernt sein, es wird daher eine *Menge* Gewicht geben –, also wird sich unser Gleichgewicht verlagern. Das bedeutet etwas weniger Gewicht auf dem vorderen Landegestell, was etwas weniger Bremskraft für die sechs Räderpaare bedeutet. Vielleicht wesentlich weniger, vielleicht nicht; das weiß ich nicht. Und drittens, und wahrscheinlich am wichtigsten: Die Bremsfallschirme kommen in der Mitte und an den Enden der hinteren Kante heraus – und die in der Mitte können wir nicht verwenden, solange uns das Shuttle im Weg ist.« Er schüttelte den Kopf. »Unter solchen Bedingungen würde ich nicht einmal versuchen, auf etwas zu landen, das kürzer als achttausend Meter ist.«

»Ich wäre sogar für zehntausend«, fügte Betsy grimmig hinzu. »Wir *wissen* einfach nicht, wieviel zusätzlichen Raum wir brauchen. Und schlagen sie gar nicht erst vor, daß wir auf einem Baumwollfeld oder auf beiden Fahrbahnen der Interstate 20 landen. Eine der weiteren Möglichkeiten, bei einem Skyport Platz zu sparen, ist das Landegestell, und wenn wir auf etwas zu Weichem landen, geht es zu Bruch.«

Whitney begann, die Umrisse einer Idee zu sehen … – aber er wollte sie überdenken, bevor er den anderen etwas darüber sagte. »Dann bleibt uns nur die Skyport-Wartungsanlage außerhalb von L.A.?« fragte er statt dessen.

»Oder die in New Jersey«, ergänzte Betsy. »L.A. ist näher.« Sie sah auf die Uhr – zum viertenmal innerhalb von zehn Minuten. »Verdammt, was treibt die Bodenkontrolle überhaupt?«

Wie als Antwort darauf knisterte die Sprechanlage plötzlich. »Hier ist Aaron, Betsy«, sagte eine Stimme. »Wir sind soweit, daß wir hinuntergehen können.«

»Haltet eure Leitung offen, Roger und Aaron«, sagte Betsys Stimme zu laut in Greenburgs Ohr. Er widerstand der Versuchung, die Lautstärke zu vermindern; in einer Minute würde sich ein weiteres Deck aus Aluminiumlegierung zwischen ihnen befinden und das Problem lösen.

»In Ordnung. Wir öffnen jetzt die Zugangsluke.«

Greenburg öffnete die drei Spangen, die die überraschend leichte Scheibe festhielten, und schob sie hoch, so daß sie fest in die Wandhalterung einklinkte. Er tastete über die Unterseite des Lukenrands, fand den Lichtschalter und betätigte ihn. Die Schwärze unter ihm war jetzt taghell erleuchtet; er vergewisserte sich durch einen schnellen Blick, daß er nicht auf unsicherem Boden landen würde, ergriff die an die Luke geschweißten Sprossen und stieg die schmale Metalleiter hinunter; die Werkzeugtasche schlug gegen seinen Schenkel.

Das unterste von Skyports drei Decks war für das Gepäck der Passagiere, die allgemeine Fracht und die Geräte bestimmt, mit denen man das alles von dem Shuttle zum Skyport, falls notwendig von einem Flügel zum anderen und zurück zum Shuttle brachte. Die Luke, die die beiden Männer gewählt hatten, führte zu einem Ende des Laderaums, und die meisten Gegenstände in Greenburgs Umgebung waren Motoren und elektronische Beobachter für das komplizierte Netz von Förderbändern und elektrischen Förderwagen, die das hereinkommende Gepäck nach Zielflughäfen sortierten und zu dem entsprechenden Lagerraum brachten. Alles natürlich ohne menschliche Aufsicht – und trotzdem funktionierte es im allgemeinen gut.

»Die Schleuse ist genau dort hinten.« Lewis war mit einem Bündel Computerausdrucken in der Hand neben ihm aufgetaucht. »Um diesen Pfeiler herum würde es am besten gehen.«

Sie setzten sich in Bewegung. Greenburg war während seiner Ausbildungszeit einmal auf einem Skyport-Ladedeck gewesen, und war von der Menge an Schmutz und Schmiere um die Maschinen, an denen sie vorbeikamen, überrascht. Nach einem Dutzend Schritten befanden sich etliche schmierige Flecken auf seinem blauen Overall, und er bedauerte plötzlich, daß er nicht einmal eine Minute Zeit hatte, um etwas anzuziehen, das für diese Arbeit geeigneter war. Aber selbst eine Minute konnte eine Rolle spielen… und Betsy verließ sich auf sie.

Sie erreichten nach wenigen Minuten eine gekrümmte Wand, nämlich die untere Hälfte der Andockschleuse, und zwar genau vor einem großen Ring voller hydraulischer Streben, der die Lage des Notfallkragens markierte. Greenburg blickte zurück, während sie weitergingen, und fragte sich, warum das Ersatzsystem nicht funktioniert hatte. Es hätte in dem Augenblick eingreifen müssen, in dem die Hauptstützen des Kragens nachgaben.

»Geben Sie acht, wo Sie hintreten«, sagte Lewis scharf. Greenburg hielt mit erhobenem Fuß an und blickte zum erstenmal auf die dunkelrote Pfütze auf dem Weg vor ihm. An der Wandbasis war weitere rote Flüssigkeit vorhanden, die sich dort in einer schmalen Vertiefung gesammelt hatte. Er hockte sich hin und berührte sie vorsichtig mit der Fingerspitze. Sie fühlte sich dick und ölig an. »Hydraulikflüssigkeit?« fragte Lewis.

»Ja. Wahrscheinlich aus dem Notfallkragen.« Greenburg richtete sich auf, zögerte kurz und rieb dann die Flüssigkeit von seinem Overall. Er umging die Pfütze sorgfältig und marschierte weiter.

Die Luke, für die sie sich entschieden hatten, befand sich genau dort, wo sie sich laut den Blaupausen befinden mußte: etwa zwei Meter von der schweren vorderen Klemmenmaschinerie am vorderen Ende der Andockschleuse entfernt. Die etwa vierzig mal siebzig Zentimeter große Luke befand sich in Brusthöhe in der Wand, und war wie durch ein Wunder nicht einmal teilweise durch den Förderband-Antrieb blockiert. Greenburg holte einen Schraubenschlüssel aus seinem Gürtel und begann, die Muttern zu lockern.

»Ich hoffe, daß alles, was sich hier drin befindet, einen niedrigen Luftdruck verträgt«, bemerkte Lewis, während er die beiden Sauerstoffgeräte entwirrte, die er transportierte, und einen der Behälter hinten an Greenburgs Gürtel befestigte. »Soll ich Ihnen die Maske aufsetzen?«

»Ich werde sie aufsetzen, sobald ich das da offen habe«, brummte Greenburg, während er sich mit einer besonders streng angezogenen Mutter abquälte. »Ich mag es nicht, wenn vor meinem Gesicht etwas hängt, während ich arbeite. Es lenkt mich ab.«

»Setzen Sie sie auf, bevor der Druck abfällt, Aaron«, sagte Betsys Stimme.

»Ach, kommen Sie, Bets«, protestierte er und im gleichen Augenblick gab die Mutter endlich nach. »Unsere Höhe beträgt hier nur dreihundert Meter mehr als die des Pikes Peak, und ich bin seit meinem zehnten Lebensjahr dort herumgeklettert. Ich werde bestimmt nicht aus Luftmangel ohnmächtig werden.«

»Na schön, von mir aus. Aber sobald Sie mit der Luke fertig sind, müssen Sie die Maske aufhaben.«

»Klar.«

Es dauerte nur zwei Minuten, bis alle Muttern gelockert, mit Lewis' Hilfe herausgeschraubt und die Verkleidung aus der Gummidichtung gelöst war. Eine Minute lang tobte hinter ihnen ein Mini-Sturm, als der Druck innerhalb des Ladedecks und in der Schleuse sich ausglich, und Greenburg fiel zu spät ein, daß er nicht nachgesehen hatte, ob Lewis die Luke hinter sich geschlossen hatte. Wenn nicht, dann würde der Sturm ziemlich lange anhalten... doch als er die Sauerstoffmaske über Nase und Mund gezogen hatte, begann der Luftstrom nachzulassen und hörte schließlich gänzlich auf. »Es geht los«, murmelte Greenburg, während er sich leicht bückte und den Kopf durch die Öffnung steckte; er blinzelte, als eine kalte Brise über sein Gesicht strich.

Es war ein beeindruckender Anblick. Obwohl der Bug des Shuttles zu weit zur Steuerbordwand der Schleuse verdreht war, schien er beinahe so nahe zu sein, daß Greenburg ihn berühren konnte; er hing über ihm und vibrierte deutlich in der unvollständigen Halterung durch den zerbrochenen Kragen. Links von ihm und nur leicht unterhalb von ihm hatte sich das vordere Landegestell des Shuttles wie vorgesehen gesenkt und hing verführerisch nahe bei der ausgefahrenen vorderen Klemme. Greenburg drückte das Mikrophon an die Sauerstoffmaske – in der Schleuse war es lauter, als er erwartet hatte – und sagte: »Okay. Erstens sehe ich nichts, das der Klemme oder dem Arm im Weg stehen würde. Ist der Arm laut den Anzeigen voll ausgefahren, Rick?«

Eine kurze Pause, dann Hensons Stimme. »Voll. Er hat aber immer noch seitlichen und vertikalen Spielraum. Soll ich ihn dir näherbringen?«

»Zeitvergeudung, solange er zu kurz ist. Jemand muß herunterkommen und sich das Ganze ansehen.«

»Das ist jedenfalls nicht Ihre Aufgabe«, mischte sich Betsy ein. »Carl stellt eine Techniker-Crew zusammen, die vom Flughafen heraufkommen soll, sobald sie es gefahrlos tun kann. Sie werden alle in der Schleuse erforderlichen Arbeiten erledigen.«

»Diese Aussicht wird sie begeistern – aber machen Sie sich keine Sorgen, ich wollte mich nicht freiwillig melden.« Greenburg drehte den Kopf in die andere Richtung. »Was die Shuttletür betrifft… verdammt. Ich bin nicht sicher, aber es sieht aus, als würde der Rand des Kragens sie überlappen – anscheinend ist das Shuttle zurückgeglitten und dann nach vorn und Steuerbord geschnellt, als der Kragen einrasten wollte. Was für ein Fehler im Leitsystem könnte *daran* schuld sein?«

»Das werden wir in zehn oder fünfzehn Minuten wissen«, warf eine unbekannte Stimme ein.

»Wer ist das?« fragte Greenburg.

»Entschuldigen Sie – ich hätte mich vielleicht nicht einmischen sollen. Ich bin Peter Whitney und dabei, das diagnostische Programm abzurufen, das hoffentlich das Problem finden wird.«

»Peter Whitney? – ach ja, der Computerexperte von McDonnell Douglas, den Paul Marinos herüberbringen wollte. Läuft das Programm schon?«

»Ja; ein Freund hat uns den Ladecode gerade über Funk durchgegeben.«

»Weit früher als die Bodenkontrolle soweit sein wird,

möchte ich hinzufügen«, sagte Betsy. »Wir informieren Sie, wenn wir wissen, wo der Defekt steckt. Kommen wir vorläufig auf die Shuttletür zurück. Die Sensoren zeigen Probleme beim hydraulischen Druck im Notfallkragen an. Gibt es eine Möglichkeit, ihn zu reparieren und ihn dazuzubringen, daß er am Shuttle einrastet? Dann könnten wir den Hauptkragen abziehen und die Shuttletür öffnen.«

Greenburg veränderte wieder seine Stellung und musterte die Oberseite des Shuttles; es wäre ihm lieber gewesen, wenn nicht alle Flutlichter ausgefallen wären, als das Shuttle aufprallte. »Ich glaube, daß es überhaupt keine Möglichkeit gibt«, sagte er langsam. »Es sieht nämlich ganz so aus, als wäre der Notfallkragen für den größten Teil des Schadens am Cockpit verantwortlich. Anscheinend ist er gerade rechtzeitig aus der Wand gekommen, um vom Shuttle gerammt zu werden. Ich wäre sehr überrascht, wenn dieser Aufprall nur einen oder zwei Hydraulikschläuche beschädigt hätte.«

Betsy murmelte etwas, das Greenburg nicht verstand. »Sind Sie sicher?« fragte sie. »Ich kann auf dem Monitor nichts davon sehen.«

»Soweit man auf dieser Seite der Schleuse sicher sein kann. Wenn Sie wollen, kann ich zur Steuerbordseite wechseln und es durch die dortige Luke überprüfen. Wahrscheinlich muß ich ohnehin dorthin, um festzustellen, woher die Flüssigkeit stammt.«

»Vielleicht später. Haben Sie noch ein paar gute Nachrichten für uns?«

»Das *ist* eine gute Nachricht. Als das Shuttle in die Schleuse bretterte, verfehlte es die Passagier- und Frachttunnels des Skyports gänzlich. Wenn wir alle Passagiere aus dem Shuttle herausholen können, dann können wir sie *in* den Skyport hineinbringen.«

»Das ist wenigstens etwas. Irgendwelche Vorschläge, wie wir den ersten Schritt bewerkstelligen können?«

Greenburg runzelte die Stirn. Etwas wegen des Shuttles ließ in seinem Gehirn Alarmglocken klingeln… aber er konnte nicht den Finger darauf legen.

»Aaron?«

»Hm… ja.« Während Greenburg noch immer den vibrierenden Rumpf beobachtete, wiederholte er im Geist Betsys Frage. »Das Seitenfenster im Cockpit ist anscheinend unbeschädigt. Es dürfte so groß sein, daß die meisten Passagiere sich durchzwängen können. Natürlich geht es dann etwa vier Meter hinunter, deshalb müssen wir etwas zusammenbasteln, um sie entweder hinunter und dann wieder hinauf zur Tunneltür zu bringen, oder um sie direkt hinüberzuschaffen. Vielleicht können wir etwas mit dem Skiliftmechanismus im Tunnel verbinden…«

Er verstummte, als die Alarmglocken plötzlich mit voller Lautstärke losgingen. *Das Bugrad war ihm etwas näher gekommen.*

»Bets, das Shuttle rutscht nach hinten!« rief er ins Mikrophon. »Anscheinend gleitet der Kragen ab!«

Einige Sekunden lang hörte er nur das gedämpfte, undeutliche Geräusch hektischer Gespräche. Er ließ das sich langsam verschiebende Bugrad nicht aus den Augen und drückte den Kopfhörer fester auf das Ohr. »Haben Sie verstanden, Betsy? Ich sagte…«

»Wir haben verstanden«, beruhigte ihn Marino. »Betsy veranlaßt das Shuttle, den Schub zu verstärken. Bleiben Sie dort, okay?«

Greenburg preßte die Lippen zusammen und beobachtete jetzt die Passagiertür des Shuttles. Wenn der Kragen abglitt, würde er sehen, wie die Tür unter dem riesigen Ring langsam immer weiter rutschte… Er war noch immer nicht sicher, ob sie sich bewegte, als ihn Betsys Stimme zusammenfahren ließ.

»Aaron? Bewegt sich das Shuttle noch immer?«

»Ich bin nicht sicher. Ich glaube nicht, aber bei den Vibrationen kann man es schwer feststellen.«

»Ja.« Eine kurze Pause. »Aaron, Tom, ihr wart doch

beide Shuttlepiloten. Wäre es möglich, daß Rayburn dieses Shuttle trotz der Schäden heil hinunterbringt?«

Greenburg lief es sehr kalt über den Rücken. Betsy kannte die Antwort auf diese Frage – alle kannten sie. Daß sie überhaupt fragte, ließ auf verschiedenes schließen, das ihm überhaupt nicht gefiel. Die Lage war doch sicherlich nicht so verzweifelt, daß sie nach *diesem* Strohhalm griff ... oder?

Nach einer kurzen Pause gab Lewis die einzig mögliche Antwort. »Die Chancen stehen schlecht oder sind überhaupt nicht vorhanden – das wissen Sie, Betsy. Er müßte mit einer Geschwindigkeit von mindestens hundertsechzig Knoten hinausschießen, und da im Cockpit eines oder mehrere Fenster fort sind, hätte er da drinnen sofort einen Hurrikan. Er kann unmöglich dabei fliegen, und ich persönlich würde keinem Autopiloten trauen, der diesen Aufprall mitgemacht hat.«

»Sie können nicht unter hundertsechzig Knoten hinuntergehen?« fragte Whitney.

»Das ist unsere Mindestfluggeschwindigkeit«, antwortete Lewis kurz.

»Das weiß ich. Ich meine, ob Sie etwas wie einen Absackflug oder ein anderes Kunstflugmanöver probieren könnten, das die Geschwindigkeit für einige Zeit senken würde.«

»Das würde uns leider nicht genug bringen«, meinte Betsy nachdenklich. »Außerdem sind Flügelsektoren nicht für Kunstflugmanöver gebaut.« Sie seufzte. »Wir haben ein neues Problem, Leute. Am Rückwärtsgleiten des Shuttles war *nicht* der abrutschende Kragen schuld, Aaron. Es kam daher, daß sich die letzten beiden Stützen offenbar infolge der leicht ungleichen Schübe von den Motoren des Shuttles *biegen.*«

Lewis knurrte etwas Obszönes, das Greenburg noch nie von ihm gehört hatte. »Was geschieht, wenn sie brechen? Fällt der Kragen von dem Shuttle ab?«

»Das Handbuch sagt ja, aber *wann* genau er geht,

hängt davon ab, wie schnell die Hydraulikflüssigkeit ausläuft. Ich nehme an, er würde so lange halten, daß man das Shuttle nach vorn neigen könnte, so daß er irgendwo im Gebiet von Fort Worth aufschlägt.«

»Dicht gefolgt vom Shuttle«, knurrte Greenburg. Seine Aufgabe war klar – zu klar. »In Ordnung, Sie müssen nichts mehr sagen. Ein Stück weiter vorn muß sich ein Schrank mit Reservematerial befinden, Tom. Sehen Sie bitte nach, ob Sie in ihm ein Seil oder ein Tau finden.«

»Wozu brauchen Sie das?« fragte Betsy mißtrauisch.

»Als Sicherheitsgurt. Ich gehe in die Schleuse und sehe nach, ob man die vordere Klemme irgendwie ankuppeln kann. Tom?«

»Ja, hier ist ein Strick. Nur eine Sekunde – ich muß ihn entwirren.«

»Lassen Sie's bleiben, Tom«, befahl Betsy. »Sie gehen dort nicht hinein, Aaron. Sie sind kein Mechaniker, sondern ein Pilot, wissen Sie das noch? Wir warten, bis sich die Fachleute vom Bodenpersonal damit befassen.«

»Wie lange werden wir warten?« fragte er. Die Besorgnis ließ seine Stimme scharf klingen. »Rayburn kann seine Motoren nicht den ganzen Tag laufen lassen; und selbst wenn er es könnte, gibt es keine Garantie dafür, daß der Schub von den drei Turbogebläsen gleich stark bleibt. Oder?«

Kurze Stille folgte, während der Greenburg erschrak, weil sich plötzlich etwas über seine Brust schlängelte. Lewis, der wahrscheinlich ahnte, wie der Streit ausgehen würde, begann, Greenburgs Sicherheitsgurt um ihn zu binden. »Nein«, beantwortete Betsy schließlich seine Frage. »Rayburns Instrumente können uns die Zahlen nicht mehr geben, und die Streßanzeigegeräte für die Stützen sind nicht genügend empfindlich.«

»Was bedeutet, daß das Shuttle vermutlich weiterhin Belastung auf die Klemmen ausüben wird – noch dazu wechselnde Belastung. Bei dieser Behandlung müssen sie irgendwann ermüden.«

»Hören Sie, Mr. Greenburg – Aaron«, gab Whitney wieder seinen Senf dazu, »das Programm ist beinahe am Ende. Sobald das erledigt ist, können wir innerhalb von fünfzehn Minuten Leute hier oben haben …«

»Nein; erst sobald wir das Problem gefunden *und uns vergewissert haben, daß es bei den anderen Flügelsektoren nicht auftritt.* Wer weiß, wie lang das dauern wird.« Ein Ruck am Seil, das ihm Lewis um die Brust gebunden hatte, und ein Schlag auf den Rücken sagten ihm, daß es Zeit war. Er hielt sich an den Rändern der Öffnung fest, hob einen Fuß und suchte einen Ansatzpunkt an der Wand. Lewis' verschränkte Hände ergriffen den Fuß und hielten ihn ruhig. Greenburg begann, das Gewicht zu verlagern … und zögerte. Er stand immerhin noch unter Betsys Befehl. »Betsy? Habe ich die Erlaubnis zu gehen?«

»Ja. Aber hören Sie: Sie dürfen es *einmal* mit der Klemme versuchen, und ganz gleich, ob sie greift oder nicht, danach kommen Sie sofort heraus. Verstanden? Bis jetzt war noch nie jemand während des Flugs in einer Andockschleuse, und sie sind nicht auf unerwartete Probleme vorbereitet.«

»In Ordnung. Es geht los.«

Greenburg hatte während der letzten zwei Minuten die gekrümmte Wand der Schleuse gemustert und sich überlegt, wie er das Manöver durchführen solle. Als er jetzt das Gewicht verlagerte und sich von Lewis' Händen abstieß, entdeckte er, daß er nicht gut genug geplant hatte. Er schob sich mehr oder weniger senkrecht zur Wand durch die enge Öffnung, drehte den Körper, sobald der Rumpf frei war, und gelangte mit dem Rücken zum Shuttle in sitzende Stellung. Aber er hatte den Sauerstoffbehälter auf seinem Rücken vergessen, und das zusätzliche Gewicht genügte, um sein unsicheres Gleichgewicht zu stören; er glitt ungeschickt auf dem Hintern über das gekrümmte Metall hinunter.

Er kam nicht weit; dafür sorgte Lewis, der das Seil

sicherte. Greenburg kam wieder auf die Beine, gewann festen Stand und nickte Lewis zu. »Okay, im wesentlichen bin ich unten. Lassen Sie etwas Seil nach.« Er begab sich vorsichtig in die tränenförmige Vertiefung unter dem Shuttle und ging zum Bugrad.

Die vordere Klemme sollte aus der Wand gleiten, während das Fahrgestell hinuntersank, und die Abschleppstange mittels zweier im Fahrgestell angebrachter Antwortsender lokalisieren. Greenburg hatte vorher auf dem Flugdeck erkannt, daß die Klemme sich zwar in Bewegung gesetzt, jedoch vor ihrem Ziel angehalten hatte; jetzt war ihm klar, wo das Problem lag.

»Das Shuttle steckt nicht nur im falschen Winkel in der Schleuse, sondern hat sich um einige Grad um seine Achse gedreht«, berichtete er. »Vielleicht hat das Gelenk der Klemme soweit rotiert, wie es konnte, um sich anzupassen, und als es sich nicht darauf ausrichten konnte, beschloß es aufzugeben und auf Anweisungen zu warten.«

»Laut den Anzeigen ist es aber voll ausgefahren«, ließ Henson nicht locker.

»Vielleicht sind die Sensoren beschädigt.«

»Nehmen wir an, daß Sie recht haben«, mischte sich Betsy ein. »Gibt es eine Möglichkeit, es zu reparieren?«

»Das weiß ich nicht.« Greenburg musterte die Klemme und das Landegestell, wobei ihm das vibrierende Shuttle über ihm sehr genau bewußt war – und auch die großen Entfernungen unter ihm. *Aber selbst wenn das Shuttle abstürzt und mein Seil reißt, geschieht mir nichts,* sagte er sich entschlossen. Er stand in der Vertiefung, die dem Bugrad des Shuttles die Möglichkeit bot, hinunterzugehen, und befand sich gute zwei Meter unter dem Rand der äußeren Öffnung der Schleuse. Die Gegenströmungen führten zu kräftigen Turbulenzen, die an seinem Overall zerrten und die kalte Luft noch weiter abkühlten – aber es würde einer Menge Turbulenzen bedürfen, um ihn die Schrägwand hinauf und ins Freie zu befördern. Zumindest nahm er das an… »Warum versuchen Sie nicht, den Klemmenarm einzuziehen und ihn noch einmal nach der Abschleppstange greifen zu lassen?«

»Wir müssen warten, bis Peters Programm zu Ende ist«, erklärte Henson. »Das macht der Computer.«

»Ach ja.« Daran hatte Greenburg nicht gedacht. »Wie lange noch?«

»Es ist beinahe… es ist zu Ende«, sagte Whitney.

»Und wo liegt das Problem?« fragte Betsy. Obwohl das Turbogebläse in seinen Ohren dröhnte, hörte Greenburg die Erwartung und die Angst in ihrer Stimme.

»Es gibt anscheinend keines«, antwortete Whitney.

»Das ist lächerlich«, widersprach Greenburg. »*Etwas* ist daran schuld, daß das Shuttle einen Unfall hatte.«

»Das Programm findet dieses Etwas jedenfalls nicht. Ich hatte den Eindruck, daß der Skyport kurz vor dem Aufprall leicht ruckte.«

»Luftturbulenz«, sagte Betsy. »Das hätte kein Problem sein sollen; das Leitprogramm mußte imstande sein, mit solchen kleinen Störungen fertigzuwerden.«

»Vergessen wir jetzt das ›wie‹«, mischte sich eine neue Stimme ein – Greenburg erkannte trotz des Lärms Carl Young. »Wichtig ist, daß die Shuttles wieder heraufkommen. Fällt Ihnen etwas ein, Greenburg, das wir heraufbringen können, um das Shuttle damit zu sichern?«

»Verdammt, ich weiß es nicht. Etwas, womit wir die Passagiere von Bord schaffen können, wäre natürlich gut. Und wenn der Klemmenarm sich weigert, weiter zu rotieren, brauchen wir vielleicht ein Zwischenglied – vielleicht ein zusätzliches Klemme-und-Gelenk-Stück, um die Reichweite unserer Klemme zu vergrößern.«

»Ich habe bereits eine Reserveskiliftanlage bestellt – sie sollte mit dem ersten Shuttle heraufkommen und mit ihr die Männer, die sie einbauen. Den Klemme-und-Gelenk-Teil können wir wahrscheinlich aus einer der anderen Schleusen holen; ein weiteres Team wird heraufkommen und es versuchen. Ich meinte eigentlich, ob Sie von dort aus etwas sehen, wovon wir noch nichts wissen?«

»Eigentlich nicht.« Greenburg kam sich allmählich etwas idiotisch vor, weil sein tapferer Abstieg in die Schleuse immer unnötiger schien. Da das Leitsystem in Ordnung war, würden innerhalb von Minuten Scharen von Fachleuten hier sein. *Soviel zum Wert von impulsivem Heldentum,* dachte er bitter; aber er hatte wenigstens nicht zuviel Zeit vergeudet. Er war immer schon ein besserer Team- als Einzelspieler gewesen. »Halten Sie fest, Tom, ich komme hinauf«, rief er und packte sein Sicherungsseil.

»Noch eine Sekunde, Aaron«, widersprach Henson. »Ich habe jetzt den Computer wieder. Bleiben Sie noch unten, und ich versuche es mit der Klemme noch einmal so, wie Sie es vorgeschlagen haben.«

»In Ordnung. Aber beeilen Sie sich – hier unten ist es eiskalt.«

Etwas klickte laut und der Klemmenarm schob sich ineinander und rotierte dabei zur Horizontalen. Als er gänzlich eingezogen war, stand er eine Sekunde still und kehrte dann die Richtung um; er schob sich wie eine steife Metallschlange, die ihre Beute in Zeitlupe angreift, auf das Landegestell zu. Er hielt wieder einen Meter zu früh an, und jetzt erkannte Greenburg seinen Fehler. »Es ist nicht nur der Winkel des Bugrades«, teilte er den anderen mit. »Wenn die Segmente gänzlich ausgefahren sind, rotieren sie nicht alle gleichzeitig, sondern die Klemme rotiert bei jedem Segment, das herauskommt, ein wenig. Sie gibt nicht deshalb auf, weil sie nicht weiß, wie es weitergeht – sie gibt auf, weil sie nicht lang genug ist.«

»Das ist unmöglich«, widersprach Betsy. »Ich habe die Angaben überprüft – der Arm ist lang genug, um das Bugrad zu erreichen.«

»Dann ist er irgendwie beschädigt«, meinte Greenburg gereizt. Wenn sie den ganzen Arm und nicht nur die Klemme ersetzen mußten ... Er erschauerte, als ihm noch deutlicher bewußt wurde, wie verletzlich das Shuttle war.

Einen Augenblick lang hörte er nur das Dröhnen der Turbofans. Dann sagte Carl Young: »Das Bodenpersonal wird den Arm überprüfen, sobald es hier ist. Kommen Sie jetzt heraus, Greenburg. Sie müssen den Lukendeckel inzwischen wieder befestigen, damit wir das Deck unter Druck setzen können.«

»Verstanden.« Greenburg wandte sich der gekrümmten Wand zu und begann, mit vor Kälte tauben Händen zu klettern.

»Das Shuttle wird in etwa vier Minuten in Sechs andocken«, sagte die Stimme des Skyportcaptains über die Sprechanlage.

»Okay, Carl«, meinte Betsy. »Haben Sie jemanden bei der Schleuse, der es in Empfang nimmt, Sechs?«

»Noch nicht. Wir wollen während des Andockens alle Stationen besetzt haben, um auf Schwierigkeiten zu achten. Aber wir können jemand Dienstfreien hierherholen.«

»Nicht notwendig.« Paul Marinos öffnete seinen Sicherheitsgurt und stand auf. »Ich gehe hinunter und empfange das Shuttle. Sie werden mich doch erst brauchen, wenn Tom wieder zurück ist, nicht wahr?« Er sah Betsy an.

Sie nickte. »Machen Sie sich nur auf den Weg. Übrigens könnten Sie dabei Mr. Whitney hinunterbegleiten. Wir sind Ihnen für Ihre Hilfe heute morgen sehr dankbar, Mr. Whitney.«

»Gern geschehen.«

Betsy drehte sich mitsamt dem Stuhl um. Whitney saß vorgebeugt in seinem Stuhl und beobachtete aufmerksam das Computerdisplay. »Stimmt etwas nicht?«

fragte sie, und ihr Mund wurde wieder trocken. Das Shuttle würde in wenigen Minuten versuchen anzudocken…

Whitney schüttelte langsam den Kopf, ohne den Bildschirm aus den Augen zu lassen. »Ich überprüfe nur den Ausdruck noch einmal, um zu sehen, ob es etwas gibt, das merkwürdig aussieht, aber irgendwie nicht als Problem erkannt wurde.« Er rollte die nächste Seite hoch und blickte dann erst auf. »Wenn es Ihnen nicht zu viele Mühe macht, würde ich sehr gern noch eine Zeitlang hierbleiben. Ich bin eine zusätzliche Kraft am Computer, und es gibt noch ein Projekt, das ich mit Ihnen besprechen möchte.«

»Für gewöhnlich dürfen sich Passagiere überhaupt nicht hier aufhalten«, bemerkte Marinos.

Whitney zuckte die Achseln. »Andererseits bin ich schon hier.«

Betsy entschloß sich schnell. Selbst wenn Whitneys Hauptmotiv Neugierde war – er war ihnen eine große Hilfe gewesen. Es war eine billige Möglichkeit, sich für sein Entgegenkommen erkenntlich zu zeigen. »Aber Sie dürfen uns nicht in die Quere kommen.« Sie zeigte auf das Display. »Sie müssen damit rasch fertigwerden, weil Tom Lewis hierher unterwegs ist, um weitere Pläne anzufertigen.«

»Ich weiß. Ich werde bis dahin fertig sein.« Er wendete sich wieder der Anlage zu. Marinos nickte Betsy zu und verließ das Flugdeck.

Betsy drehte den Stuhl wieder nach vorn, schloß kurz die Augen und holte tief Luft. Die Spannung machte sich bemerkbar. Ihre Willensstärke ließ nach; es fiel ihr schwerer, Entscheidungen zu treffen – und das erst achtzig Minuten nach Beginn der Krise.

Diese heftige Reaktion war mehr als beunruhigend. Es stimmte zwar, daß dort hinten das Leben von hundertsechzig Menschen gefährlich in der Schwebe hing… aber sie war seit ihrem ersten Flug für die Navy im Jahr 1980 für Menschenleben verantwortlich gewesen. Sie hatte auch Krisen durchgestanden; die schlimmste war wahrscheinlich die 747, bei der auf halbem Weg zwischen Seattle und Honolulu alle vier Motoren ausgesetzt hatten. Sie hatte das Monster in einen Sturzflug über tausendfünfhundert Meter drücken müssen, damit die störrischen Turbogebläse ansprangen – und sie war nicht annähernd so nervös gewesen wie jetzt. Nahm nur die *Länge* der Krise sie mit, die Adrenalinstöße, die mehr als fünf Minuten anhielten? Wenn ja, dann würde sie ein Wrack sein, wenn die ganze Geschichte endlich zu Ende war. Oder ...

Oder waren die Leute – *sei ehrlich, Betsy* –, die beteiligte Person daran schuld? Konnte es sie wirklich so schwer treffen, daß sie gezwungen war, Kontakt mit Eric Rayburn zu haben?

»Entschuldigen Sie, Captain, kann ich mich hierhersetzen?«

Sie öffnete die Augen; Whitney stand neben ihr und zeigte auf den Stuhl des Copiloten. Sie verrenkte sich den Hals und sah, daß Lewis zurückgekommen war und wieder am Computerterminal saß. »Ja, natürlich«, antwortete sie, dankbar für die Unterbrechung. »Rühren Sie nur nichts an. Brauchen Sie Hilfe, Tom?«

»Nein, danke; ich hole mir nur die schematischen Darstellungen des Klemmenarmmechanismus und des Notfallkragens, sowie alles, was ich über die Skyport-Tür und den Tunnel finde.« Aus dem Druckerschlitz kam Papier; Lewis warf einen Blick darauf und wandte sich dann wieder an Betsy. »Etwas Neues vom Shuttle?«

»Rayburn überprüft noch immer seine Instrumente. Bis jetzt sind der Höhenmesser, das Collins Navigationssystem und mindestens eines der Senkrechtgyroskope außer Gefecht; der Kompass und die Kollisionssicherung sind intakt; der Autopilot ist ein großes Fragezeichen.«

»Ich habe auf dem Weg hierher Paul Marinos getroffen. Er erzählte mir, daß Rayburn die Wahnsinnsidee hatte, das Shuttle allein zurückzufliegen.«

»Das stimmt«, bestätigte Betsy. »Er kommt immer wieder darauf zurück.«

»Gut. Aaron und ich haben angenommen, daß es *Ihnen* eingefallen ist, und wir begannen, uns Sorgen zu machen.«

»Danke für Ihr Vertrauen«, antwortete sie spöttisch. »Bleiben Sie bei Aaron, nachdem Sie die schematischen Darstellungen abgeliefert haben?«

»Das hängt davon ab, ob man mich braucht.« Er zog das letzte Blatt aus dem Drucker und schaltete ihn ab. »Wir sprechen uns später.«

Er stand auf und ging, und gleichzeitig knisterte die Sprechanlage. »Hier ist Marinos. Das Shuttle hat angedockt. Genau nach Vorschrift, möchte ich hinzufügen.«

Betsy wandte sich der Sprechanlage zu und spürte, wie ein Teil des Gewichts von ihren Schultern verschwand. »Haben Sie das gehört, Aaron? Machen Sie sich unten auf Gesellschaft gefaßt.«

»Okay. Lassen Sie es mich wissen, Paul, wenn alle hinunterkommen, damit ich anfangen kann, den Deckel wieder abzuschrauben.«

»Wird gemacht.«

Die Sprechanlage verstummte und Betsy lehnte sich wieder zurück. Sie starrte durch das Fenster auf den blauen Himmel und versuchte, Ordnung in ihre Gedanken zu bringen. »Captain? Fühlen Sie sich nicht wohl?«

Sie sah Whitney an und schenkte ihm ein kleines Lächeln. »Ich habe Ihnen doch gesagt, daß wir alle zwanglos miteinander verkehren«, schalt sie ihn sanft. »Ich heiße Betsy.«

»Oh ... na ja ... Sie haben mich vorhin ›Mr. Whitney‹ genannt, und ich habe angenommen, daß sich das geändert hat.« Er sah sie verlegen an.

»Macht der Gewohnheit. Für mich sieht jeder, der

einen dreiteiligen Anzug trägt, wie die Firmenleitung aus. Und zu Ihrer Frage: Mir geht es ausgezeichnet.«

»Sie sehen müde aus. Wie lange fliegen Sie schon?«

Sie hätte beinahe gekichert. »Alles in allem etwa sechsundzwanzig Jahre. Bei dieser Schicht erst seit eineinhalb Stunden. Ich bin kurz vor dem Unfall des Shuttles in den Dienst gekommen.«

»Oh.« Sein Ton deutete an, daß er nicht ganz überzeugt war.

Sie sah ihn wieder an. »Wirklich«, betonte sie. »Was Sie als Müdigkeit bezeichnen, ist schlicht und einfach Spannung.«

Sein Mundwinkel zuckte. »Okay. Ich war immer ein miserabler Detektiv.« Der Mundwinkel beruhigte sich und er wurde ernst. »Wie schätzen sie ihre Chancen ein? Ehrlich.«

»Es hängt ausschließlich davon ab, wie schnell wir das Shuttle sichern können – oder wie schnell wir feststellen, daß wir es nicht schaffen.«

Whitney runzelte die Stirn. »Ich kann Ihnen nicht folgen. Sprechen Sie von dem ...« – er sah auf die Uhr – »Treibstoff für sechs Stunden, den das Shuttle noch hat?«

»Im Grunde schon – nur sind es jetzt nur noch fünfeinhalb Stunden; bei zwei seiner Motoren haben wir vor kurzem den Schub etwas verstärkt.« Sie wandte das Gesicht wieder ab und preßte die Lippen zu einer schmalen Linie zusammen. »Wir stecken in einer gründlichen Klemme, Peter. Sie kennen den Rundflug des Skyports im Uhrzeigersinn, nicht wahr?«

»Natürlich: Boston, New York, Philadelphia, Washington, Atlanta, New Orleans, Houston, Dallas, L. A., San Francisco, Denver, Kansas City, Chicago, Detroit, Cleveland, Pittsburgh, Washington, dann zurück nach Boston.« Er rasselte die Namen herunter, ohne nachzudenken, als hätte er sie nebenbei gelernt. »Alles in allem ein Zwölf-Stunden-Flug.«

»Richtig. Jetzt denken Sie daran, daß es, sobald wir

das Shuttle gesichert haben, genau zwei Orte gibt, an denen wir mit ihm landen können: Die Skyport Wartungsanlagen am Mirage Lake in der Nähe von L.A., und die Keansburg Extension in New Jersey; L.A. ist wahrscheinlich eine halbe Stunde näher. *Aber* ...« – sie machte eine Pause, um es zu betonen – »zwischen hier und L.A. gibt es keine Skyport-Städte. Das bedeutet, keine Shuttles. Das bedeutet, daß jedes Werkzeug, das wir an Bord bringen wollen, um damit zu arbeiten, von hier kommen muß. Was bedeutet, daß wir *hierbleiben* müssen, bis wir sicher sind, daß wir alles haben, was wir brauchen könnten.«

»Bumm.« Whitney stieß die Luft aus und schwieg für einen Augenblick. »Sie könnten jedoch nach L.A. fliegen und dort kreisen, bis Sie die Klemme repariert haben. Ach, vergessen Sie's; Sie brauchen wahrscheinlich die Flugzeit, um zu arbeiten. Aber warten Sie einen Augenblick – Sie könnten jetzt nach *Osten* zurückfliegen, nach New Jersey. Alles, was sie zusätzlich brauchen, könnte von Atlanta oder sogar Washington heraufgebracht werden; Sie kommen unterwegs nahe genug an beiden Städten vorbei.«

Sie hatte zwanzig Minuten zuvor die gleiche glänzende Idee gehabt und war genauso aufgeregt gewesen wie er. Es war eine Schande, daß sie seine Seifenblase platzen lassen mußte. »Der Schönheitsfehler in dieser Lösung ist John Meredith, der verletzte Copilot des Shuttles. Wenn wir hierbleiben und es schaffen, ihn und die übrigen Passagiere sagen wir innerhalb einer Stunde herauszuholen, können wir ihn viel schneller in ein Krankenhaus bringen, als wenn wir bis Atlanta warten müßten. Die Zeit könnte bei ihm über Leben oder Tod entscheiden – und dazu kommt, daß wir nichts Genaues über seine Verletzungen wissen. Und wenn wir das Shuttle gänzlich verlieren, dann wäre es mir lieber, wenn ich es in Arizona und nicht in Pennsylvanien auf einen freien Fleck fallen lassen kann.«

»Verdammt«, murmelte er. »Sie haben das Ganze durchgedacht, was?«

»Hoffentlich nicht«, widersprach sie inbrünstig. »In meiner Analyse sieht die Lage nicht zu rosig aus. Wenn ich nicht etwas übersehen habe, dann werden wir entweder ein teures Shuttle oder ein unersetzliches Leben verlieren. Diese verdammte Luftfahrtbehörde. Wir machen seit mindestens zwei Jahren Druck auf sie, um auf den wichtigsten Flughäfen ein paar Rollbahnen für Flügelsektoren zu bekommen.«

»Ich habe es immer für eine schlechte Idee gehalten, bei den Skyportmotoren Schubumkehrer wegzulassen. Wie es jetzt steht, könnten sie mit einem Modul von jeder Menge Startbahnen starten, jedoch nicht auf ihnen landen.«

»Das bezeichnet man als Wirtschaftlichkeit. Niemand will supergroße Rollbahnen bauen, solange sie nicht sicher sind, daß die Skyports einschlagen.« Sie schüttelte den Kopf. »Schluß mit dem Selbstmitleid. Worum handelt es sich bei dem Projekt, das Sie erwähnt haben?«

»Richtig. Sie haben vorhin gesagt, daß niemand weiß, wie lang die Rollbahn für eine Kombination von Flügelsektor und Shuttle sein müßte. Ich habe einige Berechnungen angestellt, und wenn ich die Computeranlagen von zwei Modulen benützen kann, könnte ich Ihnen eine grobe Schätzung vorlegen.«

Sie blinzelte überrascht. »Wie?«

»Ich habe bei McDonnell Douglas Computersimulationen für Skyportentwürfe der zweiten Generation angefertigt. Es geht dabei hauptsächlich um Profil, Masse und laminare Strömungsparameter, und um das Testen von Auftrieb, Luftwiderstand und so weiter. Ich erinnere mich an die Gleichungen, die ich brauchen würde, und weiß genug über Module und Shuttleformen, um zurechtzukommen. Und so kompliziert ist das Programm auch wieder nicht.«

»Was ist mit den Bremsen und den Bremsfallschirmen?« fragte sie zweifelnd.

»Ich kann sie als zusätzlichen Luftwiderstand berücksichtigen.«

Betsy dachte mit gerunzelter Stirn nach. Die Rollbahn in Dallas war bestimmt nicht lang genug. Aber... es wäre angenehm, die Zahlen zu haben. »Okay, wenn wir zwei weitere Flügelsektoren dazu bringen mitzumachen. Den Computer von Sieben können Sie nicht benützen; wir brauchen ihn für die Arbeit unten.«

»Das spielt keine Rolle – ich kann mich an die anderen Systeme anschließen und alles von hier aus berechnen.«

Betsy drehte sich zur Sprechanlage um. »Was meinen Sie, Carl?«

»Es ist den Versuch wert. Zwei und Drei – ihr habt eure Computer gerade freiwillig Mr. Whitney zur Verfügung gestellt.«

Betsy brauchte einige Minuten, um Whitney zu zeigen, wie er die Verbindung zu den beiden Systemen zustandebrachte, aber sobald er begonnen hatte, schien er zu wissen, was er tat. Sie sah ihm eine Minute lang über die Schulter zu, dann kehrte sie zu ihrem Platz zurück. Es war tatsächlich eine gute Idee, aber warum hatte er nicht einfach seinen Freund in Houston angerufen und ihn das Programm durchspielen lassen? Bei der – zweifellos – größeren Anlage in Houston, in der das Programm bereits installiert war, hätten sie die Antwort sicherlich rascher bekommen als hier von Whitney. Es sah ganz so aus, als suche er einen Vorwand, um auf dem Flugdeck bleiben und die Vorgänge beobachten zu können. Sie verzog das Gesicht. Sein Bericht an McDonnell Douglas würde bestimmt nicht schmeichelhaft sein.

Sie schüttelte den Kopf, um die Spinnweben zu vertreiben. Es gab eine Menge unangenehmer Gedanken, mit denen sie sich beschäftigen mußte; sie mußte sich nicht auch noch zusätzliche einfallen lassen. Und weil sie gerade bei Unannehmlichkeiten war … Sie riß sich zusammen, zog das Kopfhörermikrofon vor die Lippen und schaltete es ein. »Skyport an Shuttle. Lagebericht bitte.«

»Ach, hier gibt es nicht viel Neues, Liz – ich sitze herum und sehe zu, wie mein Copilot stirbt.«

Sie war auf die Bösartigkeit in Rayburns Ton nicht gefaßt gewesen, und die Worte trafen sie beinahe körperlich. Sie entspannte bewußt die verkrampften Kinnmuskeln und fragte: »Geht es ihm schlechter, Dr. Emerson?«

»Es geht ihm ganz bestimmt nicht besser«, fuhr Rayburn sie an, bevor der Arzt antworten konnte.

Betsy behauptete sich. »Doktor?« wiederholte sie.

»Es ist schwer zu sagen«, meinte der Arzt zögernd. »Er ist noch immer bewußtlos und atmet mühsam, aber sein Puls ist noch in Ordnung.«

»Wir werden ihn jedenfalls bald unter dem ganzen Metall herausgeholt haben«, sagte Betsy. »Die Bodenmannschaft ist jetzt an Bord und hat einen Schneidbrenner mit, um den Stuhl herauszuschneiden.«

»Ja, ich sehe, daß sie herunterklettern«, sagte Rayburn. »Wie wollen sie zu uns hinaufgelangen?«

»Durch Ihr Seitenfenster; wahrscheinlich haben sie eine Strickleiter oder etwas Ähnliches mit. Sie sollten es öffnen und bereit sein, das Ende zu fangen, wenn sie es hinaufwerfen.«

»Das wird uns verdammt wenig nützen«, knurrte der Shuttlepilot. »Wie wollen sie ihn hinausschaffen – ein Seil um ihn binden und ihn wie einen Sack mit Grassamen hinunterlassen?«

»Wenn er nicht zu schwer verletzt ist, dann ja.« Betsys Geduld war dicht daran zu reißen. »Wenn nicht, wird uns etwas anderes einfallen. Wir werden versuchen, einen Skilift von Ihrem Fenster zur Skyporttür einzurichten, um die Passagiere herauszuholen; vielleicht können wir Meredith auf einer Art Tragbahre auch so transportieren.«

»Ein *Skilift?* Verdammt, Liz, das ist die blödeste Idee, die ich je gehört habe. Es würde *Stunden* dauern, so etwas zusammenzubauen.«

Die Spannung, die sich in Betsy angesammelt hatte, machte sich plötzlich Luft. »Wenn Sie eine bessere Idee haben, dann spucken Sie sie aus!« fuhr sie ihn an.

»Sie haben sie bereits gehört«, antwortete er im gleichen Ton. »Lassen Sie mich den verdammten Vogel *jetzt* hinunterbringen, und zum Teufel mit Skiliften und Bugradklemmen. Ihr vergeudet nur Zeit.«

»Sie glauben wirklich, daß Sie ein Flugzeug fliegen können, dessen Bug zertrümmert ist?« fragte sie eisig. »Was werden Sie als Höhenmesser, Autopilot und Kreiselkompaß verwenden?«

»Talent. Ich habe Flugzeuge geflogen, die sich in schlechterem Zustand befanden als dieses.«

»Vielleicht. Aber nicht mit einem verrenkten Handgelenk und hundertsechzig Passagieren an Bord. Und *nicht*, solange Sie unter meinem Befehl stehen.«

»Ach ja, ich habe ja vergessen – hier ist Liz Kyser der große Boss.« Rayburns Stimme triefte vor Sarkasmus. »Darf ich Sie daran erinnern, *Eure Hoheit*, daß ich Ihre Erlaubnis nicht *brauche*, um Ihr fliegendes Königreich zu verlassen. Ich müßte nur die Drosselklappe vorschieben.«

Betsys Zorn verflog in Sekundenschnelle. »Was sagst du da, Eric?« fragte sie vorsichtig.

»Spiel nicht das dumme Blondinchen – du weißt, wovon ich spreche. Ich muß nur Gas geben, die letzten beiden Kragenstützen zerbrechen und du kannst deine Befehlsgewalt vergessen.«

»Ja – und du fällst mit der Nase voran und dem Kragen noch auf dem Shuttle hinunter oder läßt ihn auf jemanden am Boden fallen.« Sie bemühte sich, ruhig und vernünftig zu sprechen. »Du kannst das Leben unschuldiger Menschen nicht so aufs Spiel setzen, Eric.«

»Entspann dich – ich werde so etwas Verrücktes nur

dann tun, wenn es sein muß. Ich mache dich nur darauf aufmerksam, daß du keine absolute Vetomacht über mich hast. Vergiß das nicht, während du eine Möglichkeit suchst, John in ein Krankenhaus zu bringen.«

»Mach dir keine Sorgen. Wir wollen ihn genauso in Sicherheit bringen wie du.« *Vor allem jetzt.* »Wir halten dich auf dem laufenden.« Betsy schaltete das Mikrophon ab.

Sie blieb noch einen Augenblick lang sitzen, weil ihr Verstand plötzlich ins Schleudern kam wie Reifen auf einer eisigen Rollbahn. Das Flugdeck war unvermittelt kalt, und sie bemerkte seltsam geistesabwesend, daß ihre Hände, die am Rand des Armaturenbretts lagen, leicht zitterten. Rayburns Drohung und der Geisteszustand, auf den sie schließen ließ, hatte sie bis ins Mark erschüttert. Er war seinen Crews gegenüber immer loyal gewesen – das war eine seiner guten Eigenschaften, die sie an ihm angezogen hatten –, aber das grenzte an Monomanie. Hatte der Unfall vielleicht nicht nur Rayburns Handgelenk in Mitleidenschaft gezogen?

Jemand trat zu ihr. Whitney sah aus, als hätte man ihm einen Schlag mit einem Sandsack versetzt. »Betsy ... ist er ...?« Er wußte nicht weiter und zeigte nur stumm auf den Kopfhörer.

»Sie haben mitgehört, was?« Sie war verlegen und verärgert, weil ein Außenseiter die privaten Schwierigkeiten auf dem Skyport mitbekommen hatte.

Whitney war offensichtlich zu erschüttert, um sich über sein Verhalten Gedanken zu machen, und nickte. »Ist er in Ordnung? ich meine, er klingt ... überreizt.«

»Das stimmt. Er steht unter großem Druck – wie wir alle.«

»Ja, aber Sie drohen nicht, etwas verbrecherisch Dummes zu machen.« Er zeigte auf die Sprechanlage. »Und warum hat Captain Young Sie nicht wenigstens unterstützt?«

»Er hat wahrscheinlich nicht zugehört – das Funkgerät steht nicht direkt mit der Sprechanlage in Verbindung.« Sie musterte sein Gesicht noch einmal und zwang sich zu einem Lächeln. »Entspannen Sie sich. Eric ist nicht hochgegangen; er hat einfach Dampf abgelassen.«

»Hmmm.« Er war nicht überzeugt. »Und wie steht es um *Sie?*«

Die Frage kam unerwartet, und Betsy errötete. »Ich bin selbst ein wenig laut geworden, was?« gab sie zu. »Ich bin eine so lange Krise nicht gewöhnt. Für gewöhnlich dauern Flugzeugnotfälle nur so lange, bis man das nächste Stück ebenen Bodens entdeckt und aufsetzt.«

»Wahrscheinlich. Kann ich etwas tun?«

»Ja – Sie können an den Computer zurückgehen und mit dem Programm fertigwerden.«

Überraschenderweise schien etwas in ihrem Ton seine Angst um sie zu besänftigen, denn seine Stirn glättete sich und er lächelte sogar leicht. »Aye, aye, Captain«, sagte er und machte sich auf den Rückweg.

Den hätte ich überzeugt. Wenn sie sich nur *selbst* in bezug auf Rayburns Selbstbeherrschung etwas einreden könnte. Sie schob das Mikrophon beinahe wütend beiseite und beugte sich über die Sprechanlage. »Aaron, Paul – wieso braucht ihr da unten so lange?«

Das zusammengerollte Ende des dünnen Seils prallte gegen den oberen Rand des Fensters, während es hereinflog. Der plötzliche Lärm erschreckte Dr. Emerson ein wenig, er wandte den Kopf – der einzige Teil seines Körpers, den er im überfüllten Cockpit überhaupt bewegen konnte – und sah gerade noch, daß Captain Rayburn das Seil ergriff und hereinzog. An seinem anderen Ende hing eine ausziehbare Leiter der gleichen Art, wie sie Emersons Kinder unter ihren Stockbetten in der Grande-Prairie-Wohnanlage hatten; ihre Sprossen schlugen gegen den Rumpf des Shuttles. Er sah zu, wie

Rayburn die übergroßen Haken über den unteren Rand des Fensters schob und wandte sich dann mit einem erleichterten Seufzer wieder seinem Patienten zu. Endlich war das Warten zu Ende. Jetzt mußte er sich nur darum sorgen, daß Merediths Zustand gut genug war, um Rayburn zufriedenzustellen – und *das,* dachte er düster, war wirklich eine Sorge. Rayburns letztes, stürmisches Gespräch mit dem Skyport hatte Emersons langjährige angenehme Vorstellung vom unerschütterlichen Piloten zerstört und eine Menge Sorgen bei ihm hinterlassen. Er musterte das Gesicht des Bewußtlosen und fragte sich, was dieser Mann an sich hatte, das bei Rayburn eine so heftige Reaktion auslöste. War er ein guter Freund? Oder war es etwas Komplizierteres – erinnerte er Rayburn zum Beispiel an einen toten Bruder? Emerson wußte es nicht und hatte bis jetzt nicht den Mut gehabt zu fragen.

»Okay, Doc, sie kommen.« Rayburn, der den Kopf zum Fenster hinausgestreckt hatte, begann, seine Sicherheitsgurte zu lösen. »Machen wir ihnen Platz, damit sie hereinkommen können.«

Emerson erhob sich und verzog das Gesicht, als seine Beine sich beschwerten. Er versuchte, in alle Richtungen gleichzeitig zu blicken, während er sich vorsichtig aus dem winzigen Raum schob und es zur Cockpittür schaffte, ohne sich neue Quetschungen zu holen. Rayburn hatte bereits seinen Sitz verlassen, stand an der Stelle, die Emerson gerade geräumt hatte, und rief Anweisungen zum Fenster. »Okay – vorsichtig – haltet es von den Instrumenten fern – okay, ich habe es.« In seinen Händen tauchten zwei kleine Gasbehälter auf, die mit Metallbändern aneinander befestigt und mit Schläuchen versehen waren, und die er sich sofort unter den rechten Arm klemmte. Das zweite Paket erkannte Emerson mühelos: Das große rote Kreuz auf der koffergroßen Schachtel war kaum zu übersehen. Einen Augenblick später mußte er einen großen Schritt zur

Ausgangstür des Shuttles machen, als Rayburn rückwärtsgehend das Cockpit verließ. »Gebt auf die Armaturen acht«, rief er noch einmal, während er seine Last abstellte und die Hand ausstreckte, um zuzugreifen.

Es dauerte nur Minuten, bis alle an Bord waren. Es waren drei: Zwei Techniker, die sich sofort an die Arbeit machten und den Gasbehälterapparat in ein Schweißgerät verwandelten; und ein älterer Mann, der Emerson vielsagend ansah und zum Passagierteil ging. Emerson begriff und folgte ihm.

»Ich bin Dr. Forrest Campbell«, stellte sich der Neuankömmling vor, als die beiden Männer den relativ stillen Winkel am vorderen Ende des Passagierraums erreichten.

»Larry Emerson. Ich bin froh, Sie hierzuhaben. Sie arbeiten für die Fluggesellschaft?«

»Ich bin nur vorübergehend hinzugewählt, und tue es nur anstandshalber.« Er zeigte auf die Reihen von Skiliftsitzen. »Das Wichtige zuerst. Brauchen die Passagiere etwas?«

»Nichts, das dringend wäre. Es gibt ein paar Quetschungen und eine oder zwei Verstauchungen. Vor allem haben alle Angst und frieren.«

»Das glaube ich«, stimmte der zitternde Campbell zu. »Der Skyport ist auf zweieinhalbtausend Meter hinuntergegangen, aber hier drinnen ist es noch immer winterlich. Hoffentlich denkt das nächste Shuttle daran, einige Decken mitzubringen. Und jetzt zu den schlechten Nachrichten. Wie geht es dem Copiloten?«

»Nicht gut.« Emerson zählte alle Fakten über Merediths Zustand auf, und dazu einige vorsichtige Schlußfolgerungen, die er in Rayburns Hörweite lieber nicht geäußert hatte. »Wir müssen natürlich auf das Ergebnis einer gründlicheren Untersuchung warten, aber ich bin ziemlich sicher, daß wir es *nicht* riskieren können, ihn an einem Seil aus dem Fenster hinunterzulassen.«

»Ja ... und ich bezweifle, daß eine Tragbahre hineinpassen würde. Wenn wir ihn stabilisieren können, ist es am besten, ihn hierzulassen, bis das Shuttle ausgeladen werden kann.«

»Es wird ihm wohl nichts anderes übrigbleiben.« Aus dem Cockpit kam ein scharfer Knall, und Meredith, der an Campbell vorbeiblickte, sah das blaue Licht in dem Raum. »Ich hoffe, daß sie ihn nicht braten werden, um ihn herauszuholen«, murmelte er besorgt.

»Sie haben bestimmt ein Vahldiek-Leitungskabel zwischen dem Teil des Stuhlfußes, den sie zerschneiden, und dem Rumpf eingefügt, um die Hitze abzuleiten«, versicherte ihm Campbell. »Gehen wir wieder hinein; es wird nicht lange dauern.«

Das stimmte. Sie hatten gerade erst den Teil vor der Ausgangstür betreten – der jetzt deutlich wärmer war – und den medizinischen Werkzeugbehälter geöffnet, als das Zischen des Schweißgeräts verstummte. Rayburn trat von der Tür zurück und murmelte warnende Anweisungen, während der bewußtlose, noch immer an seinem Sitz angeschnallte Copilot vorsichtig aus dem Cockpit getragen wurde.

»Lassen Sie ihn vorläufig in dem Stuhl sitzen«, sagte Campbell, als sie den Sitz hinstellten und das dünne Hochleitungskabel abtrennten. Er kniete mit dem Stethoskop nieder und machte sich an die Arbeit.

Emerson trat zu Rayburn. »Es wäre besser, wenn Sie in das Cockpit zurückkehren, Captain«, schlug er leise vor.

Rayburn holte tief Luft. »Ja. Geben Sie sich mit ihm Mühe, Doc, und verständigen Sie mich, sobald Sie etwas wissen.«

»Das werden wir tun.«

Rayburn ging vorsichtig um die Gestalten auf dem Fußboden herum, und Emerson atmete erleichtert auf. Das Shuttle hatte wenigstens wieder einen Piloten, falls mit dem Rest des Andockkragens etwas schiefging. Wenn man den Piloten auch noch dazu überreden könnte, nichts Übereiltes zu tun... Er erschauerte; würde Rayburn das Shuttle tatsächlich von seiner instabilen Halterung losreißen... und würde die Warteschleife des Skyports sie über Grande Prairie und seine Familie bringen?

Er schob diese Gedanken beiseite, hockte sich neben Dr. Campbell und machte sich bereit, ihm zu assistieren.

»In Ordnung, lassen Sie ihn wieder hinaus – wirklich vorsichtig«, sagte Al Carsons rauhe Stimme in Greenburgs Ohr. Greenburg hielt sich im Geist die Daumen und wandte dem Klemmenarm seine volle Aufmerksamkeit zu, als Henson dem Gerät vom Flugdeck aus den Befehl erteilte, auszufahren.

Aber weder Greensburgs Wünsche noch Carsons viertelstündige Arbeit hatten zu einem merkbaren Unterschied im Verhalten des Arms geführt. Soweit Greenburg es von seinem Aussichtspunkt an der Zugangsluke feststellen konnte, schlug der Arm den gleichen Weg ein wie vorher. Und endete genauso weit vor seinem Ziel.

Carson fluchte leise. Er ließ sich wieder von seinem Helfer den Stapel Blaupausen geben, und Greenburg biß wieder frustriert die Zähne aufeinander. Weder Carson noch der Rest der Crew waren Fachleute für die Skyport-Ausrüstung – diese Fachleute waren zur Zeit an der Ost- und der Westküste eingesetzt – aber dennoch erkannten sie das grundlegende Problem rasch: Eines der vier ausfahrenden Armsegmente funktionierte nicht. Das hatte Carson beinahe sofort den Blaupausen entnommen (und Greenburg ärgerte sich noch immer darüber, daß er nicht selbst daraufgekommen war); aber alles Schmieren, Hämmern und mechanisches gutes Zureden hatten es nicht gelöst. Und die Zeit wurde knapp.

»He, Sie, Greenburg.« Carson winkte ihm. »Kommen Sie bitte herunter und helfen Sie uns, ja?«

»Klar.« Er packte das Seil seines Sicherheitsgurtwerks – ein *richtiges* Gurtwerk; die Bodencrew hatte einige Reserveexemplare mitgebracht –, trat auf die Schachtel, die sie unter die Öffnung gestellt hatten und zwängte sich hindurch. Er war beinahe ganz in der Schleuse draußen, als ihm einfiel, den Raum über ihm nach herabstürzenden Trümmern abzusuchen, aber er hatte Glück: Keiner der anderen Männer der Crew arbeitete über ihm. Er überblickte rasch ihre Tätigkeit, während ihn das motorisierte Sicherheitsseil sanft über die Schleusenwand hinunterließ, und war wider Willen beeindruckt. Der Skyporttunnel war so weit ausgefahren worden wie möglich, und so arretiert worden, daß er auf das offene Cockpitfenster zeigte; der erste Teil des Skiliftgerüstes war bereits zwischen Tunnel und Shuttlerumpf angeschweißt. Eine zweite Stütze wurde gerade angebracht; noch zwei, und die Anlage an sich konnte befestigt werden. Es würde nicht lang dauern; sechs Männer – die Hälfte der Gruppe, die heraufgekommen war – arbeiteten ausschließlich an diesem Teil des Projekts. Greenburgs Meinung nach hätten sie mehr Wert darauf legen sollen, die Klemme anzuschließen, aber er wußte, daß es müßig war, darüber zu streiten. Die Crew erhielt ihre Befehle von der Fluggesellschaft, und die Fluggesellschaft setzte deutlich eigene Prioritäten.

Er erreichte den Boden, drückte auf den händischen Auslöser, um etwas Spielraum in sein Seil zu bekommen, duckte sich unter dem Shuttle durch und ging zu Carson und seinem Helfer. »In Ordnung«, sagte der Boss und zeigte auf eine Stelle am Klemmenarm. »Sie, Greenburg, und Frank werden diesmal hier ziehen. Henson? Ziehen Sie ihn etwa den halben Weg zurück.«

Der Arm glitt zurück. Greenburg und Frank packten das Metall und versteiften sich, während sich Carson mit einem großen Schraubenzieher und einem Hammer bewaffnete. Auf sein Zeichen hin ließ Henson den Arm wieder ausfahren, und während die anderen beiden zogen, setzte Carson die Spitze des Schraubenziehers genau am Rand des Teils an und schlug scharf mit dem Hammer darauf.

Es funktionierte nicht. »Verdammt«, knurrte Carson. »Also gut, wenn es der Schnäpper gewesen wäre, der klemmte, wäre das damit beseitigt worden. Die elektrischen Anschlüsse sind in Ordnung – die Kontrolleitungen sind nicht kurzgeschlossen. Bleibt nur die Hydraulik.« Er griff nach den Blaupausen und blätterte sie durch. »Okay. Wir haben für jedes Segment eigene Schläuche, aber sie werden alle aus dem gleichen Behälter gespeist. Es muß also in der Leitung liegen. Haben Sie dort oben Druckanzeigen für diese Dinger?«

»Wir sollten welche haben«, antwortete Henson. »Aber wir haben sie offenbar verloren, als der Notfallkragen versagte ...«

»Moment mal«, mischte sich Greenburg ein, als sein Gehirn plötzlich eine Verbindung herstellte. »Die Hydraulikschläuche für die Segmente verlaufen durch den Notfallkragen?«

»Ich glaube schon«, antwortete Carson. »Warum?«

Lewis, der außerhalb der Schleuse zuhörte, fluchte plötzlich. »Die kaputten Hydraulikschläuche.«

»Kaputte Schläuche? Wo?« fragte Carson scharf.

»Hier oben, neben dem Notfallkragen.« Noch während Greenburg sprach, erinnerte er sich daran, daß die Bodencrew weiter vorn in das Ladedeck gebracht worden war und nicht die Pfütze aus Hydraulikflüssigkeit gesehen hatte, über die er und Lewis hatten steigen müssen. »An beiden Seiten der Schleuse tritt Flüssigkeit aus. Wir glauben, daß das Meiste vom Kragen stammt, aber ein Teil könnte auch aus dem für dieses Segment zuständigen Schlauch kommen. Wäre das möglich?«

»Klar wäre es möglich.« Carson sah nicht sehr glücklich aus, als er die schematische Darstellung fand, die er suchte, und sie einen Augenblick lang wütend und schweigend betrachtete. »Ja. Alle Armsegment-Schläuche verlaufen einzeln zum Behälter, so sieht es jedenfalls aus, so daß man immer noch den Rest hat, wenn einer ausfällt. Sie führen alle an der Steuerbordseite der Schleuse entlang, genau dort, wo das Shuttle aufgeprallt ist. Ich wette jeden Betrag darauf, daß hier der Fehler liegt.«

»Was sagen Sie dazu, Rick?« rief Greenburg.

»Wahrscheinlich«, meinte Henson verärgert. »Ich glaube, daß die Sensoren im gleichen Gebiet angesiedelt sind. Man könnte den Schlauch wahrscheinlich mit freiem Auge zurückverfolgen und sich davon überzeugen, daß er beschädigt ist.«

»Kümmern Sie sich jetzt nicht darum; es ist nicht die Mühe wert.« Betsy meldete sich zum erstenmal seit längerer Zeit. »Kann es repariert werden, Mr. Carson, oder müssen wir den ganzen Arm ersetzen?«

»Das weiß ich nicht. Offen gesagt bin ich nicht sicher, ob eines von beiden überhaupt außerhalb eines Hangars gemacht werden kann. Zumindest nicht von mir.«

»Ich verstehe.« Eine Pause trat ein – eine bedrohlich lange Pause, fand Greenburg. »Ich möchte, daß Sie sich trotzdem den Arm ansehen und feststellen, wieviel Arbeitszeit es erfordert, ihn zu ersetzen. Könnten Sie bitte auf das Flugdeck kommen, Aaron? Wir müssen eine Besprechung abhalten.«

»Klar, Bets.« Er sprach so beiläufig wie möglich, obwohl sein Magen sich verkrampfte. Was immer sie besprechen wollte, es war etwas, das nicht das gesamte Sprechanlagenetz erfahren sollte … und das konnte nur eine schlechte Nachricht sein.

Er bewegte sich so schnell, wie er es wagte, bis er sich unterhalb der Zugangsluke befand, schaltete dann den Motor seines Gurtnetzwerks ein und begann, die Wand hinaufzuklettern.

Soviel Betsy wußte, war es das erste Mal, daß das geschlossene Sprechanlagesystem an Bord eines Skyport verwendet wurde, und ihr Finger zögerte kurz, als sie auf den Knopf drückte, der das Flugdeck von Sieben von allen außer Carl Young auf Vier abschnitt. Aber sie verstand, daß der Skyportcaptain diese Diskussion nicht öffentlich führen wollte und stimmte ihm zu. »Hier ist alles bereit«, sagte sie in das Gitter.

»In Ordnung«, antwortete Carl. »Ich muß sicherlich keinen von Ihnen daran erinnern, um welche Zeit es soweit sein wird.«

»Nein, Sir.« Auf der Uhr auf dem Instrumentenbrett direkt vor ihr war es 10:02:35, und die Sekunden tickten wie Schritte zu einer unvermeidlichen Straßenkreuzung. »Um genau vierzehn Uhr fünfundzwanzig geht dem Shuttle der Treibstoff aus. Wenn wir Mirage Lake vorher erreichen wollen, müssen wir Dallas sofort verlassen.«

»Oder in zwanzig Minuten, wenn wir bis zum letzten Augenblick warten«, murmelte Greenburg vom Platz des Copiloten aus. Er erschauerte sichtlich; ob es eine Nachwirkung der kalten Luft unten oder eine Reaktion auf das gleiche entsetzliche Bild war, das Betsy ebenfalls vor sich sah, wußte sie nicht.

»Das stimmt, aber wir wagen nicht, in Zeitnot zu kommen«, antwortete Young. »Wir wissen nicht, wie lange die beiden Kragenstützen der vollen Belastung standhalten werden. Wie steht es mit der vorderen Klemme?«

»Die ist erledigt«, erklärte Greenburg lakonisch. »Wir nehmen an, daß ein Segment einen lecken Hydraulikschlauch hat.«

»Ersetzbar?«

Greenburg zögerte. »Das weiß ich nicht. Der Boss der Bodencrew hält es nicht für möglich.«

»Was ist mit dem Rettungssystem, um die Passagiere herauszubekommen?«

»Geht gut voran. Wenn keine neuen Probleme auftauchen, werden sie in ungefähr einer halben Stunde mit dem Ding soweit sein.«

»Das ist wenigstens etwas. Was besagt die letzte Information über Merediths Zustand, Betsy?«

Sie holte tief Luft. »Er ist leider nicht gut. Der Arzt sagt, daß er mindestens zwei gebrochene Rippen, möglicherweise eine leichte Gehirnerschütterung und schwache, aber eindeutige innere Blutungen hat. Sie haben ihn auf Kissen in den Gang des Shuttles gelegt und verlangt, daß Blut heraufgeschickt wird. Ich habe schon mit dem Boden gesprochen; das Blut kommt mit dem nächsten Shuttle.«

Greenburg pfiff leise. »Das klingt gar nicht gut.«

»Ist es auch nicht«, gab sie zu. »Es gibt auch Hinweise darauf, daß ein Teil des Bluts vielleicht in einen Lungenflügel gerät. Selbst wenn das nicht stimmt, ist die Zufuhr von Blut bestenfalls eine provisorische Lösung.«

»Wie bald muß er in ein Krankenhaus gebracht werden?« fragte Greenburg ohne Umschweife.

»Das wissen die Ärzte nicht. Im Augenblick ist er relativ stabil. Aber wenn die Blutungen zunehmen ...« Sie beendete den Satz nicht.

»Bei der jetzigen Geschwindigkeit vier Stunden bis L.A. Das ist eine lange Zeit von einem Krankenhaus zum nächsten«, sinnierte Young, und Betsy beneidete ihn um seine Selbstbeherrschung. Eigentlich war es Carl, nicht sie, der für die Sicherheit des Skyports und der Passagiere zuständig war. Wieso konnte er so ruhig sein, wenn sie wegen dieser Probleme Blut schwitzte?

»Moment mal«, sagte Greenburg plötzlich. »Es muß kein Alles-oder-Nichts-Fall sein. Wir könnten ein Shuttle sagen wir in Sechs andocken lassen und es nach L.A. mitnehmen. Wenn es Meredith schlechter geht, könnten wir ihn in einem der auf unserem Weg liegenden Flughäfen hinunterbringen.«

»Sie erfassen das Wesentliche nicht«, fuhr ihn Betsy an. Ihr scharfer Ton erschreckte sie beinahe genauso sehr wie Greenburg, und sie schämte sich, weil sie ihn zusammengestaucht hatte. »Das Problem liegt anders«, fuhr sie ruhiger fort, »Wenn wir Meredith zu dem Cockpitfenster hinauszwängen und in einen Skiliftsessel setzen, könnte er tot sein, bevor wir ihn hinunter und in ein Krankenhaus bringen können. Die Ärzte haben zwar nicht ausdrücklich gesagt, daß sie es nicht erlauben, aber ich hörte es heraus. Angesichts von Rayburns Geisteszustand wollte ich nicht auf meinem Standpunkt beharren, solange er mithörte.«

»Das heißt also, daß Meredith in dem Shuttle festsitzt, bis wir es landen können«, stellte Young fest.

»Ja, im wesentlichen läuft es darauf hinaus«, gab Betsy zu. »Es sei denn, es geht ihm schlechter, dann müßten wir wahrscheinlich das Risiko eingehen und ihn herausholen.«

Young schwieg einen Augenblick. »Also. Von meinem Platz aus sehe ich die Lage so. Ich habe mit United gesprochen, und sie haben darauf bestanden, daß das Herausschaffen der Passagiere unsere erste Priorität ist – noch vor Merediths Leben, wenn es dazu kommen sollte. Eine zweite Crew wird mit dem Shuttle heraufkommen, das Sie erwähnt haben, um beim Herausschaffen der Passagiere zu helfen. Die Fluggesellschaftsbosse sagten – ich zitiere wörtlich –, sie wollen, daß ›sich alle innerhalb einer Stunde heil an Bord des Skyports befinden und einen Gratiscocktail in der Faust halten‹« Youngs Stimme klang zum erstenmal nicht professionell, sondern verbittert. Seltsamerweise fühlte sich Betsy daraufhin etwas besser. »Was mit Meredith und dem Shuttle geschieht, ist bis dahin offenbar *unser* Problem; dann werden sie vermutlich bereit sein, uns zu helfen.«

»Was tun wir also?« fragte Greenburg nach einer Pause. »Nehmen wir alles an Bord, das wir für den Skilift brauchen und zischen nach L.A. ab?«

»Wir müssen das Shuttle besser befestigen, bevor wir weiterfliegen«, sagte Betsy. »Rayburn will, daß Meredith sofort oder noch früher in ein Krankenhaus kommt, und wenn wir versuchen, ihm zu erklären, daß er weitere vier Stunden warten muß, nimmt er Merediths Schicksal vielleicht selbst in die Hand.«

Greenburg runzelte die Stirn. »Was soll das heißen?«

»Richtig, Sie haben das entzückende Gespräch nicht mitgehört.« Betsy faßte Rayburns Ausbruch in wenigen Sätzen zusammen. Als sie schwieg, waren Greenburgs Augen ungläubig geweitet. »Wir müssen ihn aus dem Cockpit herausholen, bevor er vollkommen ausflippt, Carl«, sagte er, während seine linke Hand ruhelos Muster auf die Armlehne zeichnete.

»Mit welcher Begründung? Er hat nicht versucht, etwas Gefährliches zu *tun*. Er könnte behaupten, daß er nur Dampf abgelassen hat.«

»Aber ...«

»Keine Aber.« Der Skyportcaptain war unerbittlich. »Wir können es nicht rechtfertigen – und außerdem, wie würde er Ihrer Ansicht nach auf einen solchen Befehl reagieren?«

Greenburg preßte die Lippen zusammen und wurde blaß. »Das ist ein bißchen unfair«, wandte Betsy ein. »Wir *wissen* nicht, daß er irrational reagieren wird.« Es kam ihr seltsam vor, daß sie Rayburn verteidigte, und sie wechselte rasch das Thema. »Wir kommen jedenfalls vom Wesentlichen ab. Was wir sofort entscheiden müssen ist, ob wir innerhalb der nächsten fünfzehn Minuten nach Westen fliegen oder nicht. Ich fürchte, Carl, daß dieser Befehl Ihre Entscheidung ist.«

Young seufzte hörbar. »Ich sehe leider keine echte Alternative. Wir müssen das Risiko mit Merediths Leben eingehen. Alle Skilifte sowie die zusätzlichen Einrichtungen, die wir verwenden, gibt es nur in Flughäfen, in denen Skyport-Shuttles landen. Wenn der Mannschaft, die das Rettungssystem einrichtet, auf halbem Weg nach L.A. etwas ausgeht, dann haben sie keine Möglichkeit, rasch Nachschub zu bekommen. Wir müssen mindestens so lange hierbleiben, bis die Passagiere in Sicherheit sind.«

Betsy nickte; sie hatte mehr oder weniger erwartet, daß Young sich dafür entscheiden würde. Die Fluggesellschaft würde weiter Druck ausüben, und der Skilift war die einzige Möglichkeit, so viele Passagiere so rasch und sicher, wie es United verlangte, in den Skyport zu schaffen.

»Und nachdem sie draußen sind?« fragte Greenburg leise.

»Fliegen wir nach L.A. und hoffen, daß wir entweder das Shuttle bis dahin gesichert haben, oder daß die letzten beiden Kragenstützen stärker sind, als sie aussehen.«

»Ja.« Greenburg stand kopfschüttelnd auf. »Ich hoffe verdammt, daß wir das Richtige tun, Carl. Ich bin nicht davon überzeugt.«

»Ich auch nicht«, gab Young offen zu. »Aber ich wüßte nicht, was wir sonst tun können. Wenn wir aus irgendeinem Grund das Shuttle mit allen Passagieren an Bord verlieren … an so etwas denke ich lieber nicht.«

Greenburg nickte und sah zu Betsy hinüber. »Ich gehe wieder hinunter und helfe, außer Sie brauchen mich hier.«

»Nein, gehen Sie nur. Und Aaron – es tut mir leid, daß ich Sie angefahren habe.«

»Vergessen Sie's. Wir stehen alle unter Streß.« Seine Hand berührte kurz ihre Schulter, und dann war er fort.

»Betsy?« fragte eine schüchterne Stimme hinter ihr, als sie die Sprechanlage wieder auf normal schaltete und das Summen leiser Gespräche wieder da war.

»Ja, Peter, was ist?« Sie wandte ihm den Kopf zu.

»Ich habe jetzt die ersten Ergebnisse meines Programms, falls es Sie interessiert.«

Sie hatte Whitney beinahe vergessen, so still hatte er sich verhalten. »Natürlich. Raus mit den schlechten Nachrichten.«

»Also ... es könnte in beiden Richtungen um zehn Prozent nicht stimmen, aber die Zahl, die ich herausbekomme, sind sieben komma acht Kilometer. Bis die Shuttlepassagiere herausgeholt wurden, kann ich wahrscheinlich eine genauere Version errechnen.«

Sie schüttelte den Kopf. »Nicht notwendig. Die längste Rollbahn in Dallas mißt sechstausendsechshundert Meter, und selbst wenn Ihre Zahlen um fünfzehn Prozent zu hoch sind, können wir es nie schaffen.«

Whitney zögerte unsicher. »Wissen Sie, Betsy, es geht mich wirklich nichts an ... aber ich habe den Eindruck, daß Sie auf sich selbst wütend sind, weil sie nicht – na ja, so cool und ruhig sind, wie Sie sein sollten. Stimmt das?«

Betsys erste, sofortige Reaktion war Ärger darüber, daß er ein so persönliches Thema zur Sprache brachte. Die zweite Reaktion war, daß er absolut recht hatte, was sie noch mehr verärgerte. »Wie ich mich einschätze, ist vollkommen irrelevant«, erklärte sie etwas scharf. »Ich führe hier den Befehl; das erfordert, daß ich für meine Arbeit qualifiziert bin. Druck wie dieser ist für mich nichts Neues – ich habe mich schon vorher in kritischen Situationen befunden.«

»Aber sie waren anders als diese, weil Sie hier nicht *wirklich* den Befehl führen – jedenfalls nicht ganz. Da liegt die Schwierigkeit.« Sein Gesicht war merkwürdig ernst, als wäre es aus irgendeinem Grund sehr wichtig, daß sie begriff, was er meinte. »Wenn Sie ein normales Flugzeug fliegen, haben Sie allein die Befehlsgewalt – soweit das menschlich möglich ist – weil alle Knöpfe und Schalter allein von Ihnen betätigt werden. Aber *hier* ...« – er zeigte nach achtern, zum Shuttle – »liegt die halbe Befehlsgewalt bei Captain Rayburn, auch wenn Sie behaupten, für alles, was geschieht, verantwortlich zu sein. Er hat eigene Vorstellungen und einen eigenen Willen; Sie können ihn nicht zwingen zu tun, was Sie wollen, wie bei Ihren Motoren oder Querrudern. *Natürlich* stehen Sie unter zusätzlichem Druck – Sie mußten noch nie einen Teil Ihres Flugzeugs dazu *überreden*, mit Ihnen zu kooperieren! Es ist *normal*, Betsy, lassen Sie sich dadurch nicht aus der Fassung bringen.« Er verstummte unvermittelt, als mache ihn die Heftigkeit seines ungebetenen Rats verlegen. »Ich werde jetzt den Mund halten«, murmelte er. »Aber denken Sie drüber nach, okay?« Er kehrte ohne ein weiteres Wort zum Computerpult zurück.

Betsy lehnte sich zurück, während ihre Gedanken sich in Zeitlupe überpurzelten. Das Letzte, wofür sie jetzt Zeit hatte, war Selbstbeobachtung … aber je länger sie über Whitneys Worte nachdachte, desto vernünftiger klangen sie. Es stand fest, daß sich Rayburn nur nominell unter ihrem Befehl befand – seine Drohungen hatten das zur Genüge klar gemacht –, während es genauso feststand, daß Diplomatie und Überredungskunst nie zu ihren Talenten gehört hatten. War das *wirklich* die Ursache für ihre Spannung, die Tatsache, daß sie für diesen Aspekt der Krise nicht richtig gerüstet war?

Seltsamerweise fühlte sie sich bei dieser Vorstellung besser. Sie wurde weder alt noch verlor sie die Nerven. Sie stand einfach einem brandneuen Problem gegenüber – und neue Probleme waren *bekanntlich* aufreibend.

Zum erstenmal seit dem Shuttleunfall entkrampfte sich Betsys Magen gänzlich, während ihre Ängste, die jetzt nicht mehr anonym waren, in die Dunkelheit zurückhuschten. Wenn es erforderlich war, Rayburn in Schranken zu halten, dann würde sie das eben tun. Dafür brauchte sie nur Stärke und Selbstvertrauen – und beides besaß sie wieder. Sie würde Whitney später für seine zeitgerechte Unverfrorenheit danken. Jetzt mußte sie sich ihrer Arbeit widmen. »Greenburg?« rief sie in die Sprechanlage. »Ich habe einige Vorschläge dazu, wie Sie die Klemme anbringen könnten.«

Durch die verzerrende Linse einer Fischaugenkamera gesehen, wirkte das Rettungssystem wie eine notdürftig zusammengebastelte Achterbahn auf einem Jahrmarkt – aber es funktionierte, und funktionierte gut, und nur das zählte. Als Betsy ihre Aufmerksamkeit wieder dem Monitor zuwandte, kamen gerade zwei Beine zum Cockpitfenster heraus, und über ihnen wurde dem Mann, der senkrecht an der Windschutzscheibe lehnte, ein Seil mit einem Haken daran gereicht. Vor ihm befand sich in Augenhöhe das Zugseil des neu erbauten Skilifts; in dieses hängte er den Haken ein. Der Haken bewegte sich sofort zum Passagiertunnel, und als das Seil sich straffte, schossen die baumelnden Beine vorwärts; ihnen folgte ein Mann in Straßenanzug, der sicher in einer Art Hosenboje saß. Während er zum Tunnel unterwegs war, kam ihm eine leere Hosenboje entgegen, und ein weiteres Beinpaar kam vorsichtig durch das Cockpitfenster. Gesamte Fahrzeit pro Passagier: fünfzehn Sekunden. Für alle hundertsechzig… Betsy sah auf die Uhr und berechnete die Zeit. Im Augenblick befanden sich vielleicht noch drei oder vier Passagiere an Bord. Und sobald sie fort waren, war eine neuerliche Auseinandersetzung mit Rayburn unvermeidlich. Ihr Hals verkrampfte sich schmerzhaft, als sie überlegte, was sie ihm sagen würde.

Die vertraute Stimme knisterte viel zu bald in ihren Ohren. »Hier ist Rayburn. Bis auf John und die beiden Ärzte sind jetzt alle fort. Was nun?«

Sein scharfer, aggressiver Ton war eine Herausforderung, und Betsys gerade noch vorhandene Selbstsicherheit schmolz wie Schnee in der Sonne. »Wir fliegen in wenigen Minuten nach L.A.«, antwortete sie. »Dank dem Tau an deiner Zugstange und der zusätzlichen Stütze durch das Rettungssystem sollte der Andockkragen auch dann noch oben bleiben, wenn du keinen Treibstoff mehr hast.«

»Wen willst du auf den Arm nehmen, Liz?« Der bittere, herablassende Tonfall traf sie wie ein Schlag ins Gesicht und ihr Rücken versteifte sich. Er fuhr fort: »Ich habe das sogenannte Tau gesehen, als sie es brachten – es würde nicht einmal zwei Minuten halten. Und du bist betrunken, wenn du glaubst, daß ein bißchen Punktschweißen am Rumpf etwas nützt.«

Betsy öffnete den Mund, brachte aber kein Wort heraus. Sie teilte seine Zweifel wegen des Taus, das um das Bugrad und das Ende der Klemme geschlungen war, ein wenig; sie hatten das Bestmögliche getan, aber die Klemme war einfach nicht für ein wirklich dickes Tau entworfen. Es gab auch dickere Taue, aber es gab weder auf dem Shuttle noch an der inneren Schleusenwand etwas, woran man sie befestigen konnte. »Es gibt anderes, das wir unterwegs versuchen können.« Sie hatte ihre Stimme endlich wieder unter Kontrolle. »Vielleicht ein stärkeres Tau, das wir durch die Zugangsluken führen, die wir verwendet haben.« Doch sie hatte keine Ahnung, wo man die Enden verankern konnte.

Rayburn machte sich nicht die Mühe, auf diesen Punkt einzugehen. »Großartig. Und was ist mit John – oder ist es dir gleichgültig, wenn er weitere vier Stunden innerlich blutet? Was willst du tun – einfach Blut in ihn pumpen und hoffen, daß die Blutung nicht stärker wird? Oder willst du vielleicht einen Operationsraum durch das Fenster zwängen?«

»Und wie wird sich deiner Meinung nach der Aufprall bei der Landung auf ihn auswirken?« konterte Betsy.

»Er muß *irgendwann* landen. Besser jetzt als später, wenn er noch schwächer sein wird.« Rayburn verstummte, als warte er auf Widerspruch, aber Betsy schwieg. »Also gut, ich bringe ihn hinunter. Ich gebe dir fünfzehn Minuten, um das Tau und den Schrotthaufen vor meinem Fenster wegzuschaffen; sonst muß ich sie eben herausreißen, wenn ich starte.«

Betsy schluckte. Sie zweifelte nicht daran, daß er das Tau losreißen konnte – es war sehr wahrscheinlich, daß er dabei das vordere Landegestell beschädigen würde.

Damit würde er sein Todesurteil unterschreiben, denn selbst wenn er verhinderte, daß sich das Flugzeug mit der Nase voran in den Boden bohrte, konnte er es unmöglich so präzise steuern, daß er eine perfekte Bauchlandung auf einer schaumbedeckten Rollbahn schaffte. Er mußte das ebenfalls wissen, er konnte nicht *ganz* weggetreten sein. Aber sie hatte nicht den Nerv, ihm das zu sagen. »Wenn du Befehle so mißachtest, Eric, wirst du nie wieder für eine Fluggesellschaft fliegen.« Sie versuchte, ruhig und vernünftig zu sprechen. »Das weißt du doch, oder?«

»Ich pfeife auf die Fluggesellschaften oder die Befehle deines Blechgotts – du solltest mich inzwischen besser kennen. Mir geht es nur noch um Johns Leben. Fünfzehn Minuten, Liz.«

Hinhalten, war das einzige, was sie denken konnte. »Wir müssen zuerst Dr. Emerson aus dem Shuttle schaffen«, erklärte sie. »Du kannst sein Leben nicht aufs Spiel setzen.«

Rayburn schnaubte ungeduldig. »In Ordnung. Doc! Nein, Sie, Doc Emerson. Sie holen Ihre Sachen und verschwinden; Befehl vom Skyport. Tut mir leid, nein ... aber danke für alles.«

Der Kopfhörer verstummte. Betsy schob das Mikrophon mit zitternden Händen weg. Ihr fiel wieder ein, was Whitney gesagt hatte – aber es nützte nichts, wenn ihr Verstand erkannte, daß sie für die Sicherheit des Shuttles nicht mehr verantwortlich war, sobald Rayburn ihre Anweisungen nicht befolgte. Gefühlsmäßig lastete ihr Versagen schwer auf ihr.

Denn jetzt wußte sie endlich, wo das wahre Problem lag. Nicht in theoretischen Begriffen wie Befehlsgewalt und Verantwortung; nicht einmal in Rayburns offener Rebellion.

Das Problem war sie. *Bei der Befehlsgewalt sind die Führungsqualitäten das Wichtigste,* dachte sie und spürte einen sauren Geschmack im Mund. *Ein Captain muß handeln, aber ich kann auf Eric nur reagieren.* Sie hätte es viel früher begreifen müssen, und erkannte jetzt, daß es das letzte Erbe ihrer längst zerbrochenen Beziehung zu Eric war. Sie hatte seinerzeit aus Gründen, die sie damals für ausreichend hielt, zugelassen, daß seine überwältigende Persönlichkeit die Leitung übernahm, hatte sich in allem seiner Führung untergeordnet, bis er subtil und lässig eine Verhaltensweise für ihre zukünftige Interaktion festgelegt hatte. Er handelte, sie reagierte; eine einfache, unkomplizierte, unumstößliche Regel … und heute würden ihretwegen wahrscheinlich Menschen sterben. Noch während sie über diese Folge ihres Versagens nachdachte, drängte sich eine weitere, brutalere Konsequenz wie ein Dorn unter einen Fingernagel in ihr Bewußtsein: Anderthalb Jahre lang hatten Rayburns Name, Gesicht und Stimme bei ihr schuldbewußten Schmerz ausgelöst … und wenn er jetzt, unter diesen Umständen, starb, dann würde sie sein Geist ihr ganzes Leben lang verfolgen. »Nein!« zischte sie laut und schlug mit der Faust leicht auf den Rand ihres Schaltbretts. Verhaltensweisen konnten geändert werden; *mußten* geändert werden. Sie konnte es sich nicht leisten, seine Behauptung, es gäbe keine anderen Lösungen, zu akzeptieren. Ihr Leben und ihr künftiger Geisteszustand hingen davon ab, daß sie ihm bewies, daß er unrecht hatte.

Sie biß die Zähne zusammen und starrte den Bildschirm an; ihr Blick wanderte über das kaputte Shuttle, die Innenseite der Schleuse, das ungeeignete Tau. Irgendwo in all dem gab es eine Antwort … Dr. Emersons Beine erschienen durch das Cockpitfenster, seine Hand tastete mit dem Haken hinauf, bis der Mann an der Windschutzscheibe ihn ergriff und einhakte. Das Seil straffte sich, der Arzt tauchte auf und fuchtelte ein wenig mit seinem Bordcase, während er in der Luft schaukelte.

Und Betty hatte die Antwort. Vielleicht.

»Peter!« rief sie und wirbelte in ihrem Stuhl herum. »Sind Sie mit der zweiten Bremsstrecken-Analyse schon fertig?«

Whitney blickte auf. »Ja, diesmal ist sie etwas besser: Etwa sieben komma sieben eins Kilometer, plus oder minus fünf Prozent.«

»Um wieviel schlechter wäre es auf einer schaumbedeckten Rollbahn?«

Er blinzelte. »Ich weiß wirklich nicht …«

»Macht nichts. Schalten Sie die Maschine wieder ein; ich brauche rasch einige Zahlen von Ihnen.« Sie schaltete das Mikrophon ein. »Eric? Warte mit den Zeremonien; ich habe eine Idee.«

»Spar dir die Mühe. Was immer du vorschlägst – ich fliege auf jeden Fall.«

»Ich weiß.« Sie lächelte kalt. »Aber du fliegst nicht allein. Wir liefern dich persönlich ab.«

Als der Skyport sich am Morgen Dallas genähert hatte, war der Himmel wolkenlos blau gewesen. Jetzt, fünf Stunden später, sah er genauso aus und Betsy hatte kurz das Gefühl des Déjà-vu. Doch das verging schnell. Der Flugplatz, der durch die Fenster des Flugdecks gerade in Sicht kam, befand sich diesmal nicht westlich, sondern nördlich von ihnen, und sogar aus dieser Entfernung war in der Mittagssonne die schaumbedeckte Rollbahn deutlich zu erkennen. Das Dröhnen der Motoren hinter ihr erinnerte sie unüberhörbar daran, daß diesmal der silberne, riesige Flügelsektor Sieben hellwach war.

»Entfernung zweiunddreißig Kilometer«, sagte Greenburg vom Copilotensitz aus. »Der Himmel ist in einem Umkreis von mindestens acht Kilometern frei.«

Sie nickte bestätigend, während ihre Augen unermüdlich zwischen den Fenstern, dem computerisierten Annäherungsmonitor und den Motoren- und anderen Instrumentenanzeigen hin und her wanderten. Bis zum Aufsetzen waren es noch knapp sechs Minuten, und der Druck begann zu steigen. Einen Augenblick lang bedauerte sie, daß sie Lewis' Angebot, die Landung zu übernehmen, nicht angenommen hatte; dadurch wäre ihr Hensons Aufgabe, die Operationen mit dem Shuttle zu koordinieren, zugefallen. Aber Lewis hatte bereits eine ganze Schicht hinter sich gehabt, als sich der Unfall ereignete, und ob er es zugab oder nicht, er mußte müde sein. Außerdem war dieses Risiko ausschließlich Betsys Idee. Wenn etwas schiefging, wollte sie nicht, daß noch jemanden eine Schuld traf. Oder daß jemand die körperliche Gefahr auf sich nahm – aber da war sie nicht sehr erfolgreich gewesen. Der Befehl, Lewis und die übrigen dienstfreien Mannschaftsmitglieder von Sieben sollten gemeinsam mit den Passagieren nach Fünf und Sechs übersiedeln, hatte zu einer ruhigen, aber entschlossenen Meuterei geführt. Sie hatten den Flugbegleiterinnen geholfen, die Passagiere in die anderen Flügelsektoren zu bringen, waren dann aber geschlossen in die Lounge zurückgekehrt, wo die meisten von ihnen schon den ganzen Vormittag verbracht hatten – sie hatten der im Dienst befindlichen Crew nicht im Weg gestanden, waren aber nahe genug gewesen, falls man sie brauchte. Betsy hatte darüber genörgelt, aber nicht zu laut, denn ihre Anwesenheit war jedenfalls beruhigend.

Und Beruhigung brauchte sie dringend. »Wir sind in etwa vier Minuten da, Eric. Bist du bereit?«

»So gut es möglich ist.« Trotz der dröhnenden Motoren von Sieben hörte sie die Nervosität in Rayburns Stimme und hatte Mitleid mit ihm. Der Schuh, der sie den ganzen Vormittag gedrückt hatte, befand sich jetzt auf *seinem* Fuß. Nicht nur, daß sein Flugzeug von jemand anderem auf den Boden gebracht wurde, während er passiv zusehen mußte, sondern er würde während der gesamten Operation blind sein. »Sorge nur dafür, daß du eine gleichmäßige Geschwindigkeitsverminderung beibehältst, sobald wir aufgesetzt haben.«

»Mach dir keine Sorgen.« Betsy warf rasch einen Blick auf den Monitor in der Schleuse. Die Rettungsanlage war abgebaut worden, bevor sich Sieben vom Rest des Skyports löste, und der Passagiertunnel hatte sich in die Wand zurückgeklappt; das vordere Landegestell, das vom hinderlichen Tau befreit war, hatte sich in seine Vertiefung zurückgezogen. Betsys Kiefermuskeln verkrampften sich und sie schauderte bei dem Gedanken, daß das Shuttle mit einer Geschwindigkeit von hundertzwanzig Knoten mit dem Bauch auf der schaumbedeckten Rollbahn aufschlagen würde. In diesem Stadium würde Rayburn alle Hände voll zu tun haben, um seinen Schlitten unter Kontrolle zu behalten, während er ihn zum Stillstand brachte. Aber es gab keine andere Lösung – das Shuttle konnte die Andockschleuse nur mit eingezogenem Bugrad verlassen, und bei einem Fall von nicht einmal zwei Metern aus der Schleuse auf den Boden hatte er nicht annähernd genügend Zeit, um das Landegestell auszufahren, sobald das Shuttle draußen war. Sie hoffte nur, daß die Flugplatzleute mit dem Schaum großzügig umgegangen waren.

»Noch zwölf Kilometer«, murmelte Greenburg. »Die endgültige Freigabe ist erfolgt. Geschwindigkeit bei eins-sieben-fünf.«

Hundertfünfundsiebzig Knoten – gute fünfzig Knoten mehr als die Landegeschwindigkeit des Shuttles – und trotzdem hielt sich Sieben gerade noch in der Luft. Betsys Mund war trocken, als sie eine leichte Korrektur der Anflugbahn vornahm. Wenn sie überhaupt eine Chance haben sollten, das Ganze durchzuziehen, mußte sie Sieben nicht nur genau am Ende der Rollbahn aufsetzen. Die Rollbahn war nur sechsundsechzig Meter breit, knapp zehn Meter breiter als der Radstand von Sieben. Sie mußte genau in der Mitte aufsetzen und dort bleiben – und alle Markierungen waren unter dem Schaum versteckt.

»Betsy!« Hensons Stimme war vor Erregung heiser. »Rayburn fährt das Hauptlandegestell aus!«

»Was?« Betsy brauchte beide Hände für ihre Arbeit, aber Greenburg beugte sich bereits hinüber und schaltete den Bildschirm auf den äußeren Monitor von Sieben ... und Henson hatte recht. »Rayburn!« brüllte sie beinahe in das Mikrophon. »Was, zum Teufel, denkst du dir dabei?«

»Ich versuche nur, die Landung etwas leichter zu machen.« Seine Stimme klang gepreßt.

»Wie? – indem du auf der Nase nach Dallas hineinrutschst?«

»Nein – hör zu – ich muß nur beim Verlassen der Schleuse dafür sorgen, daß mein Bugrad frei ist, bevor ich ganz draußen bin.«

»Und was dann – baumelst du an deinem Bug, bis das Rad unten ist?« spottete Betsy. »Vergiß es. Wenn du es nicht schaffst, könntest du beim Aufprall die Kontrolle vollkommen verlieren. Zieh das Fahrgestell sofort ein.«

»Ich schaffe es, Betsy – wirklich. Bitte laß es mich versuchen.«

Für Betsy war es die größte Ironie in der gesamten Krise; daß Rayburn, der sich den ganzen Vormittag über gegen ihre Autorität aufgelehnt hatte, sie um die Erlaubnis anflehen mußte, und dafür sogar darauf verzichtete, ihren verhaßten Kosenamen zu verwenden. Aber sie empfand weder Befriedigung noch triumphierte sie – sie verachtete ihn nur, weil er zu einer so schäbigen Taktik griff, und war tief enttäuscht, weil er sie für dumm genug hielt, um auf etwas so Durchsichtiges hereinzufallen. Plötzlich wurde ihr auch klar, warum er so unterwürfig war: Weil Sieben in so geringer Höhe flog, konnte Rayburn nicht einseitig agieren, wie er früher angedeutet hatte; er konnte nicht wissen, ob der Kragen nach dem Abreißen so rechtzeitig abfallen würde, daß er das Flugzeug noch in die richtige Lage bringen konnte.

Aber es würde nicht klappen. Sie führte hier endlich das Kommando, und nichts, was er sagen oder tun würde, konnte daran etwas ändern. Wenn er das Landegestell nicht einzog, wie sie ihm befohlen hatte, würde sie den Anflug einfach abbrechen und über dem Flugplatz kreisen, bis er gehorchte. Diesmal würde es auf ihre Art geschehen oder gar nicht.

Neben ihr rückte sich Greenburg in seinem Stuhl zurecht. »Es ist Ihre Entscheidung, Betsy«, murmelte er so leise, daß sie es gerade noch hörte. »Was meinen Sie?«

Sie öffnete den Mund, um den Befehl an Rayburn zu wiederholen ... und erkannte plötzlich, was sie tat.

Sie *reagierte* noch immer auf ihn.

Es ist Ihre Entscheidung, Betsy. Zum erstenmal seit Jahren dachte sie darüber nach, was die Worte *Entscheidung* und *Kommando* von ihr erforderten. Unter anderem, daß sie Rayburns Idee leidenschaftslos betrachtete, daß sie seine anerkannten Fähigkeiten als Pilot höher einschätzte als seine schroffe Persönlichkeit. Zum erstenmal wurde ihr klar, daß es kein Zeichen von Schwäche war, wenn sie einen guten Vorschlag von ihm akzeptierte, sondern eher das Gegenteil ...

Der Flughafen füllte das ganze Fenster, die schaumbedeckte Rollbahn zeigte in einer Entfernung von nicht einmal anderthalb Kilometern wie ein abgesägter Speer auf sie. »In Ordnung«, sagte sie in ihr Mikrophon. »Aber streng dich verdammt an, Eric, es durchzuziehen. Und sei *nicht* voreilig.«

»Abgemacht. Und ... danke.«

Jetzt verschwanden die Ränder der Rollbahn aus ihrem Gesichtsfeld und die Wellen im Schaum wurden sichtbar. Betsy ging vom Gas zurück und dachte daran, die Tatsache zu kompensieren, daß die zusätzliche Länge des Shuttles den Anstellwinkel beschränkte, mit dem sie die Geschwindigkeit kurz vor dem Aufsetzen verringern konnte. Der vordere Rand des Schaums flitzte vorbei – und mit einem Ruck war der Flügelsektor unten.

»Fallschirme!« rief sie Greenburg zu und umklammerte das Rad stärker, um den Ruck abzufangen. Einen Augenblick später kam er und schleuderte sie grob gegen die beiden Schultergurte, als die beiden Bremsfallschirme an den Enden des Flügels aus ihren Behältern platzten und die Luft als Bremse benützten. Sie hielt verbissen fest und überstand den Einschaltstoß, während sie darum kämpfte, die Räder von Sieben auf der glitschigen Rollbahn zu halten. Innerhalb von Sekunden verringerte sich das Rütteln von gefährlich zu nur unangenehm, und sie konnte es riskieren, etwas weniger Druck auf die Bremsen auszuüben. Als die Räder allmählich griffen, gruben sich die Gurte etwas tiefer in ihre Haut. Aber es genügte nicht einmal annähernd, und in diesem Augenblick wußte sie, daß Whitneys Zahlen gestimmt hatten: Es war unmöglich, daß Sieben auf dieser Rollbahn zum Stillstand kam. Sie konnte nur hoffen, daß die übrigen Zahlen, die er errechnet hatte, ebenfalls stimmten.

Durch den Lärm der Vibrationen hörte sie, wie Greenburg in sein Mikrophon rief: »Eins-sechzig... eins-fünfundfünfzig... eins-fünfzig...« Die Geschwindigkeit von Sieben nahm viel zu langsam ab. Betsy biß die Zähne zusammen und konzentrierte sich auf das Steuern; dabei versuchte sie, den perspektivischen Trick nicht zu beachten, durch den das Ende der Rollbahn viel näher wirkte, als es wirklich war. Hier konnte man keine Abkürzungen nehmen; falls Sieben sich schneller als mit hundertzwanzig Knoten bewegte, wenn sie das Shuttle ausklinkten, dann würde das kleinere Flugzeug aufsteigen, und es käme genau zu den katastrophalen Folgen, die sie vermeiden wollte.

»... eins-vierzig... eins-fünfunddreißig – machen Sie sich bereit!«

Betsy fiel plötzlich etwas ein. »Eric!« rief sie, obwohl sie damit Greenburgs Countdown unterbrach. »Kurz bevor wir den Kragen abwerfen, werden wir aufhören zu bremsen – damit hast du es mit einer gleichbleibenden Geschwindigkeit zu tun statt mit einer Verlangsamung. Haben Sie das auch mitgekriegt, Rick?«

»Roger. Sagen Sie mir's, wenn es so weit ist.«

»In Ordnung. Aaron, werfen Sie die Fallschirme bei genau eins-zwanzig ab.«

»Roger. Eins-fünfundzwanzig ... drei, zwei, eins – *jetzt!*«

Diesmal gab es keinen Ruck, nur der Druck des Schultergurts ließ plötzlich nach, während einer der abgeworfenen Bremsfallschirme kurz über den Bildschirm des Außenmonitors fegte. Gleichzeitig stieg Betsy von der Bremse und Sieben rollte wieder ungehindert. »Eins-neunzehn«, meldete Greenburg.

»Kragen!« rief Betsy Henson zu – und wandte zum erstenmal seit dem Aufsetzen ihre volle Aufmerksamkeit dem Monitorbildschirm zu.

Es war vermutlich die großartigste Leistung in bezug auf Motor- und Bremsenbeherrschung, die sie je erlebt hatte. Der Schwanz des plötzlich von allen Fesseln befreiten Shuttles fiel die kurze Entfernung zur Rollbahn hinunter und prallte inmitten von aufspritzendem Schaum so heftig auf, daß Betsy zusammenzuckte. Gleichzeitig glitt das weniger aerodynamische Shuttle rückwärts über den Bildschirm, weil der Widerstand es aus der Schleuse hinauszerrte. Doch Rayburn unterbrach das Gleiten beinahe, bevor es begonnen hatte, indem er seine Motoren noch feinfühliger als Betsy erwartet hatte genau soweit auf Touren brachte, daß sie den Zug kompensierten. Betsy sah fasziniert zu, wie das Shuttle einige Fuß zurückglitt und dann anhielt. Es balancierte unsicher mit dem mitgenommenen Bug auf dem Rand der Andockschleuse, seine Räder und Motoren wirbelten wie verrückt Schaum auf, während das Bugrad – das endlich die Schleuse verlassen hatte – hinuntersank und einrastete.

Und dann verschwand das Shuttle mit einem letzten Schlingern vom Bildschirm.

»Er ist weg!« schrie Henson unnötigerweise. Ein Fluglotse vom Tower, dessen Stimme Betsy nur als Flüstern hörte, bestätigte es und fügte hinzu, daß das Shuttle beim Bremsen gut unter Kontrolle war ... aber Betsy hörte ihm nicht zu. Sie hatten noch knapp anderthalb Kilometer Rollbahn vor sich – bei ihrer jetzigen Geschwindigkeit genau dreißig Sekunden –, und es war ihnen unmöglich anzuhalten, bevor sie das Ende erreichten.

Doch Betsy hatte nicht vor anzuhalten. Statt dessen gab sie Vollgas, und unter donnerndem Dröhnen, das sogar das Rattern des Fahrgestells auf der makadamisierten Rollbahn übertönte – sprang das riesige Flugzeug vorwärts und drückte Betsy tief in ihren Sitz. Neben ihr rief Greenburg sicherlich die zunehmende Geschwindigkeit aus, aber sie konnte ihn nicht hören, und sie wagte nicht, den Blick vom Fenster abzuwenden und die Zahlen selbst zu überprüfen. Das Ende der Rollbahn raste ihr entgegen, und sie versteifte sich unbewußt für den entsetzlichen Aufprall, der bedeuten würde, daß das Wagnis schiefgegangen war. Der Rand des Schaums kam ihr wie das Fallbeil einer Guillotine entgegen – glitt unter ihr hindurch ...

Und der Aufprall kam nicht. Statt dessen flitzte der kahle Boden am Ende der Rollbahn vorbei und sank sichtlich immer tiefer.

Sie hatten es geschafft!

Betsy überließ Lewis und Greenburg die Routineaufgabe, Sieben zum restlichen Skyport zurückzufliegen und dort anzukoppeln. Die beiden hatten darauf bestanden, und Betsys Hände zitterten jetzt erst so sehr, daß es ihr schwergefallen wäre, es selbst zu tun. Außerdem war in der Lounge von Sieben spontan eine Siegesfeier ausgebrochen, und die Anwesenheit des Sektorcaptains wurde lautstark gefordert.

Im Wirbel der Glückwünsche, der Umarmungen, des

Händeschüttelns und des allgemeinen Krachs der Gespräche, durch die sich die Spannung löste, versäumte Betsy den Augenblick, in dem sie am Skyport ankoppelten. Der erste Hinweis darauf, daß Sieben wieder zum Skyport gehörte, waren die beiden grinsenden Gestalten, die unerwartet in der Lounge auftauchten.

»He, Carl!« rief jemand, der die beiden entdeckte, und schwenkte ein gefährlich volles Glas. »Feiern Sie mit!«

»Tut mir leid, soviel Zeit habe ich nicht«, antwortete der Skyportcaptain. »Ich habe nur vorübergeschaut, um Betsy persönlich zu gratulieren. Und Mr. Whitney nimmt anscheinend an, daß er das Recht erworben hat, das gleiche zu tun.«

»Danke«, rief Betsy, drückte dem neben ihr Stehenden das Glas mit Obstsaft – schließlich war sie im Dienst – in die Hand und drängte sich durch die Menge. »Warten Sie einen Augenblick – ich möchte mit Ihnen beiden sprechen.«

Sie führte sie in den Korridor, in dem man in normaler Lautstärke miteinander reden konnte. Sobald sie den Krach hinter sich hatten, wandte sie sich an Young; er hatte ihre erste Frage bereits erwartet. »Ich habe gerade mit dem Tower gesprochen«, sagte er, »er steht mit dem Krankenhaus in Verbindung. Die Landung hat Merediths innere Blutungen verstärkt, aber da der Krankenwagen und das Personal der Notfallabteilung bereitstanden, glauben sie, daß er rechtzeitig in ihre Hände gelangt ist. Man hat mir auch – allerdings sehr inoffiziell – gesagt, daß er es wahrscheinlich nicht geschafft hätte, wenn wir statt dessen mit ihm nach L.A. geflogen wären.«

Betsy atmete langsam aus; sie hatte nicht gewußt, daß sie die Luft anhielt. Sie *hatten* es tatsächlich geschafft; sie hatten Sieben, das Shuttle und eine Menge Leben auf Spiel gesetzt und gewonnen.

Young sprach noch immer. »Im Augenblick übersiedeln wir die Passagiere hierher, obwohl sie natürlich wieder rausmüssen, wenn wir L.A. erreichen. Ich habe mit McDonnell Douglas und United gesprochen, und sie werden einen neuen Flügelsektor bereitstellen, um Sie zu ersetzen, sobald wir ankommen. Dieser Sektor sollte ohnehin nächsten Monat zum Routineservice; Sie sind also nur etwas zu früh dran.« Er räusperte sich. »Der Mann von United, mit dem ich sprach, machte sich offenbar darüber Sorgen, wie Sie es schaffen würden, ohne die beiden äußeren Bremsfallschirme zu landen. Ich sagte ihm, daß man sich um jemanden, der mit einem fliegenden Fußballfeld eine Aufsetz- und Durchstartlandung hinlegen kann, keine Sorgen machen muß.«

Sie lächelte. »Das stimmt. Ab heute wird es mir bei der Landung auf dem Mirage Lake vorkommen, als hätte ich ganz Utah zur Verfügung. Kein Problem.«

»Jedenfalls haben Sie Ihr Selbstvertrauen wieder«, meinte Young ebenfalls lächelnd. »Das hatte mir vorher Sorgen gemacht.«

»Mir auch«, gab sie zu. »Das erinnert mich ... Peter, ich bin Ihnen Dank für die aufmunternde Rede hinsichtlich Befehlsgewalt und Verantwortung schuldig, die Sie mir vor einigen Stunden gehalten haben. Ich weiß nicht, ob ich es damals wirklich begriff, aber es war genau das, was ich brauchte, um die düstere Stimmung und die Panik abzuschütteln, in die ich immer tiefer geriet.«

Whitney wurde tatsächlich rot. »Na ja, also ... ich kam mir selbst ein wenig komisch vor, weil ich den Psychiater spielte, aber ... na ja, ich *mußte* etwas sagen. Ich machte mir wegen Captain Rayburn ziemliche Sorgen, und hatte offen gesagt eine Todesangst davor, daß Sie ebenfalls hochgehen würden – es ist nicht bös gemeint.«

»Schon gut«, beruhigte ihn Betsy. »Ich muß ehrlicherweise zugeben, daß ich mir deshalb ebenfalls Sorgen machte.« Sie schüttelte den Kopf und wurde ernst. »Ich kann es noch immer nicht fassen, daß Eric so vollkommen zusammenbrach. Ich weiß, daß er sich wegen Meredith Sorgen machte, aber er war geradezu davon besessen. Er muß sehr viel Glück haben, damit ihn United nicht wegen Insubordination hinauswirft.«

Young räusperte sich verlegen. »Ich nehme an, Betsy, daß seine Laufbahn als Pilot ohnehin zu Ende ist. Ich besitze natürlich noch keine Beweise, aber ich wette jeden Betrag, daß man beim Abspielen des Flugschreibers des Shuttles erfahren wird, daß Rayburn das automatische Anflugsystem abgeschaltet hatte und manuell flog, als es zum Unfall kam. Ich bin ziemlich sicher, daß er schon früher so angedockt hat, und wenn wir nicht in die Turbulenz geraten wären, so wäre er auch diesmal ungeschoren davongekommen.«

Betsys Augen weiteten sich ungläubig ... doch als sie etwas einwenden wollte, ergaben alle widersprüchlichen Teile des Zwischenfalls plötzlich einen Sinn, und sie wußte, daß Young recht hatte.

»Ist das denn nicht gefährlich, oder sogar illegal?« fragte Whitney.

»Zweifellos«, beantwortete Young beide Teile der Frage. »Sogar mit einem leeren Shuttle, wie er es vermutlich normalerweise tat. Ich habe keine Ahnung, was ihn dazu gebracht hat, es mit einer vollen Ladung Passagiere zu versuchen.«

Betsy verzog die Lippen, schwieg aber. Vielleicht eine symbolische Vergewaltigung? Oder nur der überwältigende Wunsch, in ihrer Anwesenheit zu beweisen, daß er der bessere Pilot war? Es war nicht wirklich wichtig; auf jeden Fall erfuhr sie dadurch etwas über Eric Rayburn, das sie nie vermutet hätte.

»So lange es sich dabei um meine unbestätigte Meinung handelt, wäre ich Ihnen beiden dankbar, wenn Sie es für sich behalten«, sagte Young. »Ich muß jetzt hinuntergehen, Betsy, und aufgebrachte Passagiere beruhigen. Noch einmal meinen Glückwunsch zu Ihrer großartigen Leistung.« Er nickte Whitney zu und ging den Korridor hinunter.

Betsy beobachtete ihn, sah ihn aber nicht wirklich. *So schließt sich der Kreis*, dachte sie. *Ich kämpfe darum, daß ich aufhöre, auf Eric zu reagieren, und stelle fest, daß er genauso blindlings und irrational auf mich reagiert hat.* Sie schüttelte leicht den Kopf. *Wir alle sind Marionetten – sogar all jene, die sich für Außenseiter halten. Marionetten, die einander an den Schnüren führen.*

»Ich sollte wohl auch hinuntergehen«, unterbrach Whitney ihre Gedanken. »Es war wirklich ein Genuß, Sie in Aktion zu beobachten – danke, daß Sie mich daran teilhaben ließen.«

»Einen Augenblick, Peter«, sagte sie, als er gehen wollte, und schob die wachsende Verbitterung entschlossen von sich. Schließlich war sie erst fünfundvierzig – viel zu jung, um ein Zyniker zu werden. »Soweit ich mich erinnere, haben Sie sich für eine Führung durch das oberste Deck des Skyports interessiert. Stimmt das noch?«

»Allerdings.« Er lächelte unsicher. »Wenn es Ihnen nicht zuviel Mühe macht.«

»Überhaupt keine Mühe.« Und außerdem würde Rayburn einen letzten Sieg über sie erringen, wenn sie zynisch reagierte. »Kommen Sie, wir beginnen mit der Mannschaftslounge. Zu den Drinks sind Sie eingeladen – und soviel ich weiß, ist der Fruchtsaft heute ausgezeichnet.«

HAUSGAST

Dryms Sonne hing wie eine rote, fusselige Kugel tief am Himmel, und die Temperatur hatte wie jede Nacht bereits begonnen zu fallen. Wynne Kendal maß den Winkel zwischen Sonne und Bergen und schätzte, daß er gute fünfzehn Minuten Zeit hatte, um nach Hause zu gelangen, bevor der Sonnenuntergang den gefährlichen, energiegeladenen ›musht‹-Teil des Tricorn-Aktivitäts-Zyklus auslöste. Doch das störte ihn nicht; jenseits des flachen Bachs vor ihm stand die Ruine seines ursprünglichen, vorgefertigten Hauses, und von dort brauchte er nur zehn Minuten bis zum Haus.

Im Vorübergehen warf er wie immer einen Blick auf die Ruine. In den letzten acht Monaten hatte sie sich nur wenig verändert; die Tricorns hatten das Gebäude aus Kunststoff und Metall während der ersten Woche nach seiner Übersiedlung gründlich zertrampelt; jetzt, nachdem sie ihn vertrieben hatten, kümmerten sie sich im allgemeinen nicht mehr darum.

»Schufte«, murmelte er; das Schimpfwort bezog sich sowohl auf die Tricorns als auch auf das Forschungsteam der Gesellschaft, das sich Drym einmal kurz angesehen und fröhlich erklärt hatte, der Planet sei ungefährlich. Wenn sie lang genug geblieben wären, hätten die Tricorns vielleicht nicht gewartet, bis sich der Bergbautrupp an die Arbeit machte und keine Verständigung mehr möglich war, sondern sie hätten sich viel früher in bösartige Tiere verwandelt und auf das Forschungsteam gestürzt. Die Begutachtung war natürlich nur eine Formalität gewesen; die üppigen Konzentrationen von skandiumhaltigen Erzen lagen dicht unter der Oberfläche des Planeten, und die Gesellschaft hätte auch dann Bergarbeiter hierhergeschickt, wenn Drym mit Bellatrix Funkenbälgern bedeckt gewesen wäre.

Vor Kendal erhob sich eine Granit-Hügelkette, und er sah bereits die fünf Meter hohe Felsenkuppel und den offenen, kreisförmigen Eingang seines Hauses. An dieser Stelle schlug sein Herz jedesmal schneller; von hier aus konnte man nicht erraten, in welcher Stimmung sich der andere befand, und einige dieser Stimmungen konnten gefährlich werden. Natürlich spielte es keine Rolle. Es war noch schlimmer, die ganze Nacht im Freien zu bleiben.

Als er das Haus erreichte, berührte die Sonne gerade die Bergspitzen. Einige Meter seitlich von der Kuppel erhob sich ein Hügel, der an einer Seite senkrecht abfiel. An ihr lehnte ein großer Stein, den Kendal mühsam wegschob, um die winzige Höhle freizulegen, die er als Lagerraum benützte. Er nahm sein Nachtzeug, die Rationen und das Öfchen heraus und streifte mit raschen Bewegungen einige an den Bündeln hängende Blutwürmer ab. Sobald dem Bergbautrupp klar wurde, daß ihre Fertigteilhäuser keine Chance gegen die Tricorns hatten, zogen sie kurz in Betracht, in Höhlen zu leben, aber die Blutwürmer erstickten diese Hoffnung im Keim. Angeblich besaß menschliches Gewebe keinerlei Nährwert für die Drym-Fauna, was die fliegenden Insekten des Planeten anscheinend bereits aus einiger Entfernung merkten. Das galt jedoch leider nicht für die höhlenbewohnenden Blutwürmer; sie mußten nur ein paarmal zubeißen, um festzuhängen.

Das letzte, was Kendal der Höhle entnahm, war ein ausziehbarer Stab aus Duryai-Legierung, der ursprünglich als Stütze für die Stollen gedacht war. Er zog ihn auf die erforderliche Länge von zwei Metern aus und betrachtete ihn prüfend, bevor er die Bergwerksausrüstung in die Höhle steckte und sie wieder verschloß. Er hob seine Packen auf, schleppte sie zum Eingang des Hauses und stellte sie vor ihm ab. Er holte tief Luft, hielt den Stab wie einen Speer vor sich, bückte sich leicht und betrat das Haus.

Drinnen war es nicht ganz stockfinster, aber das Licht der untergehenden Sonne zeigte nur, daß sich Kendal in einem kuppelförmigen Bau befand, der in der Mitte zwei Meter hoch war und dessen Durchmesser etwa vier Meter betrug. Ein seltsamer, beinahe moschusartiger Geruch erfüllte die Luft; stark, aber nicht überwältigend. Während Kendal zur Mitte ging, ließ er die Wände nicht aus den Augen. »Hallo, Haus«, rief er versuchsweise.

Die Antwort kam sofort und so leise, daß Kendal sie mehr spürte als hörte.: »Grüße, *Herr.*«

Kendal atmete etwas leichter. Das Haus war nur dann sarkastisch, wenn es relativ guter Laune war. Es hatte heute vermutlich gegessen, nahm er an, stellte ein Ende seiner Stange in eine Kerbe im harten Lehm des Bodens und verkeilte das andere Ende an der Decke. Erst als das geschehen war, entspannte er sich endlich. Er verlor keine Zeit, sondern holte seine Packen und brachte sie ins Haus. Dann zündete er eine Laterne an und nickte: »Okay, jetzt kannst du zuschließen.« Er setzte sich mit untergeschlagenen Beinen in die Nähe der Stange.

»Sehr wohl, *Herr*«, polterte das Haus, und die kreisrunde Öffnung preßte sich zusammen, als würde jemand die Lippen schürzen.

»Danke«, sagte Kendal, während er sein Öfchen aufstellte. »Wie war dein Tag?«

»Wie hätte er sein sollen?« antwortete das Haus. »Ich habe eine Zeitlang mit den Anderen gesprochen, und ich habe gewartet. Es gibt sonst nicht viel, das ich tun kann.«

»Du *hast* aber gegessen«, bemerkte Kendal. Er hatte hoch oben an der Wand eine kleine, steinerne Ausbuchtung entdeckt, die nicht dagewesen war, als er fortging. »Ein Weißflügel, nicht wahr?«

»Ja. Er war klein, aber er muß genügen. Dafür habt ihr Menschen gesorgt.«

Kendal zuckte zusammen. Dadurch, daß die Bergleute in Selbstverteidigung Tricorns töteten, stellten sie offenbar eine ernsthafte Bedrohung für die Beschaffung des Hauptnahrungsmittels der Häuser dar. Diese Tatsache und die Demütigung, daß sie in lebende Schlafzimmer verwandelt worden waren, riefen natürlich Unmut hervor. Und wenn sie wütend genug wurden ... Kendal erschauerte bei der Erinnerung an die zermalmten Körper der ersten Handvoll Bergarbeiter, die sich ahnungslos in die Häuser gewagt hatten. Sie hatten nie erfahren, was sie getötet hatte. Das Forschungsteam hatte nicht nur bei der Analyse der Tricorns Mist gebaut, sondern zusätzlich die Häuser vollkommen übersehen, und es hatte sieben Menschenleben gekostet, bis jemand endlich herausbekam, was geschah. Bis die Stütztechnik vervollkommnet war, mußten weitere vier Mann daran glauben. Wie andere Geschöpfe im Lauf der Geschichte hatten sich die Häuser als wenigstens geringfügig zähmbar erwiesen; durch kurze Laser-Feuerstöße lernten sie, als Reaktion auf leichte Schläge oder Tritte ihre ›Münder‹ zu öffnen und zu schließen. Doch niemand war darauf gefaßt gewesen, daß die Häuser zu ihnen sprechen würden.

Kendals Kommunikator summte. »Kendal; ja?«

»Hier ist Tan. Hast du für die Nacht zugeschlossen?«

»Klar.« Dardman Tan war der Mann Nummer drei im Bergleute-Trupp gewesen, bevor die Tricorns und die Häuser ihren massiven Tribut gefordert hatten; jetzt war er Nummer Eins. »Gibt es einen besonderen Grund, warum du heute nacht einen Bettencheck machst?«

»Ich habe vor einigen Minuten in deinem Gebiet eine Schar Tricorns gesehen, die über die Hügel kamen«, erklärte Tan. »Ich wollte mich vergewissern, daß sich niemand mehr draußen herumtreibt.«

Noch mehr Tricorns in dem Gebiet. Verdammt. »Danke für die Warnung. Ich werde vorsichtig sein.«

»Bis morgen.« Der Kommunikator verstummte.

Das Haus schwieg, als Kendal sich umdrehte und seine Vorbereitungen für das Abendessen beendete. Es hatte natürlich dem Gespräch zugehört und natürlich auch die Folgen erfaßt. Theoretisch bedeuteten mehr Tricorns mehr Nahrung für alle Häuser in den Hügeln – aber nur, wenn die bullengroßen Tiere in Schnupperweite der Duftköder gelangten, die die Häuser verwendeten. Wenn die Tricorns statt dessen lieber die Männer bei der zwei Kilometer entfernten Mine jagten, konnte keines der Häuser etwas dagegen unternehmen. Ihre ›Wurzeln‹ – Kendals Haus hatte dieses Wort verwendet – gingen tief in den Boden, sogen Wasser hinauf und lösten Gestein für ihren organisch-mineralischen Stoffwechsel auf. Und obwohl niemand wußte, wie tief die Wurzeln reichten, war es klar, daß die Häuser nicht auf Jagd gingen.

»Ich möchte wissen, wie viele Tricorns in dieser neuen Schar sind«, bemerkte Kendal, um die Stille zu unterbrechen.

»Siebenundvierzig«, antwortete das Haus prompt.

Kendal blickte überrascht auf. »Du hast sie gesehen?«

»Sie sind vor kurzem nahe bei einem der anderen vorbeigekommen. Er hat sie gezählt.«

»Ich verstehe.« Kendal hatte nicht gemerkt, daß er so geistesabwesend war; für gewöhnlich spürte er die Untergrundvibrationen, die die Häuser verwendeten, um miteinander zu sprechen. »Hoffentlich bleibt diese Gruppe in der Nähe der Hügel, so daß ihr versuchen könnt, ein paar zu kriegen.«

»Nein. Sie werden bestimmt weiterhin versuchen, euch von hier zu vertreiben.«

Der Ton des Hauses war nicht mehr sarkastisch, und Kendal schluckte krampfhaft. Wenn die Häuser sehr freundlich gestimmt waren, tolerierten sie ihre menschlichen Parasiten gerade noch. Zu anderen Zeiten… Kendal blickte unwillkürlich zur Stange hinüber und vergewisserte sich, daß sie richtig stand. »Du weißt doch, Haus, daß wir die Tricorns nicht zum Vergnügen töten. Wir wären glücklich, wenn wir leben und leben lassen könnten. Ich weiß, daß ihr nicht in uns vernarrt seid« – die Untertreibung des Jahrzehnts –, »aber wenn ihr noch ungefähr hundertfünfzig Tage durchhalten könnt, wird das Transportschiff unserer Gesellschaft kommen und uns besuchen. Sie werden die Kenntnisse und die Ausrüstung besitzen, um uns Häuser zu bauen, die die Tricorns nicht zerstören können – vielleicht finden sie sogar eine Möglichkeit, die Tricorns von uns fernzuhalten, ohne daß wir sie töten müssen. Dann können wir euch vielleicht für alle Unannehmlichkeiten entschädigen, die wir euch verursacht haben.«

Das Haus antwortete nicht. Kendal biß sich auf die Lippen. Er hatte vorgehabt, heute abend mit einem der Bergleute via Kommunikator Schach zu spielen, aber es würde sich vielleicht auszahlen, statt dessen mit dem Haus zu sprechen. Die Häuser hatten sehr wenig Gelegenheit, geistige Anregungen zu erhalten, und Kendal hatte festgestellt, daß ein interessantes Gespräch seinen Gastgeber oft aus der schlechten Stimmung riß. »Habe ich dir je von meinem Jahr auf Majpori erzählt?« fragte er beiläufig. »Auf dem Planeten gab es die seltsamsten Tiere, die ich je gesehen habe. Es gab zum Beispiel eines mit drei Beinen – oder fünf, je nachdem, wie man sie zählte.«

Er verstummte und wartete. »Bitte erkläre das«, sagte das Haus endlich; ein Anflug von Interesse klang durch seinen mürrischen Ton durch.

Kendal lächelte innerlich. Als würde man einem Kind Süßigkeiten anbieten. Und beinahe genauso wirksam. Er wußte, daß einige der Bergleute ihre Häuser wie Sklaven behandelten oder sie einfach ignorierten, aber Kendal hatte immer versucht, mit dem seinen auf freundschaftlichem Fuß zu leben. Abgesehen von allen anderen Gründen vertrieb es die Langeweile der Nächte auf Drym. »Es ist so ...«

Das Gespräch dauerte bis tief in die Nacht.

Kendals Wecker läutete eine halbe Stunde vor Morgengrauen, und die Bergleute begannen ihr Tagewerk, sobald die Sonne aufgegangen war. Der frühe Morgen war ihre produktivste Zeit; nach Sonnenaufgang versteckten sich die Tricorns einige Stunden lang zwischen den Felsen und Hügeln und schliefen wahrscheinlich, und während dieser Zeit mußten keine Wachen aufgestellt werden, um die anderen vor einem Angriff zu schützen. Wenn die riesigen Geschöpfe endlich schwerfällig daherkamen, mußte die Hälfte der vierzig Mann an der äußeren Umgrenzungslinie des großen, flachen Tagebaus Wache stehen. Eine kleinere Mine hätte man leichter verteidigen können, aber das Erz aus einer tieferen Grube herauszuschaffen, wäre eine Qual gewesen. Ihre gesamte mechanische Ausrüstung wurde mit Standard-Energiezellen betrieben, und sie hatten vor Monaten beschlossen, soviel Energie wie möglich für die Handlaser zu sparen. Um ein Tricorn zu töten, war eine Menge Energie erforderlich.

Eine Zeitlang machten die Bergleute trotz der Morgenkühle gute Fortschritte. Als der Morgen verging und die Temperatur stieg, begannen die Tricorns, sich um die Mine zu versammeln. Zwei mußten erschossen werden, bis die übrigen begriffen und sich in respektvoller Entfernung vom Ring der Wächter hielten. Es waren mehr als gewöhnlich – die neue Schar erfaßte beachtlich rasch, was hier los war.

»Natürlich sind sie es«, bestätigte Jaker, der rechts von Kendal Wache stand, als dieser es erwähnte. »Sie sind mindestens so intelligent wie Hunde oder Wölfe.«

»Ausgeschlossen«, rief ein anderer Wächter zurück.

Kendal seufzte. Der Streit hielt seit Monaten an; Jaker

und Welles waren die Hauptvertreter der beiden Meinungen. Kendal neigte zu Jakers Ansicht – die Überlegungen des hochgewachsenen Bergmanns klangen für gewöhnlich vernünftig – aber er hatte genug von der Debatte. *Er* wollte etwas wissen, das keiner hier auch nur annähernd begriff: Warum waren die *Häuser* so intelligent? Welchen Grund hatte ein regungsloser Steinhaufen, die Intelligenz zu entwickeln, die man brauchte, um eine fremde Sprache zu lernen, indem man den Kommunikator-Gesprächen zuhörte? Außerdem hatte Kendal – wenigstens zu seiner eigenen Befriedigung – bewiesen, daß die Häuser über Vorstellungskraft und abstraktes Denkvermögen verfügten. Das *Wie* war relativ einfach: Eine gängige Theorie besagte, daß ein genügend großes Gehirn automatisch Sätze entwickelt, und die Häuser waren sicherlich groß genug, um ein entsprechendes Gehirn zu besitzen. Nur das *Warum* mußte er noch ergründen.

Jakes und Welles stritten noch, als Kendal sich wieder auf das Gespräch konzentrierte. »Sieh dir doch an, wie schnell die neuen die Laser kapiert haben…«, sagte Jaker gerade.

Eine Bewegung rechts weckte Kendals Aufmerksamkeit. »Jaker!« rief er und riß den Laser aus dem Halfter.

Jaker hatte sich halb umgedreht, um mit Welles zu sprechen; er fuhr herum, riß seine Waffe heraus und feuerte eine Sekunde, nachdem Kendals Schuß den massigen Schädel neben dem linken der drei gezackten Hörner gestreift hatte. Das Geschöpf brach zusammen; zwei weitere Schüsse, und es war tot.

Kendal drehte sich rasch um und sah, wie ein Tricorn direkt vor ihm schwerfällig zwei Schritte vortrat. Er hob den Laser, das Tier blieb stehen und wich dann beinahe widerwillig in seine ursprüngliche Position zurück.

»Siehst du?« fragte Jaker mit leicht zitternder Stimme. »Sie wissen, wann sie nicht angreifen können.«

»Von mir aus, aber hör damit auf«, rief Cardman Tan

von der Mine aus, wo die Arbeitsgeräusche aufgehört hatten. »Wenn du dein Gehirn wieder auf Urlaub schickst, Jaker, ziehe ich dir die Haut ab – vorausgesetzt, keines der Tricorns holt sie sich zuerst. Das gilt für euch alle. Bleibt *wachsam*, verdammt.«

Aus dem Ring der Wächter kam gedämpfte Zustimmung. Kendal wischte sich den Schweiß vom Nacken und fand, daß sich die Belastung der letzten acht Monate bemerkbar machte. Ob sie imstande sein würden, noch fünf Monate durchzuhalten?

Jeder der großen Behälter, die in der Nähe für die Lagerung des Erzes aufgestellt worden waren, faßte über hundert Tonnen. Daher waren sie beinahe, aber nicht ganz, stark genug, um nicht von den wütenden Tricorns beschädigt zu werden; als es Zeit wurde, die Tagesproduktion zu lagern, stellte sich heraus, daß eines der Fördergeräte eine Kerbe zuviel abbekommen hatte und nicht eingesetzt werden konnte. Da sie den Schutt nur mit den beiden übrigen Fördergeräten ablagern konnten, dauerte es natürlich länger als vorgesehen, und daher war die Sonne schon untergegangen, als Kendal nach Hause ging. Trotzdem blieb ihm das Glück beinahe treu und er befand sich bereits in der Nähe des Hauses, als ein Tricorn ihn witterte und angriff.

Kendal wollte instinktiv zum Haus laufen, aber er wußte, daß ein Tricorn in musth schneller war als er. Deshalb schaltete er den Laser auf volle Stärke, stellte sich, wartete, bis er nicht mehr danebenschießen konnte, und feuerte erst dann. Der Schuß ging genau zwischen die tiefliegenden Augen. Kendal wich zur Seite und feuerte immer wieder in das Geschöpf, das an ihm vorbeistürmte und gegen das Haus prallte.

Kendal beobachtete das regungslose Tricorn noch eine Weile, bevor er rasch seine Ausrüstung einsammelte und ins Haus ging. »Hallo, Haus.«

»Du hast es getötet«, sagte die tiefe Stimme vorwurfsvoll.

»Ja. Es tut mir leid, aber mir blieb nichts anderes übrig.«

»Du hättest es mir überlassen können, es anzulocken.«

Kendal antwortete nicht. Ob der Geruchsköder des Hauses das Tricorn angelockt hätte oder nicht, war eine akademische Frage: Kendal hätte auf keinen Fall zulassen können, daß das Haus es aß. Nachdem das Haus jemanden zermalmt hatte, verdaute es ihn, indem es eine dünne Steinschicht unter ihm schuf und ihn an die Decke hing, worauf er aufgesaugt werden konnte. Aber bis der Film fertig war, mußte die Decke unten bleiben – und bei einem Tier von der Größe eines Tricorns konnte dieser Vorgang eine halbe Stunde dauern. Kendal konnte es nicht wagen, nachts so lange draußen zu bleiben.

»Noch einmal, es tut mir leid«, sagte er schließlich. »Heute waren eine Menge Tricorns bei der Mine. Vielleicht kommt morgen eines hierher.«

Das Haus schwieg. Kendal war unbehaglich zumute, während er das Abendessen zubereitete und aß; er kam sich wie ein Reicher vor, der in einem Slum ein Picknick abhält. Er versuchte drei oder vier Mal, ein Gespräch mit dem Haus zu beginnen, aber seine Fragen führten nur zu einsilbigen Antworten, und irgendwann gab er auf. Statt dessen entschied er sich für eines aus seiner Handvoll Bücher, las eine Weile und ging dann schlafen.

Als er am nächsten Morgen vorsichtig ins Freie trat, lag das von ihm erschossene Tricorn noch immer neben dem Haus. Eine rasche Untersuchung ergab, daß das Tier wahrscheinlich nach dem ersten Schuß tot gewesen war; er hatte sein Gehirn zerstört. Dann fiel ihm etwas ein; sobald er sein Nachtzeug verstaut hatte, setzte er seinen Stein-Schneidbrenner zusammen und kehrte zu dem Kadaver zurück. Ein typisches Tricorn wog ungefähr eine Tonne, und Kendal war ausnahmsweise froh darüber, daß sie wegen der nächtlichen Aktivitäten der Tricorns ihr Werkzeug nicht in der Mine lassen konnten. Der Schneidbrenner schnitt den Kadaver ohne große Mühe in die Hälfte: Kendal verwendete die ausziehbare Stange als Hebel und rollte die Stücke vor die Öffnung des Hauses. »Haus?« rief er. »Ich habe hier Essen für dich. Warte, bis ich beide Teile drinnen habe und schließe dann erst zu, okay?«

Eine Minute später war er fertig. »Danke«, sagte des Haus, für Kendals Geschmack etwas zu widerwillig. Die Öffnung schloß sich, und Kendal hörte das dumpfe Dröhnen, als die gewölbte Decke mit der Wucht eines Steinbrechers hinunterdonnerte.

»Gern geschehen«, murmelte er und machte sich auf den Weg zur Mine. Diese altruistische Handlung hatte ihn Zeit, Kraft und eine Menge Energie gekostet, und es ärgerte ihn, daß das Haus das nicht anerkannte. Aber es war eigentlich nicht so wichtig. Wenn er das Haus in halbwegs gute Stimmung bringen konnte, indem er es fütterte, war es die Mühe wert.

Der Tag verlief ereignislos, und Kendal war gut aufgelegt, als er heimkam. »Hallo, Haus«, grüßte er wie üblich, während er die Stützstange geschickt verklemmte.

Statt einer Antwort schloß sich die Öffnung und sperrte Kendal ein. Dieser atmete auf, weil seine schlimmste Befürchtung nicht zutraf: das Haus lebte noch. Aber warum sprach es nicht mit ihm? Er suchte die Wände mit den Blicken ab, um einen Hinweis zu finden. Zwei Ausbuchtungen in der Wand in der Nähe des Eingangs waren zweifellos die Überreste des Tricorns, das er getötet hatte; sonst war alles wie immer.

Nein, nicht ganz. Kendal erschauerte, als er durch die Sohlen die Vibrationen spürte. Das Haus sprach mit seinen zwischen den Hügeln verstreuten Gefährten. Es war ein vollkommen normales Vorkommnis – nur wußte er, daß das Haus zwei Gespräche gleichzeitig führen konnte, wenn es wollte. Kendal wurde unübersehbar – schmerzhaft unübersehbar – ignoriert.

Er beschloß, sich nichts daraus zu machen, bereitete sein Abendessen zu und versuchte dann, zu lesen. Aber es war ihm unmöglich, sich in der zunehmend feindseligen Atmosphäre um ihn zu konzentrieren. Er dachte mehr als einmal daran, die Nacht im Freien zu verbringen, aber Vernunft und Eigensinn hinderten ihn daran. Das Haus war einfach schlecht aufgelegt, sagte er sich entschlossen, als er endlich die Laterne ausschaltete.

Als er einschlief, hielten die Vibrationen noch immer an.

Die Leuchtziffern seines Weckers standen auf drei Stunden vor Sonnenaufgang, als Kendal aus dem Schlaf hochschreckte. Einen Augenblick blieb er leicht desorientiert regungslos liegen und versuchte herauszubekommen, was ihn geweckt hatte. Dann hörte er es: das leise Quietschen von Metall. Kendal drehte sich auf die andere Seite, schaltete die Laterne ein und ergriff mit der zweiten Hand den Laser.

Bei dem Anblick, der sich seinen zusammengekniffenen Augen bot, war er sofort hellwach. Die Stützstange in der Mitte des Raums war infolge der plötzlich konvexen Form der Decke um gute dreißig Zentimeter gebogen. Eine Minute lang schien das Bild erstarrt zu sein, und Kendal hörte beinahe, wie das Haus auf die Stange drückte. Dann gab die Decke zögernd nach und kehrte zu ihrer ursprünglichen Form zurück, während die Stange sich aufrichtete.

Kendal fand seine Stimme wieder. »Was machst du da, Haus?« rief er scharf.

Die einzige Antwort war eine plötzliche Ausbuchtung der Wand dicht über dem Boden, die einen Wulst bildete und alles, was sich in der Nähe der Wand befand, zur Mitte schob, wo der Hauptdruck ausgeübt wurde. Der Wulst zog sich zurück, und die Decke senkte sich neuerlich und versuchte, die Stange zu brechen.

»Haus!« rief Kendal wieder, und diesmal lag Angst in seiner Stimme. War das Haus verrückt geworden? »Haus! Antworte mir!«

»Wir können nicht zulassen, daß ihr weiterlebt.«

Kendalls Herz ließ einen Schlag aus. »Warum? Was haben wir euch getan?«

»Spiel nicht den Ahnungslosen. Ihr habt uns eurem Willen unterworfen, unsere Nahrung getötet. Und jetzt hast du mir Nahrung angeboten, die beinahe unbrauchbar ist. Ich kann es nicht länger ertragen.«

Beinahe unbrauchbar? »Haus, das Tricorn war frisch getötet. Das weißt du. Es kann nicht so schnell verdorben sein, vor allem nicht nachts.« Die einzige Antwort war ein neuerlicher Druck auf die Stange. »Komm. komm, sei vernünftig. Du weißt, daß du die Stange nicht brechen kannst.«

»Das glauben die Anderen auch. Aber sobald ich bewiesen habe, daß man es schaffen kann, werden sie sich mir anschließen und ihre Parasiten töten.«

Kendal erschauerte wieder. Sein Kommunikator lag an der gegenüberliegenden Wand; wenn er ihn holte, riskierte er ein explosives Ausdehnen, das ihn ohne weiteres gegen die Stange schleudern konnte. Und was würde es ihm nützen, wenn er versuchte, die übrigen Bergarbeiter zu warnen? Kendals Haus würde die Nachricht hören, die übrigen Häuser würden sie hören, und die Angriffe würden etwas verfrüht einsetzen. Und dann … was? Alle Bergleute besaßen Laser, aber keiner hatte eine blasse Ahnung, wie man ein Haus tötete oder kampfunfähig machte. »Hör mal, wir können doch darüber sprechen«, rief er. »Wenn ich dir schlechte Nahrung gegeben habe, geschah es nicht absichtlich, und ich entschuldige mich dafür.«

Der Wulst bauschte sich aus und wurde flach, und die Decke senkte sich. Kendal hatte den Eindruck, daß sich die Stange bei jedem Angriff etwas weiter bog. Wenn das Haus weitermachte, würde es Erfolg haben – vermutlich lange, bevor Kendal sich mit dem Laser einen Weg durch die Öffnung schneiden konnte.

»Haus!« rief er verzweifelt. »Du willst das gar nicht wirklich tun. Weißt du noch, wie sehr ihr alle euch gelangweilt habt, bevor wir kamen? – du hast es mir selbst gesagt. Wir können euch von Orten und Dingen erzählen, die ihr nie gesehen habt, euch Wissenschaften lehren …«

»Das genügt nicht«, unterbrach ihn das Haus. »Wissen nützt uns nicht, wenn wir keine Nahrung haben.«

Kendal begriff, daß das einem Todesurteil gleichkam. Solange die Häuser als Teil ihrer Nahrung Tricorns brauchten, und solange die Tricorns den Bergleuten so feindselig gegenüberstanden …

Die Eingebung, die er plötzlich hatte, konnte kaum als blendend bezeichnet werden. Es war nur ein Gefühl, und der Plan, den es auslöste, war tollkühn. Aber Kendal war verzweifelt. »Warte eine Minute, Haus. Wenn wir euch lebende Tricorns als Nahrung liefern können, laßt ihr uns dann weiter hier leben, bis unser Schiff kommt?«

Das Haus, das wieder zu einem Versuch angesetzt hatte, hielt ein. »Was für ein Trick ist das wieder?«

»Es ist kein Trick. Ich glaube, daß ich weiß, wie ich die Tricorns unter meine Kontrolle bringen kann.«

»Ich glaube dir nicht.«

»Ich werde es dir beweisen.« Kendal holte tief Luft. »Ich gehe jetzt hinaus und bringe dir eines.«

Lange Stille trat ein. »Also gut«, sagte das Haus langsam. »Ich lasse dich hinaus. Aber du läßt als Beweis dafür, daß du wiederkehren wirst, deinen Blitzmacher und deinen Sprecher hier.«

Der Ton duldete keinen Widerspruch. »Okay«, stimmte Kendal zu. Bei der Entfernung, die er zurücklegen mußte, konnte er ohne Laser hinausgehen. Außerdem blieb ihm nichts anderes übrig.

Die Öffnung des Hauses ging auf und kalte Luft strömte herein. »Geh!«

Kendal schluckte krampfhaft, stählte sich und trat in das schwache Licht von Dryms drei Monden. Er blieb nur kurz stehen, um sich zu vergewissern, daß keine Tricorns in der Nähe waren, und joggte dann rasch zur Mine. Er hatte bereits in Gedanken seine Ausrüstung in der kleinen Höhle durchgegangen, und dort gab es nichts, das über genügend Energie und Reichweite verfügte, um eine wirkungsvolle Waffe zu sein. Er mußte sich auf Schnelligkeit und Glück verlassen.

Die drei Monde spendeten relativ viel Licht, und als Kendals Augen sich daran gewöhnt hatten, stellte er fest, daß er den größten Teil der Ebene vor ihm sehen konnte. Über die Ebene waren Tricorns verteilt, die grasartige Pflanzen abweideten, die Schnauzen in den Boden steckten oder dreimal so schnell wie bei Tag herumliefen. Bei dem Gedanken, daß er durch die tödliche Schar hindurchmußte, verkrampften sich Kendals Kiefermuskeln. Aber er hatte sich festgelegt. Er blieb kurz stehen, um die Windrichtung festzustellen; dann hatte er eine Idee, zog die warme Jacke aus und knüllte sie zu einem Knäuel zusammen, um sie leichter zu tragen. Er wählte einen Kurs, durch den er an den meisten Tricorns an der dem Wind abgekehrten Seite vorbeikam, und setzte sich in Trab.

Er hatte etwa drei Minuten lang Glück. Dann kam ein wanderndes Tricorn an seiner dem Wind abgekehrten Seite vorbei und änderte unvermittelt die Richtung.

Kendal legte einen Sprint ein, obwohl seine Lunge bereits infolge der eisigen Luft schmerzte. Es hatte keinen Sinn; er lag zwar in Führung, doch das Tier holte ihn allmählich ein. Er biß die Zähne zusammen und wartete, bis das Tricorn ihn beinahe erreicht hatte. Dann rollte er mit einer raschen Bewegung die Jacke auf und warf sie dem Tier über den Kopf. Das Tricorn blieb stehen, schüttelte den massigen Schädel und beutelte die

Jacke ab. Kendal sah aus den Augenwinkeln, daß es an der Jacke zerrte; dann richtete er seine Aufmerksamkeit nach vorn. Sein Ziel lag vor ihm: Der Bach, der an der Ruine seines ehemaligen Hauses vorbeifloß. Er lief ein Stück stromaufwärts zu einer Stelle, an der der Bach sich zu einem relativ tiefen Tümpel verbreiterte. Dort tranken zwei Tricorns, aber sie standen an seiner dem Wind zugekehrten Seite und keines drehte sich um, als er näher kam. Er hatte beinahe den Rand des Wassers erreicht, als sich rechts von ihm etwas bewegte. Ein weiteres Tricorn griff an.

Kendal hatte keine Wahl. Er rannte mit voller Geschwindigkeit zwischen den trinkenden Tricorns hindurch und sprang in den Tümpel.

Der Schock durch das eiskalte Wasser war lähmend, und Kendals Beinmuskeln verkrampften sich sofort qualvoll. Zum Glück war der Tümpel nicht einmal einen Meter tief, also war es für ihn nicht schwierig, den Kopf über Wasser zu halten. Er rieb mit den bereits durch die Kälte taub werdenden Händen die Krämpfe weg, zog seine Kleidung aus und warf sie auf das andere Ufer des Baches. Dann wusch er sich so rasch und so gründlich wie möglich, denn er spürte, wie ihm seine Körperwärme entzogen wurde. Er hielt nur wenige Minuten durch; als er ans Ufer watete, schwankte er vor Unterkühlung. Der Wind biß wie nie zuvor in seine nackte Haut, und sein Körper erschauerte immer wieder heftig, aber er bemerkte es kaum – seine Aufmerksamkeit galt ausschließlich den drei Tricorns, die ihn jetzt musterten. Sanft und harmlos, hatte das Forschungsteam der Gesellschaft von ihnen behauptet. Kendal hielt sich im Geist die Daumen und trat vor.

Keines von ihnen bewegte sich; nur ihre Blicke folgten ihm. Kendal streckte vorsichtig den Arm aus und legte dem zunächststehenden Tier die Hand auf die Stirn. Zwei Öffnungen in seinem Hals – die Nüstern, nahm Kendal an – bebten, aber sonst schien es nichts gegen die Berührung zu haben. Kendal zog die Hand zurück, und einen Augenblick später widmeten sich die Tiere wieder dem Trinken.

Sein Gefühl hatte ihn also nicht getäuscht. Aber er hatte keine Zeit, sich selbst zu beglückwünschen. Er drehte sich um, machte sich auf den Weg zu seinem Haus und hielt dabei die Augen offen. Er war beinahe daheim, als er fand, was er suchte: Ein grasendes Tricorn, dessen Flanken sich hoben und senkten, weil es eine lange Strecke gelaufen und jetzt atemlos war. Kendal trat kühn zu ihm, packte eines der Hörner und zog daran. Damit erreichte er nichts; wenn das Tricorn außer Atem war und deshalb nicht davonlief, wollte es sich auch nicht beim Grasen stören lassen. Kendal versuchte es wieder, dann gab er auf, ging zu einigen Büscheln Vegetation und riß die Pflanzen aus, bis er eine reichliche Handvoll hatte. Er kehrte zu dem Tricorn zurück, wartete, bis das Tier aufhörte zu fressen und schwenkte dann eine der Pflanzen vor seiner Schnauze. Das Tricorn biß ein Maulvoll ab, und als Kendal langsam zurückwich, folgte es ihm bereitwillig.

Als sie das Haus erreichten, hatte er noch zwei oder drei Pflanzen in der Hand. Er ließ sie vor dem Tricorn auf den Boden fallen und trat in den offenen Eingang. »Ich bin zurück«, sagte er mit klappernden Zähnen. »Und wie du siehst, habe ich dir Nahrung gebracht.«

»Ich sehe, aber ich verstehe es nicht.« Die Stimme des Hauses verriet nichts von seinen Gefühlen.

»Das ist im Augenblick auch nicht wichtig. Ich komme jetzt hinein und hole mein Zeug. Dann kannst du das Tricorn hineinlocken. Okay?«

»Ja.« Eine Pause. »Kannst du das noch einmal tun?«

»Ich möchte ein Geschäft mit dir abschließen. Wenn du und die übrigen Häuser uns ungefährdet in euch wohnen laßt, bis unser Schiff eintrifft, garantieren wir euch mindestens ein Tricorn alle drei Tage; vielleicht mehr. Was sagst du dazu?«

»Ich bin einverstanden«, erklärte das Haus sofort.

»Du hast ihnen *was* versprochen?« Cardman Tans Augen waren ungläubig geweitet. »Bist du verrückt, Kendal?«

Kendal, der bis zu den Augen in seine überschüssige Kleidung gehüllt war und sich noch immer von der nächtlichen Unterkühlung erholte, schaffte es, sich zu beherrschen. Tan war nicht dumm, aber ihm war sichtlich die Bedeutung von Kendals Bericht über seine frühmorgendlichen Aktivitäten entgangen. »Überhaupt nicht verrückt, Tan. Mit den entsprechenden Vorsichtsmaßnahmen können wir mit den Tricorns fertigwerden.«

»Ich weiß nicht, wieso du es gestern nacht geschafft hast, aber man kann sich nicht darauf verlassen, daß die Tricorns immer so guter Stimmung wie gestern sind.«

»Das hat nichts mit Stimmung zu tun. Es ist der Staub.«

»Außerdem – was? Was für Staub?«

»Der Steinstaub aus der Mine. Erinnerst du dich an den Bericht des Forschungsteams über die Tricorns?«

»Und ob«, sagte Tan bitter. »Die lausigen Speichellecker mit ihren Gummistempeln …«

»Vergiß das. Sie hatten recht. Nicht *wir* interessieren die Tricorns, sondern der Steinstaub, der an unserer Haut und unserer Kleidung klebt. Offenbar fressen sie eines oder mehrere der Minerale, die wir ausgraben.«

Tan öffnete den Mund, schloß ihn wieder und sah plötzlich nachdenklich aus. »Das würde erklären, warum sie sich den ganzen Tag um die Mine herumtreiben und nachts durch sie trampeln. Aber warum? Und wieso haben wir sie nie dabei erwischt?«

»Das *haben* wir – oder zumindest ich«, widersprach Kendal. »Ich habe immer angenommen, daß sie kleine Pflanzen ausgraben. Außerdem fressen sie hauptsächlich nachts.« Er zuckte die Achseln. »Warum sollten sie keine Steine fressen? Wir wissen, daß die Häuser über einen organisch-mineralischen Stoffwechsel verfügen – es ist nur logisch, daß die Tricorns ähnlich sind.«

»Aber ... okay, nehmen wir an, daß du recht hast. Was dann?«

»Ich habe schon gedacht, daß du nie fragen würdest. Ich habe folgende Idee ...«

Es war ein echtes Vergnügen, fand Kendal, nach Hause zu gehen, ohne sich Sorgen wegen des Empfangs machen zu müssen. Seit das Haus regelmäßig gefüttert wurde, war es ständig kooperativ und interessierte sich – wie die menschlichen Gesellschaften im Lauf der Jahrhunderte – immer mehr für abstrakte und intellektuelle Probleme. Die anderen Häuser verhielten sich ähnlich, verursachten den Bergarbeitern dadurch Unbehagen und Überraschung, und fachten die alten Debatten über die Nützlichkeit und den Ursprung ihrer Intelligenz wieder an. Kendal hielt sich aus den Diskussionen heraus; er nahm an, daß die Wahrheit sie nur noch mehr verwirren würde.

Bei dem Korral hinter seinem Haus blieb er stehen. Die vier Tricorns hinter dem an Rohren befestigten Maschendrahtzaun sahen ihn gleichgültig an, während sie die Steine und Pflanzen zermahlten, die man ihnen hingelegt hatte. Der Zaun konnte sie nachts natürlich nicht am Ausbrechen hindern, aber da sie hier immer Nahrung in Reichweite hatten, blieben sie sogar während des musth dort, wo sie waren. Die wenigen, die im letzten Monat ausgebrochen waren, waren bei Sonnenaufgang ausnahmslos zurückgekehrt. Das Futtersammeln für die Tricorns war eine Qual – genau wie die Aufstockung des Mineralhaufens in der Nähe der Mine, um die Tricorns dorthin zu locken – aber es war wesentlich besser als Wachdienst. Und auf lange Sicht kam es viel billiger.

Kendal suchte seine Nachtsachen zusammen und trat in das Haus. »Hi, Haus«, rief er.

»Guten Abend, Kendal. Hattest du einen gewinnbringenden Tag?«

»Sehr. Wirst du beginnen können, sobald ich gegessen habe?«

»Selbstverständlich.«

Schließlich sind wir alle, was wir essen, dachte Kendal ironisch – und wenn seine Theorie stimmte, galt das noch mehr für die Häuser. Ihre ungewöhnliche Art, die Nahrung aufzusaugen, war entschieden sanfter als die menschliche Methode, und zwar so sanft, daß die Häuser die zarten, komplizierten Nukleinsäuren – oder sogar ganze graue Nervenzellen – ihrer Beute aufsaugen konnten. Und sobald genug aufgesaugt worden war ... Kendal hätte gern gewußt, wie viele Tricorns die Häuser gegessen hatten, bis das unerwartete Licht vor langer Zeit aufgegangen war. Das heißt, intakte Tricorns – keine, deren Gehirne durch Laserfeuer zerstört worden waren.

Zufällige Intelligenz? Etwas in Kendal wehrte sich gegen diese Vorstellung ... und doch, warum nicht? Und kaum zwecklos, obwohl sie bis jetzt kaum einen Zweck gehabt hatte.

Denn aus der Theorie ergab sich eine logische Folge. Die Häuser besaßen den nötigen Umfang, um große Mengen Gehirnzellen zu lagern. Wenn sie ständig gefüttert wurden, würde dann ihre Intelligenz zunehmen? Und wenn ja, gab es eine Obergrenze?

Kendal wußte nicht, wie man strenge Tests durchführt, und besaß weder die erforderliche Ausrüstung noch das Know-how. Es gab jedoch zwanglosere Möglichkeiten ... und er war entschlossen, in der ihm noch verbliebenen Zeit so viel wie möglich zu lernen.

Die Ausrüstung war jetzt bereit. Kendal blickte auf und nickte. »Okay, fang an.«

Die Antwort kam sofort; das Haus beherrschte seine Rolle. »e2 auf e4«, sagte es.

ZEITBOMBE

I

Obwohl die leichte Abendbrise durch die offene Tür und die Fenster hereintrieb, war es in der Busstation stickig und heiß. Für Garwood, der am Fahrkartenschalter stand, war die Hitze in gewisser Weise beinahe tröstlich; sie bewies, daß die Klimaanlage schon viel früher den Geist aufgegeben hatte, lange bevor er der Station auch nur in die Nähe gekommen war.

Der Bahnbeamte sog an einer besonders beißenden Zigarre – Garwoods Augen tränten bereits infolge des Rauchs –, betrachtete die Banknoten vor ihm und schüttelte den Kopf. »Nach Champaign kostet es jetzt einundvierzig sechzig«, sagte er um die Zigarre herum.

Garwood runzelte die Stirn. »Auf dem Fahrplan steht achtunddreißig.«

»Wahrscheinlich ist Ihrer alt.« Der Beamte fuhr mit dem Finger über die Liste vor ihm. »Vor ungefähr einer Woche sind die Preise erhöht worden. Ja – einundvierzig sechzig.«

Der Schweiß floß Garwood über das Gesicht. »Kann ich das sehen?«

Die Zigarre des Beamten wanderte in den anderen Mundwinkel und seine Augen musterten Garwoods ein wenig schäbigen Regenmantel sowie den wesentlich eleganteren Lederkoffer neben ihm. »Wenn Sie einen Ausweis haben, kann ich auch einen Scheck oder eine Karte annehmen«, sagte er.

»Kann ich bitte den Fahrplan sehen?« wiederholte Garwood.

Die Zigarre wechselte wieder den Platz, und Garwood sah beinahe, wie sich hinter den Augen des anderen die Räder drehten, während er den Fahrplan langsam unter dem altmodischen Gitter durchschob. Er wurde mißtrauisch; aber dagegen konnte Garwood nichts tun. Selbst wenn er bereit gewesen wäre, es mit einer Kreditkarte zu riskieren – alle Kreditkarten in seiner Brieftasche hatten sich vor etwa einem Monat aufgelöst. Infolge der in den letzten zwei Jahren ständig steigenden Zinsen und dem dadurch verursachten Rekord an Konkursen lehnten immer mehr Leute das amerikanische Kreditsystem und seine Auswüchse ab. Noch dazu waren die Karten aus Plastik, also aus einem Material, das weltweit rasch zur Neige ging und noch immer dringend gebraucht wurde. Ein doppelter Schlag. »Okay«, sagte er, während er die Fahrpreise überflog. »Ich werde statt dessen nach Mahomet fahren – das liegt doch etwa sechzehn Kilometer vor Champaign?«

»Eher zehn.« Der Beamte nahm den Fahrplan entgegen und musterte Garwood durch eine frische Rauchwolke. »Das macht sechsunddreißig fünfundsiebzig.«

Garwood reichte ihm siebenunddreißig von seinen letzten vierzig Dollars und verfluchte im Geist seinen veralteten Fahrplan. Er war in Zeitnot geraten und wirkte jetzt genau wie das, was er war: ein Mann auf der Flucht. Einen Augenblick lang überlegte er, ob er sich einfach umdrehen und gehen sollte, um es morgen, wenn jemand anderer Dienst machte, noch einmal zu versuchen.

Aber dann mußte er noch eine Nacht in Springfield verbringen. Und da sich alle Lincoln-Sehenswürdigkeiten in nächster Nähe befanden …

»Sie können jetzt in den Bus einsteigen«, sagte der Beamte, suchte einen der bereits gedruckten Fahrscheine heraus und schob ihn unter dem Gitter durch. »Dort hinaus; er fährt in etwa fünf Minuten.«

Garwood biß die Zähne zusammen und griff nach

dem Ticket … und als er die Hand zurückzog, krachte es plötzlich, als hätte jemand eine Kapselpistole abgefeuert.

»Die verdammten Kinder«, knurrte der Beamte und verdrehte sich den Hals, um aus dem Seitenfenster hinauszusehen.

Garwood blickte hinunter und suchte die Leiste hinter dem Gitter des Fahrkartenschalters ab. Er hatte dieses Geräusch schon früher gehört … und dicht hinter dem Gitter, nahe der Stelle, zu der seine Hand zweimal gegriffen hatte, sah er es.

Der Aschenbecher des Beamten. Ein Aschenbecher aus durchsichtigem Glas … das jetzt von tausend Haarrissen durchzogen war.

Der Beamte hielt noch immer nach den Kindern mit der Kapselpistole Ausschau, als Garwood sich auf den Weg machte und sich zwang, langsam zu gehen.

Er erwartete halb, daß die Polizei auftauchen würde, bevor der Bus abfuhr, aber zu seiner Überraschung surrte das Vehikel pünktlich aus dem Busbahnhof und fuhr einige Minuten später Richtung Osten auf die Interstate. Während der ersten Kilometer lauschte Garwood angestrengt dem ersten leisen Anzeichen von verfolgenden Sirenen. Aber als die Minuten vergingen und niemand sie an den Straßenrand winkte, gelangte er zu dem Schluß, daß der Beamte gefunden hatte, es gehe ihn nichts an.

Dieser Gedanke war seltsam deprimierend. Die Erkenntnis, daß sich die Fäulnis der ›Ich-nicht‹-Nichteinmischungsphilosophie durch ihren letzten Aufschwung von den in zwei Lager gespaltenen Küsten bis ins Herz Amerikas verbreitet hatte, beunruhigte Garwood weit mehr als nötig. Vielleicht, weil ihn all die gelehrten Meinungen, die er gelesen hatte, belasteten; all die Untergangsprophezeiungen, weil ein solches nationales Unbehagen der Anfang vom Ende der Demokratie sein konnte.

Oder vielleicht war es einfach die Erkenntnis, daß nicht einmal eine Nation von selbstsüchtigen Menschen auch nur den geringsten Einfluß auf die Wolke der Vernichtung hatte, die ihn umgab.

Hör auf! befahl er sich. *Selbstmitleid…* Er holte tief Luft und sah sich um.

Er hatte den Platz in der dritten Reihe bewußt gewählt – so weit von dem hinten liegenden Motor des Busses entfernt, wie es möglich war, ohne daß er auf dem Schoß des Fahrers saß, und in dem Nichtraucherteil. Sein Sitznachbar… Er warf dem Jungen einen verstohlenen Blick zu und merkte, daß seine erste Analyse gestimmt hatte. Verschossene Jeans und ein altes Baumwollhemd. Das war gut; Naturfasern hielten viel besser als synthetische, aus dem gleichen Grund, aus dem Kunststoff dazu neigte, sich in seiner Gegenwart aufzulösen. Er griff unter seine Jacke und tastete sein schweißgetränktes Polyester-Hemd nach neuen Rissen ab. Dabei wurde ein Riß auf seiner linken Schulter länger und er murmelte einen Fluch.

»Sie machen sie nicht mehr wie früher, was?«

Garwood drehte sich erschrocken um; sein Sitznachbar lächelte. »Was?« fragte er.

»Ihr Hemd«, erklärte der Junge. »Ich habe gehört, wie es zerrissen ist. Die Leute, die sie erzeugen, verkaufen Mist, was?«

»Hm«, brummte Garwood und wandte sich wieder ab.

»Fahren Sie nach Champaign?« ließ der Junge nicht locker.

Garwood seufzte. »Mahomet.«

»Tatsächlich! Ich bin dort aufgewachsen. Klein, aber freundlich. Weil wir gerade davon sprechen…« Er streckte die Hand aus. »Ich heiße Tom Arnold. Eigentlich Tom *Benedict* Arnold.«

Garwood schüttelte automatisch die ausgestreckte Hand. Irgendwo in seinem Hinterkopf klingelten Alarmglocken… »Doch nicht irgendwie mit…?«

»Benedict Arnold verwandt?« Der Junge grinste breit. »Klar. Sogar direkter Nachkomme.«

Garwood überlief es eiskalt, was nichts mit der Klimaanlage des Busses zu tun hatte. »Du meinst … *wirklich* direkt?« Er ließ die Hand des anderen los. »Nicht durch einen Vetter oder sowas?«

»In gerader Linie«, nickte Arnold noch immer grinsend. Er beobachtete Garwoods Gesicht genau, und dieser hatte den deutlichen Eindruck, daß der Junge die Leute absichtlich damit schockte. »Ich habe keinen Grund, mich deswegen zu schämen – er hat Amerika viel mehr Gutes als Schlechtes getan. Er schlug die Briten bei Saratoga, bevor er die Seite wechselte …«

»Ja, ich weiß«, unterbrach Garwood die improvisierte Geschichtsstunde. »Entschuldige mich einen Augenblick – Waschraum.«

Er trat in den Gang und ging zu der kleinen Zelle im Heck des Busses. Dort wartete er einige Minuten lang, verließ dann die Zelle wieder und fand vier Reihen hinter dem Jungen einen freien Platz. Er hoffte, daß Arnold es nicht zu persönlich nehmen würde, obwohl er es eigentlich annahm. Benedict Arnolds Sieg bei Saratoga hatte entscheidend dazu beigetragen, daß Frankreich an der Seite der Rebellen in den Krieg eintrat, und Garwood wollte keineswegs erfahren, ob er auf lebende Wesen die gleiche Wirkung ausübte wie auf die leblosen Nachkommen der Geschichte.

Auf dem Himmel hinter ihnen verblaßte langsam das Abendrot, und als es dunkel wurde, nickte Garwood immer wieder ein. Der Gedanke an den Jungen vier Reihen vor ihm störte seinen Schlaf, denn er träumte von zerbrochenen Aschenbechern und Fernsehapparaten, halb geschmolzenen Automotoren und Statuen. Nach einer Weile hielt der Bus in Decatur eine halbe Stunde lang, um eine Handvoll Passagiere gegen genauso wenige Neuankömmlinge einzutauschen. Endlich fuhren sie weiter; als sie wieder im Dunkel der

Prärie waren und die Sterne über ihnen sichtbar wurden, schlief er neuerlich ein …

Die Stimme des Fahrers riß ihn aus dem Schlaf.

»… und Herren, wir haben leider Schwierigkeiten mit dem Motor. Wir wollen nicht riskieren, daß er den Geist aufgibt, bevor wir Champaign erreichen, und bitten Sie deshalb, in einen Bus umzusteigen, der uns aus Decatur nachgeschickt wird. Er müßte in wenigen Minuten hier sein.«

Garwood blinzelte in der relativ hellen Beleuchtung des Busses, schloß sich den murrenden Passagieren an, die den Gang hinunterschlurften, und spürte, wie sich sein Magen wieder verkrampfte. War er daran schuld? Er war weit genug vom Motor entfernt gewesen – ganz sicher. Es sei denn, der Wirkungsradius wurde im Lauf der Zeit größer … Er zwang seine Kiefermuskeln, sich zu entspannen, stieg vorsichtig die Stufen hinunter und hoffte verzweifelt, daß es nur ein Zufall war.

Draußen kam das einzige Licht von einem kleinen Gebäude, vor dem der Bus hielt, und von einer oder zwei Straßenlampen. Garwood, der halb blind war, weil sich seine Augen noch nicht angepaßt hatten, ging vorsichtig zwei Schritte …

Und blieb unvermittelt stehen, als sich um jeden seiner Arme eine kräftige Hand schloß.

»Dr. James Garwood?« fragte eine schattenhafte Gestalt vor ihm leise.

Garwood öffnete den Mund, um zu leugnen … wußte jedoch im gleichen Augenblick, daß es zwecklos war. »Ja«, antwortete er resigniert. »Und Sie?«

»Major Alan Davidson; Kombinierter Nachrichtendienst. Sie werden von Ihrem Labor vermißt, Doktor.«

Garwood blickte an dem kräftigen Mann vorbei, der seinen rechten Arm festhielt und sah die Reihe der Passagiere, die ihn anglotzten. »Das Ganze war also eine abgekartete Sache? Der Bus ist in Ordnung?«

Davidson nickte. »Ein mißtrauischer Beamter in

Springfield nahm an, daß Sie ein Flüchtling sein könnten. Aufgrund seiner Beschreibung und eines zerbrochenen Aschenbechers nahmen meine Vorgesetzten an, daß Sie es sein könnten. Kommen Sie bitte mit.«

Garwood blieb kaum etwas anderes übrig. Er wurde von den Händen, die seine Arme noch immer festhielten, sanft weitergeschoben und folgte Davidson zu dem beleuchteten Gebäude und dem langen Wagen, der vor ihm geparkt war. »Wohin bringen Sie mich?« Er versuchte, ruhig zu sprechen.

Davidson erreichte den Wagen und öffnete die hintere Tür; erst als er und Garwood auf dem Rücksitz und die beiden Soldaten vorne saßen, beantwortete er die Frage. »Auf den Flugplatz von Chanute, etwa fünfundzwanzig Kilometer nördlich von Champaign«, sagte er, während der Wagen wieder nach Osten auf die Interstate fuhr. »Dort setzen wir Sie für die Rückreise zu dem Projekt in ein Sonderflugzeug.«

Garwood fuhr sich mit der Zunge über die Lippen. Ein Flugzeug. Wie viele Menschen bedauerten jetzt, daß die Menschheit fliegen gelernt hatte? Es gab eine einzige Möglichkeit, es zu erfahren – und diese Möglichkeit konnte ihn letzten Endes umbringen. »Sie setzen mich in das Flugzeug, und es könnte sein, daß mich niemand wiedersieht«, erklärte er Davidson.

»Wirklich?« fragte der Major höflich.

»Hat man Ihnen verraten, warum ich aus dem Projekt davongelaufen bin? Daß rings um mich alles zusammenbrach?«

»Sie haben so etwas erwähnt«, nickte Davidson. »Ich glaube aber nicht, daß Sie sich wirklich Sorgen machen müssen. Die Leute, die dort für die Sicherheit sorgen, sind alle erstklassig.«

Garwood schüttelte den Kopf. »Sie übersehen das Wesentliche, Major. Das Labor wurde nicht von außen von Agenten angegriffen. Es zerfiel, weil *ich* mich in ihm befand.«

Davidson nickte. »Wie gesagt, wir werden Sie unter besonderen Schutz stellen …«

»Nein!« fuhr ihn Garwood an. »Ich spreche nicht davon, daß jemand auf mich oder das Projekt Jagd macht. Es ist meine Anwesenheit – meine *körperliche* Anwesenheit in Backdrop – die all die Zerstörungen verursachte.«

Davidsons undeutlich erkennbarer Gesichtsausdruck veränderte sich nicht. »Wie kommen Sie auf diese Idee?«

Garwood zögerte und blickte zum Vordersitz und den beiden Gestalten, die mithörten. Major Davidson war vielleicht über ein so heikles Thema im Bild, aber die beiden anderen beinahe sicher nicht. »Ich kann Ihnen keine Einzelheiten verraten«, wandte er sich wieder an den Major. »Ich … sehen Sie, Ihre Vorgesetzten bekamen mich wegen eines zerbrochenen Aschenbechers in Springfield zu fassen, richtig? Haben sie Ihnen mehr darüber erzählt?«

Davidson zögerte, dann schüttelte er den Kopf. »Nein.«

»Er zersprang, weil ich ihm zu nahe kam. Mich umgibt ein – eine Aura der Zerstörung könnte man es vielleicht nennen. Gewisse Dinge reagieren besonders leicht darauf, darunter Verbrennungsmotoren. Deshalb will ich in kein Flugzeug gesetzt werden.«

Davidson nickte. »Haben Sie mit dem Wagen Schwierigkeiten, West?«

»Nein, Sir«, antwortete der Fahrer prompt. »Er läuft wie geschmiert.«

Garwood holte tief Luft. »Es geschieht nicht immer sofort«, sagte er durch die zusammengebissenen Zähne. »Ich bin schließlich über eine Stunde im Bus gefahren, ohne daß etwas geschehen ist. Aber wenn es bei einem Flugzeug geschieht, können wir nicht an den Straßenrand fahren und anhalten.«

Davidson seufzte. »Entspannen Sie sich einfach, Dr.

Garwood, ja? Glauben Sie mir, das Flugzeug wird vollkommen in Ordnung sein.«

Garwood sah ihn wütend an. »Sie wollen einen Beweis? – brauchen Sie das? Gut. Haben Sie Zigaretten?«

Davidson sah ihn einen Augenblick lang schweigend an, dann schaltete er die Deckenlampe ein und grub eine zerknitterte Packung aus der Tasche.

»Legen Sie zwei Zigaretten in meine Hand«, wies ihn Garwood an, während er ihm die Hand hinstreckte, »und lassen Sie das Licht eingeschaltet.«

Davidson gehorchte vorsichtig, wie ein Mann bei einer Zaubervorführung. »Und was jetzt?«

»Lassen Sie sie nicht aus den Augen. Sagen Sie mir, rauchen Sie gern?«

»Verdammt, nein. Ich habe mindestens zwanzig Mal versucht, die verdammten Dinger aufzugeben. Ich komme nicht davon los.«

»Mögen Sie es, daß Sie nicht loskommen?«

»Das ist eine dumme Frage.«

Garwood nickte. »Entschuldigung. Was glauben Sie, wie viele Leute nicht vom Tabak loskommen?«

Davidson sah ihn halb verständnislos, halb wütend an. »Worauf wollen Sie hinaus, Doktor?«

Garwood zögerte. »Sehen Sie es als eine Art unbewußter Demokratie. Sie wollen nicht rauchen, und eine Menge Leute in diesem Land wollen nicht rauchen. Viele von ihnen hätten es am liebsten, wenn es keine Zigaretten gäbe – wünschen sich, daß es diese Zigaretten nicht gibt.«

»Wenn Wünsche Pferde wären, könnten Bettler reiten«, zitierte Davidson. Er griff nach den Zigaretten auf Garwoods Handfläche, wollte die Finger um sie schließen …

Und riß die Hand zurück, als sie bei seiner Berührung zerfielen.

»Was, zum Teufel …?« schrie er Garwood praktisch ins Ohr. »Was haben Sie *getan?*«

»Ich habe mich in ihrer Nähe befunden«, antwortete Garwood einfach. »Ich war in ihrer Nähe, und eine Menge Menschen wollen nicht rauchen. Mehr steckt nicht dahinter.«

Davidson starrte noch immer die Krümel auf Garwoods Handfläche an. »Das ist ein Trick. Sie haben die Zigaretten ausgetauscht.«

»Während Sie zusahen?« fragte Garwood spöttisch. »Gut, in Ordnung, machen wir es noch einmal. Diesmal können Sie Ihre Initialen auf die Zigaretten schreiben.«

Davidson hob langsam den Blick zu Garwoods Gesicht. »Warum *Sie?*«

Garwood fröstelte es, während er die Papier- und Tabakkrümel von seiner Hand wischte. Sogar nach all diesen Monaten jagte es ihm eine Heidenangst ein, wenn sich etwas vor seinen Augen auflöste. »Ich weiß ... etwas. Ich kann Ihnen nicht sagen, was es ist.«

»Okay, Sie wissen etwas. Und?«

»Kein Und. Das Wissen allein verursacht es.«

Davidson ließ ihn nicht aus den Augen. »Wissen. Wissen, das ganz allein Zigaretten zerpflückt.«

»Wissen und die Einstellung einer Menge Leute zum Rauchen. Ich weiß, daß es schwer zu glauben ist ...«

»Vergessen Sie vorläufig diesen Punkt«, unterbrach ihn Davidson. »Nehmen wir an, daß Sie recht haben, daß reines Wissen für all das verantwortlich ist. Hängt es irgendwie mit dem Projekt Backdrop zusammen?«

»Ja.«

»Sie wissen darüber Bescheid? Und wissen, was es verursacht?«

»Ja, auf beide Fragen.«

»Und Backdrop will Sie trotzdem wiederhaben?«

Garwood dachte an Saunders. Die langen Diskussionen, die er mit dem anderen geführt hatte. Die noch längeren Auseinandersetzungen. »Dr. Saunders versteht es nicht wirklich.«

Davidson schwieg einen Augenblick. »Was beeinflußt

diese Aura außer Zigaretten?« fragte er endlich. »Sie haben Automotoren erwähnt?«

»Motoren, Kunststoffe, Fernsehapparate – hauptsächlich moderne Erzeugnisse aller Art, obwohl auch andere Sachen gefährdet sind. Buchstäblich *alles*, was jemand nicht mag, kann eine Zielscheibe sein.« Er dachte an den Bus und an Tom Benedict Arnold. »Es könnte sich auch auf Menschen auswirken«, fügte er gepreßt hinzu. »Das mußte ich aber zum Glück noch nicht mit Sicherheit feststellen.«

»Und alles, was dieses ... destruktive Wünschen ... braucht, um sich auszuwirken, ist Ihre Anwesenheit?«

»Bis jetzt, ja. Aber wenn Backdrop jemals seine Arbeit beendet ...«

»Mit anderen Worten, Sie sind eine wandelnde Zeitbombe.«

Davidsons Stimme war so hart, daß Garwood zusammenzuckte. »Man könnte es wahrscheinlich so ausdrücken. Deshalb wollte ich nicht in Backdrop bleiben. Deshalb will ich nicht mit diesem Flugzeug fliegen.«

Der Major nickte. »Wegen des zweiten Teils können wir etwas unternehmen. Wir streichen das Flugzeug und lassen Sie auf dem Boden. Verraten Sie uns, wo sich das Projekt Backdrop befindet, oder soll ich mir die Anweisungen über Kanäle holen?«

Garwood lief der Schweiß über den Rücken. »Ich kann nicht dorthin zurück, Major. Ich bin nur einer, und es ist schlimm genug, daß ich Dinge kaputtmachen kann. Aber wenn Backdrop mit seiner Arbeit fertig ist, wird sich der Effekt millionenfach verbreiten.«

Davidson musterte ihn mißtrauisch. »Sie meinen, daß es ansteckend ist? Wie ein Virus oder so etwas?«

»Also ... nicht genau.«

»Nicht genau«, wiederholte Davidson spöttisch. »Also gut, noch eine Frage: Wissen die Leute in Backdrop, was an Ihnen diesen Effekt auslöst?«

»Gewissermaßen. Aber wie ich sagte, erfassen sie nicht alle Folgen …«

»Dann sind Sie auch der Meinung, daß Backdrop am besten in der Lage ist, sich mit Ihnen zu befassen?«

Garwood holte tief Luft. »Major … ich kann nicht nach Backdrop zurückkehren. Entweder wird sich das Projekt um mich auflösen und jemand wird dabei getötet werden … oder es gelingt, und was mit unseren Zigaretten geschehen ist, wird nach und nach auf der ganzen Welt geschehen. Können Sie das nicht verstehen?«

»Es geht hier nicht darum, was ich verstehe, Doktor. Meine Befehle waren sehr klar: Ich sollte Sie nach Chanute und von dort nach Backdrop befördern. Sie haben mich davon überzeugt, daß Sie gefährlich sind; Sie haben mich *nicht* davon überzeugt, daß es sicherer wäre, Sie woanders unterzubringen.«

»Major …«

»Und jetzt können Sie den Mund halten.« Er blickte wieder nach vorn.

Garwood holte tief Luft, stieß sie seufzend wieder aus und ließ sich in die Polsterung sinken. Es war eine Vergeudung von Zeit und Energie gewesen – das hatte er von Anfang an gewußt. Selbst wenn er in der Lage gewesen wäre, Davidson alles zu erklären, hätte er damit nichts erreicht. Davidson gehörte zu der ›Ich-nicht‹-Generation und hatte seine Befehle, und nicht einmal die Logik und Vernunft der ganzen Welt hätte ihn dazubringen können, ein solches Risiko einzugehen.

Und jetzt war es vorbei … weil Logik und Vernunft Garwoods einzige Waffen waren.

Es sei denn …

Er fuhr sich mit der Zunge über die Lippen. Vielleicht besaß er doch noch eine Waffe. Er schloß die Augen und konzentrierte sich auf seine Formeln.

Konträr zu dem, was er Saunders gesagt hatte, gab es

nur vier wirklich grundlegende Gleichungen, plus einer Handvoll weiterer, um die verschiedenen Quantitäten zu bestimmen. Eine der Gleichungen stand in den Notizen, die er nicht hatte vernichten können; die übrigen drei gehörten noch allein ihm. Er kniff die Augen zusammen, lauschte dem Summen des Motors und versuchte, sich die Gleichungen genauso vorzustellen, wie sie in seinem Notizbuch standen …

Aber es hatte keinen Zweck, und zehn Minuten später gab er sich geschlagen. Der Motor hatte nicht einmal eine Fehlzündung gehabt, geschweige denn den Dienst aufgegeben. Es war das erste Mal, daß der Fluch hätte nützlich sein können, und er war offenbar zu weit vom Motor entfernt, um eine Wirkung zu erzielen. Zu weit entfernt, und er konnte ihm nur näher kommen, indem er auf den Vordersitz zu den Soldaten krabbelte.

Die Soldaten …

Er öffnete die Augen. Davidson beobachtete ihn scharf; vor ihnen warfen die Lichter einer Stadt einen Lichtschein auf die niedrigen Wolken über ihnen. »Wir kommen zur Interstate 578, Major«, sagte der Fahrer. »Sollen wir auf sie abbiegen oder wollen Sie durch die Hintertür nach Chanute hineinkommen?«

»Hintertür«, befahl Davidson, ohne Garwood aus den Augen zu lassen.

»Ja, Sir.«

Hintertür? Garwood war plötzlich von Hoffnung und Angst erfüllt. Die einzige vernünftige Hintertür war die Route 45 Nord … und auf dem Weg zu dieser Ausfahrt würden sie durch das nördliche Ende von Champaign kommen.

Was bedeutete, daß er eine letzte Chance hatte zu entkommen … und eine letzte Chance, den Geist so weit aus der Flasche zu lassen, daß er ihn nie mehr hineinbringen würde.

Aber er mußte es riskieren. »Also gut, Major«, sagte er mit trockenen Lippen so laut, daß man ihn auf dem

Vordersitz ebenfalls verstand. »Chi quadrat, e hoch minus i, alpha t hoch dreieinhalb, plus i alpha t hoch dreieinhalb e hoch gamma null z. Summiere alle Impulskomponenten und führe eine Koordinatentransformation um 1,556 rad durch. Energiefunktion: Erster Tensor ist …«

»Wovon, zum Teufel, sprechen Sie?« knurrte Davidson. Aber in seiner Stimme lag wachsende Besorgnis.

»Sie wollten einen Beweis dafür, daß das, was ich weiß, zu gefährlich ist, um an Saunders und Backdrop weitergegeben zu werden? Schön, da haben Sie ihn. Erster Tensor ist (p–e) hoch gamma …«

Davidson fluchte plötzlich und warf sich auf ihn. Aber Garwood war darauf gefaßt und kam ihm zuvor, indem er ihn in die Arme schloß und festhielt ».… mal (p minus y alpha e hoch minus i) alpha t …«

Davidson schüttelte ihn ab und zielte mit einem Schlag auf Garwoods Magen. Aber der rüttelnde Wagen machte ein Zielen unmöglich, und der Schlag traf Garwoods Rippen. Er schloß Davidson wieder in die Arme. »… plus vier pi sigma chi dividiert durch gamma eins z …«

Eine Hand faßte nach Garwoods Haaren: der Soldat auf dem Vordersitz, der sich über die Lehne beugte, um in die Auseinandersetzung einzugreifen. Garwood duckte unter der Hand durch und schrie weiterhin Gleichungen. Der enge Raum war für ihn günstig, weil er die anderen beiden daran hinderte, ihn zu überwältigen. Garwood fragte sich kurz, warum der Fahrer nicht angehalten hatte, und merkte plötzlich, daß der Wagen jetzt langsamer wurde. Sie prallten auf das Bankett auf …

Und mit einem lauten Staccato-Knattern starb der Motor unvermittelt ab.

Der Fahrer kämpfte verzweifelt, aber es war offensichtlich, daß ihn das Versagen des Motors überrascht hatte. Einige Herzschläge lang torkelte das Fahrzeug wild, glitt vom Bankett in den Graben und schlitterte dann die andere Seite hinauf. Vor ihnen standen zwei Bäume eng beisammen – der Fahrer schaffte es, zwischen ihnen hindurchzusteuern – und einen Augenblick später prallten sie gegen den hinteren Zaun eines Gebrauchtwagenareals.

Garwood erholte sich als erster. Er zerrte an der Türklinke, stieß die Tür auf und krabbelte hinaus. Der Wagen hatte einen Teil des Zauns halb umgestoßen; er kletterte auf die Motorhaube, packte den Maschendraht und zog sich hinauf und hinüber.

Er hatte die Hälfte des Areals hinter sich, als Davidson weit hinter ihm rief: »Okay, Garwood, das reicht. Bleiben Sie stehen oder ich schieße!«

Garwood drehte sich halb um, sah, wie Davidsons Silhouette über den Zaun sprang und die Arme zur zweihändigen Haltung des Scharfschützen hob. Garwood duckte sich instinktiv und versuchte, etwas schneller zu werden. Das Aufblitzen des Mündungsfeuers spiegelte sich in den Wagen vor ihm; hinter ihm krachte ein Schuß …

Und jemand stieß einen Schmerzensschrei aus.

Garwood blieb schlitternd stehen und drehte sich um. Davidson lag zwanzig Meter hinter ihm zusammengerollt seitlich auf dem Asphalt. Einige Schritte vor ihm lag seine Pistole. Oder eigentlich etwas, das seine Pistole gewesen war …

Garwood sah sich um und versuchte, in den Schatten außerhalb des Zauns etwas zu erkennen. Keiner der beiden Soldaten war in Sicht. Befanden sie sich noch im Wagen – oder wollten sie ihm in die Flanke fallen? Was immer, es war am besten, wenn er Davidson vergaß und sich in Bewegung setzte.

Die *›Ich-nicht‹-Generation.* »Verdammt«, murmelte Garwood. »Davidson?« rief er vorsichtig. »Sind Sie in Ordnung?«

»Ich bin am Leben«, lautete die bissige Antwort.

»Wo sind Sie verletzt?«

Eine kurze Pause folgte. »An der rechten Wade. Dürfte nicht sehr schlimm sein.«

»Wahrscheinlich hat sie ein Stück Ihrer Pistole abgekriegt. Sie hätten nicht versuchen sollen, auf mich zu schießen – es gibt genauso viele Menschen, die Pistolen hassen, wie es Menschen gibt, die Zigaretten hassen.« Hinter Davidson fuhr auf der Interstate ein Lastwagen mit Fernlicht gleichgültig vorbei, und Garwood erblickte im Wrack des Wagens zwei Gestalten. Sie bewegten sich schwerfällig... was Garwoods Gewissen erleichterte. Seine kleine Kriegslist hatte wenigstens niemanden getötet. »Ist Ihren Männern etwas geschehen?«

»Interessiert Sie das überhaupt?«

Garwood verzog das Gesicht. »Es tut mir leid, Davidson, aber ich hatte keine andere Wahl.«

»Klar. Auf ein paar Menschenleben kommt es nicht an.«

»Davidson ...«

»Vor allem, wenn Ihre persönliche Freiheit auf dem Spiel steht. Jetzt müssen Ihre Kollegen nicht mehr *Sie* wegen dieser Gleichungen jagen, sondern nur noch *uns*. Die ganze Scheiße über die Gefahr, wenn dieses Zeug durchsickert – etwas anderes war es doch nicht, oder? Nur Scheiße.«

Garwood knirschte mit den Zähnen. Er wußte genau, daß Davidson ein Spiel spielte und bewußt versuchte, ihn in ein Gespräch zu verwickeln, bis Verstärkungen eintrafen. Aber er würde diesen Mann vielleicht nie wiedersehen ... »Ich wollte Ihnen das Schlamassel nicht aufhalsen, Davidson – wirklich nicht. Ich mußte die Wirkung soweit verstärken, daß der Wagen stehenblieb – aber ich mußte mich nicht zwischen meiner Freiheit und der Hölle auf Erden entscheiden. Sie und Ihre Männer können sich unmöglich die Gleichungen gemerkt haben, die ich rief – Sie verfügen nicht über die erforderlichen mathematischen Kenntnisse. Sie werden sie innerhalb von Minuten vergessen haben, wenn es nicht überhaupt schon soweit ist.«

»Das freut mich wirklich«, meinte Davidson sarkastisch. »*Ich* bin jedenfalls überzeugt. Wie steht es mit Ihnen?«

Darauf hatte Garwood keine Antwort ... und es war längst Zeit, daß er verschwand. »Ich muß jetzt gehen. Bitte sagen Sie ihnen, sie sollen mich in Ruhe lassen. Was sie wollen, ist einfach nicht möglich.«

Davidson antwortete nicht. Garwood drehte sich seufzend um und lief zum anderen Ende des Grundstücks und auf die Straße hinaus. Die Soldaten würden bald kommen.

II

»... ein ... zwei ... *drei.*«

Davidson öffnete die Augen und blinzelte eine Minute lang, während sie sich an das Licht im Raum anpaßten. Er schluckte versuchsweise und sah auf die Uhr auf dem Schreibtisch links von ihm. Kurz nach drei Uhr dreißig morgens, was bedeutete, daß er beinahe eine Stunde lang nicht bei sich gewesen war ... und nach dem Gefühl in seinem Hals zu schließen, hatte er beinahe die ganze Zeit geredet. »Wie ist es gegangen?« fragte er den Mann, der hinter dem Mikrophon saß.

Dr. Hamish nickte; sein Gesicht trug den üblichen professionellen, unbeteiligten Ausdruck des Mediziners. »Sehr gut, Major. Zumindest sobald wir Sie in Schwung gebracht hatten.«

»Tut mir leid. Ich habe Ihnen ja gesagt, daß ich mich nie gut hypnotisieren ließ.« Ein leises Scharren rechts von ihm veranlaßte ihn, sich umzudrehen; ein distinguiert aussehender Mann mittleren Alters saß knapp außerhalb von Davidsons Gesichtsfeld. In seinem Schoß lagen ein Notizblock und ein Kugelschreiber; auf einem

Stuhl neben ihm stand ein Tonbandgerät, das mit dem Mikrophon verbunden war. »Dr. Saunders«, nickte Davidson zur Begrüßung; es überraschte ihn, daß der Direktor von Backdrop zu einer so unchristlichen Zeit so wach wirkte. »Ich habe nicht gehört, daß Sie hereingekommen sind.«

»Dr. Hamish war vollauf damit beschäftigt, Sie zu hypnotisieren«, meinte Saunders. »Ich nahm an, daß ich dabei nur stören würde.«

Davidson blickte zum Notizblock. »Haben Sie bekommen, was Sie wollten?«

Saunders zuckte die Achseln; sein Gesichtsausdruck war genauso unbeteiligt wie der von Hamish. »Das werden wir sehr bald erfahren. Es wird natürlich eine Zeitlang dauern, bis unsere verschiedenen Experten die Gleichungen, die Sie uns diktiert haben, durchgegangen sind.«

»Natürlich«, nickte Davidson. »Ich hoffe, daß das, was Sie bekommen haben, die Lage nicht noch mehr verschlimmert, wie Garwood befürchtete.«

»Dr. Garwood ist ein Pessimist«, stellte Saunders kurz fest.

»Vielleicht.« Davidson war zu vernünftig, um eine Diskussion zu beginnen. »Hat man etwas von ihm gehört?«

»Von den Suchtrupps, meinen Sie?« Saunders schüttelte den Kopf. »Noch nicht. Das kommt nicht überraschend – er hatte schließlich über eine halbe Stunde Zeit, einen Schlupfwinkel zu finden.«

Davidson zuckte bei der unterschwelligen Anschuldigung in Saunders Ton zusammen. Schließlich war nicht er schuld daran, daß keiner der verdammten Fernfahrer aus der ›Ich-nicht‹-Generation angehalten hatte. »Männer mit leichten Gehirnerschütterungen sind für gewöhnlich nicht in der Lage, die Funkgeräte im Wagen zu benützen«, sagte er vielleicht etwas schärfer als nötig.

»Ich weiß, Major.« Saunders seufzte. »Es tut mir leid, daß wir Sie nicht besser darauf vorbereiten konnten, wie er zu behandeln ist. Aber – Sie verstehen ja.«

»Ich verstehe, daß Ihr Sicherheitsdienst gegen uns gearbeitet hat«, sagte Davidson. »Wenn ein Flüchtling im Besitz einer Waffe ist, sollten wir das vorher erfahren. Wenn der Flüchtling selbst eine Waffe ist, dann sollten wir auch das wissen.«

»Dr. Garwood als wandelnde Zeitbombe?« Saunders' Lippen zuckten. »Ja, Sie haben diese Charakterisierung vor wenigen Minuten während der Einsatzbesprechung erwähnt.«

Davidson erinnerte sich nur undeutlich daran, daß er Garwood so bezeichnet hatte. »Sind Sie anderer Meinung?«

»Im Gegenteil, es ist eine unangenehm klare Beschreibung der Situation«, sagte Saunders grimmig.

»Ja.« Davidson riß sich zusammen. »Jetzt sitzen meine Männer und ich im selben Boot, nicht wahr?«

»Kaum.« Saunders schüttelte den Kopf. Der unbeteiligte Gesichtsausdruck war wieder da. »Wir werden Sie alle drei eine Zeitlang hierbehalten, um sicher zu gehen, aber mit neunundneunzigprozentiger Gewißheit besteht keine Gefahr, daß es zu dem gleichen … Effekt … kommt.«

»Hoffentlich haben Sie recht.« Vielleicht sollte er vorsichtig sondieren … »Falls es dazu kommen sollte, müßten wir meiner Ansicht nach erfahren, was wir haben. Und wie es funktioniert.«

»Es tut mir leid, Major.« Saunders' Antwort kam so rasch, daß er die Frage sichtlich erwartet hatte. »Wir können Ihnen erst mehr sagen, wenn eine auf den neuesten Stand gebrachte Sicherheitsüberprüfung von Ihnen vorliegt. Sie wissen bereits mehr, als mir recht ist.«

Was vermutlich der *wirkliche* Grund war, warum Saunders sie hierbehielt. »Und wenn die Sicherheitsüberprüfung in Ordnung geht?« fragte er und verkniff sich die billige Bemerkung darüber, was ihn Saunders übertriebene Sicherheitsmaßnahmen heute nacht gekostet hatten.

»Wir werden sehen.« Saunders erhob sich und steckte den Notizblock ein. »Der Wächter wird Sie in Ihr Quartier begleiten, Major. Gute Nacht.«

Er nahm das Tonbandgerät mit, als er das Zimmer verließ. Davidson wandte sich an Hamish. »Soll ich auf posthypnotische Nebenwirkungen achten, Doktor?« Er griff nach seinen Krücken und stand vorsichtig auf. Als er sein verletztes Bein eine Spur zu sehr belastete, zuckte er zusammen.

Hamish schüttelte den Kopf. »Das ist nicht nötig.«

»Gut.« Er musterte sein Gegenüber. »Sie können mir wohl keine Andeutungen über die Prognose für mich machen, was?«

»Sie meinen, was das Problem mit Dr. Garwood betrifft?« Hamish schüttelte zu rasch den Kopf. »Ich glaube wirklich nicht, daß Sie sich in Gefahr befinden, Major. Wirklich nicht. Während Dr. Saunders die Gleichungen aufschrieb, die Sie ihm diktierten, hat dieser Raum keinen Schaden erlitten. Das weist darauf hin, daß Sie nicht genug wissen, um sich Sorgen machen zu müssen.«

Davidsons Nackenhaut kribbelte. Garwood hatte also doch die Wahrheit gesagt. Hinter dem wandelnden Unglücksbringer-Effekt steckte tatsächlich nur reines Wissen.

Er schüttelte den Kopf. Nein, das war vollkommen unmöglich. Es war viel leichter, daran zu glauben, daß Garwood auch die Leiter von Backdrop mit seiner Masche hereingelegt hatte.

Doch wie dem auch war, Garwood war ein verdammt gefährlicher Mann. »Ich verstehe. Danke, Doktor. Gute Nacht.«

Als Davidson hinausging, erwartete ihn vor der Tür

ein Marinewachposten in einem der eigenwilligen Overalls von Backdrop. »Bitte folgen Sie mir, Major«, sagte er und ging ihm durch mehrere Korridore zu einer nicht gekennzeichneten Tür voraus. Hinter der Tür befand sich ein raumsparendes Wohnheim-Apartment, das spartanisch mit Schreibtisch, Stuhl und Klappbett ausgestattet war; in einer Ecke war das Badezimmer untergebracht, in der gegenüberliegenden der Einbauschrank. Die Tür des Schranks stand offen, und in ihm hing ein halbes Dutzend orangefarbener Overalls; auf dem Bett lagen Unterwäsche und eine große Papiertüte. »Sie müssen Ihre Kleidung in die Tüte legen«, erklärte der Wächter. »Auch Ihre Uhr und andere persönliche Gegenstände.«

»Kann ich meine Zigaretten behalten?«

»Nein, Sir. Zigaretten sind ausdrücklich verboten.«

Davidson dachte an die Autofahrt und an Garwoods zersetzenden Trick. »Weil der Garwood-Effekt sie vernichtet?« fragte er.

Vielleicht hatte das Gesicht des Marines gezuckt, aber Davidson war nicht sicher. »Ich warte draußen, Sir, während Sie sich umziehen.«

Er verschwand in den Korridor und schloß die Tür hinter sich. Davidson schnitt eine Grimasse, zog sich aus, schlüpfte in die Unterwäsche und überlegte, ob es ihm etwas nützen würde, wenn er Saunders sagte, er habe bereits gesehen, wie sich der Garwood-Effekt auf Zigaretten auswirkte. Die Vorstellung, daß er hier Tage oder Wochen ohne Nikotin verbringen sollte …

Er stopfte gedankenverloren seine Kleidung in die Tüte und merkte erst dann, daß die Tüte aus *Papier* und nicht wie sonst aus Plastik war. Ein unwichtiges Geheimnis neben all den wichtigen.

Als er die Tür eine Minute später öffnete, nahm der Marine die Tüte entgegen. Er steckte sie sich unter den Arm, erklärte Davidson, wie er zum Eßraum kam, wünschte ihm eine gute Nacht und ging. Davidson schloß die Tür, versperrte sie, hinkte zum Bett und schaltete die Nachttischlampe ein.

Er schloß die Augen und versuchte zu überlegen. Aber es war ein langer Tag gewesen; infolge seiner Müdigkeit sowie der Medikamente, die er für sein Bein bekommen hatte, konnte er nicht zusammenhängend denken und gab den Versuch nach zwei Minuten auf. Eine Minute später schlief er tief und fest.

Die Overalls im Schrank waren die erste Überraschung des nächsten Tages.

Nicht ihre Farbe. Davidson hatte bei dem kurzen Spaziergang durch Backdrop in der vergangenen Nacht zwar keine weiteren orangefarbenen Overalls gesehen, aber er hatte erwartet, daß er etwas Spezifisches bekommen würde, da er im Grunde sozusagen auf Sicherheits-Bewährungsfrist hier war. Doch etwas anderes fiel ihm auf, etwas Ungewohntes daran, wie sich der Stoff anfühlte, als er das Kleidungsstück herausnahm. Das Etikett löste das Rätsel: Der Overall war zu hundert Prozent aus Leinen.

Davidson versuchte, sich daran zu erinnern, was Garwood über die potentiellen Ziele seiner seltsamen, zerstörerischen Macht gesagt hatte. *Motoren, Kunststoffe, Fernsehapparate* hatten sich auf der Liste befunden; auch *moderne Erzeugnisse* waren dabeigewesen. Gehörten synthetische Fasern zu letzterem? Offenbar. Er zog den Overall an und dabei strichen seine Finger über etwas Dünnes, aber Festes in der linken Brusttasche. Er zog sich fertig an und grub dann den Gegenstand aus.

Es war eine Plastikkarte.

Davidson musterte sie stirnrunzelnd. Es war kein Personalausweis, jedenfalls kein besonders ausgeklügelter. Sein Name war eingeprägt, aber es gab kein Foto, keinen Daumenabdruck und nicht einmal eine Beschreibung. Es war kein Digitalschlüssel, kein Strahlungsmesser, keine kodierte Informationsplatte, oder etwas Ähnliches.

Es sei denn …

Es überlief ihn plötzlich kalt. *Motoren, Kunststoffe, Fernsehapparate …* Er hatte sich geirrt; die Karte *war* ein Strahlungsmesser. Ein Strahlungsmesser für den Garwood-Effekt.

Was immer der Garwood-Effekt war.

Er biß die Zähne zusammen. *Also gut, überlegen wir logisch.* Der Garwood-Effekt zerstörte Kunststoffe; okay. Er zerstörte auch Automotoren und Pistolen … und Zigaretten und Aschenbecher. Was hatten all diese Gegenstände gemeinsam?

Er dachte einige Minuten darüber nach, dann gab er auf. Ohne zusätzliche Informationen kam er nicht weiter … und außerdem erinnerte ihn sein nachdrücklich knurrender Magen daran, daß eine Mahlzeit längst fällig war. *Mit leerem Magen kann niemand gut denken,* zitierte er im Geist die Lieblingsermahnung seines Großvaters. Er fischte die Krücken vom Boden neben seinem Bett und stapfte in den Eßraum.

Nach dem Leinen-Overall hatte er halb erwartet, daß das Frühstück aus Nüssen und Beeren bestehen würde, die in Kokosnußschalen serviert wurden, aber zum Glück war Backdrop nicht soweit gegangen. Das Geschirr war aus unüblicher schwerer Keramik, während die Mahlzeit selbst allzu militärischer Standard war: nahrhaft und sättigend, ohne sich zuviel Mühe mit dem Geschmack zu geben. Er aß rasch und fluchte nachher, weil er keine Zigarette hatte, um den Geschmack zu übertönen. Er trug sein Tablett zum Fließband und machte sich auf den Weg, um einige Antworten zu suchen.

Und rannte sofort gegen eine Ziegelmauer.

»Es tut mir leid, Major, aber Sie sind nicht berechtigt, hier einzutreten«, meinte der Marinewachposten vor der Backdropgarage entschuldigend.

»Ich darf nicht einmal meinen eigenen Wagen sehen?« knurrte Davidson und zeigte auf die Doppeltür hinter dem Marine. »Kommen Sie – wer bewahrt schon Geheimnisse in einer Garage auf?«

»Sie wären überrascht, Sir«, antwortete der Posten. »Ich schlage vor, Sie kontaktieren Oberst Bidwell; vielleicht gestattet er Ihnen, die Garage zu betreten.«

»Es wird mir wohl nichts anderes übrigbleiben«, meinte Davidson zähneknirschend. »Wo ist sein Büro?«

Oberst Bidwell war ein hagerer, verwitterter Mann mit grauem Haar und scheinbar ständig zusammengekniffenen Augen. »Major«, nickte er zur Begrüßung, als Davidson in sein Büro geführt wurde. »Setzen Sie sich. Wollen Sie sich um einen Job bewerben?«

»Mehr oder weniger, Sir.« Davidson ließ sich dankbar in den angebotenen Stuhl sinken. »Ich habe gedacht, daß ich mich daran beteiligen könnte, Dr. Garwood zur Strecke zu bringen. Vorausgesetzt, daß Sie ihn nicht schon gefunden haben.«

Bidwell sah ihn scharf an. »Nein, noch nicht. Aber er hält sich im Gebiet Champaign-Urbana auf – das steht verdammt fest – und es ist nur noch eine Zeitfrage.«

Davidson griff automatisch nach einer Zigarette, ließ aber die Hand mitten in der Bewegung sinken. »Ja, Sir. Trotzdem möchte ich helfen.«

Bidwell musterte ihn lang. »Ich werde Ihnen etwas sagen, Major«, brummte er schließlich. »Ihre Akte ist vor etwa einer Stunde eingelangt … und in ihr gibt es Dinge, die mir wirklich nicht gefallen.«

»Das tut mir leid, Sir«, sagte Davidson ruhig.

Bidwells Gesichtsausdruck wurde etwas härter. »Ihre Akte läßt auf große Hartnäckigkeit schließen. Sie verbeißen sich in etwas wie eine Bulldogge und lassen erst los, wenn sie es in Stücke gerissen haben.«

»Meine Vorgesetzten halten das im allgemeinen für eine positive Eigenschaft.«

»Das ist es für gewöhnlich. Aber nicht, wenn es dadurch zu einer persönlichen Beziehung zu der Beute kommt. Wie es jetzt der Fall sein könnte.«

Davidson schob die Lippen vor. »Haben Sie schon Gelegenheit gehabt, den Rest meiner Akte durchzusehen, Oberst? Einschließlich meiner Erfolgsziffern?«

Bidwell verzog das Gesicht. »Das habe ich. Trotzdem will ich Sie nicht. Leider ist mir diese Entscheidung abgenommen worden. Sie sind bereits hier, und man hat gefunden, daß es keinen Sinn hat, wenn Sie hier sitzen und durchdrehen. Also. Mit sofortiger Wirkung machen Sie Dienst als Jäger. Natürlich bei der Fernaufklärung – wir können nicht gestatten, daß Sie Backdrop verlassen, bevor Ihre auf den neuesten Stand gebrachte Sicherheitsüberprüfung abgeschlossen ist. Sie haben einen Schreibtisch und einen Computer in Raum 138, mit Zugriff auf alles, was wir über Dr. Garwood wissen.«

Davidson nickte. Computeranalyse war eine äußerst unpersönliche Art, eine Beute aufzuspüren, aber er wußte aus langer Erfahrung, daß sie genauso erfolgreich sein konnte wie im Freien herumzustöbern und auf den Busch zu klopfen.

»Verstanden, Sir. Kann ich auch Zugang zu den weniger sicheren Zonen von Backdrop bekommen?«

Bidwell runzelte die Stirn. »Warum?«

»Ich möchte zum Beispiel in die Garage gehen und meinen Wagen untersuchen. Garwood hat vielleicht in ihm einen Hinweis darauf hinterlassen, wohin er wollte.«

»Der Wagen ist bereits untersucht worden«, sagte Bidwell. »Wir haben nichts gefunden.«

Davidson schwieg und sah Bidwell in die Augen, bis der Oberst schnaubte. »Von mir aus.« Er griff in die Schreibtischlade, zog eine kleine Karte heraus und kritzelte etwas darauf. »Nur, um Sie loszuwerden. Hier – ein Ebene-Eins-Sicherheitspass. Das war's, also versuchen Sie nicht, mir wegen etwas Höherem zuzusetzen.«

»Ja, Sir.« Als Davidson die Karte ergriff, bemerkte er, daß sie nicht aus Standard-Paßkartenplastik, sondern aus dickem Karton war. Nicht wirklich überraschend. »Mit Ihrer Erlaubnis werde ich mich sofort an die Arbeit machen.«

»Bitte sehr«, brummte Bidwell und wendete sich wieder seinen Akten zu. »Sie können gehen.«

»Was, zum Teufel, ist mit ihm geschehen?« fragte Davidson, der verblüfft in den offenen Motorraum sah. Nach seinen Erfahrungen mit den Zigaretten und der Pistole hatte er unter der Kühlerhaube eine Mischung aus zerbrochenem Metall und aufgelöstem Kunststoff erwartet. Aber *das* …

»Sowas geschieht manchmal mit Motoren«, meinte der Mechaniker auf der anderen Seite der Motorhaube vage und warf einen Blick auf Davidsons orangefarbenen Overall.

Davidson berührte die Metallmasse vorsichtig. »Es sieht halb geschmolzen aus.«

»Das stimmt«, gab der Mechaniker zu. »Wenn das alles ist, Major … ich muß mit meiner Arbeit weitermachen.«

Gut, dachte Davidson grimmig, während er durch den Korridor zurückstapfte. *Der Garwood-Effekt hat also nicht auf alles die gleiche Wirkung. Das ist nicht weiter schwierig – es bedeutet nur etwas mehr Arbeit, um aufzuspüren, was, zum Teufel, hier los ist.*

Es bedeutete aber nicht, daß er das Handtuch werfen und aufgeben würde. Oberst Bidwell hatte wenigstens in dieser Hinsicht recht gehabt: Er hatte tatsächlich viel von einer Bulldogge an sich.

Dr. James Garwood gehörte zu den immer seltener werdenden Wissenschaftlern, die sich mit wissenschaftlicher Hardware genauso gut auskennen wie mit wissenschaftlichen Theorien. Er besaß allgemein anerkannte akademische Grade in theoretischer Physik, angewandter Physik und Elektrotechnik und war ein echtes Genie, das nachweislich über die Fähigkeit verfügte, sich die Folgen der esoterischsten mathematischen Theorien für die reale Welt vorzustellen. Er war bis vor zwei Jahren ein hochbezahltes Mitglied einer hochangesehenen Forschungsgruppe gewesen, und hatte sich dann verabschiedet, um sich an dem gerade gegründeten Backdropprojekt zu beteiligen. Er war beinahe von Anfang an mit Saunders' Politik und seiner Vorgangsweise nicht einverstanden gewesen, bis er vor drei Monaten plötzlich verschwunden war.

Das war die gesamte Zusammenfassung von Garwoods Leben seit seinem Eintreffen in Backdrop. Davidson, der vor dem Computerterminal saß, gestattete sich ein verärgertes Brummen. So sah der Zugriff auf alles aus, was man über Dr. Garwood wußte.

Seit Garwoods Verschwinden gab es natürlich nichts über ihn; aber die Akten enthielten einen vollständigen Bericht über die Bemühungen, ihn zu finden. Das FBI war sehr früh hinzugezogen worden, dann hatte sich die National Security Agency eingeschaltet und sehr bald alle übrigen Nachrichtendienste des Landes mit dem Fall befaßt. Trotzdem war es Garwood gelungen, versteckt zu bleiben, bis der Bericht über den gestrigen Zwischenfall in dem Busbahnhof von Springfield dem richtigen Mann vor Augen gekommen war.

Man hatte ihn nach drei Monaten gefaßt – und sofort wieder verloren.

Davidson zwang sich zähneknirschend, sich nicht mit seinem Versagen zu beschäftigen. Bidwell hatte recht: Zuviel emotionelle Anteilnahme neigte dazu, das Denken zu trüben.

Aber es gab mehr als eine Form der emotionellen Anteilnahme. Er lehnte sich zurück, streckte das verletzte Bein unter dem Schreibtisch aus, schloß die Augen und versuchte, Dr. James Garwood zu werden.

Er hatte aus irgendeinem Grund beschlossen, Backdrop zu verlassen. Vielleicht hatten er und Saunders ein Mal zu oft gestritten; vielleicht hatte er die Auswirkungen des Garwood-Effekts nicht mehr ertragen. Vielleicht war er – wie er gestern nacht während der Fahrt behauptet hatte – wirklich der Meinung, daß Backdrop eine Gefahr darstellte und daß es für ihn am besten war, wenn er es verließ.

Er verschwand also … und schaffte es, sich ganze drei Monate vor praktisch allen versteckt zu halten … Das erforderte Geld. Das erforderte für gewöhnlich Freunde oder Verwandte.

Davidson öffnete die Augen und widmete sich wieder der Tastatur. Familie …? Negativ – alle Angehörigen bereits verhört oder unter unauffälliger Beobachtung. Das gleiche galt für Verwandte. Und für Freunde.

Schön. Wo hätte er noch Geld bekommen können? Von seinen eigenen Bankkonten? Es war eine zu offensichtliche Möglichkeit, als daß man sie hätte übersehen können, aber Davidson rief sie trotzdem ab. Wie erwartet, waren in den Monaten vor Garwoods abrupter Abreise aus Backdrop keine großen Beträge abgehoben worden. Um ganz sicher zu sein, ging Davidson noch ein Jahr zurück. Nichts.

Hinter ihm ging die Tür quietschend auf, und als sich der Major umdrehte, stand ein junger Mann mit den Eichenblättern des Majors auf dem Overall im Zimmer. »Major Davidson, nehme ich an«, sagte er als Begrüßung. »Ich bin Major Lyman, Datenkoordinator für den Backdrop Sicherheitsdienst.«

»Ich freue mich, Sie kennenzulernen.« Davidson streckte ihm die Hand hin.

»Oberst Bidwell hat mir mitgeteilt, daß Sie in die Garwood-Vogeljagd aufgenommen wurden«, fuhr Lyman fort und blickte über Davidsons Schulter auf den Computerbildschirm. »Wie geht es?«

»Es würde besser gehen, wenn ich mehr Informationen über Garwoods Aktivitäten in Backdrop hätte. Über zwei Jahre im Leben dieses Mannes – die wichtigsten Jahre – habe ich gerade nur einen Absatz.«

Lyman nickte. »Ich fühle mit Ihnen, aber das war ein direkter Befehl des Oberst. Anscheinend findet er, daß die gesamten Aufzeichnungen Ihnen mehr Informationen über Backdrops Aktivitäten geben würden, als ihm recht ist.«

»Tut Backdrop etwas, von dem er nicht will, daß es an die Öffentlichkeit dringt?«

Lymans Gesicht wurde etwas härter. »Wenn ich Sie wäre, Major, würde ich keine solchen vagen Andeutungen machen. Man hätte Ihnen auch nicht erlaubt, einfach in das Manhattan-Projekt hineinzutanzen und die ganze Story zu bekommen, und Backdrop ist mindestens genauso heikel wie es Manhattan war.«

»Und auch so destruktiv.« Davidson hob die Hand, bevor Lyman antworten konnte. »Entschuldigen Sie – ich habe es nicht so gemeint. Denken Sie daran, daß ich von der ganzen Geschichte nur weiß, daß Garwood sie verwenden kann, um Wagen und Zigaretten zu zerstören.«

»Ja, wie ich gehört habe, haben Sie ihn als wandelnde Zeitbombe bezeichnet.« Lyman schnaubte leise. »Man hofft, daß dieser … Nebeneffekt sozusagen … ausgeschaltet werden kann. Man hofft es *sehr.*«

»Dagegen habe ich nichts einzuwenden«, stimmte Davidson zu. Seine Feststellung, Garwood sei eine wandelnde Zeitbombe zirkulierte also in Backdrop. Interessant, daß eine beiläufige Bemerkung so allgemein aufgegriffen wurde. Er merkte es sich für spätere Gelegenheiten. »Glauben Sie, daß Garwood Backdrop dabei helfen kann, es loszuwerden – falls wir ihn finden?«

Lyman zuckte die Achseln. »Ich weiß nur, daß ich Befehl habe, ihn zu finden und zurückzubringen. Was danach geschieht, ist das Problem anderer. Übrigens … mein Büro ist am Ende des Korridors, Raum Eins-fünfzig – lassen Sie es mich wissen, wenn Sie etwas brauchen.«

»Danke.«

Lyman wollte schon gehen, blieb aber noch einmal stehen. »Noch etwas... wenn Ihr Computer anscheinend eine Panne hat, vergeuden Sie keine Zeit damit, selbst an ihm herumzupfuschen, sondern rufen Sie die Reparaturabteilung an, und die bringen es in Ordnung.«

Davidson runzelte die Stirn. »Haben die Computer hier oft Pannen?«

Der andere zögerte. »Oft genug«, sagte er vage. »Wichtig ist, daß Sie es der Reparaturabteilung melden und sie darüber entscheiden lassen, ob sie das Gerät reparieren oder ersetzen.«

»In Ordnung.«

Lyman nickte und ging, und Davidson wandte sich wieder seinem Terminal zu. Computer gehörten also zu den modernen Erzeugnissen, die vom Garwood-Effekt betroffen waren... und das erinnerte Davidson an etwas anderes, das er versuchen wollte.

Er mußte einige Minuten stöbern, aber schließlich fand er, was er suchte: Eine Liste der Wartungsarbeiten, die bis zu Garwoods Eintreffen vor zwei Jahren zurückreichte. Mit einer kleinen Analyse...

Eine Stunde später richtete er sich auf und versuchte, seine verkrampften Finger und den Knoten in seinem Magen zu lockern. Falls er jemals eine Bestätigung von Garwoods Geschichte gebraucht hätte, jetzt hatte er sie. Die Menge an zerstörten Geräten, die man aus den Büros und Versuchsräumen zur Reparaturabteilung geschickt hatte, war schwindelerregend: Computer, alle Arten elektronischer Geräte, auf Kunststoff beruhende Gegenstände – die Liste nahm kein Ende. Sogar die Struktur von Backdrop selbst war betroffen; ein langer Bericht führte jede Menge Wände an, die frisch verputzt worden waren, und Decken, die gestützt werden mußten. Daß Backdrops Arbeit schuld daran war, stand zweifelsfrei fest: eine einfache Analyse der Gebäudeteile, in denen Schäden eingetreten waren, zeigte eine gleichmäßig zunehmende Häufigkeit, je näher man den Versuchsräumen kam. Den Versuchsräumen und Garwoods Büro.

Die Analyse ergab noch etwas. Im Lauf der beiden Jahre, die Garwood in Backdrop verbrachte, waren die Schadensfälle immer häufiger aufgetreten ... bis vor drei Monaten, als er verschwand. Danach gingen sie beinahe auf Null zurück.

Was bedeutete, daß Garwood nicht gelogen hatte. Er stand tatsächlich im Mittelpunkt der Ereignisse.

Eine wandelnde Zeitbombe. Davidson erschauerte. Wenn Garwood in Freiheit blieb ... und wenn der Garwood-Effekt immer stärker wurde, wie es während der letzten beiden Jahre geschehen war ...

Er schob den Gedanken bewußt beiseite. Solche Sorgen halfen ihm nicht weiter. Irgendwo, irgendwie mußte Garwood irgendeine Spur hinterlassen haben. Es war Davidsons Aufgabe, sie zu finden.

Er tastete nach einer Zigarette, fluchte, lehnte sich zurück und schloß die Augen. *Ich bin James Garwood,* sagte er sich, löste sich von dem Ärger über den Nikotinentzug und zwang sich, seine Gedanken treiben zu lassen. *Ich verstecke mich vor der ganzen Welt. Wie genau – genau – habe ich es zustandegebracht?*

III

... mal e hoch gamma eins t.

Garwood umschloß die letzte Formel mit einem Kreis, legte den Kugelschreiber weg und betrachtete eine Minute lang die Gleichungen, die er abgeleitet hatte. Er nahm an, daß es ein Fortschritt war; diesmal *war* er den Gamma-Null-Faktor losgeworden, dessentwegen der Computer seinen letzten Rappel bekommen hatte. Vielleicht würde jetzt etwas Nützliches herausschauen.

Oder die verdammte Maschine würde diesmal etwas anderes finden, über das sie stolperte.

Garwood biß die Zähne zusammen. *Hör damit auf!* befahl er sich. Selbstmitleid war etwas für Kinder oder für Versager. Nicht für ihn.

Am anderen Ende des winzigen Einzimmerapartments summte auf dem Fußboden in der Ecke geduldig der Computerterminal. Garwood setzte sich mit untergeschlagenen Beinen auf den Boden, sah in seinen Unterlagen nach und manövrierte seinen ›ferngesteuerten Arm‹ in Stellung. Der Arm war für ein solches Gerät ziemlich primitiv: Eine lange, gedübelte Stange, die durch den Raum bis zum Terminal reichte; an ihrem Ende war eine kürzere Stange im rechten Winkel befestigt, die auf die Tasten schlug; das Ganze ruhte auf einem Universalzapfen, der in der Mitte stand. Aber primitiv oder nicht, es ermöglichte ihm, Daten einzugeben, ohne dem Terminal in die Nähe zu kommen. Das Ergebnis war, daß dieser Terminal alle anderen überdauert hatte, die er seit seiner Flucht aus Backdrop verwendet hatte. Er bedauerte nur, daß ihm dieser Trick nicht früher eingefallen war.

Die Gleichungen einzugeben war eine lange, mühsame Arbeit, die dadurch erschwert wurde, daß er sich selbst durch ein Opernglas kontrollieren mußte. Aber endlich betätigte er die Eingabetaste zum letzten Mal und tippte das bereits geladene Simultan-Lösungsprogramm ein. Der Terminal piepste zustimmend, und Garwood kehrte brummend und steif zu seinem Stuhl zurück. Dabei knurrte sein Magen, und er erschrak leicht, als er sah, daß es halb elf war. Kein Wunder, daß sein Magen bereits seit einer Stunde knurrte. Er stand auf, rieb sich die verkrampften Beine und ging in die Kochnische.

Wo er feststellte, daß seine Vorräte wieder beinahe zu Ende waren. »Verdammt«, murmelte er und holte seine Brieftasche vom Geschirrschrank herunter. Ein paar Blocks weiter gab es ein Burger-Restaurant, das vielleicht noch offen hatte ... aber andererseits wurde sein Bündel Banknoten gefährlich dünn, und wenn dieser Stoß zu Ende war, gab es keinen mehr. Er studierte den Display des Terminals noch einmal mit dem Opernglas, aber das Fehlen von diagnostischen Mitteilungen wies darauf hin, daß nichts Dringendes, Offensichtliches ihn zum Stolpern gebracht hatte. Was bedeutete, daß sich der Computer vermutlich während der nächsten halben Stunde zufrieden mit den Gleichungen beschäftigen würde. Was bedeutete, daß Garwood Zeit hatte, auf den Schnellimbiß zu verzichten und zum Gemischtwarenladen zu gehen.

Während Garwood über den Parkplatz des Ladens ging, summten die Beleuchtungskörper laut, und einen Augenblick lang stellte er sich vor, daß er sich in einer exotischen Wildnis befand und von riesigen Insekten umgeben war, die zum Teil Leuchtkäfer, zum Teil Grillen waren. Draußen in der Wildnis, fern von Backdrop und dem Fluch, der ihn verfolgte.

Er wußte, daß es soweit kommen konnte. Selbst wenn es ihm gelang, den Suchern zu entgehen, die das Gebiet auf Saunders' Befehl durchkämmten, konnte er nicht hierbleiben. Seine sorgfältig beschaffte Untermiete würde nur noch fünf Wochen zur Verfügung stehen, und zur gleichen Zeit würde sein schwindender Banknotenvorrat bei Null anlangen. Dann blieb ihm die Wahl zwischen der Kapitulation und der Suche nach einem Job.

Beides lief letzten Endes auf das gleiche hinaus. Jeder Job, bei dem er genug verdiente, um davon zu leben, hinterließ eine Papierspur, die Saunders' Leute im Geschwindschritt zu ihm führen würde. Ganz zu schweigen von der Gefahr, die er für die Menschen darstellte, mit denen er arbeiten würde.

Er verzog das Gesicht. Eine wandelnde Zeitbombe, hatte der Nachrichtenmajor – Davidson – ihn genannt. Ein Teil von Garwoods Geist schätzte die unbeabsichtigte Ironie dieser Charakterisierung; der Rest erschrak vor der ebenfalls vorhandenen Wahrheit.

Der Gemischtwarenladen war wie erwartet leer. Mit einem Wagen kämpfend, der entschlossen nach links zog, ging er die Gänge hinauf und hinunter, suchte seine übliche Fertignahrung zusammen und gönnte seinen Nerven soweit wie möglich Ruhe. Es gab wahrscheinlich irgendwo irgendwelche Leute, die Supermärkte und die effiziente lange Lagerung von Nahrungsmitteln, durch die sie ermöglicht wurden, wirklich nicht mochten, aber wenn es sie gab, mußte die Zahl verschwindend gering sein. Daher befanden sich Gemischtwarenläden im oberen Teil der kurzen Liste von Orten, an denen sich Garwood relativ geborgen fühlte. Solange er den Zigaretten und Rauchwaren fernblieb, konnte er ziemlich sicher sein, daß rings um ihn nichts zerbrechen oder zerbröseln würde.

Er lud so viele Packungen in den Wagen, wie seiner Schätzung nach in zwei Tüten paßten, und ging zur Kasse. Hier lächelte ihn der Teenager an der Kasse – vielleicht studierte sie am College; für ihn sahen alle gleich jung aus – freundlich an und begann, seinen Wagen auszuladen. Garwood lauschte dem vertrauten Piepsen des Laserscanners, zog die Brieftasche heraus und beobachtete, wie die Preise über den Display marschierten.

Der Wagen war noch halbvoll, als ein Glas mit Instantkaffee nichts anzeigte. Das Mädchen versuchte es viermal mit dem Scanner, gab dann auf und gab den Code manuell ein. Die nächste Ware, eine tiefgekühlte Mahlzeit, wurde ebenfalls nicht zur Kenntnis genommen. Und so ging es mit dem nächsten Posten … und dem nächsten … und dem nächsten …

»Schwierigkeiten?« fragte Garwood, dessen Mund trocken wurde.

»Der Scanner hat offenbar den Geist aufgegeben«; sie klopfte auf die Schlitze, als wolle sie die Maschine auf sich aufmerksam machen. »Komisch; sie sollten länger halten.«

»Sie wissen ja, wie das mit diesen Dingen ist«, sagte Garwood gleichgültig, während ihm das Herz bis in den Hals klopfte.

»Ja, aber der da ist erst am Samstag ersetzt worden. Na ja, das ist eben der Fortschritt.« Sie griff nach dem nächsten Posten und wendete sich wieder der Kasse zu.

Garwood beugte sich beinahe wider Willen vor und schaute in das Glas, hinter dem der Laserscanner undeutlich zu sehen war. Er sah vollkommen normal aus ... *Nein,* sagte er sich entschieden. *Nein, es ist nur Zufall. Es muß einer sein. Kein Mensch haßt Laserscanner in Gemischtwarenläden.* Aber noch während er versuchte, es sich einzureden, fiel ihm etwas Schreckliches ein.

Vielleicht war es nicht mehr notwendig, daß jemand die Laserscanner in Gemischtwarenläden direkt haßte. Vielleicht genügte es jetzt, wenn genügend Menschen die Laser in selbstlenkenden Waffensystemen haßten.

Dunkler Nebel verschleierte sein Blickfeld. Der Anfang vom Ende hatte also begonnen. Wenn der gemeinsame Wunsch, eine Form einer bestimmten Technologie auszuschalten, sich auf eine andere Form dieser Technologie ausdehnen konnte, dann gab es buchstäblich nichts auf der Erde, das Garwoods Einfluß widerstehen konnte. Sein Blick fiel auf die Packungen mit tiefgekühlter Fertignahrung vor ihm auf dem Ladentisch, und er erinnerte sich undeutlich an ein Fernsehprogramm. Es hatte gezeigt, wie die grundlegende Erfindung der Tiefkühlung sowohl zu tiefgekühlter Nahrung als auch zu Interkontinentalraketen geführt hatte ...

Das Mädchen hatte die beiden Papiertüten eingeräumt und las ihm den Betrag vor. Garwood legte die erforderlichen Geldscheine hin, nahm das Wechselgeld entgegen und ging. Draußen auf dem Parkplatz summten die Lampen noch immer den Grillen/Leuchtkäfer-Gesang. Lockten ihn noch immer in die Sicherheit der Wildnis.

Einer Wildnis, die es nicht gab.

Die Tüten, die zunächst leicht gewesen waren, wurden immer schwerer, und als er die Tür zu seinem Apartmenthaus erreichte, zitterten seine Arme vor Anstrengung. Er öffnete die Eingangstür mit den Fingerspitzen, ließ sie hinter sich zufallen und ging die Treppe hinauf. Gleichzeitig kam eine junge Frau herunter, und als sie aneinander vorbeigingen, trafen sich ihre Blicke. Aber nur einen Augenblick lang. Die Frau brach den Kontakt beinahe sofort ab; ihr Gesicht hatte den gleichen neutralen, nach innen gerichteten Ausdruck wie alle Gesichter heutzutage.

Während Garwood weiter die Treppe hinaufging, empfand er einen dumpfen Schmerz in der Brust. Die ›Ich-nicht‹-Generation. Alle waren in ihre kleinen Raumblasen eingeschlossen. *Warum soll dann ich mich darum kümmern?* fragte er sich mürrisch. *Von mir aus kann alles um mich in Trümmer gehen. Warum bringe ich mich damit um, daß ich solche Entscheidungen übernehme? Saunders ist dafür zuständig, also trägt er auch die Verantwortung für alles, was geschieht. Richtig?*

Der Computer war mit seiner Arbeit fertig. Garwood stellte die Tüten ab, grub sein Opernglas wieder aus und studierte den Display. Die Maschine hatte drei Lösungen für seine verkoppelten Gleichungen gefunden. Die erste war die Lösung, die er bereits gefunden und mit der die ganze böse Geschichte begonnen hatte; die zweite kannte er ebenfalls; sie war mathematisch, aber nicht physikalisch richtig. Die dritte Lösung…

Garwood trat mit wild klopfendem Herzen an den Tisch und griff nach einer der Zigaretten, die im Aschenbecher lagen. Die dritte Lösung war neu… und wenn sie die eingebaute Sicherung enthielt, die er erhoffte …

Er ergriff eine der Zigaretten und hielt sie sanft zwischen Daumen und Fingerspitzen. Dabei betrachtete er die Formel durch sein Opernglas, verweilte bei jedem Symbol, während er im Geist die Sekunden zählte. Bei *zehn* fühlte sich das Zigarettenpapier weich an; bei *zweiundzwanzig* zerbröselte die Zigarette.

Er wischte die Stückchen von der Hand in den Müll. Zweiundzwanzig Sekunden. Genauso lang wie letztes Mal … was bedeutete, daß es zwar nicht schlimmer, aber auch nicht besser wurde.

Was wahrscheinlich bedeutete, daß er wieder in einer Sackgasse steckte.

Er betrachtete einen Augenblick lang die Zigaretten. Vor langer Zeit hatte er geglaubt, daß seine Arbeit nur Sackgassen enthielt – hatte es geglaubt und sein Möglichstes getan, um Saunders ebenfalls davon zu überzeugen. Saunders hatte es jedoch nicht geglaubt … und jetzt konnte Garwood es sich nicht leisten zu glauben. Denn wenn es keine dauerhaften Lösungen gab, dann würde der Fluch für immer an ihm haften.

Er ging in die Kochnische und lud seine Lebensmittel ab. Natürlich gab es eine dauerhafte Lösung. Es *mußte* sie geben.

Die Schwierigkeit war nur, sie zu finden, bevor seine Zeit ablief.

IV

»Wenigstens rührt er sich nicht vom Fleck«, meinte Davidson. »Das ist ja schon etwas.«

»Vielleicht.« Lyman griff über Davidsons Schulter und ließ den Bericht wieder auf den Schreibtisch fallen. »Ein nicht funktionierender Laserscanner ist jedoch kaum ein schlüssiger Beweis.«

»Er ist ganz bestimmt hier«, knurrte Davidson, während er das Papier anstarrte. Seine Fingerspitzen rieben ruhelos über die Schreibtischkante und sehnten sich nach einer Zigarette. Der Teufel sollte Saunders' Vorschrift holen. »Er ist da. Irgendwo.«

Lyman zuckte die Achseln. »Es steht jedenfalls fest, daß er sich in keinem Motel oder Hotel in dem Gebiet aufhält. Wir haben die Telefone aller seiner Freunde im Land angezapft, um etwaige Anrufe von ihm mitzubekommen, aber bis jetzt ist dabei nichts herausgekommen.«

»Das bedeutet, daß er entweder trotz des Netzes zu Geld kommt, oder daß er sich seit beinahe drei Wochen ohne Geld versteckt hält. Wie?«

»Da bin ich überfragt«, seufzte Lyman. »Vielleicht hatte er in einem Schließfach irgendwo in der Stadt einen Stapel Banknoten liegen.«

»Ich würde ein Zwei-Tage-Gehalt darauf wetten«, stimmte Davidson zu. »Aber auch dieses Geld mußte von irgendwoher *kommen.* Ich bin seine Finanzen viermal durchgegangen. Seine Konten sind längst eingefroren, und jeder Cent, den er verdient hat, seit er nach Backdrop kam, ist belegt worden.«

»Ich weiß – ich habe es selbst vor einem Monat überprüft. Glauben Sie, daß er Urlaubsvertretungen oder so etwas macht? Vielleicht sogar in dem Supermarkt, in dem der Laserscanner streikte?«

Davidson schüttelte den Kopf. »Das bezweifle ich – ich kann mir nicht vorstellen, daß jemand wie Garwood einen Job annimmt, ohne angemeldet zu sein, so daß er keine Papierfährte hinterläßt. Andererseits... wissen wir, ob er jemals zuvor in Champaign war?«

»Natürlich.« Lyman trat an Davidsons Terminal und drückte einige Tasten. »Er war hier – ja, da ist es. Vor etwas mehr als zwei Jahren, bei einer Seminartour.«

Davidson betrachtete den Bildschirm stirnrunzelnd. Princeton, Ohio State, Illinois, CalTech – auf der Liste stand ein Dutzend weiterer Universitäten. Er verfluchte innerlich die bürokratische Verschlepptaktik, die noch immer verhinderte, daß er die volle Unbedenklichkeitsbescheinigung erhielt. Wenn er vor drei Wochen Zugriff auf all diese Daten gehabt hätte ... »Ist jemand auf die Idee gekommen, daß Garwood während dieser Reise vielleicht Freundschaften geschlossen hat und sich jetzt an diese Leute um Hilfe wendet?«

»Natürlich haben wir daran gedacht«, sagte Lyman ein wenig scharf. »Wir haben in den letzten drei Wochen alle Leute überprüft, die er bei diesem Seminar kennengelernt hat. Bis jetzt hat er keinen von ihnen kontaktiert.«

»Das behaupten sie jedenfalls.« Davidson biß sich auf die Lippe. »Warum überhaupt eine Seminartour? Ich habe geglaubt, daß so etwas den wirklich bedeutenden Namen vorbehalten ist.«

»Garwood ist auf seinem Gebiet wirklich bedeutend. Da er außerdem im Begriff war, hinter Backdrops Sicherheitsschirm zu verschwinden, war es seine letzte Chance, hinaus und herumzukommen ...«

»Moment mal«, unterbrach ihn Davidson. »Es war bereits vorgesehen, daß er nach Backdrop kommen würde? Ich habe geglaubt, daß er erst vor zwei Jahren hier anfing.«

Lyman sah ihn seltsam an. »Ja, aber Backdrop wurde erst geschaffen, als er den Anstoß dazu gab. Ich habe geglaubt, daß Sie das wußten.«

»Ich wußte es nicht. Soll das heißen, daß Backdrop *Garwoods* Idee war?«

»Nein, das Projekt war Saunders' Geisteskind. Erst Garwoods Papier über ...« Er unterbrach sich. »Über das entsprechende Thema brachte Saunders auf die Idee. Und dadurch wurde Backdrop erst möglich.«

»Also Garwood schrieb das ursprüngliche Papier«, sagte Davidson langsam. »Saunders sah es und überredete jemanden in der Regierung, Backdrop zu schaffen und mit Geld auszustatten. Dann … was? Ging er zu Garwood und warb ihn an?«

»Mehr oder weniger. Obwohl ich gehört habe, daß Garwood gar nicht so begeistert war, hierherzukommen.«

»Philosophische Konflikte?«

»Oder er wußte, was geschehen würde, wenn Backdrop in Schwung kam.«

Der Garwood-Effekt. Hatte Garwood tatsächlich vorhergesehen, was für ein Schicksal ihm bevorstand? Bei dem Gedanken erschauerte Davidson. »Es läuft also darauf hinaus, daß sich Saunders ungefähr ein halbes Jahr, bevor Garwood hierher kam, an ihn wandte?«

»Wahrscheinlich eher ein Jahr. Es dauert eine Weile, bis eine solche Anlage gebaut und ausgestattet ist …«

»Oder, um es anders zu sagen«, unterbrach ihn Davidson, »Garwood wußte ein Jahr im voraus, daß er hierher kommen würde … und benützte dieses Jahr, um so viel Geld von seinem Gehalt abzuschöpfen, daß er davon leben konnte, wenn er beschloß aufzuhören und zu verschwinden.«

Lymans Gesicht spannte sich und seine Augen blickten ins Leere. »Aber wir haben seine Finanzen aus der Vor-Backdropzeit überprüft. Ganz sicher.«

»Wie sicher? Und wie genau?«

Lyman fluchte leise. »Bleiben Sie dran. Ich hole einen Stuhl.«

Sie brauchten sechs Stunden, aber dann fanden sie es.

»Verdammt noch mal«, knurrte Lyman, während er die Microfilm-Wiedergabe von Garwoods Girokonto abschaltete und die letzten Zahlen auf dem Computer abrief. »Fünfzehntausend Dollar. Genug für ein Jahr als U-Boot, wenn er sparsam damit umging.«

Davidson nickte grimmig. »Vergessen Sie nicht das Tagegeld, während er bei diesem Seminar war. Wenn er bei den Mahlzeiten knauserte, hat er noch einige Tausender zurücklegen können.«

Lyman stand auf. »Ich muß mit dem Oberst sprechen. Wir wissen jetzt wenigstens, wie er es schafft. Wir können wieder alle lokalen Vermieter abklappern und nachsehen, wer einen neuen Mieter hat, der bar bezahlt.«

Er verließ den Raum. *Großartige Idee,* dachte Davidson. *Sie geht von der Voraussetzung aus, daß Garwood keine Untermiete aufgetrieben hat, die er vollkommen unabhängig von den Vermietern bewohnt. In einer Collegestadt wie Champaign ist so etwas leicht zu bewerkstelligen.*

Die finanziellen Daten befanden sich noch auf dem Display, und Davidson schaltete es ab. Der Bildschirm wurde leer, und eine Zeitlang starrte er nur den flackernden Cursor an. »In Ordnung«, sagte er laut. »Aber warum hat er sich ausgerechnet Champaign als Versteck ausgesucht?«

Weil er auf der Seminartour hier durchgekommen war und die Möglichkeit gehabt hatte, ein Schließfach zu mieten? Aber die gleiche Tour hatte ihn auch zu Universitäten in Chicago und Seattle geführt, und beide Großstädte wären ein viel größerer Heuhaufen gewesen, in dem er sich verstecken konnte.

Warum also Champaign?

Garwood war auf der Flucht – das stand fest. Aber flüchtete er vor etwas oder flüchtete er sich zu etwas? Vor seinen Problemen in Backdrop, oder zu …?

Oder zu einer Lösung dieser Probleme?

Seine Finger wollten eine Zigarette. Statt dessen griff er wieder nach der Tastatur. Selbstverständlich war während der letzten drei Wochen alles über das Gebiet um Champaign in den Hauptspeicher des Computers eingegeben worden. Wenn er jetzt noch die richtige Frage fand, die er der Maschine stellen mußte …

Fünf Minuten später fand er sie bei seinem zweiten Versuch.

Davidson wußte seit langem, daß es Männer gab, die man psychologisch in die Defensive drängen kann, wenn man vor ihnen steht, während sie sitzen. Oberst Bidwell gehörte sichtlich nicht zu ihnen. »Ja, ich habe gerade mit Major Lyman gesprochen«, bestätigte er und blickte zu Davidson auf. »Gute Arbeit, wenn auch reichlich spät. Sind Sie hier, um sicherzugehen, daß Sie die gebührende Anerkennung finden?«

»Nein, Sir«, antwortete Davidson. »Ich bin hier, damit Sie mir die Erlaubnis erteilen, nach Champaign zu fahren und Dr. Garwood abzuholen.«

Bidwell zog höflich die Augenbrauen hoch. »Ist das nicht ein wenig verfrüht, Major? Wir haben ihn noch nicht einmal in den Griff bekommen.«

»Und wir werden es vielleicht nicht schaffen, Sir, jedenfalls nicht so, wie Major Lyman es sich vorstellt. Es gibt zumindest zwei Methoden, mit denen Garwood seine Fährte so gut verwischt haben kann, daß wir ihn verscheuchen, während wir ihn suchen. Aber ich weiß einen anderen Weg, um ihn aufzuspüren.«

»Und der wäre ...«

Davidson zögerte. »Ich möchte bei der Verhaftung dabeisein.«

»Sie handeln mit mir, Major?« Bidwells Stimme war eisig ruhig, aber der Ausdruck in seinen Augen war unangenehm.

»Nein, Sir, eigentlich nicht.« Davidson versteifte sich im Geist gegen die Willensstärke des anderen. »Aber ich gebe zu bedenken, daß Garwoods Verhaftung nicht zu Ende geführt wurde, und daß ich die Chance verdiene, mein damaliges Versagen wiedergutzumachen.«

Bidwell schnaubte. »Wie ich schon bei unserem ersten Gespräch sagte, Major, neigen Sie leider dazu, sich in Ihre Fälle persönlich hineinziehen zu lassen.«

»Und wenn ich wirklich eine Möglichkeit gefunden habe, Garwood aufzuspüren?«

Bidwell schüttelte den Kopf. »Das ist eine Erwähnung in meinem Bericht wert. Es ist es nicht wert zuzulassen, daß Sie sich in Mittelillinois herumtreiben.«

Davidson holte tief Luft. »In Ordnung, Sir, aber sehen Sie es so: Wenn Sie nicht zulassen, daß *ich* ihn hole, muß es jemand anderer tun. Jemand anderer, der noch nichts vom Garwood-Effekt weiß … dem man es aber sagen muß.«

Bidwell sah ihn wütend und leicht angewidert an. Er war sichtlich jemand, der es nicht liebte, in etwas hineinmanövriert zu werden … aber er war auch sichtlich jemand, der so vernünftig war, daß er seine logischen Überlegungen nicht durch emotionelle Reaktionen stören ließ.

Und diesmal war die Logik auf Davidsons Seite. Bidwell gab nach.

Er blieb eine Minute lang vor der Tür stehen und lauschte. Keine Stimmen, nur gelegentlich knarrte ein Fußbodenbrett. Er holte tief Luft, machte sich für mögliche Schwierigkeiten bereit und klopfte.

Einen Augenblick lang geschah nichts. Dann knarrte es wieder und Schritte näherten sich der Tür. »Wer ist da?« fragte eine vertraute Stimme.

»Major Davidson. Bitte öffnen Sie die Tür, Dr. Garwood.«

Er erwartete eigentlich, daß Garwood sich weigern würde; aber der andere war so intelligent, daß er sich nicht mit zwecklosen Gesten abgab. Ein Schloß klickte, eine Kette, die entfernt wurde, klirrte, und die Tür ging langsam auf.

Garwood sah genauso aus wie bei ihrem letzten Zusammensein, wirkte aber ein wenig müder. Unter den Umständen kaum erstaunlich. »Ich bin beeindruckt«, sagte er.

»Weil ich Sie gefunden habe?« Davidson zuckte die Achseln. »Flüchtende Leute zu finden beruht zu einem großen Teil darauf, daß man lernt, genauso zu denken wie sie. Ich besitze offenbar dieses Talent. Darf ich eintreten?«

Garwood verzog die Lippen. »Habe ich eine Wahl?« fragte er und trat einen Schritt zurück.

»Eigentlich nicht.« Davidson trat ein und suchte den Raum automatisch mit den Blicken nach einer möglichen Gefahr ab. Auf der anderen Seite des Zimmers stand ein Computerterminal auf dem Boden und summte vor sich hin. »Gemietet?« fragte er mit einer Kopfbewegung zum Gerät.

»Gekauft. Sie sind nicht sehr teuer, und wenn man sie mietet, braucht man für gewöhnlich eine der bekannten Kreditkarten und wird genauer überprüft, als ich mir leisten konnte. Haben Sie mich so gefunden?«

»Indirekt. Ich fand, daß diese Stadt für jemanden, der sich verstecken will, denkbar ungeeignet ist… es sei denn, es gibt hier etwas, das Sie brauchen. Das phantastische Computersystem des Beckman-Instituts war der naheliegendste Kandidat. Sobald wir das alles begriffen hatten, mußten wir nur alle neuen Modemverbindungen zurückverfolgen. Es war für Sie etwas riskant, nicht wahr?«

Garwood schüttelte den Kopf. »Ich hatte keine andere Wahl. Ich mußte ein Cray Y-MP verwenden, und es gibt nicht so viele, zu denen der Durchschnittsbürger Zugang hat.«

»Abgesehen von denen in Stanford und Minneapolis.«

Garwood verzog das Gesicht. »Mir sind anscheinend überhaupt keine Geheimnisse mehr übriggeblieben. Ich hatte gehofft, daß ich meine Fährte etwas besser verwischt hatte.«

»Wir haben nur die Höhepunkte erfaßt«, beruhigte ihn Davidson. »Und erst nach dem Tatbestand. Sobald wir wußten, daß Sie wegen des Beckman-Supercomputers hier sind, mußten wir nur überprüfen, welche anderen Computer im Country mehr Ausfälle als üblich hatten, nachdem Sie Backdrop verließen.«

Garwood preßte die Lippen zu einem dünnen Strich

zusammen und ein schmerzlicher Ausdruck trat kurz in seine Augen. »Meine Schuld?«

»Das weiß ich nicht. Saunders sagte, er würde sich damit befassen und nachsehen, ob es vielleicht andere Ursachen gab. Vielleicht hat er schon etwas herausbekommen, wenn wir mit Ihnen zurückkehren.«

Garwood schnaubte. »Saunders ist in seiner unendlichen Weisheit also entschlossen, damit weiterzumachen«, meinte er bitter. »Er hat in den letzten vier Monaten überhaupt nichts gelernt.«

»Anscheinend nicht.« Davidson deutete wieder auf den Terminal. »Und *Sie?*« fragte er anzüglich.

Garwood schüttelte den Kopf. »Nur, daß das Universum voller Sackgassen ist.«

»Hm.« Davidson ging an Garwood vorbei und setzte sich an den Tisch. »Das gilt für uns beide. Ich habe in letzter Zeit auch nicht viel gelernt. Sicherlich nicht soviel, wie ich möchte.«

Er blickte zu Garwood auf und stellte fest, daß dieser ihn überrascht ansah. Überrascht und plötzlich nervös und unsicher … »Nein, versuchen Sie es nicht, Doktor«, sagte er. »Davonlaufen nützt nichts; meine Männer bewachen alle Ausgänge. Setzen Sie sich, bitte.«

Garwood ließ sich langsam Davidson gegenüber in den Stuhl sinken. »Was wollen Sie?« fragte er vorsichtig und legte die Hände auf den Tisch.

»Ich möchte, daß Sie mir erklären, was los ist«, antwortete Davidson ohne Umschweife. Er blickte auf den Tisch, bemerkte die mit Gleichungen bedeckten Papiere und die herumliegenden Zigaretten. »Ich möchte wissen, was der Zweck von Backdrop ist, warum Sie es verlassen haben …« – er blickte wieder auf – »und wie Ihr Voodoo-Effekt funktioniert.«

Garwood befeuchtete seine Lippen. »Major … wenn Sie die entsprechende Genehmigung hätten …«

»Dann hätte mir Saunders alles erzählt?« Davidson zuckte die Achseln. »Vielleicht. Aber er hat drei Wochen

Zeit gehabt, und ich bin nicht sicher, ob er es jemals tun wird.«

»Warum sollte ich es dann tun?«

Davidsons Gesicht wurde härter. »Weil ich darüber Bescheid wissen will, falls Backdrop eine Gefahr für mein Land darstellt.«

Garwood hielt Davidsons Blick eine Sekunde lang stand, dann senkte er die Augen zur Tischplatte und verschränkte die Finger beider Hände zu einer Faust. Er holte tief Atem. »Sie spielen nicht fair, Major. Aber ich glaube, daß es nicht mehr wichtig ist. Außerdem – was will Saunders tun? Mich einsperren? Das hat er ohnehin vor.«

»Was wissen Sie also, das die anderen so nervös macht?« drängte Davidson.

Garwood riß sich sichtlich zusammen. »Ich weiß, wie man eine Zeitmaschine baut.«

Lange Zeit war das Summen des Terminals in der Ecke das einzige Geräusch im Zimmer, während Garwoods Worte Davidson immer wieder durch den Kopf gingen. »Sie können was?« flüsterte er schließlich.

Garwood zog die Schultern leicht hoch. »Klingt unmöglich, nicht wahr? Aber es ist wahr. Und deshalb …« Er brach ab und schob eine der verstreuten Zigaretten weiter von sich weg.

»Dr. Garwood …« Davidson versuchte es noch einmal. »Das ergibt keinen Sinn, Doktor. Warum sollte eine … eine Zeitmaschine …?« Er verstummte, weil seine Zunge sich weigerte, etwas so Lächerliches auszusprechen.

»Schuld daran sein, daß sich Gegenstände auflösen?« seufzte Garwood. »Saunders glaubte es auch nicht, nicht einmal, nachdem ich ihm erklärte, was mein Papier wirklich besagt.«

Bei Davidson klang der Schock langsam ab. »Und was besagt Ihr Papier wirklich?«

»Daß der Unsicherheitsfaktor in der Quantenmechanik sich nicht notwendigerweise aus der Wechselwirkung Beobachter/Universum ergibt«, erwiderte Garwood. »Zumindest nicht im üblichen Sinn. Was ich fand, war ein Satz von in sich selbst folgerichtigen Gleichungen, die bewiesen, daß sich der gleiche Effekt vom Universum aus ergeben und die Möglichkeit von Zeitreisen zulassen würde.«

»Und diese Gleichungen haben Sie vor mir heruntergerasselt, als Sie meinen Wagen und meine Pistole zerstörten?«

Garwood schüttelte den Kopf. »Nein, die kamen später. Das waren die Gleichungen, die tatsächlich zeigen, wie Zeitreisen möglich sind.« Seine Finger bewegten sich ruhelos und zerknüllten jetzt eine andere Zigarette. »Wissen Sie, Major, es wäre beinahe komisch, wenn es nicht so tödlich ernst wäre. Sogar nachdem Backdrop begann, rings um uns zusammenzubrechen, weigerte sich Saunders, die Möglichkeit zu akzeptieren, daß unsere Forschungen daran schuld waren. Daß der Versuch, mit meinen Gleichungen eine Zeitreisemaschine zu bauen, seinem Wesen nach eine genau das Gegenteil bewirkende Übung war.«

»Vor langer Zeit«, sagte Davidson langsam, »bezeichneten Sie es während der Wagenfahrt von Springfield als unbewußte Demokratie. Daß sich die Zigaretten in Ihrer Hand auflösten, weil einige Menschen das Rauchen nicht mögen.«

Garwood nickte. »Es geschieht mit Zigaretten, Kunststoff...«

»Wie? Wie kann die Meinung der Leute das Universum beeinflussen?«

Garwood seufzte. »Die Quantenmechanik besagt, daß alles um uns aus Atomen besteht, von denen jedes eine Art flockiges Partikel ist, das mit sehr hoher mathematischer Wahrscheinlichkeit dort bleibt, wo es sich befinden soll. Vor allem ist es die Elektronenwolke des

Atoms, die die größte mathematische flockige Beschaffenheit aufweist; und es sind die Elektronenwolken, die aufeinander einwirken und die Moleküle bilden…«

Davidson nickte; daran erinnerte er sich noch aus dem Physikunterricht am College.

»Okay. Sie haben mir einmal erzählt, daß Sie es hassen, von Zigaretten abhängig zu sein. Nehmen wir an, Sie hätten in diesem Augenblick die Möglichkeit, die Tabakindustrie auszulöschen und sich von dieser Sucht zu befreien. Würden Sie es tun?«

»Wenn North Carolinas Wirtschaft auf dem Spiel steht? Natürlich nicht.«

Garwood preßte die Lippen zusammen. »Sie denken moralischer als die meisten anderen«, gab er zu. »Viele Angehörige der ›Ich-nicht‹-Generation würden überhaupt nicht an diese Folge denken. Natürlich handelt es sich um eine rein akademische Frage – wir wissen beide, daß die Industrie zu gut eingeführt ist, als daß wir sie jetzt loswerden können.

Aber was wäre, wenn Sie sie, sagen wir, 1750 auslöschen könnten?«

Davidson öffnete den Mund… und schloß ihn wieder. Allmählich wurde ihm klar… »Also gut«, sagte er schließlich. »Nehmen wir an, daß ich es tun möchte. Was dann?«

Garwood griff nach einer Zigarette. »Denken Sie an das, was ich über Atome gesagt habe – die Atome in dieser Zigarette sind nur *wahrscheinlich* hier. Stellen Sie es sich so vor, daß ein bestimmtes Atom neunundneunzig komma neun neun neun neun Prozent der Zeit am richtigen Platz ist, und während der restlichen Zeit wo anders. Natürlich ist es nie lang genug fort, um die atomaren Bindungen zu beeinflussen, und deshalb hält die ganze Zigarette normalerweise zusammen.

Aber jetzt kann ich eine Zeitmaschine herstellen, und *Sie* wollen die Tabakindustrie im Jahr 1750 auslöschen. *Wenn* ich meine Maschine baue, und *wenn* Sie in ihren

Besitz gelangen, und *wenn* es Ihnen gelingt, das Rauchen abzuschaffen, dann wäre diese Zigarette nie erzeugt worden und alle ihre Atome *wären* wo anders.«

Davidsons Mund war ungewöhnlich trocken. »Das sind eine Menge *Wenn*«, brachte er heraus.

»Das stimmt, und das ist wahrscheinlich der Grund, warum die Zigarette nicht einfach verschwindet. Aber wenn genügend Elektronenwolken in Mitleidenschaft gezogen werden – wenn sie allmählich lang genug *fort* sind, um die Bindungen zu den anderen Atomen aufs äußerste zu belasten – dann wird die Zigarette sich auflösen.« Er hielt Davidson seine Handfläche hin.

Dieser betrachtete die Zigarette und ließ die Hände dort, wo sie waren. »Sie haben es mir schon einmal vorgeführt, danke.«

Garwood nickte ernst. »Es ist gruselig, nicht wahr?«

»Ja«, gab Davidson zu. »Und das alles nur deshalb, weil ich nicht rauchen will?«

»Es sind nicht nur Sie«, seufzte Garwood. Er drehte die Hand um und ließ die Zigarette auf den Tisch fallen, wo sie sich in eine kleine Staubpfütze verwandelte. »Sie könnten Präsident von Philip Morris sein, und es würde das gleiche geschehen. Denken Sie daran, daß, wenn auf Grund meiner Gleichungen eine Zeitmaschine gebaut wird, buchstäblich *jeder* von nun an bis zum Ende aller Zeiten Zugang zu der Tabakernte 1750 hat. Und zum Beginn des Computerzeitalters; und zum Anfang der Kreditkarte; und der Erfindung der Kunststoffe.« Er rieb sich müde die Stirn. »Die Liste geht immer weiter. Vielleicht ewig.«

Davidson, dessen Magen sich seltsam leer anfühlte, nickte. *Eine wandelnde Zeitbombe,* hatte er Garwood genannt. *Eine Zeitbombe.* Kein Wunder, daß alle in Backdrop diese Bezeichnung sofort übernommen hatten. »Was ist mit meinem Wagen?« fragte er. »Bestimmt will niemand ernsthaft zu Pferdewagen zurück.«

»Wahrscheinlich nicht. Aber der Verbrennungsmotor

ist sowohl komplizierter als auch weniger effizient als mehrere Alternativen, die zu Beginn des Jahrhunderts niedergeschlagen wurden. Wenn Sie zurückgehen und zum Beispiel die Dampfmaschine fördern könnten …«

»Deshalb hat der Motor anscheinend versucht, eine neue Gestalt anzunehmen, statt einfach auseinanderzubrechen? Er begann, sich in eine Dampfmaschine zu verwandeln?«

Garwood zuckte die Achseln. »Möglich. Ich weiß wirklich nicht, warum Motoren sich so verhalten, wie sie es tun.«

Davidson streckte beinahe wider Willen die Hand aus und berührte die Überreste der Zigarette. »Warum Sie?« fragte er. »Wenn Ihre Zeitmaschine gebaut wird, dann müßte alles auf der Welt die gleichen Chancen haben. Warum lösen sich also die Dinge nicht auch in meinen Händen auf?«

»Auch das weiß ich nicht genau. Ich nehme an, daß die Wahrscheinlichkeit ganze Haufen um mich verlagert, weil ich der einzige bin, der die Maschine herstellen kann.« Er riß sich zusammen. »Aber Sie haben recht. Wenn die Maschine tatsächlich erzeugt wird, dann ist mir alles aus den Händen genommen … und ich wüßte keinen Grund, warum sich der Effekt nicht über die ganze Welt verbreiten sollte.«

Davidson sah kurz ein Bild vor sich: Eine schwarze Vision der gesamten fortschrittlichen Technologie, die entzweiging und der rasch die Gesellschaft folgte. Falls nicht ein Mißtrauenskrieg der Supermächte allem noch schneller ein Ende bereitete … »Mein Gott«, murmelte er. »Sie können nicht zulassen, daß das geschicht, Doktor.«

Garwood sah ihm in die Augen. »Ich stimme Ihnen zu. Im Augenblick verfügen Sie jedoch über mehr Macht darüber als ich.«

Davidson erwiderte den Blick des anderen lange unschlüssig. Er konnte es tun – er *konnte* Garwood einfach davongehen lassen. Es würde möglicherweise das Ende seiner Karriere sein, aber der Einsatz, um den es ging, ließ solche Überlegungen trivial erscheinen. Ihm fiel eine weitere Möglichkeit ein… »Wozu haben Sie den Computer gebraucht?« fragte er. »Was wollten Sie tun?«

»Eine Lösung für meine Gleichungen finden, die eine sicherere Form von Zeitreisen ermöglicht«, antwortete Garwood. »Vielleicht etwas, durch das wir Ereignisse beobachten könnten, ohne sie zu beeinflussen.«

»Hatten Sie Erfolg?«

»Nein. Aber ich bin nicht bereit, die Suche aufzugeben. Wenn Sie mich laufen lassen, arbeite ich weiter.«

Davidsons Kiefermuskeln verkrampften sich so sehr, daß es schmerzte. »Das weiß ich, Doktor«, sagte er leise. »Aber Sie müssen die Suche in Backdrop fortsetzen.«

Garwood seufzte. »Ich hätte wissen sollen, daß Sie sich nicht gegen Befehle auflehnen würden«, bemerkte er bitter.

»Ich sollte Sie an einem Ort lassen, an dem Sie eine Bedrohung für eine Gemeinschaft von ahnungslosen Zuschauern darstellen?« Die Beschuldigung schmerzte Davidson seltsamerweise. »Mein Gewissen funktioniert, Doktor, aber auch mein Gehirn. Backdrop ist noch immer der sicherste Ort für Sie, und Sie kehren dorthin zurück. Schluß der Debatte.« Er stand unvermittelt auf. »Kommen Sie. Ich lasse Ihre Sachen von meinen Leuten zusammenpacken und uns nach Backdrop nachbringen.«

Garwood erhob sich zögernd. »Kann ich Sie wenigstens um einen Gefallen bitten?«

»Raus damit!«

»Könnten wir fahren, statt zu fliegen? Ich habe noch immer Angst davor, daß ich die Motoren des Flugzeugs beeinflussen würde.«

»Wenn Sie so nahe beim Terminal sitzen können, ohne ihn umzubringen, sollten die Motoren vollkommen sicher sein«, wandte Davidson ein.

»Unter den gegebenen Umständen ist ›sollte‹ kaum der richtige …«

»Sie argumentieren im Kreis. Falls Sie bei einem Flugzeugabsturz getötet werden, wie sollte dann jemand Ihre Gleichungen benützen, um eine Zeitmaschine zu bauen?«

Garwood blinzelte und runzelte dann die Stirn. »Vielleicht würde ich dabei nicht sterben.«

»In Ordnung«, fuhr ihn Davidson an, der plötzlich von der Debatte genug hatte. »Wir legen eine Aufprallbombe unter Ihren Sitz, um sicher zu gehen, daß Sie beim Absturz ums Leben kommen. Okay?«

Garwood wurde rot, und eine Sekunde lang glaubte Davidson, daß er vor Wut explodieren würde. Aber er beherrschte sich. »Ich verstehe«, sagte er steif. »Also gut, suchen wir eine Telefonzelle und hören wir, was Saunders dazu zu sagen hat. Sie werden doch Vorschläge von Saunders akzeptieren, oder?«

»Vergessen Sie's«, knurrte Davidson. »Sie wollen vierzehn Stunden in einem Wagen sitzen, von mir aus. Fahren wir; wir werden Chanute unterwegs über Funk kontaktieren, damit sie Backdrop über die Fahrplanänderung unterrichten. Und für unauffällige Begleitung sorgen.«

V

»Hoffentlich ist Ihnen klar«, sagte Garwood nachdrücklich, »daß Sie ganz Backdrop gefährden, indem Sie mich zurückholen.«

Saunders zog die Augenbrauen hoch – höflich und gleichgültig. »Vielleicht. Aber wir verstehen wenigstens, was los ist, und können die entsprechenden Vorsichtsmaßnahmen ergreifen. Im Gegensatz zu der Nation in ihrer Gesamtheit, möchte ich hinzufügen, die Sie gerade beinahe vier Monate lang der gleichen Gefahr ausgesetzt haben. Sie werden sich sicherlich meiner Meinung anschließen, daß wir jetzt vor allem dafür sorgen müssen, daß Sie vom Rest des Landes so gut wie möglich isoliert sind.« Er zuckte die Achseln. »Und da Sie hierbleiben müssen, können Sie genauso gut arbeiten.«

»Natürlich«, meinte Garwood höhnisch. »Ich kann genauso gut dazu beitragen, daß Backdrop viel früher zusammen ...«

Er brach ab, als er ein krachendes Geräusch vernahm. »Es kommt wieder Verputz herunter«, erklärte Saunders lässig. »Schön, es nach so langer Zeit wieder zu hören.«

Garwood hatte Lust, ihn zu verprügeln. »Verdammt, Saunders, warum wollen Sie nicht Vernunft annehmen? *Man kann keine funktionierende Zeitmaschine bauen.* Die Tatsache, daß Backdrop rings um mich zusammenbricht ...«

»Beweist, daß man die Maschine bauen kann«, unterbrach ihn Saunders. »Wenn Sie eine Minute lang aufhören, emotionell zu denken und statt dessen logisch überlegen, würde Ihnen das klarwerden.« Es sah unvermittelt weder amüsiert noch geduldig aus und seine Augen wurden hart, als er Garwood intensiv ansah. »Verstehen Sie denn nicht?« fuhr er leise fort. »Als Sie verschwanden, sank die Wahrscheinlichkeit für Schäden an Backdrop auf beinahe Null. Jetzt sind Sie zurückgekehrt und die Zerstörung nimmt wieder zu.«

»Darauf will ich ja hinaus ...«

»Nein, darauf will *ich* hinaus«, unterbrach ihn Saunders wieder. »Nur wenn eine funktionierende Zeitmaschine möglich ist, kann es den Wahrscheinlichkeit-Verteilungseffekt geben.«

»Und der gleiche Effekt schließt die Herstellung einer solchen Maschine aus«, stellte Garwood fest. »Das habe ich Ihnen mindestens hundert Mal erklärt.«

»Vielleicht. Aber vielleicht auch nicht. Selbst wenn

die Vorstellung von Zeitreisen zunächst zu im Kreis gehenden Debatten führt – ist es Ihnen noch nie eingefallen, daß eine funktionierende Zeitmaschine sich als *stabilisierender* Faktor erweisen könnte?«

»Sie meinen, daß die wilden Schwankungen von selbst aufhören werden, sobald wir theoretisch in der Lage sind, zurückzugehen und alle Veränderungen der Geschichte richtigzustellen?«

»So ungefähr«, nickte Saunders. »Während Sie fort waren, habe ich einige vorbereitende mathematische Berechnungen angestellt, und es sieht vielversprechend aus. Natürlich werden wir es erst mit Bestimmtheit wissen, wenn ich über alle Gleichungen verfüge, mit denen ich arbeiten muß.«

»Und was ist, wenn Sie sich irren? Was ist, wenn eine funktionierende Zeitmaschine nur alles weiter destabilisiert?«

Saunders setzte wieder seinen unschuldigen Gesichtsausdruck auf. »Dann werden wir eben nicht fähig sein, eine zu bauen. Die Bestandteile werden rascher auseinanderfallen, als wir sie zusammensetzen können.«

»In diesem Fall sind wir wieder an dem Punkt, wo der Wahrscheinlichkeit-Verteilungseffekt ein zirkulares Paradoxon ist«, seufzte Garwood. »Wenn es uns daran hindert, eine Zeitmaschine zu bauen, dann gibt es keine Zeitreisen. Wenn es keine Zeitreisen gibt, dann gibt es keine Veränderung der Wahrscheinlichkeiten, und daher keinen Wahrscheinlichkeit-Verteilungseffekt.«

»Ich habe ja schon festgestellt, daß Zeitreisen dazu neigen, solche Paradoxone zu schaffen.« Saunders schob die Lippen vor. »Mir ist aber noch eine Möglichkeit eingefallen. Der Mann, der Sie aus Champaign zurückgebracht hat – Major Davidson –, erwähnte in seinem Bericht, daß Sie versuchen, eine alternative Lösung zu den Zeitreise-Gleichungen zu finden. Hatten Sie damit Erfolg?«

Garwood schüttelte den Kopf. »Ich habe nur Sackgassen gefunden.«

»Vielleicht hatten Sie keine Zeit, lang genug daran zu arbeiten.«

»Und das heißt ...?«

»Daß die einzige andere mögliche Erklärung für den Wahrscheinlichkeit-Verteilungseffekt darin besteht, daß es tatsächlich einen anderen Satz von Lösungen gibt. Einen Satz, der zuläßt, daß wir die Maschine bauen und trotzdem zurückgehen und verschiedenes ändern können.«

Garwood seufzte. »Saunders ... sehen Sie denn nicht, daß Sie alles nur noch schlimmer machen? Ist es nicht schlimm genug, daß alles um mich zusammenbricht? – wollen Sie, daß das weltweit geschieht? Zum Teufel mit der Stabilisierung: Eine Zeitmaschine – eine reale, funktionierende Zeitmaschine – wäre das schlimmste Instrument der Zerstörung, das je geschaffen wurde. Das *jemals* geschaffen wurde.«

»Ich weiß nur, daß alles, was das Universum uns tun läßt, irgendwann getan *wird*. Wenn *wir* die Maschine nicht bauen, wird es jemand anderer tun. Jemand, der vielleicht nicht zögern würde, sie für die Massenzerstörung zu verwenden, wegen der wir uns solche Sorgen machen.«

Garwood schüttelte müde den Kopf. Die Diskussion kehrte, wie er die ganze Zeit erwartet hatte, auf nur zu vertrautes Gebiet zurück: Die Frage, ob die Politiker, die die Früchte von Backdrops Arbeit erben würden, sie verantwortungsbewußt verwenden würden. »Auch bei diesem Thema sind wir immer wieder im Kreis gegangen«, sagte er seufzend und erhob sich. »Auch diesmal wird keiner den anderen überzeugen können. Wenn es Ihnen nichts ausmacht, möchte ich jetzt schlafengehen; es war eine lange Fahrt.«

»Gut.« Saunders war ebenfalls aufgestanden. »Es ist früh genug, wenn Sie morgen mit der Arbeit beginnen.«

Das ferne Geräusch von weiterem herunterfallendem Verputz unterstrich seine Worte. »Und wenn ich mich weigere?« fragte Garwood.

»Das werden Sie nicht tun.«

»Und wenn ich es doch tue?«

Saunders lächelte schief und machte eine allumfassende Handbewegung. »Sie sprechen zu verächtlich von der ›Ich-nicht‹-Generation, um ihre Philosophie zu übernehmen. Sie werden einem so ernsten Problem nicht den Rücken kehren ... vor allem, da es sich um ein Problem handelt, das Sie zum Teil selbst geschaffen haben.«

Garwood überlegte, ob er ihm widersprechen sollte. Schließlich war es Saunders gewesen, der Backdrop ins Leben gerufen und Garwood dann hineingezogen hatte.

Aber andererseits war es nicht Saunders, der wußte, wie man die verdammte Zeitmaschine herstellte.

Er wandte dem anderen wortlos den Rücken zu und ging zur Tür. »Schlafen Sie gut«, rief ihm Saunders nach.

Als er am nächsten Morgen in seinem Büro eintraf, erkannte er es beinahe nicht wieder.

Zwei brandneue Geräte waren in den bereits überfüllten Raum gezwängt worden: ein Terminal, der, wie sich herausstellte, eine direkte Leitung zum Minneapolis Cray III Supercomputer Labor hatte, und ein teurer optischer Scanner, der anscheinend maschingeschriebene Gleichungen direkt auf der Zeile lesen konnte. *Saunders ist also fähig zu lernen,* dachte Garwood sardonisch und achtete sorgfältig darauf, die beiden Geräte nicht zu berühren, während er sie flüchtig prüfte. Die elektronische Wandtafel, die sich kurz bevor er Backdrop verließ in ihre Bestandteile aufgelöst hatte, war durch eine altmodische Kreide-auf-Schiefer-Tafel ersetzt worden, und an die Stelle seines Stahl- und Kunststoff-Stuhls war ein Stahl-und-Holz-Stuhl getreten. Sogar sein Schreibtisch sah anders aus, obwohl er eine Weile brauchte, um zu erkennen, warum.

Alle Stöße von Papieren waren verändert worden.

Er fluchte stumm. Er hatte nicht erwartet, daß niemand die Papiere berühren würde – Saunders hatte seinen Schreibtisch bestimmt durchsucht und gehofft, daß er den Rest der Zeitreise-Gleichungen finden würde – aber Garwood hatte nicht erwartet, daß seine Unterlagen dabei so gründlich durcheinandergemischt werden würden. Saunders hatte sich sichtlich entschlossen an die Arbeit gemacht und auf Ordnung gepfiffen; er würde also beinahe den ganzen Tag brauchen, um alles dorthin zurückzutun, wo er es wiederfinden konnte. Er sank seufzend in seinen neuen Stuhl und begann, Ordnung zu machen.

Es war zwei Stunden später und er hatte noch nicht einmal die Hälfte der Arbeit hinter sich, als es klopfte. »Kommen Sie herein, Saunders«, rief er.

Es war nicht Saunders. »Hallo, Dr. Garwood.« Major Davidson sah sich im Raum um. »Viel zu tun?«

»Nicht besonders.« Garwood blickte zu ihm auf. »Vergewissern Sie sich, daß ich noch da bin?«

Davidson zuckte leicht die Achseln. »Eigentlich nicht. Oberst Bidwell ist es gelungen, das Loch zuzustopfen, durch das Sie das letzte Mal hinausgeschlüpft sind.«

»Das überrascht mich nicht.« Der Ausdruck in Davidsons Augen ging ihm allmählich auf die Nerven. »Darf ich fragen, warum Sie dann hier sind?«

»Die willkürliche Zerstörung hat seit unserer Rückkehr wieder eingesetzt.«

»Und das wundert Sie?«

Davidson öffnete den Mund; schloß ihn. Versuchte es noch einmal. »Ich… habe eigentlich gehofft, daß Sie nicht so deutlich der Angelpunkt des Effekts sind.«

»Darüber haben wir in Champaign gesprochen«, rief ihm Garwood ins Gedächtnis. »Ich bin der einzige, der die Maschine bauen kann, also konzentriert sich der Wahrscheinlichkeit-Verteilungseffekt natürlich auf mich.«

Davidsons Blick wanderte zu der Computer Terminal/optischer Scanner-Anlage. »Und Saunders will, daß Sie ihm das Geheimnis verraten.«

»Natürlich. Ich habe es genauso natürlich nicht vor.«

»Und wenn er Ihnen nicht diese Wahl läßt?«

»Das heißt ...«

»Das heißt, daß er einmal Hypnose verwendet hat, um Ihre Gleichungen aus mir herauszuholen. Bei Ihnen würde die Methode wahrscheinlich funktionieren.«

Garwoods Mund war trocken. »Er ist zu gescheit, um etwas so Eklatantes zu tun.« Doch diese Feststellung überzeugte nicht einmal ihn.

»Hoffentlich. Aber wenn das nicht der Fall ist ... Bitte vergessen Sie nie, daß es in Backdrop zumindest eine Person gibt, die die Gefahr, die Ihr Wissen darstellt, erkennt.«

Garwood nickte und hätte gern gewußt, was der Mann genau sagte. Bot er Garwood an, ihm wieder bei der Flucht zu helfen, falls es notwendig wurde? »Ich werde daran denken«, versprach er. »Sie bleiben also noch eine Weile hier?«

Davidson lächelte spöttisch. »Sie nahmen mich fest an die Kandare, als ich mich auf die Suche nach Ihnen machte, Doktor. Das bedeutet, daß sie mich mit meinem Wissen über Backdrop nicht frei herumlaufen lassen wollen. Ich werde vorübergehend im Sicherheitsbüro Dienst machen, zumindest für die absehbare Zukunft.« Er drehte sich zur Tür um, hielt aber auf halbem Weg inne. »Obwohl der Ausdruck ›absehbare Zukunft‹ nicht mehr ganz die gleiche Bedeutung hat wie früher, nicht wahr?«

Er nickte, ohne die Antwort abzuwarten, und ging. *Nein, er hat sie nicht,* stimmte Garwood der geschlossenen Tür schweigend zu. *Er hat sie wirklich nicht.*

Er dachte lange darüber nach. Dann erschauerte er und wandte sich wieder seinen Papieren zu.

Eine Spur nach der anderen führte in Sackgassen ... und zwei Monate später gab Garwood endgültig zu, daß er es nicht geschafft hatte.

»Verdammt«, murmelte er laut, als er soweit wie möglich vom Terminal entfernt müde in seinem Stuhl lümmelte. »Verdammt.« Ein ohnmächtiger Fluch, den er dem Terminal, dem Programm, dem Universum entgegenschleuderte. »Es muß einen Weg geben. Es *muß* ihn geben.«

Die einzige Antwort war der ferne, undeutliche Aufprall von etwas Schwerem; das Geräusch war gedämpft und nicht identifizierbar. Wahrscheinlich ein Stück T-Träger aus der Decke, dachte er – während der letzten Wochen war die grundlegende Infrastruktur von Backdrop allmählich den gleichen Weg gegangen wie der zerbrechlichere Verputz und die Elektronik. Saunders hatte einen großen Teil dieser Zeit damit verbracht, Wechselbeziehungen zwischen der zunehmenden Zerstörung und den angeblichen Fortschritten von Garwoods Werk herzustellen, und hatte dabei überaus phantasievolle Theorien aufgestellt.

Doch sie waren phantasievoll, und sonst nichts... weil Garwood wußte, was wirklich geschah.

Während das Universum seine Versuche, eine sichere Form der Zeitreise zu finden, abblockte, hatte es ihm perverserweise eifrig gezeigt, wie er seine ursprünglichen Gleichungen in Hardware der realen Welt verwandeln konnte.

Einerseits war es zum Verrücktwerden. Er saß an seiner Schreibmaschine und machte einen neuen Satz Gleichungen dafür zurecht, daß der optische Scanner sie dem Computer eingab, als er plötzlich erkannte, wie ein richtig abgestimmter Satz von asynchronischen Treibern mit den vielfachen Taktimpulsen fertigwerden konnte. Oder er wartete darauf, daß der Computer eine Tensorberechnung ausführte, und erkannte plötzlich, daß eine zusätzliche Wicklung, die einem Standard-Transformatorsystem überlagert wird, sowohl die Energie als auch die ausgefallenen Spannungsmuster erzeugen konnte, die seine Gleichungen erforderten. Oder er versuchte, nachts einzuschlafen, während die Frustrationen des Tages in seinem Schädel hämmerten, und hatte praktisch eine Vision des My-Metallformens, das ein Impuls-Magnetfeld im genau richtigen Ausmaß verzerren würde, um die erforderliche Umhüllung für strahlende Plasma-Impulse zu schaffen.

Und während die Erkenntnisse immer häufiger wurden – und eine funktionierende Zeitmaschine sich der Realität immer mehr näherte – sah die Umwelt in Backdrop immer mehr wie Kriegsgebiet aus.

Auf der anderen Seite des Raums piepste der Terminal heiser und signalisierte damit die Möglichkeit eines Paritätsfehlers in seinem Buffer-Speicher. »Verdammt«, murmelte Garwood wieder und zog sich auf die Füße. Irgendwann mußte er Saunders sagen, daß seine letzten Versuche sich genauso wie die vorhergehenden in schwarzes Nichts aufgelöst hatten, und es hatte keinen Sinn, wenn er es verschob. Er griff nach seinem Helm, setzte ihn auf und verließ sein Büro.

Der Korridor hatte sich in den vergangenen Wochen dramatisch verändert; an die Stelle der beruhigenden plastellfarbenen Wände war das harte metallische Glitzern von stählernen Stützpfeilern getreten. Er machte sich auf den Weg zu Saunders' Büro und achtete dabei sowohl auf neue Wellen im Boden unter ihm als auch auf von oben herabfallende Gegenstände.

Er hatte Glück. Die Durchgänge waren relativ frei, und er mußte es nur schaffen, an Stützbalken und an anderen Reisenden vorbeizukommen. Er hatte Saunders' Büro beinahe erreicht, als er auf die erste richtige Straßensperre stieß.

Sie war gut. Er hatte vorhin das Geräusch richtig gedeutet: einer der stählernen T-Balken hatte sich aus der Decke gelöst und eine leicht gebogene Diagonale quer durch den Korridor geschaffen. Ein Team von Männern mit Acetylen-Schweißbrennern zerschnitten den Balken vorsichtig und versuchten, ihn freizulegen, ohne daß mehr herunterfiel.

»Dr. Garwood?«

Garwood wandte sich dem kräftigen Mann zu, der auf ihn zukam. Im Gipsstaub auf dem Kragen des Overalls glitzerte das Kennzeichen eines Technikers. »Ja, Captain?«

»Wenn es Ihnen nichts ausmacht, Sir«, sagte der andere mit rauher Stimme, »wären wir Ihnen dankbar, wenn Sie nicht länger als notwendig hierblieben. Es könnte noch etliches herunterkommen.«

Garwood blickte zur Decke hinauf und sein Magen verkrampfte sich, als er den nur zu vertrauten Hinweis hinter den Worten des anderen erkannte. Er interessierte sich weniger für Garwoods Sicherheit als dafür, daß die Vernichtungswolke um Garwood einen Arbeiter töten konnte. Garwood fragte sich kurz und bitter, ob sich Jonas während des Sturms auf dem Schiff auch so gefühlt hatte. Bevor man ihn über Bord und dem Wal vorwarf... »Ich verstehe«, seufzte er. »Würden Sie bitte Dr. Saunders eine Nachricht überbringen, sobald Sie Gelegenheit dazu haben? Ich lasse ihn bitten, mich in meinem Büro aufzusuchen. Mein Telefon streikt wieder.«

»Eine Menge Telefone streiken«, nickte der Techniker. »Ich werde es ihm ausrichten.«

Garwood nickte dem Mann zu und drehte sich um, um zu gehen...

Und prallte beinahe gegen Major Davidson, der ruhig hinter ihm stand.

»Major«, sagte Garwood, dessen Herz sich langsam beruhigte. »Sie haben mich erschreckt.«

Davidson nickte. »Ich habe sie längere Zeit nicht gesehen, Dr. Garwood.« Seine Stimme war genauso ausdruckslos wie sein Gesicht. »Wie geht's?«

Garwood war schon im Begriff, die übliche vage, ausweichende Antwort zu geben... »Ich muß in mein Büro zurück«, sagte er statt dessen. »Die Arbeiter machen sich Sorgen wegen eines weiteren Einsturzes.«

»Ich begleite Sie«, bot Davidson an und ging neben ihm her.

Davidson wartete, bis sie außer Sichtweite der Arbeiter waren, bevor er wieder sprach. »Ich habe die Schadensberichte im Auge behalten«, bemerkte er im gleichen ausdruckslosen Tonfall. »Sie auch?«

»Eigentlich nicht.« Garwoods Lippen waren trocken. Davidson hatte plötzlich etwas an sich, das ihm Angst machte. »Obwohl ich für gewöhnlich die direkten Folgen in und um mein Büro sehen kann.«

»In den verschiedenen Maschinen- und Elektronik-Werkstätten haben sich zusätzliche Probleme ergeben«, erzählte ihm Davidson beinahe lässig. »Als wären sie dort mit etwas beschäftigt, das für den Garwood-Effekt besonders anfällig ist.«

Garwood biß die Zähne zusammen. Der Garwood-Effekt. Ein passender, wenn auch schmerzlicher Name dafür. »Saunders läßt von einigen Leuten das geringe Wissen, über das er und der Rest des Teams verfügen, in praktische Hardware-Erzeugung übertragen«, erklärte er Davidson.

»Aber sie wissen noch nicht, wie man eine Zeitmaschine baut?«

»Nein.«

»Und Sie?«

Garwood war wieder in Versuchung zu lügen. »Ich glaube schon«, gab er statt dessen zu. »Ich bin jedenfalls sehr nahe daran.«

Sie gingen schweigend weiter. »Sie begreifen doch sicherlich, welche Folgerungen sich aus Ihrer Feststellung ergeben.«

Garwood seufzte. »Versuchen Sie, Major, sich daran zu erinnern, daß ich mir lange, bevor Sie auf dem Schauplatz auftauchten, bereits wegen all dem Sorgen machte.«

»Vielleicht. Aber ich habe mit Wissenschaftlern die Erfahrung gemacht, daß Sie oft einen sehr engen Horizont haben, deshalb schadet es nie, wenn man sich vergewissert. Haben Sie es bereits jemandem erzählt? Oder Hartkopien der Technik angefertigt?«

»Nein auf beide Fragen.«

»Das ist wenigstens etwas.« Davidson sah ihn von der Seite an. »Leider wird das niemanden lange zurückhalten. Wenn *ich* intelligent genug bin, um mir auszurechnen, was die Zunahme des Garwood-Effekts bedeutet, dann ist Saunders sicherlich intelligent genug, um das gleiche zu tun.«

Garwood sah Davidson an, und der Druck in seinem Magen wurde stärker, als er sich daran erinnerte, daß der Major erwähnt hatte, Saunders würde bei ihm Hypnose anwenden. »Dann muß ich wieder flüchten, bevor das geschieht«, sagte er ruhig.

Davidson schüttelte den Kopf. »Es wird nicht leicht sein, es ein zweites Mal zu schaffen.«

»Dann brauche ich Hilfe.«

Davidson schwieg einige Sekunden lang. »Vielleicht«, meinte er schließlich. »Aber denken Sie daran, daß ich vor allem an meine Pflicht gebunden bin.«

»Ich verstehe.«

Davidson sah ihn an. »Wirklich, Doktor? Verstehen Sie wirklich?«

Garwood erwiderte den Blick… und endlich verstand er *wirklich.*

Davidson bot ihm nicht freies Geleit in die mythische Wildnis, nach der sich Garwood so oft gesehnt hatte. Er bot Garwood nur seine Hilfe an, damit er das Geheimnis der Zeitreisen Saunders' Zugriff entzog. Einer Welt entzog, die ein solches Geheimnis sicherlich zerstören würde.

Ihm den einzigen Ausweg bot, der garantiert von Dauer war.

Garwood spürte sein Herz bis in den Hals, und auf

seiner Oberlippe sammelte sich Schweiß. »Und wann würde Ihre Pflicht es erforderlich machen, daß Sie eingreifen?«

»Sobald es klar ist, daß es keine Wahl mehr gibt. Wenn Sie zum Beispiel endgültig beweisen, daß sichere Zeitreisen unmöglich sind. Und vielleicht, wenn Sie beweisen, daß eine funktionierende Maschine gebaut werden kann.«

Sie hatten die Tür zu Garwoods Büro erreicht. »Aber wenn ich statt dessen beweise, daß der Wahrscheinlichkeit-Verteilungseffekt verhindern würde, daß eine funktionierende Zeitmaschine gebaut wird? Was dann?«

»Dann ist es keine funktionierende Zeitmaschine, nicht wahr?« erwiderte Davidson.

Garwood holte tief Luft. »Major ... ich will sogar noch weniger als Sie, daß eine funktionierende Zeitreisemaschine gebaut wird. Glauben Sie mir.«

»Ich hoffe es. Denn Sie und ich sind vielleicht die einzigen hier, die so denken ... und ich kenne eine einzige Möglichkeit, mittels der man Ihre Gleichungen daran hindern kann, das Chaos in die Welt zu bringen. Ich hoffe, daß ich nicht gezwungen sein werde, sie zu anzuwenden.«

Garwood erschauerte heftig. »Das hoffe ich ebenfalls.« Er drehte den Türknauf mit zitternden Händen und flüchtete vor Davidsons Augen in die Sicherheit seines Büros.

In die relative Sicherheit seines Büros.

Er ging eine Zeitlang im Raum auf und ab, bis sich sein wild pochendes Herz allmählich beruhigte. Vor langer Zeit, bevor er aus Backdrop flüchtete, hatte er Selbstmord als den einzigen sicheren Weg gesehen, um der Wolke der Vernichtung um ihn zu entgehen. Aber es war nie eine ernsthafte Überlegung gewesen, und er hatte statt dessen seinen Fliehe-und-forsche-Plan ausgearbeitet.

Ein Plan, der schließlich versagt hatte. Und jetzt, da

die Einsätze noch höher waren als damals, legte man ihm wieder den Tod als den einzigen sicheren Weg nahe, um den Geist in der Flasche zu lassen.

Nur würde es diesmal nicht unbedingt seine Entscheidung sein. Und ironischerweise war er letzten Endes an Davidsons Anwesenheit in Backdrop selbst schuld. Wäre er nicht vor sechs Monaten aus Backdrop entwischt, so wäre der Major nie auf dem Schauplatz der Ereignisse aufgetaucht.

Oder vielleicht doch? Angesichts der verzerrten zirkularen Logik, die den Wahrscheinlichkeit-Verteilungseffekt anscheinend antrieb, konnte man nichts mehr als gegeben annehmen. Und hätte Davidson ihn nicht gefunden, so hätte es vielleicht jemand weniger Intelligenter geschafft. Jemand, der seine Ängste vom Tisch gewischt und ihn auf dem Chanute Flugplatz in das Flugzeug gezwungen hätte. Wenn das geschehen wäre – wenn der Effekt zu einem Absturz geführt hätte …

Er schüttelte den Kopf, um die Gedanken abzubeuteln. Es war, dachte er bitter, wie seinerzeit im College bei den Männergesprächen über freien Willen gegen Prädestination. Es gab nie endgültige Antworten; und man konnte auf der Jagd nach ihnen die ganze Nacht im Kreis gehen. Einerseits konnte der Wahrscheinlichkeit-Verteilungseffekt Maschinen zerstören; andererseits hatte Davidson darauf hingewiesen, daß er logischerweise nicht imstande sein sollte, ein Flugzeug zum Absturz zu bringen, in dem Garwood saß …

Garwoods Gedankengang riß ab, als ein Gedanke sein Gehirn streifte. *Davidson … Flugzeug …?*

Und mit einem plötzlichen Adrenalinstoß fiel ihm die Lösung ein.

Vielleicht.

Er war so in Gedanken vertieft, daß er das Klopfen an der Tür kaum wahrnahm. »Wer ist da?« rief er automatisch.

»Saunders«, sagte die vertraute Stimme.

Garwood befeuchtete seine Lippen und kehrte im Geist so gut es ging in die wirkliche Welt zurück. Die nächsten Minuten würden entscheidend sein ... »Kommen Sie herein!« rief er.

»Man hat mir gesagt, daß Sie mit mir sprechen wollen.« Saunders sah zum Terminal hinüber, während er das Zimmer betrat. »Wieder Schwierigkeiten mit den Geräten?«

»Immer.« Garwood zeigte auf einen Stuhl. »Aber ich habe Sie nicht deshalb hierherkommen lassen. Ich habe gute Neuigkeiten für Sie.«

Saunders ließ Garwoods Gesicht nicht aus den Augen, während er in den Stuhl sank. »Tatsächlich? Was denn?«

Garwood zögerte. »Es wird natürlich davon abhängen, wieviel Spielraum Sie mir lassen – wie weit ich es unter Kontrolle habe – und eins sage ich Ihnen sofort: Wenn Sie sich dagegen sträuben, dann bekommen Sie überhaupt nichts. Verstanden?«

»Es wäre schwierig, Sie nicht zu verstehen, denn Sie stellen diese Forderungen, seit Sie hier sind. Ich verspreche, mich nicht einzumischen – in was eigentlich?«

Garwood holte tief Luft. »Ich bin bereit, Ihnen eine Zeitmaschine zu bauen.«

VI

Innerhalb weniger Tage nahmen die Schäden durch den Garwood-Effekt, die von Zeit zu Zeit in Backdrops verschiedenen Fabrikationshallen aufgetreten waren, um beinahe achthundert Prozent zu. Einige Tage später begann Reparatur- und Ersatzmaterial in entsprechend größerem Ausmaß in den Komplex zu fließen und verdeckte beinahe – jedoch nicht ganz – das noch beträchtlichere Ausmaß an Geräten, die in Backdrop eintrafen, aber nichts mit den Schäden zu tun hatten. Die Rechnungen für letztere waren interessant: Esoterische elektronische und mechanische Geräte, exotische Metalle, spezialisierte Werkzeugmaschinen für Makro- und Mikroarbeiten, seltsame Energieträger – es ging über die ganze Skala.

Diese Rechnungen und dazu die Schäden genügten Davidson als Beweis.

Garwood hatte herausgefunden, wie er eine Zeitmaschine bauen konnte. Und er baute sie.

Zum Teufel mit ihm! Davidson lehnte sich müde zurück und löschte die letzte Rechnung vom Bildschirm. Garwood hatte also die ganze Zeit gelogen wie gedruckt. Gelogen in bezug auf seine Bedenken hinsichtlich der Zeitreisen; gelogen in bezug auf seine Meinungsverschiedenheiten mit Dr. Saunders; gelogen in bezug auf seine edle Selbstaufopferung, um die Welt vor dem durch eine Zeitmaschine außer Rand und Band geratenen Garwood-Effekt zu retten.

Und Davidson, der angeblich Menschen durchschauen konnte wie Glas, war wie ein Neuling auf diesem Gebiet auf den ganzen faulen Zauber hereingefallen.

Er schob den Gedanken entschlossen weg. Im Augenblick war gekränkter Stolz seine bei weitem geringste Sorge. Wenn Garwood eine Zeitmaschine baute…

Doch *konnte* er sie tatsächlich bauen?

Davidson kaute auf der Innenseite seiner Wange und hörte zu, wie die Logik in seinem Kopf im Kreis ging. Garwood hatte mehr als einmal darauf hingewiesen, daß der Garwood-Effekt eine Zeitmaschine stückweise zerstören würde, bevor sie auch nur zusammengesetzt werden konnte. Hatte er auch in bezug darauf gelogen? Damals hatte es durchaus einleuchtend geklungen… aber warum würden er und Saunders sich dann überhaupt die Mühe machen, es zu versuchen? Nein, es mußte etwas anderes mitspielen, etwas, das Garwood nicht erwähnt hatte und worauf Davidson nicht selbst verfallen war.

Doch was immer er übersehen hatte – die Umstände ließen ihm keine Wahl. Garwood mußte gestoppt werden.

Davidson holte tief Luft, beugte sich wieder zum Terminal und rief die Aufzeichnungen von Backdrops Cafeteria ab. Wenn Garwood rund um die Uhr arbeitete, was Davidson an seiner Stelle sicherlich tun würde… und nach einigen Versuchen fand er, was er suchte: Die Aufzeichnungen über die Mahlzeiten, die an den Haupt-Montageraum am Ende von Backdrops Sicherheitstunnel geliefert worden waren. Zwei Tage vor der dramatischen Zunahme der durch den Garwood-Effekt verursachten Schäden hatte die Cafeteria begonnen, täglich zur Essenszeit zwischen drei und zwölf Mahlzeiten in den Tunnel zu liefern.

Und auf jeder Bestelliste stand Garwoods Bestellzahl.

Davidson fluchte wieder. Natürlich verbrachte Garwood seine ganze Zeit im Tunnel – nach ihrem letzten Gespräch vor zwei Wochen wäre es Wahnsinn gewesen, wenn er dort blieb, wo Davidson zu ihm gelangen konnte. Er hatte seinen Zufluchtsort gut gewählt. Jetzt wären entweder eine Kompanie Marines oder eine mittelgroße taktische Rakete erforderlich, um durch den unter einem künstlichen Hügel begrabenen Sicherheitstunnel zu ihm zu gelangen.

Oder vielleicht – nur vielleicht – würde ein einzelner Mann mit einem Computerterminal genügen. Ein Mann, der sich mit Sicherheitssystemen auskannte, geduldig war und Zeit hatte.

Davidson biß die Zähne zusammen. Er hatte das Terminal, das Wissen und die Geduld. Doch was die Zeit betraf… das würde er in einigen Tagen wissen.

Falls die Welt dann noch existierte.

VII

Die fünf Techniker waren noch immer eifrig bei der Arbeit, als die Uhren Mitternacht anzeigten, aber Garwood ließ sie trotzdem haltmachen. »Wir werden das endgültige Leitungsnetz morgen einbauen und dann die letzte Überprüfung vornehmen«, erinnerte er sie. »Ich will nicht, daß jemand über dem Voltmeter einschläft, während wir das tun.«

»Sie erwarten wirklich, daß einer von uns *schlafen* wird?« murrte einer der Techniker halb scherzend.

»*Ich* werde es jedenfalls tun.« Garwood zeigte zur Tür. »Kommt schon, alle raus. Auf Wiedersehen morgen früh um acht. Angenehme Träume.«

Während Garwood zusah, wie sie ihre Werkzeugtaschen auf einen bereits überladenen Tisch leerten, wurde ihm klar, daß der Techniker recht gehabt hatte: Das Projekt stand so kurz vor dem Abschluß, daß sie sicherlich zu gespannt waren, um sofort einschlafen zu können. Aber sie waren zum Glück ebenso gehorsam wie tüchtig und verließen den Raum ohne zu protestieren.

Garwood war allein.

Er atmete müde aus, versperrte die Doppeltür und kehrte in die Mitte der riesigen, abgestützten Kuppel zur unsymmetrischen Ungeheuerlichkeit zurück, die dort stand. Auf der anderen Seite des Raums stand sein Feldbett und winkte ihm lockend ... Statt dessen trat er an den überladenen Arbeitstisch, wählte einen Satz Schraubenzieher und kletterte durch das Labyrinth der Geräte zu dem Sitz in ihrer Mitte. Fünfzehn Minuten später waren die letzten Verbindungen hergestellt.

Es war getan.

Er blieb lange sitzen und betrachtete das einfache Kontroll/Anzeigebrett vor ihm, ohne es zu sehen. Es war getan. Nach all dem Blut, Schweiß und Tränen – nach all den Auseinandersetzungen mit Saunders –

nach der totalen Zerrüttung seines Lebens … war es getan.

Er hatte eine Zeitmaschine geschaffen.

Er seufzte, kletterte steif vom Sitz hinunter und legte die Schraubenzieher auf den Arbeitstisch zurück. Der nächste Tisch war mit verschiedenen Papieren bedeckt; er holte einen Papierkorb, stopfte sie hinein und stampfte sie zusammen, wenn notwendig, bis der Tisch frei war. Ein Stück eines elektrischen Kabels befestigte den Papierkorb an einer vorstehenden Metallplatte hinter dem Sitz der Zeitmaschine; die Platte bot auch noch einem Koffer und einer Überlebensausrüstung Platz. Zwei weitere Kabelstücke, um sie zu befestigen … und jetzt mußte er nur noch eines tun. Rings um den Raum verteilt standen auf Gestellen drei Videokameras; er schaltete eine nach der anderen ein.

Er kehrte gerade zur Zeitmaschine zurück, als von der Doppeltür ein leises Geräusch kam.

Er drehte sich um und sein Magen verkrampfte sich. Es konnte nur Saunders sein, der sich nach den Fortschritten dieses Tages erkundigen wollte. Wenn er bemerkte, daß die Kameras eingeschaltet waren … begriff, was das bedeutete …

Die Türen gingen auf und Major Davidson kam herein.

Garwood empfand sofort ungeheure Erleichterung … und sofort danach ebenso ungeheure Angst. Er hatte ausdrücklich verlangt, daß Davidson keinen Zutritt zu diesem Teil von Backdrop erhielt … »Major«, brachte er mühsam heraus. »Ziemlich spät, finden Sie nicht?«

Davidson schloß die Türen, ohne Garwood aus den Augen zu lassen. »Ich hoffe nur, daß ich nicht *zu* spät komme. Sie haben es geschafft, nicht wahr?«

Garwood deutete mit einem Nicken auf die Maschine neben sich. »Da ist sie.«

Eine Zeitlang sprach keiner der beiden Männer. »Ich habe Sie falsch beurteilt«, stellte Davidson schließlich fest, und in seiner Stimme lag mehr Kummer als Zorn. »Sie haben sehr viel über die Verantwortung der Welt gegenüber gesagt; aber schließlich haben Sie nachgegeben und getan, was man Ihnen befahl.«

»Und Sie?« Garwoods Magen begann sich zu entspannen. Wenn Davidson bereit war, zuerst zu sprechen... zu sprechen und zuzuhören... »Haben Sie die Folgen *Ihrer* Handlungsweise durchdacht? Sie haben sich eine Menge ungesetzlicher Mühe gegeben, um hierher zu gelangen. Wenn Sie mich jetzt auch noch töten, ist Ihr Leben praktisch vorbei.«

In Davidsons Wange zuckte ein Muskel. »Im Gegensatz zu Ihnen, Doktor, rede ich nicht nur von Verantwortung. Und es gibt Dinge, für die es wert ist zu sterben.«

Garwood lächelte unwillkürlich. »Ich bin froh, daß Sie gekommen sind, Major. Es gibt mir ein wenig Hoffnung, daß es sogar in der ›Ich-nicht‹-Generation Menschen gibt, die fähig sind, weiter zu sehen, als ihre egoistische Interessen reichen.«

»Ich möchte Sie daran erinnern, Doktor, daß Sie mir diese Edelmutszene schon einmal vorgespielt haben Diesmal nehme ich sie Ihnen nicht ab.«

»Gut. Dann lauschen Sie.«

»Wem?«

»Der Stille.«

»Der ...?« Davidson unterbrach sich unvermittelt und begriff plötzlich. »Es ist *still*«, flüsterte er beinahe, blickte sich im Raum um und betrachtete schließlich die Maschine neben Davidson. »Aber – der Garwood-Effekt – haben Sie eine Möglichkeit gefunden, ihn zu beenden?«

Garwood schüttelte den Kopf. »Eigentlich nicht. Obwohl ich ihn jetzt wahrscheinlich ein bißchen besser verstehe. In gewissem Sinn besteht die Schwierigkeit darin, daß ich zur falschen Zeit geboren wurde. Wenn ich hundert Jahre früher gelebt hätte, so hätte die damalige Zivilisation nicht die technologische Grundlage besessen, um etwas mit meinen Gleichungen anzufangen; wenn ich hundert Jahre später zur Welt gekommen wäre, hätte ich vielleicht genügend Zeit und die erforderlichen mathematischen Berechnungen gehabt, um eine sichere Zeitreise-Methode auszuarbeiten, so daß meine jetzigen Gleichungen nur nutzlose Kuriositäten gewesen wären, die man vergessen konnte.«

»Ich würde sie kaum als nutzlos bezeichnen«, warf Davidson ein.

»Doch, das sind sie. Oder haben Sie nicht bemerkt, wie viele Schwierigkeiten die verschiedenen Fertigungswerkstätten hatten, während sie die Module für diese Maschine konstruierten?«

»Natürlich habe ich es bemerkt«, nickte Davidson, der aber sichtlich noch nicht überzeugt war. »Doch wenn die Module zerfielen ...«

»Wie konnte ich dann eine funktionierende Maschine herstellen?« Garwood berührte eine der Stützen der Maschine. »Um ehrlich zu sein, ich habe geschwindelt. Zufällig waren *Sie* derjenige, der mir zeigte, wie es ging.«

»Ich?«

»Ja, Sie. Mit einer einfachen, ziemlich sarkastischen Bemerkung, die Sie in meiner Wohnung in Champaign machten. Was ist Ihrer Meinung nach die Kraft, die den Garwood-Effekt steuert?«

Davidson zögerte, als wittere er eine Falle. »Sie sagten mir, es wäre die Möglichkeit, daß jemand Zeitreisen benützen würde, um die Vergangenheit zu ändern ...« Er brach ab, als hätte er plötzlich begriffen. »Wollen Sie damit sagen ...?«

»Genau. *Wenn die Maschine mich nur in die Zukunft bringen kann,* gibt es keine Möglichkeit, die Vergangenheit zu ändern.«

David blickte zur Maschine hinauf. »Wie haben Sie das fertiggebracht?«

»Wie gesagt, war es Ihre Idee. Als ich mich dagegen wehrte zu fliegen, schlugen Sie vor, eine Bombe unter meinem Sitz zu verstauen, damit ich bei einem Absturz bestimmt ums Leben käme.« Garwood zeigte hinauf. »Wenn Sie unter den Sitz schauen, sehen Sie drei Kanister mit Acetylen, die so ausgerüstet sind, daß sie Benützer und Maschine in Brand setzen, wenn der ›Rückwärtsgang‹ eingelegt und benützt wird.«

Davidson betrachtete die Maschine lang, vor allem die Kanister und den Entzündungsmechanismus. »Und das war tatsächlich alles, was notwendig war?«

»Ja. Bevor ich das Zündsystem installierte, konnten wir nicht einmal die Module in ihre Halterungen einbauen, weil sie uns in den Händen zerfielen. Danach war es noch immer schwierig, sie herzustellen, aber sobald sie sich an Ort und Stelle befanden, waren sie vollkommen stabil. Wenn ich allerdings das Selbstmordsystem von der Maschine trenne, würden sie sich wahrscheinlich sofort auflösen.«

Davidson nickte. »Also gut. Damit ist die Maschine erklärt. Aber es erklärt nicht, was aus Ihrem persönlichen Garwood-Effekt geworden ist.«

»Brauchen Sie wirklich eine Erklärung dafür?« fragte Garwood.

»Aber Sie wissen nicht einmal, wie gut sie funktionieren wird. Oder ob es gefährliche Nebeneffekte gibt.«

Auf die Idee war auch Garwood gekommen. »Letzten Endes spielt es keine Rolle. So oder so – sie ist mein endgültiger Fahrschein aus Backdrop. Meine Gleichungen nehme ich natürlich mit …« – er zeigte auf den festgebundenen Papierkorb –, »und alles weist darauf hin, daß Saunders und sein Team bis zum Jüngsten Tag arbeiten könnten, ohne imstande zu sein, sie wiederzugeben.«

»Sie wissen, wie man die Module für diese Maschine macht«, wandte Davidson ein.

»Nur einige von ihnen. Keine der wirklich lebenswichtigen – die habe ich selbst hergestellt und nehme die gesamte Dokumentation mit. Und selbst wenn sie sie irgendwie nachempfinden, bin ich davon überzeugt, daß es ihnen unmöglich sein wird, aufgrund meiner Gleichungen eine voll funktionierende Maschine zu bauen ...« Er brach ab und wandte seine Aufmerksamkeit den Kameras zu, die die Szene aufzeichneten. »Haben Sie das gehört, Saunders? Lassen Sie es bleiben. Lassen Sie es bleiben, es sei denn, Sie finden irgendwann Gleichungen, die zu sichereren Zeitreisemaschinen führen. Wenn Sie es nicht bleiben lassen, vergeuden Sie nur Ihre Zeit und das Geld der Steuerzahler.«

Er wandte den Kameras den Rücken zu und stieg wieder auf den Sitz. »Ja also, Major« – er blickte zu Davidson hinunter –, »das ist der Abschied. Es ... es hat mich gefreut, Sie kennenzulernen.«

»Das ist Quatsch, Doktor«, widersprach Davidson leise. »Trotzdem viel Glück.«

»Danke.« Er mußte einige Schalter umlegen – ein Dutzend auf drei Schaltbrettern – und als die Maschine leise summte und vibrierte, griff er nach dem Hauptschalthebel ...

»Doktor?«

Er hielt inne. »Ja, Major?«

»Danke«, sagte Davidson lächelnd, »daß Sie mir geholfen haben, das Rauchen aufzugeben.«

Garwood erwiderte das Lächeln. »Gern geschehen.«

Er griff nach dem Hauptschalthebel und zog ihn zurück.

DIE PUPPE DES PRÄSIDENTEN

Es begann – oder zumindest meine Einbeziehung in den Fall begann – mit einem kurzen, aber widerlichen Kampf hinter den Kulissen zwischen der Polizei von Washington und dem Geheimdienst wegen der Gerichtsbarkeit. Der kurze Teil, den ich beobachtete: Ich saß an meinem Schreibtisch, teilte meine Aufmerksamkeit zwischen dem Lunch und einem Bericht über die Wiederentdeckung von Schmuck, als Agent William Maxwell in Captain Forsythes Büro ging; als er herauskam, war ich noch immer mit dem Bericht beschäftigt. Den widerlichen Teil sah ich nicht, aber das nur zu vertraute Glitzern in Forsythes Augen begann gerade erst nachzulassen, als er und Maxwell aus dem Büro kamen und durch den überfüllten Raum gingen. Ich bemerkte das Glitzern und Maxwells zusammengebissene Zähne, und sprach ein kurzes Gebet für den armen Teufel, der Forsythes Beschluß ausführen mußte.

Natürlich kamen sie direkt zu mir herüber.

»Detective Harland; Geheimdienstagent Maxwell«, stellte uns Forsythe einander mit seiner üblichen Gesprächigkeit vor. »Sie sind ab sofort einem Fall von Einbruchsdiebstahl zugeteilt. Maxwell wird Sie über die Einzelheiten informieren.« Damit drehte er sich um und schritt in sein Büro zurück.

Eine Sekunde lang musterten Maxwell und ich einander leicht verlegen. »Einbruch?« fragte ich endlich und erwartete, daß er den Teil der Frage beantwortete, den ich nicht stellte.

Er tat es, und seine Lippen wurden noch etwas schmaler. »Ein sehr besonderer Einbruch. Etwas, das Präsident Thompson gehört. Ich brauche von

Ihnen eigentlich nur den Zugriff auf die Polizeiakten über...«

»Aus dem Weißen Haus gestohlen?« fragte ich verblüfft.

»Nein, die Puppe war...« Er brach ab und musterte die Schreibtische rings um uns. Keiner der dort sitzenden Officers schenkte uns die geringste Aufmerksamkeit, aber das wußte Maxwell anscheinend nicht. Oder zu seinem Job gehörte leichter Verfolgungswahn. »Gibt es einen etwas ungestörteren Ort, an dem wir miteinander sprechen können?«

»Klar.« Ich erhob mich, angelte mein Jackett von der Stuhllehne und steckte den letzten Bissen meines Sandwiches in den Mund. »Mein Wagen. Wir können auf dem Weg zum Schauplatz des Verbrechens miteinander sprechen.«

Ich war sehr beherrscht. Wir gingen hinunter, setzten uns in den Wagen und schwammen im Verkehr von Washington mit, bis ich endlich zusammenbrach. »Haben Sie den gestohlenen Gegenstand als ›Puppe‹ bezeichnet?«

Maxwell seufzte. »Ja. Aber es ist nicht das, was Sie glauben. Die Puppe des Präsidenten ist...« Er brach ab und fluchte leise. »Sie sollten das nicht erfahren, Harland – keiner von Ihnen. Es gibt keinen Grund, aus dem Sie dabei sein sollten; es ist ausschließlich eine Angelegenheit des Geheimdienstes. Bei der nächsten Ampel links.«

»Offenbar war Captain Forsythe anderer Meinung. Manchmal wird er so – dann besteht er darauf, daß er von allem unterrichtet wird, das in dieser Stadt geschieht.« Ich hatte die Kreuzung erreicht und bog ab.

»Ja, aber das da geht ihn nichts an, und er hätte von mir eine Zigarre verpaßt bekommen, wenn die Zeit nicht so verdammt knapp wäre«, erklärte Maxwell.

»Was für Akten brauchen Sie also?« fragte ich nach

einer Minute. »Professionelle Einbrecher oder Safeknacker?«

Er warf mir einen Blick zu. »Gut geraten. Wahrscheinlich beides. Wir haben die Sicherheitseinrichtungen im – Büro – überprüft; um so hineinzukommen, wie er es tat, muß er ein echter Fachmann sein.«

»Wessen Büro?«

»Pak und Christophe. Die Doktoren Sam und Pierre.«

»Ärzte?«

»Sie sagen, daß sie es sind. Ich sage...« Maxwell schüttelte den Kopf. »Hören Sie, tun Sie mir einen Gefallen; warten Sie mit weiteren Fragen, bis wir dort sind, okay? Die beiden sind die einzigen, die ihr Projekt erklären können. Oder zumindest die einzigen, die es so erklären können, daß man ihnen tatsächlich glaubt.«

Ich blinzelte. »Aber ...«

»Bei der nächsten Ampel rechts.«

Ich bezähmte zähneknirschend meine Neugierde und konzentrierte mich auf das Fahren.

Dr. Sam Pak war ein kleiner, angespannter chinesischer Amerikaner der zweiten Generation. Dr. Pierre Christophe war ein hochgewachsener, ebenso angespannter Haitianer der ersten Generation. Paks Spezialität stand fest; die Buchstaben auf der Tür ihres Büros behaupteten, daß es sich um die Pak-Christophe Akupunkturklinik handelte. Erst als uns die beiden Ärzte ins Hinterzimmer führten und den begehbaren Tresor öffneten, fand ich heraus, was Christophe zu der Partnerschaft beitrug.

Es zu glauben war etwas ganz anderes.

»Das glaube ich nicht«, sagte ich und starrte die etwa zwölf Blumenkisten auf dem Regal im Tresor an. In ihrer Erde steckten reihenweise die häßlichsten Wachsfiguren, die ich je gesehen hatte. Figuren, auf die und in die man Haare und Fingernägel gesteckt hatte ... »Das glaube ich nicht«, wiederholte ich. *»Voodoo Akupunktur?«*

»Es ist nicht so schwer zu verstehen«, sagte Christophe vorsichtig mit dem leichten Akzent eines Menschen, der Englisch als zweite Sprache gelernt hat. »Ich könnte sogar sagen, daß es sich um eine natürliche Folge der Wissenschaft der Akupunktur handelt. Wenn ...«

»Pierre«, unterbrach ihn Pak. »Ich glaube nicht, daß Detective Harland hierhergekommen ist, um medizinische Philosophie zu hören.«

»Verzeih.« Christophe senkte den Kopf. »Ich nehme meine Arbeit sehr ernst ...«

»Pierre«, sagte Pak. Christophe senkte den Kopf wieder und verstummte.

Ich seufzte. »Okay, ich fange an. Wie soll das funktionieren?«

»Sie sind vermutlich zumindest mit den Grundlagen der Akupunktur vertraut«, sagte Pak, griff in den Tresor und holte eine der Wachspuppen aus ihrem Erde-Fußbad. »Dünne Nadeln, die in verschiedene Nervenzentren gestochen werden, können eine große Zahl von Krankheiten heilen und bei anderen die Schmerzen lindern.« Sein Gesicht verzog sich zu einem schmallippigen Lächeln. »Ihrer Reaktion entnehme ich, daß Sie auch über Voodoo Bescheid wissen.«

»Nur, was ich in schlechten Filmen gesehen habe«, wandte ich ein. »Die toten Hühner waren immer mein Lieblingsteil.« Christophe erzeugte in seiner Kehle einen angewiderten Laut; ich kümmerte mich nicht um ihn. »Lassen Sie mich raten: Statt die Akupunkturnadeln in den Patienten zu stecken, schieben Sie sie einfach in seine oder ihre Puppe?«

»Genau.« Pak zeigte auf die Haar- und Fingernägelstückchen auf der Puppe, die er in der Hand hielt. »Trotz des Eindrucks, den Sie wahrscheinlich durch Hollywood erhalten haben, steckt anscheinend tatsächlich eine Wissenschaft hinter Voodoo. Nur machen sich die meisten praktischen Ärzte nicht die Mühe, sie zu lernen.«

Ich blickte zu Maxwell hinüber, der gleichzeitig besorgt, gespannt und verlegen wirkte. »Und Sie sagen mir, daß der Präsident der Vereinigten Staaten mit etwas so Verrücktem zu tun hat?«

Er schob die Lippen vor. »Er hat manchmal Schmerzen, vor allem wenn er unter ungewöhnlichem Stress steht. Die normale Akupunktur beseitigte diese Schmerzen, aber es war ganz schön mühsam, Dr. Pak ins Weiße Haus zu schmuggeln.«

»Schmuggeln?«

Er wurde rot. »Kommen Sie, Harland – Sie sehen doch Nachrichten. Die Hälfte von Danzings höhnischen Bemerkungen betreffen die Gesundheit des Präsidenten.«

Und ob er tatsächlich einer zweiten Amtszeit gewachsen war. Seit die Wahlkampagne begonnen hatte, brachte Senator Danzing beinahe ständig dieses Thema ins Gespräch, und würde fast sicher bei der ersten offiziellen Debatte heute abend in Baltimore wieder darauf zu sprechen kommen. Und da die Wahl in zwei Monaten stattfand ... »Als sich ihm die Möglichkeit zu einer Fernbehandlung bot, griff er daher mit beiden Händen zu, was?« bemerkte ich. »Ich kann mir gut vorstellen, was Danzing mit so etwas anfangen würde.«

»Er kann überhaupt nichts damit anfangen«, knurrte Maxwell. »Was soll er schon tun – im Fernsehen auftreten und den Präsidenten beschuldigen, er gäbe sich mit Voodoo ab? Also ehrlich – er würde durch das Gelächter von der Bühne gefegt werden und wahrscheinlich seine gesamte Glaubwürdigkeit verlieren. Selbst wenn es ihm gelingt, die Medien so weit zu interessieren, daß sie die Fakten herausbekommen, würde er sich damit mehr Schaden zufügen als dem Präsidenten.«

»Er könnte immer noch dafür sorgen, daß Thompson ganz schön naiv wirkt«, stellte ich schonungslos fest. »Oder sogar leichtfertig.«

»Er hat es nicht aus einer Laune heraus getan«, erklärte Maxwell steif. »Dr. Park und Dr. Christophe arbeiten seit Jahren an dieser Technik – diese Puppen repräsentieren die sechste Testphase innerhalb von mindestens achtzehn Monaten.«

Ich betrachtete die Puppen in den Blumenkisten. »Ich freue mich schon auf die Werbung, wenn sie ihre große Eröffnungsvorstellung haben.«

Maxwell überhörte die Bemerkung. »Wesentlich ist, daß sie in fünfundneunzig Prozent der Fälle, in denen die direkte Akupunktur bereits klappte, erfolgreich waren – diese Zahlen verdanken wir den FBI- und FDA-Leuten, die das Ganze unauffällig überprüft haben. Was immer Sie sonst von der Geschichte denken – der Präsident hat sich nur mit unserer Zustimmung dazu entschlossen.«

Ich betrachtete die verkrampften Muskeln in seiner Wange. »Ihrer Zustimmung, aber nicht Ihrer Begeisterung?« fragte ich.

Er biß die Zähne zusammen. »Der Präsident wollte es tun«, knurrte er. »*Wir* gehorchen *seinen* Befehlen, nicht umgekehrt. Außerdem herrschte allgemein die übereinstimmende Meinung, daß die Behandlung – verrückt oder nicht – ihm wenigstens nicht schaden würde, wenn sie ihm nicht half.«

Ich sah Pak und Christophe an, die ruhig danebenstanden und versuchten, nicht beleidigt auszusehen. »*Hat* es geholfen?«

»Natürlich.« Christophe klang leicht verletzt. »Die Technik an sich ist sehr einfach …«

»Ja. Richtig.« Ich wandte mich wieder Maxwell zu. »Wo liegt also das Problem? Entweder übersiedelt Dr. Pak in das Weiße Haus, bis sich der Staub der Wahl gelegt hat, oder Dr. Christophe fertigt eine neue Puppe für Thompson an. Der Präsident hat sicher noch ein paar Fingernagelsplitter übrig – er kann es sich vermutlich sogar leisten, ein einzelnes Haar herzugeben.«

»Sie verstehen nicht, worum es geht«, knirschte Maxwell. »Wir machen uns keine Sorgen wegen der Schmerzbehandlung für den Präsidenten.«

»Sondern?«

»Haben Sie vielleicht vergessen«, mischte sich Christophe ein, »wofür Voodoo-Puppen ursprünglich verwendet wurden?«

Ich betrachtete die Puppe in Paks Hand. »O verdammt«, sagte ich leise.

»Laut unserer Theorie ist es die Protein-Signatur im Haar und in den Nagelsplittern, die sozusagen die Verbindung zwischen der Puppe und dem Patienten herstellt«, erklärte Christophe und zeigte auf die Puppen im Tresor. »Sobald diese Verbindung hergestellt ist, stößt das, was der Puppe geschieht, auch dem Patienten zu.«

Ich nagte an meiner Lippe. »Ja also ... diese Puppen wurden ausdrücklich für medizinische Zwecke angefertigt, nicht wahr? Enthält ihre Anfertigung etwas, das es unmöglich machen würde, sie zu Angriffen zu benützen? Oder das wenigstens den Schaden, den sie anrichten könnten, begrenzt?«

Christophe runzelte die Stirn. »Das ist eine interessante Frage. Als sie geschaffen wurden, war bestimmt keine Bosheit im Spiel, was vielleicht ein Faktor ist. Aber ob eine andere Person sie zu diesem Zweck verändern könnte ...«

»Wenn Sie es nicht wissen, dann sagen Sie es einfach«, unterbrach ich ihn brüsk.

»Ich weiß es nicht.« Er sah ein wenig verletzt aus.

»Wozu ist die Erde da?« fragte Maxwell und steckte einen Finger versuchsweise in eine Blumenkiste.

Christophe bekam wieder Oberwasser. »Das ist unsere eigentlich krönende Leistung, Mr. Maxwell – die Entdeckung, daß der Boden Haitis die wahre Quelle der Voodoo-Macht ist.«

»Sie machen Witze«, sagte ich.

»Nein, es stimmt«, mischte sich Pak ein. »Die Wirkung der Puppen, die man aus Haiti fortbringt, läßt bald nach. Wenn man sie in haitischen Boden steckt, funktionieren sie anscheinend endlos.«

»Mit anderen Worten, die gestohlene Puppe wird irgendwann keine Wirkung mehr zeitigen. Wie lange kann das dauern? Ein paar Stunden? Tage?« fragte ich.

»Ich nehme an, daß es einige Wochen sein werden, vielleicht auch mehr. Wir sind noch nicht dazugekommen, richtig zu experimentieren ...«

»Wenn Sie es nicht wissen, dann sagen Sie es«, knurrte ich.

»Ich weiß es nicht.«

Ich sah Maxwell an. »Das ist wenigstens etwas. Wenn unser Dieb lang genug braucht, um herauszubekommen, was er da hat, wird es ihm nicht mehr viel nützen.«

»O nein, er weiß, was er in der Hand hat«, mischte sich Maxwell grimmig ein. »Oder glauben Sie wirklich, daß er gerade diese Puppe zufällig hat mitgehen lassen?«

»Eigentlich nicht«, seufzte ich und betrachtete noch einmal die Reihen der Wachsfiguren. Bei keiner fanden sich Hinweise darauf, daß sie jemals berührt worden, geschweige denn für einen Diebstahl in Betracht gezogen worden waren. »Dr. Christophe ... gibt es etwas wie ... eine *Reichweite* für Ihren Effekt? Mit anderen Worten, darf sich der Präsident zum Beispiel nicht weiter als fünf Meilen von der Puppe entfernen, damit eine Behandlung möglich ist?«

Christophe und Pak sahen einander an. »Wir haben Patienten behandelt, die hundertfünfzig Kilometer von uns entfernt waren«, antwortete Pak. »Eigentlich ... – nein. Präsident Thompson war vor zwei Monaten auf einer Wahlreise durch Omaha, während wir seine Magenkrämpfe behandelten.«

Omaha. Großartig. Wenn dieser unsinnige, surreale

Effekt über eine Entfernung von tausend Kilometern wirkte, dann konnte der Dieb überall sein.

Maxwell war offenbar meinem Gedankengang gefolgt. »Es sieht so aus, als hätte ich recht – wir können nichts anderes tun als versuchen, die Möglichkeiten einzuschränken.«

Ich nickte und musterte die Tresortür. Was Pak und Christophe hier hatten, war kein billiger Ersatz für eine Türkette – nur ein echter Profi verfügte über die erforderlichen Kenntnisse, um hineinzugelangen. »Alarmsysteme?« fragte ich.

»Ich habe die Parameter«, antwortete Maxwell, bevor einer der beiden sprechen konnte. »Habe ich jetzt bewiesen, daß es sich um einen sehr dringenden Fall handelt und daß wir sofort zurückfahren und uns mit Ihren Akten befassen müssen?«

Das Leben des Präsidenten war durch die Vermischung von zwei Pseudowissenschaften bedroht, die kein normaler Mensch ernst nehmen konnte ... es sei denn, die Kombination funktionierte zufällig tatsächlich. »Ja, vieles spricht dafür«, gab ich zu. »Wie trägt es der Präsident?«

Maxwell zögerte einen Sekundenbruchteil zu lang. »Er hält sich gut.«

Ich zog eine Augenbraue hoch. »Wirklich?« fragte ich vielsagend.

Seine Kiefermuskeln verkrampften sich kurz. »Ja also ... ich weiß nicht, ob man es ihm schon gesagt hat. Schließlich kann er nichts tun, und wir wollen nicht ... Sie wissen schon.«

Psychosomatische Schwierigkeiten bekommen, ergänzte ich schweigend. Das ergab genauso viel Sinn wie das übrige ...

»Moment mal«, unterbrach ich meinen Gedankengang. »Ich habe einmal gelesen, daß der Patient wenigstens ein wenig an die Akupunktur glauben muß, wenn sie wirken soll. Gilt das nicht auch für Voodoo?«

Christophe richtete sich zu seiner vollen Länge auf. »Mr. Harland«, erwiderte er steif, »wir haben es hier nicht mit Phantasien und Legenden zu tun. Unsere Methode ist eine absolut medizinische, absolut *wissenschaftliche* Behandlung des Patienten, und es spielt kaum eine Rolle, was er glaubt oder nicht glaubt.«

Maxwell sah Pak an. »Sind Sie ebenfalls dieser Ansicht, Doktor?«

Pak schob die Lippen vor. »Natürlich spielt auch der Glaube eine Rolle, aber auf welchem Gebiet der Medizin ist das nicht der Fall? Das ganze Doppelblindversuch/Placebo-Verfahren beim Testen von Medikamenten zeigt ...«

»Schon gut, schon gut«, unterbrach ihn Maxwell. »Außerdem spielt es wahrscheinlich keine Rolle. Wenn der Präsident fest genug daran glaubt, um daraus Nutzen zu ziehen, dann reicht das auch dafür, daß er dadurch verletzt wird.«

Pak schluckte sichtlich. »Mr. Maxwell ... wir bedauern das alles wirklich. Können wir Ihnen irgendwie helfen?«

Maxwell sah mich an. »Fällt Ihnen etwas ein?«

Ich schaute an ihm vorbei auf die Reihen von Puppen. Die ganze Geschichte wirkte noch immer unwirklich ... Ich riß mich zusammen und wandte mich wieder meiner Aufgabe zu. »Ich nehme an, daß Ihre Leute bereits nach Fingerabdrücken gesucht haben?«

»Im Vorraum, auf den Fenstern, auf dem Tresor, und auch auf dem Aktenschrank, in dem die Aufzeichnungen aufbewahrt werden. Wahrscheinlich hat der Dieb dadurch herausbekommen, welche Puppe die des Präsidenten ist.«

»In diesem Fall ...« Ich zuckte die Achseln. »Es ist wahrscheinlich an der Zeit, daß wir in die Polizeistation zurückkehren und den Computer warmlaufen lassen. Wenn Sie also kein Gegenmittel gegen ...«

Ich brach ab, weil ein Gedankengang, von dem ich

vorher abgelenkt worden war, wieder auftauchte. »Ja?« drängte Maxwell.

»Dr. Christophe«, sagte ich langsam, »was würde geschehen, wenn ein Patient mit *zwei* Puppen verbunden ist? Und wenn mit jeder Puppe etwas anderes getan wird?«

Christophe nickte eifrig. »Ja – auf genau diese Idee bin ich auch schon gekommen. Wenn Sams Akupunktur jeden Schaden neutralisieren kann, der durch die gestohlene Puppe verursacht wird...« Er sah Pak an. »Das können Sie doch sicherlich?«

Paks Stirn legte sich in Falten. »Es ist ein netter Gedanke, Pierre, aber ich bin gar nicht sicher, daß ich es kann. Wenn beide Puppen gleich stark sind ...«

»Das werden sie nicht sein«, unterbrach ihn Maxwell. »Vergessen Sie nicht, die haitische Erde. Sie können Ihre Puppe bis zu den Knien in das Zeug stecken, während die der anderen allmählich ihre Macht verliert.« Er schüttelte unvermittelt den Kopf. »Ich kann nicht *glauben,* daß ich tatsächlich so rede«, murmelte er. »Aber es ist unsere beste Chance, bis wir die erste Puppe wiederbekommen. Ich werde um einen Wagen telefonieren – Sie müssen alles, was Sie brauchen werden, in fünfzehn Minuten beisammen haben, okay?«

»Warten Sie«, wandte Pak ein. »Wohin fahren wir?«

»Natürlich ins Weiße Haus. Das heißt, eigentlich nach Baltimore – der Präsident ist jetzt dort und bereitet sich auf die Debatte am Abend vor. Ich möchte, daß Sie bei ihm sind, falls es zu einem Angriff auf ihn kommt.«

»Aber die Puppe wird...«

»Ich spreche nicht von der verdammten Puppe, sondern von dem Problem der Verzögerung bei der Nachrichtenübermittlung. Wenn der Präsident jemandem erklären muß, wo es schmerzt, und man Sie aus Baltimore oder dem Weißen Haus anrufen muß, und Sie dann die Puppe herausholen, behandeln und sich telefonisch erkundigen müssen, ob es nützt...« Er brach ab. »Wozu erkläre ich das alles? Sie werden sich während der nächsten Tage beim Präsidenten befinden, und damit hat sich's. Als unentbehrliche Zeugen, wenn schon nichts anderes.«

Er hatte nicht die geringste Chance, mit der letzten Feststellung durchzukommen, wie er und ich genau wußten. Aber Pak und Christophe wußten es offenbar nicht. Oder sie waren so verantwortungsbewußt, daß sie keine Schwierigkeiten machen wollten. Was immer, als Maxwell endlich die Verbindung zum Weißen Haus hergestellt hatte, waren sie bereits dabei, ihre Materialien und Geräte zusammenzupacken, und als der Wagen zehn Minuten später eintraf, waren sie reisefertig. Maxwell erteilte dem Fahrer Anweisungen, und als sie davonfuhren, stiegen er und ich in meinen Wagen und kehrten zur Polizeistation zurück.

»Da haben Sie es«, seufzte ich, lehnte mich zurück und zeigte auf den Ausdruck. »Ihre Hauptverdächtigen. Suchen Sie sich ein paar aus.«

Maxwell sagte etwas besonders Obszönes und hob den Papierstoß hoch. »Es ist wohl kaum möglich, daß wir irgendwelche hilfreichen Kriterien übersehen haben?«

Ich zuckte die Achseln. »Sie haben danebengesessen und mir zugesehen, wie ich alles eingab. Erfahrener Safeknacker, sowohl Erfahrung mit ausgefallenen Tresoren als auch ausgefallenen elektronischen Alarmsystemen, am Leben, nicht im Gefängnis, und so weiter.«

Er schüttelte den Kopf. »Wir werden *Tage* brauchen, um das durchzugehen.«

»Und noch länger, um sie aufzuspüren«, stimmte ich zu. »Wenn Sie etwas Besseres wissen, ich bin dabei.«

Er kaute auf einem Bleistift herum. »Wir könnten Querverweise zu unserer Haßbrief-Akte suchen. Kein gewöhnlicher Dieb kann darauf aus sein, Präsident Thompson zu töten.«

»Wunderbar – aber die meisten Ihrer Haßbriefeschreiber haben keine Ahnung von der Puppe des Präsidenten. Wir sollten lieber nach einer undichten Stelle im Weißen Haus oder in Pak und Christophes Haus suchen.«

»Das tun wir bereits«, sagte er grimmig. »Wir überprüfen auch gemeinsam mit der CIA ausländische Nachrichtendienste und terroristische Organisationen. Diese Leute ...« – er klopfte auf den Ausdruck – »sind nur eine vage Vermutung, aber wir können es uns nicht leisten, sie zu übergehen.«

»Es ist nett, wenn man gelegentlich erfährt, was sich so tut«, murmelte ich. »Wie geht es dem Präsidenten?«

»Vor fünf Minuten war noch alles in Ordnung.« Obwohl die Baltimore-Abteilung des Geheimdienstes meine Telefonnummer besaß und uns versprochen hatte, sofort anzurufen, wenn etwas geschah, rief Maxwell in viertelstündigen Intervallen bei ihnen an.

»Das ist wenigstens etwas.« Ich sah auf die Uhr. Es war beinahe vier Uhr; vor zweieinhalb Stunden hatten wir die Voodoo-Akupunkturklinik verlassen, und vor sechzehn Stunden war die Puppe gestohlen worden.

Etwas stimmte dabei nicht. »Verstehen Sie mich jetzt nicht falsch, Maxwell ... aber worauf wartet er, zum Teufel?«

»Wer, der Dieb?«

»Ja. Denken Sie einmal darüber nach. Wir nehmen an, daß er weiß, was er hat, und daß er es bewußt darauf abgesehen hatte. Warum wartet er, statt es zu verwenden?«

»Will er sich ein Alibi verschaffen?« fragte Maxwell langsam.

»Für einen Mord mit einer *Voodoo-Puppe?*«

»Ja, das ergibt keinen Sinn«, bestätigte er. »Vielleicht hat er nicht vor, die Puppe selbst zu verwenden. Vielleicht streckt er seine Fühler aus und verkauft sie an den Höchstbietenden.«

»Vielleicht. Aber andererseits – wer würde ihm glauben?«

»Will er Lösegeld dafür verlangen?«

»Er hat sechzehn Stunden Zeit gehabt, Zeitungsbuchstaben auszuschneiden und eine Lösegeldforderung zusammenzukleben. Ist etwas Derartiges aufgetaucht?«

Er schüttelte den Kopf. »Man hätte es mir bestimmt mitgeteilt. Okay, ich gebe auf: Warum braucht er so lange?«

»Das weiß ich nicht, aber was immer er vorhat, er muß auf mindestens zwei Fristen achten: Erstens: Je länger er die Puppe behält, desto größer ist unsere Chance, ihn zu fassen. Und zwei: Je länger er wartet, über desto weniger Macht verfügt die Puppe.«

»Es sei denn, er kennt den Zusammenhang mit dem haitanischen Boden ... nein. Wenn er es wüßte, hätte er mit der Puppe auch Erde mitgenommen.«

»Obwohl er vielleicht eine eigene Quelle für das Zeug besitzt«, wandte ich ein. »Trotzdem ist es eine berechtigte Annahme. Hat er vielleicht erwartet, daß Pak sich in Bereitschaft hält, um alles zu neutralisieren, was er tut? Vielleicht wartet er, bis Paks Wachsamkeit nachläßt.«

»Der Diebstahl wurde erst nach mindestens zwei Stunden entdeckt. Er hätte den Präsidenten im Schlaf töten können. Er hätte es übrigens sofort hier im Tresor tun können und hätte es nicht nötig gehabt, die Puppe mitzunehmen.«

»Punkt für Sie«, gab ich zu. »Er ist also nicht auf einfachen Mord aus – komplizierter Mord vielleicht, aber nicht einfacher.«

Maxwell wurde plötzlich blaß. »Die Debatte. Er wird es bei der *Debatte* tun.«

Wir starrten einander an. Dann schnappten wir uns unsere Jacketts und rannten zur Tür.

Nach Baltimore waren es ungefähr fünfundsechzig Kilometer; unter normalen Bedingungen eine einstündige Fahrt. Maxwell bestand darauf, selbst zu fahren, und schaffte es in etwas mehr als fünfundvierzig Minuten. Noch dazu während der Stoßzeit.

Wir trafen im Hyatt ein, fanden die Suite des Präsidenten… und stellten fest, daß unsere Eile vergeblich gewesen war.

»Was soll das heißen, sie wollen nicht absagen?« knurrte Maxwell VanderSluis an, den Geheimdienstmann, der uns an der Tür empfing.

»Wen meinen Sie mit ›sie‹?« knurrte dieser zurück. »Der *Präsident* will nicht absagen.«

»Haben Sie ihm nicht gesagt…«

»Wir haben alles, was Sie uns über Funk mitgeteilt haben, an ihn weitergegeben«, seufzte VanderSluis. »Nützte überhaupt nichts. Er meint, daß eine Absage in letzter Minute ohne triftigen Grund Wasser auf Danzings Mühle sein würde.«

»Haben Sie ihm gesagt…?«

»Von der Puppe? Ja, aber es nützte ebenfalls nicht. Wahrscheinlich schmerzte es ihn – er wies zurecht darauf hin, daß es ihm überhaupt nichts nützen würde, sich zu verstecken, wenn ihn jemand mit Hilfe der Puppe angreifen wollte.«

Maxwell sah mich frustriert an. »Was ist mit Pak und Christophe?« fragte er VanderSluis. »Sind sie hier?«

»Natürlich – am Ende des Korridors auf Siebzehn.«

»Am Ende des *Korridors?* Ich habe ihnen befohlen, beim Präsidenten zu bleiben.«

»Sie werden nicht näher an ihn herankommen«, erklärte VanderSluis grimmig. »Der Präsident wollte nicht, daß sie ihn stören, während er sich auf die Debatte vorbereitet.«

Im Klartext hieß das, er wollte vermeiden, daß einer der Bluthunde von den Medien sie witterte und begann, unangenehme Fragen zu stellen. »Wenigstens sitzen sie nicht in Washington«, murmelte ich, als Maxwell den Mund öffnete.

Maxwell klappte den Mund wieder zu und biß die Zähne kurz zusammen. »Wahrscheinlich«, gab er widerwillig zu. »Kommen Sie, Harland, sprechen wir mit ihnen. Vielleicht haben sie irgendwelche Ideen.«

Sie lagen in dem Zimmer auf den beiden Doppelbetten und hatten den Fernsehapparat eingeschaltet. Auf dem Boden neben dem Bett war der Kaffeetisch zu einem chirurgischen Minitablett umfunktioniert worden; Paks Akupunkturnadeln waren um einen Blumentopf angeordnet, der Christophes Ersatzpuppe enthielt. Sie sah genauso scheußlich aus wie die Puppen in ihrem Tresor in Washington. »Gibt es etwas?« fragte Maxwell, als die Ärzte zu uns aufblickten.

»Ah – Mr. Maxwell.« Christophe schaltete den Fernsehapparat ab. »Es wird Sie freuen, daß Präsident Thompson sich bei ausgezeichneter Gesundheit befindet...«

»Vor einer Stunde hatte er leichte Magenkrämpfe«, mischte sich Pak ein, »aber ich glaube nicht, daß es etwas mit der Puppe zu tun hatte. Wahrscheinlich nur die Spannung vor der Debatte. Jedenfalls habe ich die Krämpfe mit der neuen Puppe weggebracht.«

Maxwell nickte ungeduldig. »Die Stille vor dem Sturm wird bald zu Ende sein. Wir nehmen an, daß der Hauptangriff irgendwann während der Debatte erfolgen wird.«

Beide Männer bekamen große Augen, und Christophe murmelte etwas Französisches. Pak faßte sich als erster. »Natürlich. Naheliegend. Was können wir tun?«

»Das, wofür Sie eigentlich hergekommen sind: Die Wirkung der alten Puppe mit der neuen neutralisieren. Leider stehen wir jetzt wieder vor dem ursprünglichen Problem.«

»Verständigung?« fragte ich.

Er nickte. »Wie können wir – schnell – erfahren, was auf der Bühne geschieht?«

Ich starrte den jetzt dunklen Fernsehapparat an.

»Können Sie den physischen Zustand eines Mannes an seinem Gesichtsausdruck und seiner Körpersprache erkennen, Dr. Pak?«

»Sie meinen, ob ich hier sitzen, der Debatte im Fernsehen zusehen und erkennen kann, wie sich Präsident Thompson fühlt?« Pak schüttelte den Kopf. »Keine Chance. Nicht einmal, wenn die Kamera die ganze Zeit auf ihn gerichtet wäre, was sie natürlich nicht ist.«

»Vielleicht eine Signaltafel«, schlug Maxwell vor, und in seiner Stimme lag leichte Erregung. »Mit Knöpfen für jedes mögliche Ziel – Gelenke, Magen, Rücken und so weiter.«

»Und was tut er, wenn er irgendwo Schmerzen hat – auf einen Knopf drücken?« höhnte ich.

»Es muß nicht so durchsichtig sein«, sagte Maxwell, und griff an Christophe vorbei nach dem Telefon auf dem Nachtkästchen. »Wir können es aus winzigen Piezokristallen machen – eine Berührung genügt, um die Dinger einzuschalten. Sie sind so klein, daß ein ganzes Brett mit ihnen auf sein Lesepult hinter seine Notizen passen würde – Larry?« unterbrach er sich und sprach in das Telefon. »Bill Maxwell. Hören Sie, haben wir diese Einzelkristall-Piezo-Druckgeräte, die wir zum Signalisieren und bei Gefahr verwenden?... Ja, geringe Reichweite wäre in Ordnung – wir würden nur irgendwo in den Kulissen einen Verstärker brauchen... Großartig... So viele Sie haben... Großartig, ich bin sofort unten.«

Er legte auf und ging zur Tür. »Wir haben es«, verkündete er über die Schulter. »Sie haben über hundert von den Dingern. Ich bin gleich wieder da.« Er schnappte sich einen Zimmerschlüssel von einem niedrigen Tisch neben der Tür und verließ den Raum.

Ich sah auf die Uhr. Fünf Uhr fünfzehn, und die Debatte sollte um neun beginnen. Nicht viel Zeit für die Anlage, von der Maxwell sprach. »Glauben Sie, daß es funktionieren wird?« fragte ich Pak.

Er zuckte unbehaglich die Achseln. »Ich nehme es an. Das Schlechte daran ist, daß ich mich auf die Diagnose eines Menschen verlassen muß, der ein Amateur ist.«

»Es ist *sein* Körper, oder?«

Pak zuckte wieder die Achseln, und wir drei saßen einige Minuten lang schweigend da. Deshalb erschraken wir um so mehr, als das Telefon plötzlich läutete.

Ohne zu überlegen hob ich ab. »Ja?«

»Wer spricht?« fragte eine mißtrauische Stimme.

»Cal Harland – Polizei von Washington.«

»Ach ja, Sie kamen mit Maxwell. Ist er schon mit den Piezos zurückgekommen?«

Ich begann wieder zu atmen. Was immer los war, es war wenigstens kein medizinischer Notfall. »Nein, noch nicht. Kann ich ihm etwas ausrichten?«

»Ja«, seufzte der andere, »aber er wird es nicht mögen. Hier spricht VanderSluis. Sagen Sie ihm, daß ich angerufen habe, und daß ich seinen Vorschlag soeben dem Präsidenten vorgelegt habe. Und der macht uns einen Strich durch die Rechnung.«

Mein Mund wurde trocken. »*Was* hat er getan?«

»Er hat die Idee abgeschmettert. Er hat sehr deutlich erklärt, daß er nicht gleichzeitig eine Debatte führen und Knöpfe auf einem verdammten Schaltbrett drücken kann. Ende des Zitats.«

»Haben Sie ihn daran erinnert, daß er vielleicht sein Leben aufs Spiel setzt?« fuhr ich ihn an. »Oder waren Sie wenigstens unfair und haben angedeutet, daß es ihn die Wahl kosten könnte?«

»Richten Sie Maxwell einfach aus, was ich gesagt habe«, meinte er kühl. »Überlassen Sie die höhnischen Bemerkungen Senator Danzing.«

»Entschuldigung«, murmelte ich, aber VanderSluis hatte schon aufgelegt. Ich legte ebenfalls auf, hob den Kopf und sah Pak und Christophe in die Augen. »Was ist los?« fragte Christophe.

»Thompson macht nicht mit«, seufzte ich. »Er sagt, daß ihm das Schaltbrett zu viel Mühe machen würde.«

»Aber ...« Pak brach ab, als die Tür aufging und Maxwell mit einem Berg Schachteln auf den Armen hereinkam.

»Verdammt«, knurrte er, als ich VanderSluis' Botschaft ausgerichtet hatte. »Verdammt, verdammt. Was spielt ein bißchen Mühe schon für eine Rolle, wenn es sein Leben retten könnte?«

»Ich bezweifle, daß er nur daran denkt.« Pak schüttelte den Kopf. »Wieder die Politik, Mr. Maxwell – die Politik und das Auftreten in der Öffentlichkeit. Wenn jemand von der Presse das Brett bemerkt, gibt es jede Menge Folgerungen, zu denen er gelangen könnte.«

»Und keine wäre vorteilhaft.« Ich holte tief Luft. »Aber verdammt, was will er von Ihnen? Daß Sie ihn verteidigen, ohne daß er kooperiert?«

»Vermutlich«, meinte Maxwell. »Das hat im Geheimdienst eine lange Tradition.« Er riß sich zusammen. »Wir haben noch dreieinhalb Stunden, Gentlemen, um uns etwas einfallen zu lassen. Vorschläge?«

»Können Sie den Räuber finden und die Puppe wiederbekommen?« fragte Christophe.

»Wahrscheinlich nicht. Zu viele mögliche Verdächtige, nicht genügend Zeit, um alle durchzugehen.«

»Schade, daß der Dieb kein einziges Haar am Ort des Verbrechens zurückgelassen hat«, bemerkte ich halb humorvoll. »Denn sonst könnten wir eine Puppe machen und ihn ausschalten, auch wenn wir nicht wissen, wer er ist.«

Maxwell sah Christophe an. »Können Sie etwas unternehmen, ohne etwas von seinem Körper zu haben?«

Christophe schüttelte den Kopf. »Nur ein kleines Stückchen ist erforderlich, Mr. Maxwell, aber dieses kleine Stückchen ist wesentlich.«

Maxwell fluchte und sagte noch etwas zu Christophe ... aber ich hörte nicht mehr zu. Eine verrückte Idee hatte gerade in meinem Kopf Gestalt angenommen ...

»Was ist mit der Puppe an sich, Dr. Christophe?« fragte ich langsam. »Sie haben sie gemacht – wahrscheinlich wissen Sie genau, wie sie aussieht und wie sie hergerichtet ist. Wäre es möglich, eine ... eine Gegenpuppe zu machen, mit der Sie das Original zerstören könnten?«

Christophe blinzelte. »Um die Wahrheit zu sagen, das weiß ich nicht. Ich habe noch nie von so etwas gehört. Trotzdem ... nach allem, was ich von der Wissenschaft des Voodoo gelernt habe, würde ich immer noch etwas von der gestohlenen Puppe brauchen, um die notwendige Verbindung herzustellen.«

»Warten Sie mal«, meldete sich Pak zu Wort. »Sie verwenden doch immer das gleiche Wachs. Dieses seltsame durchscheinende Zeug, das so druckempfindlich ist, daß es einen blauen Fleck bekommt, wenn man es scharf ansieht.«

»Es ist keineswegs so zart.« Christophe war sichtlich in seinem Stolz verletzt. »Und gerade weil es so empfänglich ist, ist es so nützlich ...«

»Ich weiß, ich weiß«, unterbrach ihn Pak. »Ich meine, ob es möglich wäre, die Verbindung mit der gestohlenen Puppe aufzunehmen, weil Sie wissen, woraus sie besteht?«

»Das glaube ich nicht. Voodoo ist keine Schrotflinte, sondern ein sehr präzises Gewehr. Wenn eine Verbindung zwischen Puppe und Person hergestellt wird, dann ist es eine *sehr* spezifische Verbindung.«

»Und funktioniert diese Verbindung in beide Richtungen?« fragte Maxwell plötzlich.

In seiner Stimme lag etwas Merkwürdiges, das mich veranlaßte, mich ihm zuzuwenden. Sein Gesichtsausdruck war noch merkwürdiger. »Etwas?« fragte ich.

»Vielleicht. Dr. Christophe?«

»Also ...« Christophe geriet ein wenig ins Schwimmen, als er zu der Frage zurückging, die Maxwell gestellt hatte. »Natürlich funktioniert die Verbindung in beide Richtungen. Es kann gar nicht anders sein.«

Maxwell schwieg einen Augenblick und starrte vor sich hin. Dann verzog langsam ein grimmiges Lächeln sein Gesicht. »Dann könnte es funktionieren. Vielleicht. Und der Präsident würde sogar damit einverstanden sein – ganz bestimmt.« Er blickte unvermittelt auf die Uhr. »Dreieinviertel Stunden«, stellte er fest, wieder ganz im Dienst. »Wir sollten uns an die Arbeit machen.«

»Und was tun?« fragte Pak verwirrt.

Maxwell sagte es uns.

Schon lange bevor Präsident Thompson und Senator Danzing auf die Bühne kamen, einander die Hände schüttelten und ihre Plätze an den beiden Pulten einnahmen, war der Ballsaal des Hyatt zum Bersten voll. Ich saß am Fuß des Bettes, musterte Thompsons Gesicht im Fernsehapparat genau und bedauerte, daß man uns nicht gestattet hatte, näher beim Ort der Handlung zu sein. Es würde für mich sehr schwierig sein, an Hand eines Bildschirms festzustellen, wie sich der Präsident fühlte.

Der Moderator brachte die Begrüßungsformalitäten hinter sich und nickte dann Thompson zu. »Die Eröffnungserklärung steht Ihnen zu, Mr. Präsident.« Die Kamera wechselte zu halbnah, und Thompson begann zu sprechen …

»Magen«, sagte Maxwell hinter mir knapp.

»Das sehe ich«, antwortete Pak viel ruhiger. »Das sollte genügen.«

Ich ließ das Gesicht des Präsidenten nicht aus den Augen. Ein kurzes, schmerzliches Zucken, das sofort verging. »Er sieht jetzt gut aus«, verkündete ich.

»Leider können wir nicht feststellen, ob die Behandlung wirkt«, bemerkte Pak. »Wir sehen nur, worauf sich der Angriff richtet …«

»Rechter Ellbogen«, unterbrach ihn Maxwell.

»Hab es.«

»Danke, Mr. Präsident«, unterbrach der Moderator geschickt Thompsons Rede. »Senator Danzing: Ihre Eröffnungserklärung bitte.«

Die Kamera wechselte zu Danzing, ich holte tief Luft und entspannte mich ein wenig. Doch nur für eine Sekunde, weil eine zweite Kamera ins Spiel gebracht und Thompson im Vordergrund sichtbar wurde. »Achtung«, warnte ich die anderen. »Er ist wieder im Bild.«

»Huh – wieder Magenschmerzen«, knurrte Maxwell.

»Ich habe es«, versicherte Pak. »Wer immer unser Dieb ist, er hat nicht sehr viel Phantasie.«

»Und ist auch nicht sehr gefährlich, jedenfalls bis jetzt nicht«, stimmte ich zu. »Obwohl wir für kleine Gefälligkeiten dankbar sein sollten.«

»Oder für kleine Gehirne«, meinte Maxwell trocken. »Es sieht immer mehr so aus, als wäre gar kein Mord vorgesehen.«

»Das verstehe ich nicht«, sagte Christophe.

»Haben Sie nie von schmutzigen politischen Tricks gehört?« fragte Maxwell spöttisch.

Die Kamera hatte Danzing wieder voll im Bild, und ich riskierte einen Blick auf die anderen, die sich über den Tisch zwischen den beiden Hotelbetten beugten. »Sie meinen … das alles soll nur bewirken, daß Thompson vor der Kamera von Schmerzen und Krämpfen geschüttelt wird?«

»Warum nicht?« fragte Maxwell. »Es wurden schon dümmere Sachen versucht. Mit Erfolg, möchte ich hinzufügen.«

»Vermutlich.« Aber, dachte ich, nichts davon kann seltsamer sein als das, was wir hier tun. Mein Blick wanderte zu dem Tisch und den beiden Wachsfiguren, die in Blumentöpfen mit haitanischer Erde standen: Aus der einen ragte bereits ein halbes Dutzend Akupunkturnadeln heraus, und die andere, viel größere, sah nicht wie eine Puppe, sondern wie ein Nadelkissen aus.

In ihr steckten jedoch keine Nadeln. Statt dessen führten hundert dünne Drähte *aus* ihr hinaus. Hinaus und zu einem Brett mit ebenso vielen ordentlich befestigten und etikettierten Lämpchen ... und während ich hinsah, reagierte einer der winzigen Piezokristalle, die Christophe so sorgfältig in seine Schöpfung eingebettet hatte, auf die leichte Veränderung des Drucks im Wachs, und das entsprechende Licht blinkte auf.

»Rechtes Handgelenk«, sagte Maxwell scharf.

»Hab es«, sagte Pak. Ich drehte mich zu spät zum Bildschirm um und sah gerade noch, wie der Präsident eine seiner berühmten weitausholenden Armbewegungen machte. Der Arm schwang nach vorn, die Kamera erfaßte die Hand ... und trotz der begrenzten Wiedergabefähigkeit des Bildschirms konzentrierten sich meine Augen auf die Finger und ich bildete mir ein, daß ich die leichte Verfärbung unter den manikürten Fingernägeln sah. Würde es den Reportern im Ballsaal auffallen? Wahrscheinlich nicht. Und selbst wenn es geschah, würden sie ganz sicher nicht Christophes seltsam durchscheinendes Wachs erkennen.

Oder es glauben, wenn sie es erkannten. Puppe-zu-Person-Voodoo war schon lächerlich genug; den umgekehrten Vorgang, Person-zu-Puppe, würde niemand schlucken.

Die Kamera wechselte zu Danzing. »Er ist von der Kamera weg«, verkündete ich und widmete mich wieder meiner Aufgabe.

Die Kämpfe tobten über eine Stunde lang – das Wortgefecht zwischen Präsident und Senator, und unser stillerer Kampf hinter den Kulissen. Als es vorbei war, schüttelten die beiden Männer auf der Bühne einander die Hände und verschwanden in die Kulissen ... und weil ich wußte, worauf ich achten mußte, bemerkte ich, daß der Präsident leicht hinkte. Kaum überraschend –

obwohl ich es nie ausprobiert habe, bin ich davon überzeugt, daß es sehr schwierig ist, normal zu gehen, wenn die Socken voller haitanischer Erde sind.

Danach schloß mich der Geheimdienst von der Untersuchung aus, deshalb weiß ich nicht, ob sie die Puppe jemals fanden. Doch das ist nicht mehr wichtig. Der Präsident ist am Leben, und die gestohlene Puppe hat inzwischen ihre Kraft verloren. Ich habe seit der Debatte weder Pak noch Christophe wiedergesehen, aber aufgrund des erregten Gesprächs, das sie nachher führten, nehme ich an, daß sie inzwischen die meisten Mucken der neuen Voodoo-Diagnosetechnik, die Maxwell in jener Nacht erfand, ausgeräumt haben. Und ich muß wohl akzeptieren, daß alle medizinischen Fortschritte letzten Endes zu etwas gut sind, auch wenn ich mich bei ihnen nicht immer ganz wohl fühle.

Die Geschichte erspart mir außerdem eine Menge Geld. Statt jeden Monat fünfzehn Dollar für einen Haarschnitt auszugeben, habe ich gelernt, es zu Hause selbst zu tun.

Ich sammle und vernichte auch meine Nagelsplitter. Ich habe keineswegs Verfolgungswahn; ich bin nur vorsichtig.

BANSHEE

Die kleine, beinahe unsichtbare Bar am Straßenrand kuschelte sich zwischen die Berge südlich von Zentralwyoming. Wahrscheinlich war sie einmal eine Touristenfalle gewesen, bis neue Straßen den Verkehr auf sich zogen und sie versuchen mußte, von den Fliegenschißorten rings um sie zu leben. Wie sie das schaffte, war mir schleierhaft; selbst an einem Dienstag um vier Uhr nachmittags mußten sich bei einer ordentlichen Bar mehr als vier Wagen auf dem Parkplatz drängen. Ich stellte mir das Innere genauso trostlos vom Versagen gezeichnet wie das Äußere vor, und diese Vorstellung veranlaßte mich beinahe vorbeizufahren. Aber ich hatte seit dem Frühstück nichts gegessen, mein Magen knurrte seit zwei Stunden… und vielleicht würde mein Beitrag ein wenig helfen. Ich fuhr meinen alten Rostkübel auf den Parkplatz, kletterte in den heißen Sonnenschein hinaus und ging hinein.

Ich hatte damit recht gehabt, daß die Bar beinahe leer war; es sprach für sie, daß die Ausstattung nicht halb so deprimierend war wie ich befürchtet hatte. Sie war alt und ein bißchen verblaßt, aber gut gepflegt. Zufällig hatte ich den gleichen Eindruck von der Kellnerin, die neben mir stand, als ich mich an einem Tisch niederließ. »Tag«, sagte sie lächelnd und stellte mir ein Glas Wasser hin. »Unsere heutige Spezialität ist gegrilltes Huhn mit…«

»Klingt gut«, bestätigte ich, als sie mit der Beschreibung fertig war, »aber ich möchte nur einen halb durchgebratenen Burger und ein Glas Bier.«

»Kommt sofort«, lächelte sie, notierte es auf ihrem Block und ging in die Küche zurück. Das Huhn hatte tatsächlich besser geklungen, aber der Burger war billiger, und wenn ich ihn nahm, konnte ich ihr Trinkgeld aus meinen beschränkten Mitteln vergrößern. Vielleicht dumm, aber ich fand, daß ein bißchen knausern und opfern es wert war, wenn dadurch der Tag für jemand heller wurde.

Ich trank ausgiebig Wasser, schob das Glas über den Tisch und zog die Karte heraus. Ich mußte irgendwann in einem Motel einkehren, aber ich wollte wenigstens meinem Ziel etwas näher sein, wenn ich für diesen Tag Schluß machte. Wenn ich die Elf nahm und mindestens bis Woods Landing kam …

»He! Sie!«

Als ich aufblickte, schwenkte der Barkeeper das Telefon in meine Richtung; sein Gesichtsausdruck war merkwürdig. »Sie werden verlangt«, verkündete er.

Meine Zunge erstarrte. »Ich … was?«

Sein Gesichtsausdruck wurde noch merkwürdiger. »Heißen Sie Sinn?«

Mein leerer Magen verkrampfte sich. Niemand wußte, wo ich mich befand … und das hieß, daß mich niemand anrufen konnte. Aber jemand hatte es getan. »Ja, das stimmt«, antwortete ich. »Adam Sinn.«

»Na schön, der Kerl will mit Ihnen reden. Kommen Sie – ich will nicht, daß mein Telefon den ganzen Nachmittag blockiert ist.«

Ich schaffte es aufzustehen und ging hinüber … und auf halbem Weg fiel mir die einzige Möglichkeit ein. Nach beinahe einem Jahr … Eine Sekunde lang dachte ich daran, kehrt zu machen, in meinen Wagen zu steigen und in unbekannte Gebiete zu fahren. Ich hätte das Recht dazu gehabt; Griff und Banshee hatten keinen rechtlichen Anspruch mehr auf mich.

Ich erreichte die Theke und nahm das Telefon entgegen. Ich befeuchtete meine Lippen, holte tief Luft und drückte den Hörer an das Ohr. »Hallo?«

»Adam? Gott sei Dank – ich hatte Angst, daß wir Sie nicht finden würden.«

Meine Kiefermuskeln verkrampften sich schmerzhaft, und ich wußte mit absoluter Sicherheit, daß mein Jahr fern von Banshee abrupt zu Ende gegangen war. Griffith war der archetypische Mann mit der eisernen Ruhe, der selbst bei den schlimmsten Katastrophen nie die Beherrschung verlor, und dessen Stimme immer ruhig und gelassen klang. Während meiner zwei Jahre bei Banshee hatte niemals soviel Spannung in dieser Stimme gelegen wie heute, und ein Stachel bohrte sich mir in den Magen. Ich zwang mich, »Was ist los?« zu fragen.

»Die Hölle ist los«, knurrte er, »und wir sitzen genau in der Mitte. Wo sind Sie?«

»Was soll das heißen, wo ich bin? *Sie* haben *mich* angerufen, erinnern Sie sich?«

»Ja, ja, lassen Sie mich den Ausdruck lesen.« Er legte offenbar den Hörer weg, und der Stachel in meinem Magen drehte sich zusätzlich, als mir klar wurde, daß Griff tatsächlich nicht wußte, wo ich mich befand. *Den Ausdruck lesen* bedeutete, daß er so etwas wie das Suchsystem des FBI benützt hatte, und ich wußte, daß das FBI *nicht* die Gewohnheit hatte, seine telefonischen Zaubergeräte an kleine Agenturen wie Banshee zu verleihen. Was bedeutete, daß er nicht übertrieben hatte: Es war tatsächlich die Hölle los. »Adam? Okay, ich habe Sie. Ungefähr sechs Kilometer südlich von Ihnen befindet sich am westlichen Ende des Hattie-Sees ein kleiner privater Flugplatz. Fahren Sie hin und warten sie; man wird Ihnen von der Airforce Base Warren eine T-61 schicken.«

Ich fuhr mir wieder ohne merkbare Wirkung mit der Zunge über die Lippen, während mein Vorhaben, ihn daran zu erinnern, daß ich nicht mehr unter seine Zuständigkeit fiel, das Zeitliche segnete. Erst die Telefonsuchmaschine des FBI, jetzt wurde der Jet eines herumpendelnden Generals der Air Force lässig zum Transport eines Zivilisten quer über das Land benützt. Was auch los war, es wurde immer wahrscheinlicher, daß niemand sich darum kümmern würde, was ich persönlich vorzog. »Griff ... können Sie mir wenigstens andeuten, was los ist? Ist dem Rest der Springer etwas zugestoßen?«

»Nein, nein, allen geht es gut. Im übrigen werden Sie alles, was wir wissen, im Flugzeug erfahren – falls Sie es nicht selbst früher herausfinden. Soviel ich weiß, wird es in einigen Minuten an die Medien durchgegeben.«

»Griff ...«

»Adam, vertrauen Sie mir; ich würde Sie nicht darum bitten zurückzukommen, wenn es nicht lebenswichtig wäre. Auf Wiedersehen.« Es klickte und er war fort.

»Verdammt«, sagte ich leise zu dem stummen Telefon. Ich stellte es wieder auf die Theke, und als ich aufblickte, starrten mich der Barkeeper und die Kellnerin mit einer Mischung aus Ehrfurcht und Mißtrauen an ... aber in den Augen der Kellnerin lag auch die zunehmende Erkenntnis, daß sie im Begriff war, den vielleicht einzigen Kunden dieses Nachmittags zu verlieren.

Zumindest in dieser Hinsicht konnte ich etwas unternehmen. Ich zog meine Brieftasche, fand einen Zwanziger und gab ihn ihr. »Behalten Sie den Rest«, sagte ich. Jetzt konnte ich wenigstens geben, ohne an morgen denken zu müssen; ganz gleich, in welchen finanziellen Schwierigkeiten Banshee steckte, Griff hatte immer auf guten Gehältern für seine Springer bestanden ... und es sah ganz so aus, als würde ich wieder einer werden.

Ich erreichte den Flugplatz in zehn Minuten, blieb in meinem Wagen sitzen und hatte das Radio eingeschaltet, als die Nachricht durchgegeben wurde.

Air Force Eins war gerade irgendwo über Westcolorado abgestürzt. Mit dem Präsidenten der Vereinigten Staaten an Bord.

Der Pilot der T-61 hatte nicht viel mehr Neuigkeiten für mich als ich bereits im Radio gehört hatte, vor allem deshalb, weil zu dieser Zeit noch niemand mehr wußte. Air Force Eins befand sich auf dem Rückflug von Präsident Jeffers' Wochenendwohnsitz in der Sierra nach Washington, als der Pilot plötzlich bekanntgab, daß er den rechten Innenbordmotor verloren hatte. Sekunden später verstummte das Funkgerät gänzlich, und die Jets, die ausgeschickt wurden, um das Gebiet zu überfliegen, berichteten von Wrackteilen, die über einen breiten Streifen rauchenden Bergwalds verstreut waren. Bis jetzt hatte es noch keine Meldung über Tote oder Überlebende gegeben, aber nach den bisherigen Informationen war Optimismus nicht angebracht. Jetzt konnte man kaum noch etwas anderes tun, als die physischen und psychologischen Trümmer wegzuräumen… und für die Öffentlichkeit herauszufinden, was schiefgegangen war.

Letzteres würde Banshees Aufgabe sein.

Wir trafen ungefähr anderthalb Stunden, nachdem wir Wyoming verlassen hatten, ein. Ein Polizeiwagen wartete am Ende der Landebahn auf mich und eine lauwarme Schachtel mit Huhn zum Mitnehmen auf dem Rücksitz erinnerte mich daran, daß ich nicht dazugekommen war, früh zu Abend zu essen, wie ich vorgehabt hatte. Das war ein indirekter Beweis für zwei Dinge: Daß Griff seine Fassung wiedergefunden hatte, und daß ich irgendwann heute abend tatsächlich springen würde. Zwei von Banshees Springern arbeiteten mit leerem Magen am besten, aber ich gehörte nicht dazu. Der Gedanke an das, was uns bevorstand, verstärkte den Druck in meinem Magen; aber der Hunger war weitaus stärker als die Nervosität, und als wir fünfzehn Minuten später vor dem vertrauten, unauffälligen Gebäude vorfuhren, hatte ich alle drei Stück Huhn vertilgt und steckte gerade das letzte Stück Kuchen in den Mund.

Griff erwartete mich an der Vordertür. »Adam«, nickte er und ergriff kurz meine Hand, während er die Tür aufstieß. »Danke, daß Sie gekommen sind. Ich weiß es wirklich zu schätzen.«

»Kein Problem«, erklärte ich nicht ganz wahrheitsgemäß. Wir verließen die Eingangsschleuse – und ich stand vor einem Marine in großem Dienstanzug.

»Er ist einer von unseren Leuten«, erklärte Griff dem Marine, bevor ich die Sprache wiedergefunden hatte. Der Posten nickte desinteressiert; doch noch während wir an ihm vorbeigingen, spürte ich, wie seine Augen mich unaufdringlich, aber gründlich von oben bis unten musterten. Ich hatte diese Art von scheinbarer Gleichgültigkeit schon ein- oder zweimal erlebt, und zwar immer von wirklich professionellen Wachposten, die sie benützten, um Leute zu überrumpeln.

Professionelle Wachposten in Banshee. »Hier hat sich etliches verändert«, murmelte ich.

»Die Marines wurden uns nur geliehen«, sagte er. »Dank dem Entgegenkommen eines VIP aus Washington namens Shaeffer. Er ist in der Lounge und bringt Hale und Kristin auf den neuesten Stand.«

»Was ist mit Morgan? Oder hat er gekündigt?«

»Nein, er ist noch bei uns. Er ist unten und wird gerade vorbereitet.«

Ich blinzelte. »Sie lassen schon einen Sprung durchführen?«

»Wir werden ihn durchführen lassen, sobald das Modell der Air Force Eins bereit ist. Shaeffer bestand auf besonderer Genauigkeit, und die Modellierer haben es erst vor wenigen Minuten fertiggestellt.«

»Mich hat die Schnelligkeit mehr überrascht als die Verzögerung.«

»Ja, zur Abwechslung werden die Budgetbewacher kein Problem darstellen. Es ist erstaunlich«, fügte er bitter hinzu, »wieviel Geld die Leute ausspucken, wenn jemand Wichtiger getötet wird.«

Ich nickte stumm.

Wir langten bei der Lounge an und traten ein. Der VIP aus Washington war leicht an seinem teuren Straßenanzug und dem angespannten Aussehen zu erkennen. Er stand am Lounge-Tisch und sprach über eine Landkarte hinweg mit Hale Fortner und Kristin Cosgrove und …

Ich blieb so abrupt stehen, daß Griff mir auf die Ferse trat. *»Rennie?«* zischte ich.

Griff quetschte sich an mir vorbei in den Raum. »Wir haben jeden gebraucht, den wir bekommen konnten, Adam …«

»Wie haben Sie ihn dazugebracht, zurückzukommen?« flüsterte ich. Die unangenehme Szene, als Rennie Baylor aus Banshee gefeuert wurde, stand mir wieder vor Augen.

»Es ist nicht der richtige Augenblick, um vergangene Meinungsverschiedenheiten auszugraben«, zischte Griff zurück. »Weder durch mich noch durch jemand anderen von uns – und wenn ich ihn drei Tage lang aushalten kann, dann können Sie es auch. Okay?« Ich holte tief Luft und setzte meine Füße wieder in Bewegung. Es stimmte, Rennie war nicht mit mir, sondern mit Griff am häufigsten aneinandergeraten … aber wir übrigen hatten von den Seitenlinien aus mit ihm gelitten. Doch drei Tage lang – und unter diesen Umständen – würde ich mich bemühen, es durchzustehen.

»… sind ungefähr hier hinuntergekommen, in einem Gewirr von versteckten Schluchten und gefährlichen Felswänden«, sagte der VIP gerade, als wir an den Tisch traten. Er blickte auf und musterte mich kurz. »Mr. Sinn«, nickte er zur Begrüßung. »Shaeffer – Sonderberater von Präsident Jef …« Er brach ab und preßte die Lippen zusammen, bis er die Fassung wiedergefunden hatte. »Sind Sie informiert worden?«

»Nur über das Wesentliche.« Sein angespannter Gesichtsausdruck löste bei mir Schmerz aus – er hatte dem Präsidenten sichtlich sehr nahegestanden. »Air Force

Eins verlor den rechten Flügel – irgendwie – und stürzte in Colorado ab.«

Er nickte. »Das ist so ungefähr alles, was wir im Augenblick wissen. Das Such- und Rettungsteam arbeitet noch nicht lange; bis jetzt haben sie nichts gefunden.«

»Mit anderen Worten, keine Überlebenden«, warf Kristin leise ein.

Shaeffer preßte die Lippen zusammen. »Ja.« Er holte tief Luft. »Es wird Banshees Aufgabe sein herauszufinden, was dem Flugzeug zugestoßen ist. Wie ich bereits Dr. Mansfield erklärte, verfügen Sie über einen Blankoscheck – fangen Sie an und führen Sie so viele Sprünge aus, wie erforderlich sind, um die Arbeit richtig zu machen. Verstanden? Wie lange wird es noch dauern, bis Sie jemanden dorthin bringen können?«

Wie auf ein Stichwort flackerte das Licht in der Lounge. »Sofort, Mr. Shaeffer,«, antwortete Griff. »Es ist leider nicht sehr spektakulär, aber wenn Sie wollen, können wir hinuntergehen und Banshee in Aktion sehen.«

»Ich bin nicht hier, um den Touristen zu spielen«, antwortete Shaeffer scharf. »Ich bin im Kommunikationszentrum, wenn Sie mich brauchen; lassen Sie es mich wissen, sobald der Sprung vorbei ist.«

Griff errötete leicht. »Ja, natürlich.« Er drehte sich um, verließ rasch die Lounge und ging nach links zum Lift. Shaeffer nickte jedem von uns zu und folgte ihm, ging aber nach rechts zu dem Raum, in dem sich unsere bescheidenen Funk-, Telefon- und Computernetz-Geräte befanden.

Und ich blieb mit den übrigen Springern allein.

Einen Augenblick lang sahen wir einander nur an. Dann bewegte sich Kristin. »Du hast die Verbindung zu uns nicht gerade aufrechterhalten, Adam.«

Ich zuckte die Achseln. »Ich war sehr beschäftigt.« Es stimmte mehr oder weniger.

»Genau wie wir«, sagte Hale mehr als scharf. »Die

Arbeitslast hat wesentlich zugenommen, seit du uns im Stich gelassen hast.«

Mein Blick wanderte zu Rennie. »Sieh nicht mich an«, sagte er kühl. »*Ich* wurde gefeuert; *du* bist desertiert.«

»Du übertreibst ein wenig, findest du nicht?« fragte ich... aber die Empörung, die ich in die Worte legen wollte, ging irgendwo unterwegs verloren. Ich war damals nicht in der Lage gewesen, ihnen die Gründe zu verraten, und tief in mir wußte ich, daß ich sie ihnen jetzt auch nicht erzählen konnte.

»Ja, Rennie, desertieren ist ein viel zu harter Ausdruck«, mischte sich Hale ein. »Es ist eigentlich keine Desertion, wenn der Kapitän einem rät, ein sinkendes Schiff zu verlassen.«

»Was soll das wieder heißen?« fragte ich.

»Das weißt du sehr gut. Du warst immer Griffs bevorzugter Springer – das wissen alle. Wahrscheinlich hat er dir verraten, daß man uns unter einer Riesenlast Arbeit begraben würde, und schlug vor, du solltest dich aus dem Staub machen und uns weniger wertvolle Springer mit dem Berg allein fertigwerden lassen.«

»Das ist nicht wahr.« Ich bemühte mich sehr, meine Stimme unter Kontrolle zu behalten.

Hale schnaubte. »Natürlich nicht. Es war einfach Zufall. Klar.«

Ich biß die Zähne zusammen und beugte mich über die Landkarte, die Shaeffer zurückgelassen hatte. Sie war beeindruckend, der Maßstab war sogar größer als bei den üblichen 7,5 minutiösen topographischen Karten, die ich verwendete, wenn ich mit dem Rucksack unterwegs war. Die Absturzstelle war durch ein großes rotes Oval an einem Ende der Karte markiert, und mein erst kürzlich gefüllter Magen krampfte sich bei dem Gedanken, zurückgehen und zusehen zu müssen, wie es geschah, zusammen. »Hat Shaeffer erwähnt, daß wir den Absturzort begutachten oder nur auf die Hauptursache achten sollen?« fragte ich.

»So ist's richtig«, meinte Rennie spöttisch. »Wenn du nicht gewinnen kannst, wechsle das Thema.«

Ich sah Kristin an. »Hat er etwas davon gesagt, daß wir den Absturzort begutachten sollen?« wiederholte ich.

»Nicht zu uns«, antwortete sie. »Aber wir sind ja nur die Springer. Bei diesen Entscheidungen zählen unsere Stimmen nicht.«

»Falls du wissen willst, ob wir die Leichen verfolgen müssen«, mischte sich Hale ein, »bin ich sicher, daß du Gelegenheit dazu bekommen wirst. Heutzutage ist das für uns beinahe zur Routine geworden.«

Ich erschauerte. Es war schon schlimm genug, wenn man zusah, wie Menschen durch Explosionen in der Luft getötet wurden … aber die Leichen zu verfolgen, während sie auf die Erde stürzten, die verbrannten, verstümmelten Hüllen, die einmal menschliche Wesen gewesen waren, aus nächster Nähe zu sehen …

»Es sei denn«, schlug Rennie vor, »du sprichst mit Griff und läßt dich von allem besonders Unangenehmen befreien.«

»Ich werde mich an allem beteiligen, worauf wir stoßen. Bis später.« Ich wandte ihnen den Rücken zu und verließ die Lounge.

Draußen lehnte ich mich lang an die Korridorwand und bekam meine zitternden Knie langsam wieder unter Kontrolle. Ich hatte nicht erwartet, daß man mich mit offenen Armen empfangen würde, aber die nackte Feindseligkeit der anderen hatte mich wie kaltes Wasser ins Gesicht getroffen. Griff hatte sichtlich sein Versprechen gehalten, ihnen nicht zu erzählen, warum ich Banshee verlassen hatte; ob ich drei Tage unter diesem Druck durchhalten würde, war nicht sicher.

Natürlich würde ich durchhalten. Banshee brauchte mich aus irgendeinem Grund … und ich war immer da gewesen, wenn mich jemand brauchte.

Ich holte tief Luft, wandte mich nach links und ging zum Fahrstuhl.

Das Kellergeschoß des Banshee-Gebäudes erinnerte mich immer an einen Cartoon, in dem eine der Gestalten geprahlt hatte: »Das Haus selbst ist nichts Besonderes, aber du solltest den Freizeitraum sehen.« Im ehemaligen Kellergeschoß sowie im Tiefgeschoß waren die Wände und der Fußboden zwischen ihnen entfernt worden, so daß ein einziger großer Raum entstand, der nur durch strategisch verteilte Pfeiler unterbrochen wurde, die das darüber befindliche Gebäude trugen. Das Ergebnis war ein Raum, der so groß war wie ein kleines Warenhaus … und der trotzdem bis zum Übergehen mit Banshee-Ausrüstungsgegenständen gefüllt war.

Eine kleine Tafel auf dem Aktenschrank, der dem Lift am nächsten war, stellte fest, daß das ganze Zeug Eigentum der Zeitbeobachtungsgruppe der Regierung der Vereinigten Staaten war – der offizielle Name von Banshee. Doch ob offiziell oder nicht, bis jetzt hatte uns noch nie jemand mit diesem Namen bezeichnet, nicht einmal in offizieller Korrespondenz. Wahrscheinlich deshalb, weil uns niemand dort oben wirklich ernst nahm. Mit knapp über zwanzig Angestellten und einem Arbeitsbudget von weniger als vier Millionen im Jahr waren wir, soweit es Washington betraf, kaum ein Tropfen im Eimer. Ganz zu schweigen von der Tatsache, daß die meisten der Handvoll Beamten, die davon wußten, Banshee entweder für makaber oder für hinausgeworfenes Geld hielten.

Ich weiß nicht, wer den Namen Banshee* für die Gruppe gewählt hatte. Ich weiß nur zu gut, warum es bei ihm geblieben war.

Ein typischer Banshee-Sprung hatte überhaupt nichts

* *irisch:* Todesfee

Theatralisches an sich, eine Tatsache, die im Lauf der Jahre mehr als einen Besucher enttäuscht hatte. Es gab keine rotierenden Lichter, die vor Hochspannung warnten, keine großen, blinkenden Prestigeschaltbretter, keine Armeen von Technikern mit stählernem Blick, die sich unter roter Dunkelkammerbeleuchtung über Displays beugten. Die Beleuchtung war normal, unsere drei Operatoren neigten dazu, in ihren Stühlen zu lümmeln, und sogar der Springer, Morgan Portland, hätte auf seiner körpergerechten Couch inmitten der Handvoll Sensorenleiter, die aus seinen Arm- und Kopfbändern sprossen, ein Schläfchen halten können. Man hätte das EEG-Display genau betrachten und imstande sein müssen, die Angaben zu verstehen, um zu erfassen, daß Morgan im wesentlichen als tot registriert wurde.

Alle Springer waren längst zu der Erkenntnis gelangt, daß niemand wirklich wußte, wie der Banshee-Apparat funktionierte.

Natürlich verstand man – mehr oder weniger – alle Teile, das stand fest. Die Mathematiker konnten einem alle Gleichungen und Formeln zeigen und erklären, wie sie die Zeitumkehrung beinhalteten; die verschiedenen Wissenschaftler konnten einem zeigen, in welcher Beziehung die Gleichungen zu dem realen Universum standen, und zwar sowohl im Hinblick auf körperliche Gegebenheiten als auch auf Wesen- und Verstandstruktur; und die Techniker konnten einem zeigen, wie sich all das zu Apparaten zusammenfassen ließ, die mehrere Millionen Dollar wert waren. Es gab sogar Besucher, die behaupteten, daß sie verstanden, wie das Bewußtsein einer Person ohne schädliche Auswirkung bis zu einer Stunde von ihrem Körper getrennt werden konnte. Aber wenn man alles zusammennahm, wußte niemand *wirklich*, wie oder warum das Ganze so funktionierte, wie es der Fall war. Niemand wußte, warum das Bewußtsein eines Springers nicht weiter als zweiundsiebzig Stunden in der Zeit zurückgehen konnte, niemand wußte, warum nur bestimmte, besondere Menschentypen springen konnten … und niemand wußte, wie es kam, daß unser körperloses Bewußtsein manchmal von jenen gesehen wurde, die im Begriff waren zu sterben.

Es war mir als erstem bei meinem siebenten Sprung zugestoßen, und hatte meine Einstellung zu Banshee für immer beeinflußt. Ein kleines, vielleicht sieben Jahre altes Mädchen hatte mich entdeckt, als ich an einem Flugplatz-Schließfach vorbeischwebte und hoffte, daß ich die Person sehen würde, die dort eine Bombe versteckt hatte. Ich nahm zumindest an, daß sie mich gesehen hatte; ihr Gesichtsausdruck konnte kaum durch etwas anderes in ihrer Nähe erklärt werden. Ihre Mutter hatte sie einen Augenblick später weggezogen und sie hatten sich beide in einem Wartesaal in die Stühle fallen lassen, aber das Mädchen hatte weiterhin nervös in meine Richtung gesehen. Zwei Minuten später hatte die Bombe die Schließfächer und den größten Teil des Dachs in die Luft gejagt.

Das Mädchen und ihre Mutter hatten sich unter den Toten befunden.

Ich erschauerte bei der Erinnerung und zwang ihr Gesicht aus meinem Geist … und verfluchte wieder einmal den gefühllosen Idioten, der sich von diesem und ähnlichen Zwischenfällen hatte inspirieren lassen und uns den Namen *Banshee* angehängt hatte.

Ich bemerkte eine Bewegung bei einem der Entfernungsmesser-Generatorschränke; Griff sah die Ausrüstung durch. Er sah, daß ich auf ihn zuging, und änderte seinen Kurs, um mir entgegenzukommen. »Also … wie ist es Ihnen mit den anderen ergangen?« murmelte er.

»Es war nicht gerade eine Heimkehr im TV-Stil«, antwortete ich leise. Es gab keinen Grund dafür, daß man flüsterte, während ein Sprung im Gang war, aber die Leute taten es unweigerlich. »Es wäre mir lieber gewesen, wenn ich gewußt hätte, daß Rennie hier sein würde. Und wenn Sie mich ein wenig auf die sauren Mienen der anderen vorbereitet hätten.«

Er seufzte. »Es tut mir leid, Adam, wirklich. Wenn es nach mir gegangen wäre, wären Sie überhaupt nicht hier – trotz der Tatsache, daß Sie der beste Springer waren, den wir je hatten. Aber Shaeffer bestand darauf, daß wir Sie und Rennie zurückholen.«

»Haben Sie ihm erklärt, daß drei Springer vollkommen für das etwa halbe Dutzend Sprünge genügen, die notwendig sind, um herauszubekommen, was geschehen ist?«

»Ich habe es versucht, aber er rückte nicht von seinem Standpunkt ab.« Griff kratzte sich nachdenklich am Ohr. »Noch seltsamer ist, daß er eine Menge über uns weiß – er muß tatsächlich die Berichte gelesen haben, die wir in das bürokratische schwarze Loch in Washington geschickt haben.«

»Sehr schmeichelhaft. Das erklärt aber nicht, warum er uns hier im Weg herumsteht, statt die Maßnahmen vom Weißen Haus aus zu leiten.«

»Stimmt. Vielleicht glaubt er, daß er uns helfen kann. Oder er braucht zumindest das *Gefühl,* daß er hilft.«

»Wenn er helfen will, wäre es besser, wenn er in Washington Vizepräsident McCallum über sein neues Amt informierte.«

Griff zuckte die Achseln. »Ich habe gelesen, daß Shaeffer und Jeffers seit Jeffers erster Amtszeit als Bürgermeister in Phoenix gemeinsam einen langen Weg zurückgelegt haben. Es gibt andere Leute, die McCallum informieren können; ich habe das Gefühl, daß Shaeffer mehr auf Rache aus ist.«

Ich erschauerte. »Mit anderen Worten: Es ist besser, wenn wir ihm die Ursache des Absturzes im Eiltempo liefern, sonst ...?«

»Hoffen wir, daß er vernünftiger ist. Aber wenn etwas schief geht, neigen die Leute dazu, einen Sündenbock zu suchen.«

Ich dachte an die Springer oben. »Ja. Wir müssen eben dafür sorgen, daß wir unsere Arbeit rasch ausführen und außer Schußweite gelangen.«

Mein letztes Wort wurde durch das Schnappen der Unterbrecher betont, die den letzten Energiestoß zum Boden nebenschlossen. Auf der anderen Seite des Raums warf sich Morgans Körper plötzlich gegen die Gurte der Couch. Einen Moment später öffneten sich seine Augen spaltbreit und er rülpste laut.

Als die Operatoren ihn losgeschnallt hatten, standen wir schon neben ihm. »Was haben Sie bekommen?« fragte Griff, während er ihn beim Aufsetzen stützte.

»Es war der rechte Innenbordmotor, das stimmt.« Morgan massierte sich müde den Nacken. »Knapp bevor er Feuer fing und sich in Stücke auflöste, zog er Rauchfäden hinter sich her.«

»Sind Sie in den Flügel gelangt und haben Sie nachsehen können, wo das Feuer begonnen hat?« fragte Griff.

»Es tut mir leid – ich hatte keine Zeit. Ich war zu sehr damit beschäftigt, die Rauchfäden zurückzuverfolgen.« Er sah mich an und ich machte mich auf eine Wiederholung der ersten Konfrontation gefaßt. Aber er nickte nur und wandte seine Aufmerksamkeit wieder Griff zu. »Ich habe eine Menge Rauchfäden von Motorbränden gesehen, Griff – aber die sahen überhaupt nicht richtig aus.«

Griff fluchte. »Schaeffer nimmt an, daß es so etwas sein könnte. Okay, kommen Sie mit hinauf, und wir sehen uns die Konstruktionspläne an.«

Morgan nickte und schwang die Füße auf den Boden. »Dr. Mansfield«, rief einer der Operatoren, »sollen wir uns sofort für den nächsten Zyklus bereitmachen?«

»Ja«, antwortete Griff und packte Morgan am Arm. »Hale kommt sofort zur Vorbereitung hinunter. Sobald Sie und er bereit sind, springen wir wieder.«

»Warum die halsbrecherische Eile?« fragte ich, während er Morgan half, sich von der Couch zu trennen. »Es ist – was, schon nach sechs?«

»Shaeffer hat es eilig«, erklärte Griff verkniffen. »Im Augenblick ist das der einzige Grund, den wir brauchen. Helfen Sie mir bitte mit Morgan.«

Morgans Bericht brachte starke Beweise; aber zwei weitere Stunden und ein Sprung von Hale waren erforderlich, bevor Shaeffer bereit war, den offiziellen Schluß zu ziehen, zu dem wir bereits alle gelangt waren.

Präsident Jeffers Flugzeug war einem Sabotageakt zum Opfer gefallen.

»Etwas im Motor oder in der Treibstoffleitung«, knurrte Shaeffer und schlug mit der Faust auf die Blaupausen für den rechten Flügel der VC-25A. »Etwas, das trotz der feuerhemmenden Mittel im Treibstoff einen Brand auslösen konnte.«

»Weist auf eine drastische Lücke bei den Sicherheitsmaßnahmen hin«, murmelte Rennie.

Shaeffer sah ihn wütend an, beherrschte sich aber. »Das würde ich annehmen, ja. Wenn wir herausbekommen, wie die Bombe dorthin gelangte, würden wir wissen, wo sich das Loch befindet und wie groß es ist. Ich möchte heute nacht noch einen Sprung, Dr. Mansfield. Wie lange dauert es, bis die Ausrüstung bereit ist?«

»Mindestens eine halbe Stunde.« Griff sah auf die Uhr. »Aber ich möchte darauf hinweisen, daß es bereits zwanzig Uhr ist, und daß die Springer sowohl eine ungestörte Nachtruhe als auch Zeit zum Entspannen brauchen.«

»Sie werden soviel Ruhe bekommen, wie sie brauchen«, stellte Shaeffer kurz fest. »Ich möchte darauf hinweisen, daß Sie noch drei Springer haben, die Sie bis jetzt nicht eingesetzt haben.«

Ich blickte zu Kristin hinüber; ihr Mund verzog sich mürrisch. Wie eine Ware oder ein Tragtier behandelt zu werden hatte sie immer besonders verärgert. Sie merkte, daß ich sie beobachtete und sah rasch weg.

»Na ja … wir könnten weitermachen«, sagte Griff langsam und sah uns der Reihe nach an. »Sprünge bei Nacht können jedoch härter sein als bei Tag – biologischer Rhythmus und so weiter, Sie verstehen …«

»Wir stecken in einer Zeitklemme, Doktor«, fuhr ihn Shaeffer an. »Wie oft muß ich das wiederholen?«

»Ja, aber wir haben drei Ta …«

»Ich spreche nicht von der verdammten Drei-Tage-Grenze …« Shaeffer brach unvermittelt ab, und einen Augenblick lang lag ein seltsamer Ausdruck auf seinem Gesicht. »Wir haben es mit den Medien zu tun, Doktor«, fuhr er beherrschter fort. »Das amerikanische Volk will Antworten, und ich werde ihm die Antworten geben. Also, wer ist der nächste?«

Griff verzog das Gesicht und wandte sich Kristin zu; ich bewegte den Kopf und lenkte dadurch seine Aufmerksamkeit auf mich. »Ich kann es übernehmen, Griff«, sagte ich. »Nachtsprünge sind mir nie schwergefallen.« Es stimmte nicht ganz, aber doch halbwegs.

Griffs Lippen zuckten, aber er nickte. »Ja … in Ordnung, fein. Ist das dann alles, Mr. Shaeffer …?«

Shaeffer nickte, und die Gruppe begann sich aufzulösen. Ich ging rasch hinaus und zum Lift; trotzdem schaffte es Morgan, mich einzuholen, bevor ich dort war. »Ich habe nach dem Sprung mein Jackett unten gelassen«, erklärte er. »Macht es dir etwas aus, wenn ich mitkomme?«

»Nein, natürlich nicht«, sagte ich, als er neben mir weiterging. »Wie schlimm ist es?«

»Der Absturz?« Er zuckte die Achseln, ein nervöses Schulterzucken unter dem Hemd. »Nicht zu schlimm, zumindest solange man in der Luft ist. Auf dem Boden wird es nicht so lustig sein.«

»Ist es nie.«

»Das stimmt.«

Er sprach erst wieder, als wir den Fahrstuhl erreichten. »Wie ist es dir ergangen? Wir haben nicht viel von dir gehört, seit du fort bist.«

»Nach dem Empfang vorhin zu schließen, macht das nichts aus.« In meiner Stimme lag ungewohnte Bitterkeit.

Er nickte entschieden. »Ich habe nach dem Sprung mit Kristin gesprochen. Sie war durch die Art, wie du einfach auf und davon bist, irgendwie verletzt.«

»Ich bin nicht ›auf und davon‹ gegangen ...«

»Du weißt, was ich meine. Es hätte geholfen, wenn du uns gesagt hättest, daß du aussteigst.«

Ich sah ihn scharf an. Hatte er es herausbekommen? »Ich hatte meine Gründe.«

»Das nehme ich an. Aber Kristin und Hale wollten es genauer wissen. Jetzt ist es wahrscheinlich ohnehin zu spät, sich deshalb Sorgen zu machen. Was hältst du von diesem Schlamassel?«

»Was soll ich davon halten?« fragte ich grimmig. Der Fahrstuhl kam und wir stiegen ein. »Wie du sagst, es ist ein Schlamassel.«

»Was ist mit Shaeffer?«

»Was soll mit ihm sein?«

»Er kommt mir ein wenig ... überreizt vor.«

Ich schüttelte den Kopf. »Er hat gerade seinen Brötchengeber und langjährigen Freund verloren. Wie sollte er sich deiner Meinung nach verhalten?«

»Ich würde erwarten, daß er fuchsteufelswild ist. Das geht in Ordnung. Aber unter dem Zorn liegt etwas, das mich stört. Ich habe das Gefühl, daß er etwas verbirgt. Etwas, das er tun möchte, vor dem er aber gleichzeitig Angst hat.«

Ich biß mich auf die Lippe. Morgan war in der hintersten Provinz von Arkansas aufgewachsen und die Leute neigten dazu, ihn für nicht sehr hell zu halten. Aber was ihm an Schulwissen fehlte, glich er durch sein Gefühl für Menschen mehr als aus ... und wenn er fand, daß Shaeffer irgendwie seltsam war, dann war es an der Zeit, daß ich dem Mann mehr Aufmerksamkeit schenkte. »Vielleicht ist er an der Diskussion über Rache an den Verantwortlichen beteiligt«, sagte ich langsam. »McCallum kommt mir nicht wie jemand vor, der militärische Sanktionen ergreift – vielleicht soll Shaeffer ihn umstimmen.«

»Vielleicht.« Morgen schüttelte den Kopf. »Was immer es ist, wir werden bestimmt früh genug mehr darüber erfahren.«

Die Fahrstuhltür ging auf und wir traten hinaus. »Bis später«, sagte Morgan, während er sein Jackett von einem Stuhl neben der körpergerechten Couch fischte. »Viel Glück.«

»Danke.« Ich richtete mich auf und ging hinüber, um vorbereitet zu werden.

Zwanzig Minuten später lag ich verdrahtet, an Schläuche angeschlossen und unter leichten Beruhigungsmitteln stehend auf der Couch und war sprungbereit. »Okay«, rief einer der Operatoren. »Es geht los. Countdown: sechs … drei, zwei, eins, *ab.*«

Und ich befand mich unvermittelt in strahlendem Sonnenschein und schwebte neben der Air Force Eins, die ahnungslos zum Tod unterwegs war.

Als ich die Vergangenheit zum erstenmal so gesehen hatte, war es ein entsetzlicher Schock für mich gewesen, und obwohl der Eindruck seither schwächer geworden war, würde er vermutlich nie gänzlich verblassen. Die Erfahrung war so *unmittelbar;* trotz der unvermeidlichen Einschränkungen hatte ich das Gefühl einer objektiven, vollkommenen Realität, die mit dem Betrachten des Ereignisses auf dem Bildschirm nichts zu tun hatte. Für mich zumindest – und vermutlich auch für die meisten anderen – weckte dieser Eindruck das erstickende Gefühl von Hilflosigkeit und Frustration. Ich war hier – wirklich *hier* – an dem Ort, an dem sich eine echte Katastrophe ereignen würde ... und ich konnte nichts tun, um sie zu verhindern.

Griff hatte einmal einen Psychiater zugezogen, der versuchte, uns zu erklären, daß jeder, der im Film echte Katastrophen sah, das gleiche empfand. Falls diese Enthüllung uns trösten sollte, verfehlte sie ihren Zweck.

Aber all das, die Gedanken und Gefühle, die in der einen oder anderen Form jeden Sprung begleitet hatten, waren Standard-Reaktionen, und noch während die Frustration in mir überhand nahm, setzten die alten professionellen Reaktionen ein und drängten sie zurück. Ich biß die Zähne zusammen – obwohl ich im Augenblick keinen wirklichen Körper hatte, konnte ich das fühlen –, glitt über den Flügel und tauchte unter seine Oberfläche.

Im Flügel war es dunkel, aber von irgendwo kam genügend Licht herein, so daß ich die Brennstoffbehälter, die Leitungen und so weiter in allen Einzelheiten ausmachen konnte. Es war natürlich unheimlich still – beim Sprung ist unser Sehvermögen kristallklar, als hätten wir unsere Netzhaut mitgenommen, aber es gibt kein Geräusch und keinerlei Sinneswahrnehmungen. Als wäre man in schalldichten Kunststoff eingewickelt, hatte Kristin einmal gemeint. Für mich war es nur ein weiteres makabres Gefühl innerhalb des allgemeinen Unbehagens.

Ich trieb einige Minuten lang im Flügel herum und achtete genau auf alles, was vor der bald stattfindenden Explosion geschah. Aufgrund der Meßwerte der Operatoren wußte ich, daß ich fünfzehn Minuten hatte, bevor der Motor in Brand geriet, aber die Verzerrung des Zeitgefühls ist ein normaler Bestandteil eines Sprungs, und ich wollte nicht von der Explosion überrascht werden. Ich war an den rechten Träger des Innenbordmotors angehängt worden, und mein Spielraum war so eingestellt, daß ich in die eine Richtung beinahe bis zum Außenbordmotor und in die andere bis zum Rumpf gelangen konnte. Das Halteseil war ein noch größeres Hexenwerk als die meisten Bansheegeräte, denn es bestand hauptsächlich aus einem stromführenden elektrischen Leiter, der an einer bestimmten Stelle des maßstabgetreuen jeweiligen Modells – Fahrzeug, Gebäude, was immer – befestigt war. Mit einem Halteseil blieb der Springer bei dem Stück Metall, Holz oder Kunststoff, was immer geschah; ohne ihn war es keinem von uns möglich, seine Position beizubehalten, auch nicht in einem ortsfesten Gebäude.

Die Fachleute konnten den Mechanismus gerade noch erklären. Der Rest von uns versuchte es nicht einmal.

Ich begann gerade, zum Motor zu treiben, als ich den Pingpong-Ball bemerkte.

Ich hatte während meiner Zeit bei Banshee oft in Flugzeugen wie diesem herumgestöbert, wußte in gewisser Hinsicht mehr über sie als ihre Konstrukteure, und war sicher, daß in den Treibstoffleitungen keine Pingpong-Bälle zu schwimmen hatten. Ich schob mich näher an die Leitung heran, um besser zu sehen … und da bemerkte ich erst, daß der Ball nicht allein war. Ein Dutzend kam durch die Leitung zum rechten Innenbordmotor, und eine rasche Überprüfung ergab, daß sich zwei oder drei Bälle bereits vor dem Ansaugventil der Maschine drängten.

Ich hatte mir oft gewünscht, bei einem Sprung etwas berühren zu können, und dies war einer dieser Fälle. Aber ich konnte auch durch mein Sehvermögen allein eine Menge erfahren. Die Bälle waren mit etwas Wachsartigem überzogen – wahrscheinlich in Benzin löslichem Paraffin. Die Bälle waren auch kleiner als die normalen Pingpong-Bälle, klein genug, um in das Treibstoffventil geworfen zu werden, oder um vielleicht zusammen mit dem Treibstoff durch den Stutzen eingespritzt zu werden.

Ich ließ mich in der Nähe des Motors nieder, beobachtete die dort angesammelten Bälle und wartete darauf, daß die Uhr ablief... und plötzlich spuckten die Bälle Wolken von Blasen aus. Ich hatte gerade noch genügend Zeit zu sehen, daß auf der Oberfläche der Bälle Flämmchen tanzten, als das Ganze vor mir in die Luft flog.

Ich verlor eine Sekunde lang die Kontrolle, befand mich aber einen Augenblick später so weit hinter dem Flügel, wie es das Halteseil zuließ. Aus der Maschine kam der Rauchfaden, den Morgan und Hale erwähnt hatten. In wenigen Sekunden würde der Motor explodieren und alle an Bord würden sterben... und wenn ich den Sprung sofort beendete, mußte ich nicht zusehen.

Ich blieb. Unbeschränkte Vollmacht vom Weißen Haus oder nicht, jemand gab eine Viertelmillion Dollar für diesen Ausflug aus. Sie sollten etwas für ihr Geld bekommen.

Morgan hatte recht gehabt; es war lange nicht so schlimm wie etliches, das ich gesehen hatte. Der rechte Innenbordmotor begann zu brennen, explodierte pünktlich und schleuderte Stücke von sich nach mir. Ich duckte mich unnötigerweise, sah zu, wie der Rest des Flügels Feuer fing und viel heftiger brannte als zu erwarten war. Das Flugzeug neigte sich unkontrolliert, aber im Augenblick hingen der Flügel und der Träger, an den ich angehängt war, noch am Flugzeug, und ich blieb ebenfalls. Dann schien sich der Flügel aufzulösen – und während ich mit den hinunterpurzelnden Trümmern hinter dem Flugzeug zurückblieb, sah ich zu, wie es beinahe träge im Bogen auf den baumbestandenen Hang vor ihm hinunterstürzte.

Ich gelangte weit hinter der Absturzstelle auf die Erde und hatte keinen Grund mehr zu bleiben. Ich ließ die Vergangenheit los und bedauerte wie jedesmal, daß ich das Trauma des Schauspiels, das ich gerade gesehen hatte, nicht ebenso leicht abschütteln konnte; einen desorientierten Augenblick später lag ich wieder auf der Couch.

Die Operatoren schnallten mich los und begannen, die Schläuche und Drähte zu entfernen... und als meine Augen und mein Gehirn wieder klar waren, erkannte ich über mir Kristins Gesicht. »Kristin«, krächzte ich und versuchte, wieder Feuchtigkeit in den Mund zu bekommen. Meine Augen benahmen sich genau konträr: sie flossen über. Ich drehte den Kopf weg, weil es mich verlegen machte, daß sie mich so sah.

Falls Kristin es bemerkt hatte, zeigte sie es nicht. »Griff hat mich geschickt, damit ich dich hole«, sagte sie. »Er will uns alle sofort in seinem Büro haben.«

Ich drängte die Tränen zurück, und als ich mich aufsetzte, bemerkte ich ihren harten Blick. Wahrscheinlich ist sie noch immer wütend auf mich, dachte ich... bis mir klar wurde, daß sie ins Leere sah. »Ist etwas nicht in Ordnung?«

»Ich weiß es nicht, aber *etwas* geht hinter den Kulissen vor. Griff und Shaeffer stecken seit du gesprungen bist in dem Büro... und Griff klang nicht gerade fröhlich, als er mir sagte, ich solle dich holen.«

Ich schluckte krampfhaft und konzentrierte mich darauf, meinen Kreislauf wieder in Schwung zu bringen. Kristin stützte mich und wir befanden uns fünf Minuten später in Griffs Büro.

Es stimmte: Die ganze Gruppe war da... und ein Blick auf die steinernen Gesichter von Griff und Shaeffer genügte, damit mein Magen rebellierte. Es war tatsächlich etwas geschehen... Ich sah Griff an, aber Shaeffer sprach. »Ihr Bericht, Mr. Sinn?« Seine Stimme paßte zu seinem Gesichtsausdruck.

Ich lieferte meinen Bericht ohne Ausschmückungen ab, beschrieb die Pingpong-Bälle, so gut ich konnte, und schilderte, wie sie sich verhalten hatten. Shaeffer hörte zu, als kenne er die Antworten bereits und erwarte nur eine Bestätigung, und als ich fertig war, nickte er. »Die Untersuchungsteams gelangten an der Absturzstelle zu ungefähr den gleichen Schlußfolgerungen«, sagte er grimmig. »Klingt nach Katalysatorbombe – Geräte, die den Treibstoff und die zerlegten Überreste des feuerhemmenden Mittels dazu bringen, gleichzeitig zu reagieren.«

»Noch nie davon gehört«, sagte Rennie.

»Es ist keine allgemein bekannte Technologie. Wir haben eine oder zwei Typen entwickelt, und es gibt vielleicht zwei bis drei Länder, die ebenfalls daran arbeiten. Das könnte ein Fehler von seiten des Saboteurs sein – bei exotischen Geräten läßt sich jede Spur leichter verfolgen. In Ordnung, Mr. Sinn, danke.« Er holte tief Luft, sah einen nach dem anderen von uns an ... und sein Gesicht wurde noch etwas steinerner. »Und jetzt kommen wir zum heiklen Teil. Sie haben sich sicherlich darüber gewundert, warum ich persönlich nach Banshee gekommen bin, statt Ihre Untersuchung von Washington aus zu leiten. Ich möchte, daß Sie etwas tun, das Sie noch nie versucht haben. Etwas – ich sage es offen – das gefährlich sein könnte.« Er unterbrach sich und fuhr sich mit der Zunge über die Oberlippe. »Ich habe alles gelesen, was Präsident Jeffers je über Banshee erhielt, und er und ich bemerkten mit großem Interesse, daß Sie mehr als einmal von den Menschen, die Sie beobachteten ... gesehen wurden.«

Kristin schob sich in ihrem Stuhl zurecht ... und ein schrecklicher Verdacht stieg in mir auf.

Shaeffer sah uns der Reihe nach an. »Sagen Sie mir jetzt, ob jemand von Ihnen während der Sprünge der letzten Stunden einen Blick in die Air Force Eins warf.«

Hale, Morgan und ich sahen einander an und schüttelten den Kopf. »Hat Griff deshalb die Halteseile so kurz gemacht?« fragte Morgan. »Damit wir nicht hineingelangen können?«

Shaeffer wirkte einen Augenblick lang überrascht. »Ich hatte nicht erwartet, daß Sie es bemerken würden.

Ja, genau deshalb ließ ich Dr. Mansfield die Halteseile so einstellen. Sehen Sie ... bis jetzt hat der Suchtrupp an der Absturzstelle nur einige wenige Leichen gefunden. Mir ist schon früher aufgefallen, daß infolge außergewöhnlicher Umstände im Wochenendwohnsitz des Präsidenten kein Außenstehender sah, daß er in das Flugzeug stieg. Und jetzt haben Sie mir gesagt, daß keiner von Ihnen ihn in der Maschine gesehen hat.

Was bedeutet ... daß er vielleicht nie an Bord war.«

Rings um den Tisch trat gespanntes Schweigen ein. »Wollen Sie andeuten«, sagte Morgan endlich, »daß wir dorthin zurückkehren und die Vergangenheit ändern sollen?«

Das Ende seiner Frage war nur noch ein geflüstertes Zischen. Ich sah Shaeffer an und begriff, daß er genau wußte, was er vorschlug ... und daß er genauso viel Angst davor hatte wie wir alle.

Aber es war klar, daß er entschlossen war, dieser Angst nicht nachzugeben. »Es hat nichts mit einer Änderung der Vergangenheit zu tun«, stellte er entschieden fest. »Wir wissen nicht – keiner von uns weiß – genau, was während des Flugs geschah. Wenn wir nicht *wissen,* was in der Vergangenheit geschehen ist – wie können wir es dann ändern?«

»Wenn ein Baum im Wald allein umfällt – gibt es dann ein Geräusch?« fragte Hale eisig. »Haben Sie überhaupt eine *Ahnung,* was geschehen wird, wenn wir uns auf so etwas einlassen?«

»Nein – genauso wenig wie Sie«, antwortete Shaeffer. »Seien wir ehrlich, niemand weiß, was geschehen würde, wenn man eine *bekannte* historische Tatsache verändert. Beachten Sie dabei, daß wir *nicht* von einer *bekannten* Tatsache sprechen.«

»Wirklich?« entgegnete Hale. »Also gut, nehmen wir einen Augenblick lang an, daß wir Präsident Jeffers aus Air Force Eins heraushalten. Seit dem Absturz sind über sechs Stunden vergangen. Wollen Sie den Leuten einreden, daß er und seine gesamte Geheimdienstabteilung herumgesessen und Nachrichten gehört haben, und daß *keiner* nach dem Telefon gegriffen und der Welt mitgeteilt hat, daß der Präsident noch am Leben ist? Kommen Sie, reden wir ernsthaft darüber. Wir halten Jeffers aus dem Flugzeug heraus und haben die Geschichte verändert – ganz einfach.«

»Vielleicht nicht«, widersprach Shaeffer eigensinnig. »Es ist möglich, daß er sich versteckt hält, während der Absturz untersucht wird. Besonders wenn Sabotage im Spiel ist, will er möglicherweise den Tätern ein falsches Gefühl der Sicherheit geben. Vielleicht erinnern Sie sich daran, daß Gaddafi nach dem libyschen Überfall 1986 tagelang verschwunden war...«

»Jeffers würde sich nicht drücken und sich verstecken, das wissen Sie genau. Seine Art, den Stier bei den Hörnern zu packen, war praktisch sein Markenzeichen.«

»Vielleicht kam nicht er auf die Idee, sich zu verstecken«, fuhr ihn Shaeffer an. »Vielleicht überredete ihn jemand dazu.«

Meine Hände begannen zu zittern. »Shaeffer... wollen Sie damit sagen, daß *Sie* Kontakt mit ihm gehabt haben?«

Kristin hielt den Atem an und murmelte etwas Unverständliches. Aber Shaeffer schüttelte den Kopf. »Nein, natürlich nicht. Glauben Sie, daß ich Ihre Chancen gefährde, indem ich jemanden da draußen kontaktiere?«

»Aber wenn Sie anrufen und feststellen, daß er da ist...«, begann Rennie.

»Und wenn er *nicht* da ist, dann ist es aus«, unterbrach ihn Shaeffer scharf. »Richtig?« Er sah uns der Reihe nach an.

Morgan räusperte sich. »Mr. Shaeffer, wir alle verstehen, was Sie empfinden, weil... wegen dem, was Präsident Jeffers zugestoßen ist. Aber die Tatsachen leugnen, wird...«

»Was für ›Tatsachen‹, Mr. Portland?« unterbrach ihn Shaeffer. »Im Augenblick gibt es keine *Tatsachen*, sondern nur Vermutungen und Möglichkeiten.«

Ich sah Griff an, der noch kein Wort gesagt hatte. »Griff …?«

»Ja, Griff, sagen Sie bitte etwas«, mischte sich Hale ein. »Erklären Sie diesem Idioten, wie Sie es sehen. Oder hat die tolle Idee dieses Bürokraten aus der großen Stadt Ihre Fähigkeit, logisch zu denken, ausgeschaltet?«

Griff zog eine Augenbraue hoch, aber das war seine ganze Reaktion auf Hales Grobheit. »Wenn Sie wissen wollen, ob ich Mr. Shaeffers Idee gutheiße, dann ist die Antwort ein bedingtes, vorsichtiges Ja. Wir sprechen von der Chance, einem Menschen das *Leben* zu retten.«

»Du meine Güte«, knurrte Hale, sah sich kurz im Kreis um und wandte sich dann wieder Griff zu. »Würden Sie eine Minute lang die Verlockung eines echten Budgets vergessen und darüber *nachdenken,* was man von uns verlangt? Man will, daß wir *die Vergangenheit verändern* – Shaeffer kann sich drehen und wenden, wie er will, in Wirklichkeit geht es darum. Ist Ihnen denn egal, was das bedeuten könnte?«

Griff sah ihn ruhig an. »Sie haben damit natürlich recht, Hale. Es könnte sich als gefährlich erweisen. Aber hat einer von Ihnen auch über die andere Seite der Münze nachgedacht? Wenn es einen Faktor gibt, der immer wieder in den psychologischen Beurteilungen aller Springer auftaucht, dann ist es die Frustration, die Banshee bei Ihnen hervorruft – der Streß, wenn Sie Katastrophen sehen, die Sie nicht verhindern können. Leugnet das jemand?«

Ich sah mich im Kreis um, und gleichzeitig wurde mir klar, daß alle weiteren Argumente für mich nur noch akademisch waren. Die Möglichkeit, ein Leben zu retten, das sonst verloren wäre – ein Leben, dessen Verlust bei der ganzen Nation Kummer und Schmerz auslöste – genügte mir als Motivation.

Außerdem hatte Griff recht. Wir alle haßten die Hilflosigkeit während der Sprünge; haßten sie leidenschaftlich. Wenn wir tatsächlich etwas wegen der Katastrophen unternehmen konnten, die wir mit ansehen mußten …

»Also«, fuhr Griff nach einem Augenblick fort. »Dann bedenken Sie, womit wir es zu tun haben: Mit der Chance festzustellen, ob die Vergangenheit gefahrlos verändert werden kann oder nicht. Finden Sie nicht, daß diese Gelegenheit es wert ist, ein Risiko einzugehen?«

»Und wenn es zu einer Katastrophe führt?« fragte Hale. »Was dann? Wenn wir das Ganze großartig vermasseln, ist es vollkommen unwichtig, wie rein oder edel unsere Motive waren. Wir müssen die ganze Idee vergessen, und …«

»Ich enthebe Sie Ihres Postens, Mr. Fortness«, sagte Shaeffer ruhig.

Die Worte kamen so plötzlich und mit solcher Überzeugung, daß mir erst nach einigen Sekunden klar wurde, daß der Mann, der sie ausgesprochen hatte, nicht dazu berechtigt war. Im nächsten Augenblick wurde auch den anderen diese Tatsache bewußt, und die unbehagliche Stille wurde plötzlich eisig. »Ist jemand gestorben, so daß Sie der Boss geworden sind?« fragte Hale verächtlich.

»Das reicht, Hale«, sagte Griff ruhig. »Gehen Sie auf Ihr Zimmer.«

Nach dem Gesichtsausdruck der anderen zu schließen, waren sie genauso verblüfft wie Hale. »Sie meinen doch nicht, Griff …«, begann Kristin.

Griff sah sie an, und sie verstummte. Die unbehagliche Stille hielt an, während Hale aufstand und den Raum mit steinernem Gesicht verließ. Ich erwartete halb, daß er die Tür hinter sich zuschlagen würde, aber er war offenbar noch so benommen, daß er nicht an einen effektvollen Abgang dachte. Griff ließ die Stille noch einige Sekunden in der Luft hängen, und sah dann wieder Kristin an. »Ich glaube, Kristin, daß Sie der nächste Springer sind. Ich weiß, daß es spät ist, aber ich wäre Ihnen dankbar, wenn Sie es versuchen. Vorausgesetzt, Sie fühlen sich dazu in der Lage.«

In Kristins Wange zuckte ein Muskel, als sie Shaeffer einen Blick zuwarf und aufstand. »Ich werde es versuchen, Griff. Soll ich hinuntergehen und mit der Vorbereitung beginnen?«

»Bitte. Ich komme bald nach, um das Halteseil und die Koordinaten einzugeben und Sie zu verabschieden.«

Sie nickte und verließ den Raum. Shaeffer sah ihr nach und wandte sich dann an Morgan, Rennie und mich. »Mir ist klar, daß in einer eng zusammengewachsenen Organisation wie Banshee Fremde wie ich nicht besonders willkommen sind.« In seiner leisen Stimme lag stählerne Härte. »Aber im Augenblick gebe ich keinen Pfifferling für Ihre Gefühle. Wir haben nicht einmal sechsundsechzig Stunden, um Präsident Jeffers aus dem Flugzeug zu holen und für einige Zeit zu verstecken; und je länger wir dazu brauchen, desto größer wird die Gefahr, daß genau das passiert, weswegen Sie alle sich Sorgen machen.« Er verstummte, als wolle er sehen, ob jemand es Hale nachmachen würde. Aber wir schwiegen, und Shaeffer wandte sich Griff zu. »In Ordnung, Dr. Mansfield. Fangen wir an.«

»Denken Sie daran«, sagte Shaeffer und beugte sich zu Kristin hinunter, als schliefe sie oder wäre taub, oder beides. »Sie stellen sich genau vor den Präsidenten und bleiben dort, wo er Sie sehen kann – bleiben Sie in seinem Gesichtsfeld. Wenn er Sie nicht sieht, oder Sie nicht zur Kenntnis nimmt, kommen Sie zurück und wir versuchen es noch einmal. Sie dürfen unter keinen Umständen so lange bleiben, daß Sie sehen, wie er die Treppe zum Flugzeug hinaufsteigt. Verstanden?«

Ich dachte, Kristin würde ihn daran erinnern, daß es die dritte Wiederholung der gleichen Anweisungen war und daß sie sich bereits beim ersten Mal alles gemerkt hatte. Aber sie nickte nur und schloß die Augen. Griff gab das Zeichen, die Lichter flackerten, und sie war fort.

Ich holte tief Luft, entfernte mich von Griff und Shaeffer und blieb bei dem sechzig Zentimeter großen Modell der Air Force Eins und der winzigen Modelllimousine neben dem Flugzeug stehen. Der Leiterclip des Halteseils war an der Limousine befestigt; Shaeffer schob diesen Kontakt so weit zurück, wie es überhaupt möglich war, bis zur Fahrt des Präsidenten zum Flugplatz. Ich ging an den Modellen vorbei zu den Geräteschränken am westlichen Ende des Gebäudes. Wenn mein Vater über ein besonders schwieriges Problem nachdachte, hatte er immer einen Waldspaziergang unternommen, und während meiner zwei Jahre in Banshee hatte ich festgestellt, daß das Labyrinth aus grauen Schränken ein geeigneter Ersatz war.

Ich hoffte, daß der Zauber noch wirkte.

Eine halbe Stunde zuvor hatte ich mich entschieden… aber jetzt ließ die Wirkung von Shaeffers anfeuernder Rede nach und das Ganze war nicht mehr so eindeutig. Der größte Vorteil für die größte Zahl an Menschen, und wann immer möglich Rücksichtnahme auf den einzelnen, das waren die Regeln, die man mich als Kind gelehrt hatte, die Maßstäbe, mit denen ich meine Handlungen gemessen hatte. Aber solche Entscheidungen erforderten Informationen und Weisheit… und ich fand in meinen früheren Erfahrungen nichts, das man auf diesen Fall anwenden konnte.

Wie konnte ich den Kummer und das Leid abwägen, die durch die Veränderung der Vergangenheit vielleicht verursacht wurden?

»Hallo, Adam.«

Ich fuhr aus meiner Träumerei hoch und wirbelte

herum. Rennie lehnte an einem der Computerschränke und hatte die Arme lässig vor der Brust verschränkt. Er versperrte mir den Weg hinaus.

Ich bemühte mich bewußt, meine verkrampften Kiefermuskeln zu lockern. »Rennie«, nickte ich kurz. »Hast du es dir auch angewöhnt, im Banshee-Raum herumzugehen?«

»Kaum. Ich sah nur, daß du hierher unterwegs warst, und wollte nachsehen, was Banshees Weißer Ritter vorhat.«

Mein Kiefer verkrampfte sich wieder. Ich hatte gehofft, daß das eine Jahr Rennie wenigstens ein wenig verändert hatte, aber das war nicht geschehen. »Ich suche ein wenig Frieden und Ruhe«, sagte ich kurz. »Wenn du mich jetzt entschuldigst ...«

»Es muß für dich ein erhebendes Gefühl sein«, fuhr er fort, als hätte ich nicht gesprochen. »Die Chance, eine reale Person vor dem realen Tod zu retten – du bist sicherlich so glücklich darüber, daß du gar nicht auf die Idee kommst, du könntest dabei mit deiner Lanze einige Milliarden unschuldiger Menschen aufspießen.«

»Wenn du von Hales Phrasendrescherei sprichst, ja, mir sind die Gefahren bewußt. Die Sache mit dem ›Weißen Ritter‹ kannst du ruhig vergessen.«

Er strahlte mich unschuldig an. »*Du* hast dir diesen Titel zugelegt – hast du das vergessen? Der Weiße Ritter, der die Kranken verteidigt, die Hilflosen beschützt, die auf den Bauch Gefallenen aufhebt ...«

»Hast du etwas zu sagen?« unterbrach ich ihn. »Wenn nicht, dann darfst du mir aus dem Weg gehen.«

»Ich habe tatsächlich etwas zu sagen.« Plötzlich verschwand der Spott aus seinem Gesicht, und er wurde ernst. Obwohl bei Rennie der Gesichtsausdruck nicht unbedingt etwas besagte. »Ich wollte sehen, ob du von diesem Mist wirklich so überzeugt bist, wie du oben getan hast.«

»Wenn du dich auf Shaeffers Plan beziehst«, antwortete ich steif, »so finde ich, daß er einen Versuch wert ist. Zumindest so lange er ihn vernünftig in Angriff nimmt.«

Rennie schnaubte. »Du meinst den Quatsch, daß Kristin nicht sehen darf, wie Jeffers in das Flugzeug steigt, weil es dadurch zu einer ›bekannten‹ Tatsache wird? Wortspiele, mehr steckt nicht dahinter. Wir wissen, daß Jeffers in das Flugzeug gestiegen *ist* – ob wir es gesehen haben oder nicht, wir *wissen,* daß es so ist. Jeder, der dir etwas anderes sagt, hält sich entweder selbst zum Narren oder lügt wie gedruckt.«

»Wenn du so weitermachst, wirst du Hale in seinem Exil Gesellschaft leisten«, warnte ich ihn.

»Vielleicht sollte ich es tun«, fuhr er mich an. »Das wäre die sicherste Methode, um das Ganze abzustellen. Vor allem, wenn ich Kristin und Morgan dazubringen kann, sich mir anzuschließen – ich möchte sehen, wie du alle Sprünge allein durchführst, vor allem bei dem halsbrecherischen Zeitplan, der Shaeffer vorschwebt.«

Plötzlich hatte ich genug von dem Gespräch. »Wenn ich muß, kann ich alle Sprünge übernehmen«, erklärte ich. »Obwohl du feststellen wirst, daß Kristin und Morgan ethischere Grundsätze haben, als du annimmst.«

»Vielleicht.« Er zuckte die Achseln. »Oder vielleicht wirst du feststellen, daß sie über das Leben eines einzelnen Menschen hinaussehen können. Etwas, wozu Weiße Ritter wie du offenbar nicht fähig sind.«

Ich biß die Zähne zusammen und ging auf ihn zu. Ich war bereit, ihn niederzuschlagen, wenn er mir nur den geringsten Grund dafür gab. Aber dazu war er zu klug; er drückte sich sogar an einen der Schränke, damit ich vorbeikonnte. Ich drängte mich wortlos an ihm vorbei… aber ich sah das leichte Lächeln, das auf seinen Lippen lag.

Einen Augenblick später befand ich mich wieder in dem nicht so überfüllten Teil des Banshee-Raums… und hatte mich entschieden. Auch wenn Rennies Einwände zum Teil berechtigt waren, wußte ich aus langer, schmerzlicher Erfahrung, daß er bei allem, was er tat, ein verstecktes Motiv hatte. In diesem Fall war es nicht schwer, das Motiv zu finden.

Er wollte Griff vernichten.

Die Gründe für den Konflikt waren beinahe von Anfang an vorhanden gewesen, als Rennies Perfektionismus gegen Griffs absolute administrative Unfähigkeit geprallt war. Als er und ich Banshee verließen, war der Konflikt zu einer gärenden Fehde geworden.

Ich war freiwillig gegangen; Rennie nicht. Was natürlich seine Einstellung zu Griff nicht gerade gefördert hatte.

Griff stand auf der anderen Seite des Raums neben der Couch, wandte sich halb von seinem Gespräch mit Shaeffer ab und winkte mir. »Adam«, sagte er, als ich zu ihnen trat, »Mr. Shaeffer und ich gehen hinauf und sehen nach, ob es vom Absturzort etwas Neues gibt. Würde es Ihnen etwas ausmachen, bei Kristin zu bleiben, für den Fall, daß sie ihren Sprung beendet, bevor wir zurückkommen?«

»Kein Problem«, versicherte ich ihm … und als er und Shaeffer zum Fahrstuhl gingen, begriff ich, daß ich in bezug auf meine Einstellung zu diesem Experiment keine Wahl mehr hatte. Rennie war bereit, die Rettung von Präsident Jeffers zu torpedieren, um Griff damit ein blaues Auge zu schlagen; und wenn ich Shaeffer unterstützen mußte, um Griff beizustehen, dann würde ich es tun. Schluß der Debatte.

Ich blickte zu Kristins geschlossenen Augen, ihrem wie tot aussehenden Gesicht hinunter. Das Trauma bei der Rückkehr von einem Sprung hatte sie immer mitgenommen, und Griff hielt an der alten Gewohnheit fest, daß er oder ein anderer Springer bei ihr waren, um sie während der ersten Sekunden der Desorientiertheit zu trösten.

Griff würde nie wegen der erstklassigen Verwaltung

von Banshee oder der Verwendung der zweckgebundenen Geldmittel einen Preis bekommen ... aber er sorgte für die Leute in Banshee gut. Und für mich war das das einzige, worauf es ankam.

Ich holte mir einen Stuhl, setzte mich neben Kristin und wartete darauf, daß der Sprung zu Ende ging.

Wie sich herausstellte, war Griffs Vorsichtsmaßnahme unnötig gewesen. Als die Stromkreisunterbrecher knackten und Kristin nach Luft schnappte, waren er und Shaeffer bereits im Untergeschoß und sahen einen Computerausdruck durch.

Sie waren sofort neben mir. »Also?« fragte Shaeffer.

Griff machte »Psst« und hielt Kristins Hand, bis sie wieder klar sah. »Griff?« flüsterte sie heiser.

»Ich bin bei Ihnen«, beruhigte er sie. »Es war ein langer Sprung; wie fühlen Sie sich?«

»Okay.« Sie holte tief Luft. »Okay.«

»Was ist geschehen?« fragte Shaeffer; in seiner Stimme kämpften Hoffnung und Angst um den Vorrang.

Aber Kristin schüttelte den Kopf. »Er hat mich nicht gesehen, da bin ich beinahe sicher. Er sprach während der Fahrt zum Flugfeld mit einem seiner Leute, und es war sonnig, und ...« Sie brach ab, preßte die Augen zusammen und erschauerte. »Er hat mich nicht gesehen.«

Ich sah Shaeffer an; falls er entmutigt war, zeigte er es nicht. »Also gut, dann versuchen wir es noch einmal«, erklärte er grimmig. »Haben Sie eine Ahnung, Dr. Mansfield, ob sich die Banshee-Bilder ansammeln? Mit anderen Worten, wird der Präsident nur einen von ihnen sehen, ganz gleich, wie viele Springer diesen Zeitraum besucht haben?«

»Ich habe keine Ahnung«, erwiderte Griff. »Wir wissen nicht einmal, was es für Bilder sind, die diese Menschen sehen. Die Springer sehen sie bestimmt nicht – sie sehen einander nie, ganz gleich, wie viele an einer bestimmten Stelle anwesend sind.«

»Es ist durchaus möglich, daß nur jemand sie sehen kann, der bald sterben wird«, sagte Rennies Stimme hinter mir. Ich zuckte zusammen; ich hatte nicht gehört, daß er gekommen war. »So funktionierte ja auch eine echte Banshee, oder?«

»Es hängt davon ab, welche Legenden man sich anhört«, antwortete ich kurz. Kristin warf mir einen Blick zu, dann sah sie wieder weg.

»Versuchen Sie, daran zu denken, daß wir über die Realität, nicht über Legenden sprechen«, sagte Shaeffer scharf. Er musterte Rennie eine Sekunde lang. »Ich glaube, daß jetzt Sie an der Reihe sind, Mr. Baylor.«

Ich sah Griff an und erwartete, daß er Shaeffer daran erinnern würde, daß es nach zweiundzwanzig Uhr war und daß er die üblichen nächtlichen Limits bereits um zwei Stunden überzogen hatte. Aber er schwieg und beobachtete Rennie ebenfalls.

Rennie war jedoch nicht annähernd so zurückhaltend. »Ich hatte den Eindruck, Mr. Shaeffer, daß es unser Ziel ist, den Präsidenten zu retten, nicht aber, die Banshee-Springer vollkommen umzukrempeln. Es wird spät, und wenn Sie so weitermachen, bringen Sie uns um.«

»Falls Sie nicht begreifen, Mr. Baylor, was wir, verdammt noch mal, hier tun, dann bitten Sie Dr. Mansfield, es Ihnen zu erklären«, sagte Shaeffer eisig. »Je länger es dauert, bis wir Kontakt mit Präsident Jeffers bekommen, desto größer wird das Risiko, daß wir bekannte geschichtliche Tatsachen verändern. Wissen Sie noch? Wann immer der Präsident einen von Ihnen endlich sieht, setze ich darauf, daß er ihn als Banshee-Springer erkennt und den richtigen Schluß daraus zieht.«

»Daß er sterben wird?«

Shaeffer runzelte die Stirn. »Natürlich nicht, sondern

daß er von der Außenwelt isoliert bleiben muß, bis die Gefahr, daß wir die Vergangenheit verändern, vorbei ist. Natürlich bis auf die Tatsache, daß es von seinem Standpunkt aus die Zukunft sein wird.«

»Würde er tatsächlich so klar überlegen?« fragte Kristin.

»Wenn er es nicht tut, bekommen wir Schwierigkeiten«, gab Shaeffer zu. »Aber ich glaube, daß er verstehen wird. Seit Banshee gegründet wurde, hat er die Fortschritte der Anlage genau verfolgt – er ist davon fasziniert.«

»Wie soll er dann wissen, wann er sich zeigen kann?« fragte ich. »Glauben Sie, daß er es ganze drei Tage aufschieben kann, die Welt wissen zu lassen, daß er noch lebt?«

»Genau das ist der Grund, weshalb ich so darauf dränge, den Kontakt so rasch wie möglich herzustellen«, erklärte Shaeffer. »Sobald wir wissen, daß er aus dem Flugzeug draußen ist, kann ich Kalifornien anrufen und jedem, der sich meldet, sagen, daß der Präsident sich zeigen kann. Verstanden?« Er wartete die Antwort nicht ab, sondern wandte sich wieder an Rennie. »Mr. Baylor? Sie sind an der Reihe.«

Ich hielt den Atem an … aber Rennie war offenbar noch nicht für die große Auseinandersetzung bereit. »In Ordnung. Ich glaube nicht, daß ich gegen Sie, Griff und Adam gleichzeitig kämpfen kann.« Er wandte uns den Rücken zu und ging in den Vorbereitungsraum.

»Wir sollten nicht streiten …«, begann Griff.

Shaeffer schnitt ihm das Wort mit einer Handbewegung ab und wandte sich an Kristin. »Sobald Sie sich wieder wohl fühlen, Miss Cosgrove, möchte ich, daß Sie zu einer kurzen Lagebesprechung hinaufkommen.«

»Ich fühle mich wohl.« Sie bemühte sich, sich aufzusetzen. Griff legte ihr den Arm um die Schultern und half ihr auf die Füße.

Wir waren bereits zum Fahrstuhl unterwegs, als uns

Rennies Stimme stoppte. »Ihnen ist hoffentlich klar, Mr. Shaeffer, daß wir in dem Augenblick, in dem Präsident Jeffers mich sieht, die uns bekannten geschichtlichen Tatsachen verändern.«

Shaeffer drehte sich verärgert um. »Sie nehmen an, daß er nicht schnell genug denken wird, um nicht zu telefonieren …«

»Eigentlich bezog ich mich darauf, daß Kristin bereits diesen Abschnitt der Geschichte gesehen hat und weiß, daß er auf ihre Anwesenheit nicht reagierte. *Ihre* Anwesenheit oder die eines anderen.«

Wir standen regungslos um Kristin herum und das Schweigen verdichtete sich immer mehr. »Mein Gott«, sagte Griff schließlich leise. »Er hat recht. Wir können ihn nicht in den gleichen Zeitabschnitt zurückschicken.«

Shaeffer blickte ins Leere. »Aber wir wissen nicht, wie der Präsident reagieren würde. Er kann sie gesehen haben, ohne zu zeigen, daß … verdammt.« Er holte tief Luft und sah Kristin an. »Zum Teufel mit dem Ganzen! Wo befand er sich, Miss Cosgrove, als Sie den Sprung beendeten?«

»Er stieg gerade aus dem Auto und ging zum Landestreifen. Es war so sonnig, daß ich annahm, er würde mich erst recht nicht im Freien sehen, wenn er mich im Wagen nicht gesehen hatte …«

»Ja, ja«, unterbrach sie Shaeffer. »Verdammt, Dr. Mansfield, können Sie beim nächsten Sprung genau den gleichen Endpunkt treffen?«

»Kein Problem«, erwiderte Griff. »Die Instrumente zeichnen beide Endpunkte des Sprungs auf und wir können es auf eine Sekunde genau hinkriegen. Aber wenn er sich bereits bei der Landebahn befand …«

»Dann haben wir nicht mehr viel Zeit«, sagte Shaeffer rauh. »Das weiß ich, verdammt noch mal. Aber wir haben keine andere Wahl.«

Griff nickte. »Ich werde die Koordinaten selbst einstellen. Adam?«

Ich trat zu Kristin und er ging zum Kontrollbord. Shaeffer sah ihm nach, dann atmete er zischend aus und wandte sich dem Fahrstuhl zu. »Kommt jetzt, ihr beiden. Gehen wir hinauf.«

Die Lagebesprechung mit Kristin war kurz, ruhig und – soweit ich es feststellen konnte – vollkommen wertlos. Jeffers war mit einigen Beratern und Geheimdienstmännern in das Auto gestiegen, direkt zu dem halb privaten Landestreifen gefahren, auf dem die Air Force Eins wartete, und war zu Fuß zum Flugzeug gegangen. Falls sich dort, wo Kristin schwebte, eine Todesfee oder ein Gespenst befanden, sahen es weder er noch die anderen.

Kristin ließ nachher zu, daß ich sie zu ihrem Zimmer begleitete, aber sie war sichtlich nicht zum Sprechen aufgelegt, und als wir die Tür erreichten, hatten wir kaum ein Dutzend Worte gewechselt. Sie ging hinein und ich marschierte die zwei Treppen hinunter zu meinem alten Zimmer.

Es sah noch genauso aus, wie ich es in Erinnerung hatte, bis auf die Tatsache, daß anstelle des alten Modells ein neuer Fernsehapparat dort stand. Ich widerstand der Verlockung der Fernkontrolle, während ich mich auszog … aber noch bevor ich ins Bett kroch, war mir klar, daß ich zu erregt war, um sofort schlafen zu können. Ich schaltete den Apparat ein und ging die Kanäle durch.

Wie erwartet stieß ich hauptsächlich auf zusammenfassende Berichte über Präsident Jeffers' Tod.

Es war äußerst deprimierend. Die kalten, harten Tatsachen waren an sich schlimm genug, obwohl die Medien noch nicht wie wir über die Ursachen des Absturzes Bescheid wußten. Für mich waren die eingestreuten Teile der nationalen und weltweiten Reaktionen schlimmer. Meine Stimme war eine von jenen gewesen, die zu der Erdrutsch-Wiederwahl von Jeffers geführt hatten, aber erst jetzt erfaßte ich gefühlsmäßig, wie beliebt er wirklich gewesen war. Die Kameras zeigten mindestens ein halbes Dutzend Kerzenlicht-Gedenkmärsche in Städten im ganzen Land, und sogar einige in Übersee. Die Menschen sprachen über den Schock, die Angst und den Schmerz ... und ich nahm alles auf und fühlte mit ihnen.

Mit den Menschen fühlen gehörte schließlich zu dem, was der Begriff ›Weißer Ritter‹ beinhaltete.

Weißer Ritter. Ein Freund hatte im College als erster diesen Spitznamen für mich geprägt, und ich war lange darauf stolz gewesen. Es war die Feststellung, daß ich mich um die Menschen kümmerte, daß ich ihnen half und ihre Leiden soweit wie möglich auf mich nahm. Es war eine schöne, edle Berufung – und ich machte es richtig. Es war jetzt für mich beinahe selbstverständlich, daß ich mir bei Einladungen oder gemeinschaftlichem Abkochen das kleinste Stück Fleisch nahm, oder daß ich an meinen freien Tagen Leuten beim Übersiedeln half oder mit ihnen ihre Wohnungen instandsetzte. Meine Fähigkeit, für andere Opfer zu bringen, befähigte mich, Geld zu verschenken, selbst wenn ich dann auf etwas Wichtiges verzichten mußte.

Sie hatte mich vor beinahe einem Jahr befähigt, Banshee zu verlassen – und niemandem zu sagen, warum.

Ich ließ die Nachrichten noch eine halbe Stunde laufen, bis ich es nicht mehr ertrug. Ich lag in der Dunkelheit, lauschte den fremden Geräuschen des Großstadtverkehrs und schlief endlich ein.

Die Nachricht, daß es ein Sabotageanschlag gewesen war, wurde irgendwann in der Nacht durchgegeben, und am Morgen hatte jeder Sender Fachleute im Studio, die ihre Vermutungen darüber äußerten, wer und warum. All das und die noch immer von Staatsoberhäuptern in der ganzen Welt eintreffenden Nachrufe machten es mir eine Stunde später um so schwerer zuzusehen, wie ein bereits toter Mensch lässig über das Flugfeld zu seinem Flugzeug ging.

Und vergeblich zu versuchen, ihn zu warnen. Die anderen hatten recht gehabt: Das Sonnenlicht war viel zu hell, als daß der Präsident etwas so körperloses wie einen Geist sehen konnte.

Shaeffer hatte mir vor dem Sprung gesagt, daß mein Versuch der letzte in diesem Zeitabschnitt war, deshalb blieb ich auch noch dort, als er die Treppe hinaufging. Aber es war zwecklos. Ich unternahm alle Manöver, die mir einfielen, um ihn auf mich aufmerksam zu machen, aber er warf nie mehr als einen Blick in meine Richtung. Dann verließ er die Reichweite meines Halteseils, das an der Tür von Air Force Eins befestigt war, und verschwand im Kommunikationsabteil im Vorderteil des Flugzeugs.

Dritter Versuch, und Banshee war draußen.

Als ich zu mir kam, beugten sich Griff und Shaeffer über mich. »Also?« fragte Griff.

Ich schüttelte den Kopf. Die Bewegung verursachte mir kurz heftige Kopfschmerzen. »Er hat mich nicht gesehen.«

Griff sank in sich zusammen. »Verdammt. Mr. Shaeffer … es tut mir leid …«

»Es ist noch nicht vorbei«, unterbrach ihn Shaeffer mit eisiger Ruhe. »Wenn wir ihn nicht daran hindern können, in das Flugzeug zu steigen, besteht er nächste Schritt darin, daß wir versuchen, ihn aus dem Flugzeug zu holen, bevor es losgeht.« Er trat von der Couch zurück und machte eine Handbewegung, und als ich mich auf die Ellbogen stützte, sah ich Morgan, der neben ihm stand. »Sie sind der nächste, Mr. Portland. Sie springen, sobald die Ausrüstung bereit ist.«

Morgan nickte stumm. Er blickte mir kurz in die Augen und wandte sich dann von uns ab.

Mir hätte in diesem Augenblick klar werden müssen, daß etwas nicht stimmte. Aber weil der Sprung und seine Nachwehen meine gesamte Aufmerksamkeit in Anspruch nahmen, bemerkte ich Morgans seltsame Reaktion nicht. »Wenn Sie versuchen wollen, ihn herauszuholen«, erklärte ich Shaeffer, während ich mich aufsetzte, »müssen Sie das Halteseil viel weiter vorn befestigen. Als ich Schluß machte, ging er in den Vorderteil des Flugzeugs.«

Shaeffer nickte geistesabwesend. »Er wird aber vor dem Start in sein privates Abteil zurückkehren. Wir müssen versuchen, ihn dort zu erreichen.«

Griff reichte mir die Hand, während ich die Beine von der Couch schwang und mehr oder weniger schwankend auf die Füße kam. »Sie wollen ihn also *während* des Flugs herausholen?« fragte er.

»Richtig. Neben beiden Ausgängen liegen Fallschirme. Wenn wir ihn kontaktieren können, muß er sich nur einen schnappen, die Tür öffnen und springen.«

»Ist das alles?« fragte unerwartet eine Stimme.

Alle drehten sich um. »Ich habe Ihnen gesagt, Hale, daß Sie oben bleiben sollen«, knurrte Griff.

»Damit Shaeffer die Stabilität des Universums friedlich und ungestört vernichten kann?« fragte Hale höhnisch. »Herzlich wenig Aussicht.«

Ich sah Griff an. Er zuckte die Achseln, und sein Gesichtsausdruck wurde besorgt. Hale hatte immer an der Grenze zum Neurotiker balanciert, aber diese Bemerkung war ein drastischer Ausrutscher. »Hale ...«, begann ich.

»*Du* hältst den Mund!« fuhr er mich an. »Du hast uns einmal im Stich gelassen – daß du ausgerechnet jetzt zurückkommst, nur weil Griff einen Jasager braucht, macht dich nicht gerade beliebter.«

Ich öffnete den Mund, schloß ihn verwirrt wieder ... und sah Rennie, der an der Wand neben dem Lift lehnte.

Ich begriff endlich.

Die Auseinandersetzung zwischen den Schränken war nicht der Versuch gewesen, mich zur Opposition gegen Griff zu bekehren. In Wirklichkeit hatte er versucht, mich endgültig auf Griffs Seite zu treiben… damit er die Feindseligkeit der anderen mir gegenüber dazu benützen konnte, *sie* auf seine Seite zu bringen.

»Wenn Sie Einwände vorbringen wollen, Hale«, warf Griff beruhigend ein, »sind wir bereit, mit Ihnen…«

»Ich habe einen Einwand«, mischte sich Rennie ein und kam zu uns. »Sie sprechen, Mr. Shaeffer, als müsse der Präsident nur die Tür öffnen und hinausspringen, und damit wäre alles erledigt. Richtig?«

»Er war sechs Jahre lang bei der Air Force«, antwortete Shaeffer steif. »Er weiß, wie man mit einem Fallschirm umgeht.«

»Davon bin ich überzeugt. Haben Sie daran gedacht, daß die bekannte Vergangenheit verändert wird, sobald der Pilot berichtet, daß die Tür offen ist?«

Ich sah Shaeffer an und meine Nackenmuskeln verkrampften sich. »Würde er so etwas über Funk durchgeben?« fragte ich. »Oder würde man es auf dem Flugschreiber sehen?«

»Es hängt davon ab, ob der Pilot in dem Augenblick, in dem es geschah, das Funkgerät eingeschaltet hatte«, sagte Shaeffer. »Wenn es nicht so war…«

»Und wenn jemand bemerkt, daß der Präsident nicht mehr da ist?« wandte Hale ein.

Shaeffer holte tief Luft. »Dann bricht die Hölle los«, gab er widerwillig zu.

Einen Augenblick sahen alle einander an. »Und was jetzt, Mr. Shaeffer?« fragte Griff schließlich.

Morgan räusperte sich. »Wenn Präsident Jeffers – wie Sie hoffen – erkennt, daß wir von Banshee sind, würde ihm da nicht klar werden, daß er den Piloten anweisen muß, seinen Absprung nicht zu erwähnen?«

»Komm schon«, höhnte Rennie, »ich habe nicht vor zu hoffen, daß er spontan an alle diese Dinge denkt –

verdammt, Shaeffer, Sie arbeiten seit über zwölf Stunden an diesem Plan und haben diesen Aspekt trotzdem übersehen.«

»Rennie ...«

»Nein, Dr. Mansfield, er hat recht«, unterbrach Shaeffer Griff. »Wenn wir unserer Sache sicher sein wollen, müssen wir uns vergewissern, daß der Präsident nur das tun kann, was wir vorgesehen haben.«

Rennie sah ihn überrascht an. Daß Shaeffer seinen Einwand akzeptierte, hatte ihm anscheinend den Wind aus den Segeln genommen. »Es kommt noch schlimmer«, sagte er etwas weniger kampflustig. »Wenn er in einem dicht besiedelten Gebiet aus dem Flugzeug springt, stehen wir vor genau dem gleichen Problem.«

»Diese logische Folge ist mir ebenfalls klar, danke«, erwiderte Shaeffer bissig. »Lassen Sie mich nachdenken.«

Einen Augenblick lang war das einzige Geräusch im Raum das gleichmäßige Summen von hundert Schranklüftungen. »In Ordnung«, sagte Shaeffer endlich. »Er war vor dem Absturz ungefähr neunzig Minuten in der Luft. Wir beginnen fünfzehn Minuten vor dem Ende.«

»Und was ist, wenn er Morgan sofort entdeckt?« knurrte Rennie.

»Was soll dann sein?« konterte Shaeffer. »Was wird er aller Wahrscheinlichkeit nach tun?«

Rennie runzelte die Stirn, als Shaeffer ihn zum zweiten Mal innerhalb weniger Minuten überraschte. »Ich habe geglaubt, daß wir ihn dazubringen wollten, während des Fluges die Reißleine zu ziehen.«

»Stimmt ... aber versetzen Sie sich eine Sekunde lang in seine Lage. Was würden Sie tun, wenn Sie Präsident wären und eine Todesfee vor Ihnen auftaucht?«

Rennie war verärgert. »Das ist nicht der richtige Zeitpunkt für Rätsel, Shaeffer. Falls sie eine glänzende Idee haben ...«

»Wir würden nicht zu ihm kommen, wenn das Flugzeug einfach abstürzen wird«, sagte Morgan langsam.

»Wie war das?« fragte Shaeffer merkwürdig gespannt.

Morgan sah vor sich hin. »Wir sind dazu da, um herauszufinden, wie es zu diesen Dingen kommt… und wenn das Flugzeug abstürzen wird, müßten wir uns auf die Flügel oder den Motor oder sonst was konzentrieren. Wenn einer von uns einfach vor ihm sitzt und ihn beobachtet, wird er vielleicht annehmen, daß etwas anderes geschehen wird.«

Griff sog die Luft scharf ein. »Zum Beispiel… eine Ermordung?«

Shaeffer nickte beinahe eifrig. »Richtig – genau richtig. Meiner Ansicht nach wird er annehmen, daß er das Ziel eines einfachen Angriffs sein wird und daß Sie dort sind, um herauszufinden, welcher seiner Begleiter daran beteiligt ist.«

»Er wird also sitzenbleiben und sich vergewissern, daß die Tür verriegelt ist«, nickte Griff. »Klingt logisch.«

»Oder aber er nimmt an, daß in seinem privaten Abschnitt eine Bombe versteckt ist«, warf Hale ein.

Shaeffer reagierte leicht verärgert. »In diesem Fall wird er verlangen, daß das Flugzeug sofort durchsucht wird«, erklärte er kurz. »Wie auch immer, er sollte nicht einmal im Traum daran denken zu springen… bis Sie ihn zum Ausgang führen.«

Ich sah Morgan und dann wieder Shaeffer an. »Und was ist, wenn der Präsident ihn nicht bemerkt?«

»Er wird ihn bemerken«, behauptete Shaeffer grimmig. »Es ist unsere letzte Chance, und wir werden verdammt dafür sorgen, daß er diesmal etwas sieht. Dr. Mansfield, Sie werden Mr. Portland in die Zeitspanne T minus fünfzehn Minuten bis T minus sechs Minuten schicken – nicht später, verstehen Sie? Miss Cosgrove ist die nächste, und danach kommt Mr. Baylor – alle werden in die gleiche Zeitspanne von fünfzehn bis sechs Minuten springen.«

Ich sah Griff an, der die Augenbrauen hochzog. »Wir haben doch festgestellt, daß mehr als eine Person in die gleiche Zeitspanne zu schicken …?«

»Jeder Springer, der zurückkommt«, fuhr Shaeffer fort, als hätte ich nichts gesagt, »wird *sofort* ein Beruhigungsmittel erhalten, bevor er irgendeinen Hinweis darauf geben kann, was er gesehen oder getan hat. Verstanden?«

Griff rührte sich nicht; er sah genauso verblüfft aus, wie ich mich fühlte. Neben mir bewegte sich Morgan. »Ich gebe gern zu, Mr. Shaeffer, daß ich nicht besonders klug bin. Aber wollen Sie behaupten, daß ein großer Teil der Probleme verschwindet, wenn wir nicht wissen, was die anderen Springer gesehen haben?«

Shaeffer preßte die Lippen zu einer schmalen Linie zusammen. »Ich hoffe, daß die Paradoxa so wirken werden. Es müßte funktionieren – es ist eine Version von Schrödingers Katze.« Er brach ab und holte tief Luft. »Jedenfalls müssen wir es riskieren, und zwar *jetzt,* Mr. Portland.«

Ich wartete darauf, daß Morgan nickte und sich auf die Couch begab. »Nein«, sagte er ruhig.

Ich starrte ihn an. Das taten alle, wie uns vorkam, sehr lange. »Was haben Sie gesagt?« fragte Shaeffer schließlich sehr sanft.

»Ich habe ›nein‹ gesagt«, antwortete Morgan genauso sanft. »Es tut mir leid, Mr. Shaeffer, aber ich glaube nicht, daß es mit Ihrer Methode sicher ist. Und wenn Sie sich irren …« Er schüttelte den Kopf. »Dann geht alles sehr schnell daneben.«

»Und Sie sind ganz allein zu dieser Schlußfolgerung gelangt?« knurrte Shaeffer anzüglich.

Morgan runzelte die Stirn. »Nur weil ich nie viel gelernt habe, heißt das nicht, daß ich keinen gesunden Menschenverstand besitze«, erklärte er ruhig.

»Und gesunder Menschenverstand ist in der abstrakten Physik wichtig, nicht wahr?« spottete Shaeffer, dann sah er zu Hale und Rennie hinüber. »Also gut. Wer von Ihnen hat ihn dazu angestiftet? Oder wäre es Ihnen lieber, wenn die Marines oben die Fragen stellen?«

»Das ist nicht notwendig«, seufzte Morgan. »Rennie hat mir gesagt, daß Sie nicht imstande sind, alles so zu manipulieren, daß es ungefährlich wird.«

»Der gesunde Menschenverstand ist nicht das Beste, woran Sie sich hier halten können, Morgan«, mischte sich Griff ein. »Was ist mit Ihrem Ehrgefühl, Ihrer Loyalität uns allen gegenüber? Was raten Ihnen diese Gefühle?«

Morgan sah ihn lange an. »Eben deshalb steige ich aus. Sonst würde ich wahrscheinlich tun, was Hale wollte, daß ich tue: Springe, aber bleibe so weit wie möglich von Präsident Jeffers weg.«

»Dreckiges Schwein«, knurrte Shaeffer, während er Hale ansah und kurz in seine Jackettasche griff. »Sie sind beide verhaftet.«

»Unter welcher Beschuldigung?« fragte Rennie ruhig. »Sie hatten gesetzlich kein Recht, mich nach Banshee zurückzuholen – das Kriegsrecht ist nicht verhängt und man hat mir keine Papiere vorgelegt. Sie haben keine Macht über mich, Shaeffer – weder Sie noch Griff. Verhaften Sie mich und ich verklage Sie, bis Sie schwarz sind.«

Hinter ihm ging die Fahrstuhltür auf und zwei Marines kamen heraus. »Diese beiden Männer stehen unter Hausarrest«, sagte ihnen Shaeffer und zeigte auf Hale und Rennie. »Bringen Sie sie auf ihre Zimmer und *sorgen Sie dafür, daß sie drin bleiben!*« Er sah Morgan an. »Letzte Chance, Portland. Schließen Sie sich den beiden an?«

Morgan stellte sich wortlos neben Rennie und Hale. Shaeffer nickte den Marines zu und die Gruppe verschwand im Fahrstuhl.

Sobald sich die Fahrstuhltür geschlossen hatte, sackte Shaeffers unvermittelt in sich zusammen. Er rieb sich das Gesicht und schwankte tatsächlich, und ich fragte mich plötzlich, ob er in der vorhergehenden Nacht überhaupt geschlafen hatte. »Dr. Mansfield, lassen Sie Miss Cosgrove hierherkommen.«

Ich sah Griff an. »Wir können es unmöglich mit nur zwei Springern machen.«

Griff nickte. »Adam hat recht, Mr. Shaeffer. Vor allem, wenn Sie noch immer nach jedem Sprung Beruhigungsmittel einsetzen wollen.«

»Es ist doch offensichtlich, daß diese Idee nicht funktionieren wird, wenn sie so bleibt, wie sie ist. Lassen Sie Miss Cosgrove kommen – die Sorgen über die Vorgangsweise übernehme ich.«

Griff schob die Lippen vor und ich glaubte einen Augenblick lang, daß er widersprechen würde. Dann ging er wortlos zum Telefon.

Kristin traf etwa fünfzehn Minuten später ein; sie sah noch schlechter aus als Shaeffer. Ihre Augen waren gerötet und halb geschlossen, ihre Haare waren zerstrubbelt, als hätte sie sich ruhelos im Bett herumgewälzt, und sie zog die Füße nach, als sie vom Lift zu uns ging. Ich ging ihr entgegen und ergriff ihren Arm; sie sah mich nicht sehr freundlich an und entzog sich mir. »Was ist los, Griff?« fragte sie.

»Meuterei. Sie und Adam sind anscheinend die einzigen Springer, die im Augenblick auf unserer Seite stehen.«

»Wir – *was?*«

»Miss Cosgrove«, unterbrach sie Shaeffer, der von der Kontrollstation herüberkam. »Ich weiß, daß Sie sich noch von Ihrem letzten Sprung erholen müssen, aber ich muß Sie leider bitten, heute morgen noch einmal zu springen.«

Kristin schloß die Augen; in ihrer Wange zuckte ein Muskel. »Also gut«, seufzte sie. »Was soll ich tun?«

»Das gleiche wie gestern: Bringen Sie Präsident Jeffers dazu, Sie zu sehen. Wir werden Sie fünfzehn Minuten bevor der Motor in Brand gerät in sein privates Büro in Air Force Eins bringen. Wenn er Sie sieht, werden Sie in dem Raum bleiben und vor ihm schweben, bis die Uhr in der Kabine auf drei Minuten vor dem Absturz steht. Das war... – was noch, drei Uhr fünfundzwanzig pazifische Zeit?«

»Richtig«, nickte Griff. »Der Motorbrand begann wahrscheinlich eine oder zwei Minuten vorher.«

»Stimmt.« Shaeffer überlegte. »Gut, dann sagen wir drei Uhr zwanzig. Genau um drei Uhr zwanzig werden Sie zu einer Stelle vor der Tür schweben und dann den Sprung beenden. Verstanden?«

Kristin zögerte. »Was ist, wenn er mich nicht sieht...?«

»Er muß Sie sehen«, antwortete Shaeffer leise. »Er muß.«

Einen Augenblick lang sprach niemand. Dann holte Shaeffer Luft. »Es hat keinen Sinn, es hinauszuzögern. Es ist soweit; gehen wir.«

Die Lichter flackerten, Kristins Körper sackte auf der Couch zusammen und ich drehte mich zu Shaeffer um und wartete darauf, daß der zweite Schuh auf den Boden fiel.

Er fiel sofort. »Ich möchte, daß Sie in Ihrem Zimmer warten, Mr. Sinn«, sagte er. »Sobald Miss Cosgrove zurückkehrt, erhält sie Beruhigungsmittel, aber ich will verhindern, daß Sie auch nur ein Wort hören, falls sie etwas sagen sollte.«

Griff drehte sich mit großen Augen am Kontrollbrett um. »Sie haben doch gesagt...«

»Ich habe gesagt, daß der Plan geändert werden muß«, unterbrach ihn Shaeffer. »Das ist die Änderung: Er wird auf zwei Springer umgestellt. Probleme?«

»Ja«, seufzte ich. »Es wird nicht funktionieren.«

»Es ist eine absolut vernünftige...«

»Das ist es nicht«, knurrte ich. Ich hatte genug davon, auf Zehenspitzen um die Gefühle der anderen herumzuschleichen. »Denken Sie nur eine Sekunde nach,

Shaeffer. Was immer Kristin im Flugzeug erlebt, nach einem ausgiebigen Schlaf hat sie es vergessen. Sie haben vorhin Schrödingers Katze erwähnt – wissen Sie wirklich, wie das Experiment funktionieren sollte, oder haben Sie nur Worte heruntergerasselt?«

Es kostete Shaeffer sichtlich Mühe, sich zu beherrschen. »Eine Pistole wird in einer Schachtel so eingestellt, daß sie, wenn ein bestimmtes radioaktives Atom in einem Testmuster innerhalb einer bestimmten Zeit zerfällt, losgeht und die Katze tötet. Wenn das Atom nicht zerfällt, bleibt sie am Leben.«

Er wußte es also. »Richtig. Wissen Sie auch noch, warum es keine Möglichkeit gibt zu erfahren, was wirklich geschehen ist?«

»Wenn man die Schachtel öffnet, stirbt die Katze automatisch.«

»Richtig«, wiederholte ich. »Hatten Sie im Grunde vor, Kristin zu töten?«

Er schloß die Augen und stieß die Luft zischend aus; er war geschlagen. »Dann ist es wirklich aus.«

Mein Magen verkrampfte sich vor Mitgefühl. »Klammern Sie sich an die Möglichkeit, daß er sie vielleicht sieht. Wenn es dazu kommt, kann ich mit Kristin darüber sprechen, bevor ich springe. Das bedeutet, daß ich die Situation kenne, bevor ich es versuche.«

Er sah mich seltsam an, als hätte ihn noch nie jemand, den er als Handlanger betrachtete, getröstet. Dann drehte er sich um, verschränkte die Hände auf dem Rücken und ging zum Fahrstuhl. Griff und ich sahen einander an und setzten uns, um zu warten.

Wir warteten fast zehn Minuten lang, und als die Stromkreisunterbrecher knackten, zuckte ich zusammen. Sekunden später drängten wir uns zu dritt um Kristins Couch. Sie keuchte, ihre Lider flatterten …

»Was ist geschehen?« fuhr Shaeffer sie an. »Antworten Sie! Was *ist geschehen?*«

»Ah … Griff«, brachte sie heraus und faßte Griff am

Ärmel. Ihre Augen waren tränenfeucht und seltsam wild. »Griff – o Gott. Es hat *funktioniert* – wirklich funktioniert. *Er hat mich gesehen!*«

Präsident Jeffers' Büro in der Air Force Eins war klein aber prunkvoll, etwas, das nicht zu seinem offiziellen Bild als Mann aus dem Volk paßte. Doch ich bemerkte die Einrichtung des Raums nur nebenher, denn ich konzentrierte mich voll auf den Mann, der in Hemdsärmeln mit gelockerter Krawatte hinter dem Schreibtisch aus Eichenholz stand... auf den Mann, der sich ebenfalls voll auf mich konzentrierte.

Genauer gesagt, auf mein Banshee-Bild. Oder noch genauer gesagt, auf Kristins Banshee-Bild. Laut der Uhr, die ich gerade noch auf der Seitenwand sah – und laut Griffs Einstellungen – würde ich ihren Sprung noch dreißig Sekunden lang überlappen. Das ließ mir genügend Zeit, um mich zu orientieren und vor der Bürotür in Stellung zu gehen – wo sie sich befinden würde, wenn ihr Sprung zu Ende war. Ich war bereit, ihre Rolle zu übernehmen.

Natürlich vorausgesetzt, daß Jeffers nicht nur Kristins Bild sah. Andernfalls mußte ich den Sprung abbrechen, und wir würden gezwungen sein zu warten, bis Kristin es wieder versuchen konnte.

Ich beobachtete den Sekundenzeiger der Uhr... und als die halbe Minute um war, begann ich, zurück zu der Tür zu schweben. Wobei ich meinen nicht existierenden Atem anhielt.

Jeffers' Blick folgte mir.

Ich wich nach wie vor zurück; und da ich mich voll auf ihn konzentrierte, war es ein Schock, als das Universum um mich plötzlich dunkel wurde. Eine Sekunde lang verlor ich die Beherrschung und schnellte bis ans Ende meines Halteseils im vorderen Teil des Flugzeugs. Doch dann begann mein Gehirn wieder zu arbeiten, und ich begriff, daß ich einfach in das blasige Metall der

Bürotür eingedrungen war. Zum Glück bewegte sich Jeffers langsamer als ich, und als er die Tür zögernd öffnete, befand ich mich wieder im Korridor vor seinem Büro. Sein Blick wanderte kurz durch den Raum und fand mich wieder. Seine Lippen bewegten sich – geräuschlos, soweit es mich betraf. Aber Griff hatte uns allen längst Lippenlesen beigebracht: *Soll ich dir folgen?*

Ich nickte und zeigte auf den hinteren Teil des Flugzeugs, ohne Jeffers' Gesicht aus den Augen zu lassen. Ich entdeckte jedoch keine Reaktion. Was immer er sah, paßte offenbar nicht zu dem nicht existierenden Körper, den mir mein Unterbewußtsein eigensinnig während der Sprünge zubilligte. Und das bedeutete, daß Handbewegungen, Gesichtsausdruck – jede Art Körpersprache – nichts brachten.

Dadurch blieb mir genau eine Kommunikationsmethode. Ich hoffte, daß sie genügen würde.

Vorsichtig – denn ich dachte sowohl an die knappe Zeitspanne als auch daran, daß er mich aus den Augen verlieren konnte, wenn ich mich zu schnell bewegte – ging ich rückwärts durch den Korridor zum hinteren Teil des Flugzeugs. Jeffers verharrte einen Augenblick lang und eine ganze Skala widerstreitender Gefühle glitt über sein Gesicht. Dann folgte er mir beinahe widerwillig. Ich geriet wieder in Dunkelheit, als jemand von hinten kam, durch mich hindurchging und Jeffers im Vorübergehen zunickte. Eine böse Sekunde lang glaubte ich, daß Jeffers mich dem anderen zeigen würde, aber er war offenbar noch nicht sicher, ob er nicht doch halluzinierte, und nach ein paar beiläufigen Worten verließ er den anderen und ging auf mich zu. Ich atmete wieder weiter, setzte mich ebenfalls in Bewegung, und eine Minute später standen wir der hinteren Tür gegenüber.

Und ich prallte mit vollem Schwung gegen meine Unfähigkeit zu sprechen oder auch nur zu deuten. Die Fallschirme lagen gegenüber der Tür in einem Gestell – unauffällig, aber deutlich sichtbar … doch als ich zu ihnen trat und dort blieb, begriff Jeffers offensichtlich nicht. Ich versuchte es, indem ich mich entfernte und zurückkehrte – versuchte es, indem ich direkt in einen der ordentlichen Stapel hinein, durch ihn hindurch und dann wieder hinausglitt – versuchte, praktisch bis zu Jeffers' Nase zu gelangen, dann zurück zu den Fallschirmen und dann zur Tür.

Nichts.

Ich biß die Zähne zusammen. Da mein Zeitgefühl wie üblich gestört war, hatte ich keine Ahnung, wie viele Sekunden uns noch blieben, bis es losging, aber ich wußte, daß es nicht mehr viele sein konnten. Es mußte eine andere Möglichkeit geben, mich Jeffers verständlich zu machen – es *mußte* sie geben –, aber mir fiel beim besten Willen keine ein. Ich ging vor und zurück, von den Fallschirmen zur Tür und zurück zu den Fallschirmen, wiederholte diese Bewegungen, weil mir nichts Besseres einfiel, und zermarterte mir die ganze Zeit das Gehirn, um etwas anderes – *irgend* etwas zu finden, das ich tun konnte. Vor und zurück …

Es war bestimmt die zehnte Wiederholung, als er begriff.

Du willst, daß ich aus dem Flugzeug springe? fragten seine Lippen. Ich wollte nicken, riß mich zusammen und bewegte meinen ganzen Körper hinauf und herunter.

Wunderbarerweise legte er die Bewegung richtig aus. *Wird uns jemand abschießen?* fragte er.

Beinahe getroffen. Ich nickte wieder und kehrte zu den Fallschirmen zurück. Jede Sekunde …

Jeffers rührte sich nicht. *Was ist mit den anderen?* fragte er mit einer Handbewegung, die das gesamte Flugzeug umfaßte. *Ich kann nicht einfach abhauen und sie sterben lassen.*

Ich blinzelte, während mein Magen sich wieder einmal verkrampfte. Jeffers' Fähigkeit, an die Durchschnittsamerikaner zu denken und ihnen zu helfen, war einer der Hauptgründe gewesen, weshalb ich ihn gewählt hatte; daß sich dieser Aktivposten plötzlich in eine Verpflichtung verwandelte, hätte ich nie erwartet. Ich dachte fieberhaft nach, versuchte, eine Möglichkeit zu finden, um ihm zu antworten …

Draußen ertönte ein dumpfes Geräusch … und einen Augenblick später neigte sich der Boden unter Jeffers heftig und warf uns beide gegen das Fallschirmgestell.

Ich wirbelte herum, das Herz schlug mir bis in den Hals und ich erwartete halb, daß er infolge des Aufpralls benommen oder bewußtlos auf dem Boden lag. Es war beinahe ein Schock, als er hellwach auf den Füßen stand …

Und an einem Fallschirm zerrte.

Ich versuchte nicht, es auszurechnen. Ich bewegte mich senkrecht zu der Richtung meines Halteseils, schwebte für einen Augenblick hinaus und versuchte abzuschätzen, wieviel Zeit Jeffers blieb, bevor wir dem Boden zu nahe waren. Vielleicht dreißig Sekunden, je nachdem, ob der Wind ihn zu dem unter uns steil abfallenden Berg hin oder von ihm wegtrieb. Ich kehrte ins Flugzeug zurück, und zu meiner Überraschung war Jeffers bereits in die Gurte geschlüpft und kämpfte sich gegen den schrägen Boden bergauf zur Tür. Ich hielt den Atem an … und als das Flugzeug eine Sekunde lang beinahe waagrecht lag, warf er sich nach vorn und schaffte es, den Hebel zu packen, bevor der Boden sich wieder neigte.

Ich warf noch einen Blick auf das Fallschirmregal, um mir einzuprägen, welchen Fallschirm er genommen hatte; dabei fiel mir etwas auf, das an der Wand entlangglitt. Es war ein flaches, leuchtend orangefarbenes Päckchen: Ein Notfallpaket, das vorn am Geschirr jedes Fallschirms befestigt sein sollte. Ich blickte zu Jeffers zurück, aber bevor ich soweit gelangt war, daß ich seine Brust sah, stabilisierte sich das Flugzeug einen Augenblick lang beinahe …

Und mit einer einzigen krampfhaften Bewegung stieß

er die Tür gegen den Luftdruck von außen auf und zwängte sich hindurch.

Ich fiel direkt durch den Fußboden und den Gepäckraum so weit unter das zerstörte Flugzeug, wie es mein Halteseil zuließ. Unter und hinter mir überschlug sich Jeffers immer wieder; sein Hemd flatterte im Wind. Wenn er während des Sturzes gegen etwas geprallt war... wenn er bewußtlos war...

Der Bremsfallschirm löste sich aus dem Packen, und der Hauptfallschirm folgte ihm sofort. Er füllte sich, stabilisierte sich... und mir wurde zum erstenmal bewußt, was ich gerade getan hatte.

Wir hatten die Maschinerie von Banshee benützt, um einem Menschen das Leben zu retten.

In diesem großartigen Augenblick fiel die Last der Qualen, die ich in Banshee gelitten hatte – der aufgestauten Frustration, wenn ich Katastrophen beobachtete, die ich nicht verhindern konnte – für immer von mir ab. All die Millionen Dollar – all die hinterhältigen bürokratischen Kommentare, die wir hatten einstecken müssen – waren es plötzlich wert gewesen. Jetzt konnten sie spotten, soviel sie wollten. Wir hatten ein Leben gerettet – das Leben eines Präsidenten noch dazu. Und zu allem Überfluß hatten wir es getan, ohne daß sich Rennies und Hales Angst wegen der Veränderung der Vergangenheit bewahrheitet hatte. Sobald ich zurück war, konnte Shaeffer die Suchtrupps an der Absturzstelle um einige Kilometer dorthin verlegen, wo Jeffers jetzt hinunterkam...

Als ich meine Aufmerksamkeit von Jeffers' Fallschirm ab- und dem felsigen, baumbestandenen Hang unter ihm zuwandte, verflüchtigten sich meine Euphorie und mein Stolz. Jenseits seines Landepunkts, etwa eineinhalb Kilometer tiefer am Hang, war ein kleines Dorf deutlich sichtbar.

Ein Dorf, das er zu Fuß in einer Stunde erreichen konnte.

An die Minuten sofort nach dem Sprung erinnere ich mich kaum. Ich weiß noch, daß meine Arme immer wieder geschüttelt und mein Name nachdrücklich genannt wurde, aber aus irgendeinem Grund war ich nicht imstande, aus diesem Zustand herauszukommen, und bald traten Dunkelheit und beunruhigende Träume an die Stelle der Stimmen und Hände.

Doch irgendwann verblaßten die Träume. Als ich endlich fähig war, klar zu denken, lag ich oben in meinem Zimmer in meinem Bett und in meinem Arm steckte ein intravenöser Schlauch. Ich hob den Arm leicht und betrachtete den Schlauch stirnrunzelnd.

»Entspannen Sie sich nur und versuchen Sie nicht, sich zu bewegen«, sagte eine Stimme an meiner anderen Seite.

Ich wandte den Kopf und war überhaupt nicht überrascht, als ich Griff neben dem Bett entdeckte. »Was…?« krächzte ich, bevor mir die Stimme versagte.

»Sie sind beinahe hysterisch gewesen, als Sie aus dem Sprung herauskamen«, erklärte er. »Sie haben etwas davon gebrabbelt, daß Jeffers mit dem Fallschirm abgesprungen ist und die Vergangenheit verändert hat, und dann brachen Sie zusammen. Seither hat Shaeffers Ihnen dauernd etwas in den Arm pumpen lassen.«

Ich warf wieder einen Blick auf die Nadel und erschauerte. »Wie … wie spät ist es?«

Er sah auf die Uhr. »Beinahe halb fünf.«

Was bedeutete, daß ich beinahe drei Stunden lang nicht ansprechbar gewesen war. »Was ist mit der Suche geschehen?«

Griff zuckte die Achseln und die Falten um Mund und Augen vertieften sich ein wenig. »Soviel ich weiß, nichts. Shaeffer ist zwischen diesem Zimmer und dem Kommunikationsraum hin und her gerannt, weil er nichts Größeres in Bewegung setzen wollte, solange er nicht mit Ihnen gesprochen und herausgefunden hatte, wovon Sie überhaupt redeten.«

Mich fröstelte. »Der Fallschirm öffnete sich, und er war hinunter unterwegs … aber eine Stunde Fußmarsch bergab von ihm lag ein Ort. Er kann ihn unmöglich verfehlt haben.«

Griff fluchte, während er nach dem Telefon griff und auf die Tasten drückte. »Geben Sie mir Shaeffer … Mr. Shaeffer? Hier ist Griff. Adam ist aufgewacht, und wir stehen vor einem teuflischen Problem … Okay, und wenn Sie noch mehr von diesen Karten haben, bringen Sie sie bitte mit … Richtig.«

Er legte auf und sah wieder zu mir. »Glauben Sie, daß Sie die genaue Stelle finden können, an der er landete?«

Mich fröstelte wieder. »Wenn der Ort praktisch direkt unterhalb von ihm lag? Natürlich kann ich es.«

Er schob die Lippen vor und verstummte.

Shaeffer traf zwei Minuten später ein und brachte einen Stoß seiner Detail-Landkarten mit. »Ich freue mich, daß Sie wach sind«, sagte er kurz, dachte aber sichtlich an etwas anderes, während er Griff beinahe von seinem Stuhl stieß, sich setzte und mir die Karten auf die Brust legte. »Zeigen Sie es mir.«

Ich stützte mich auf die Ellbogen und ging die Karten durch. Jemand hatte die Flugbahn des Flugzeugs rot eingezeichnet, und ich brauchte nur eine Minute, um die Karte zu finden, die ich suchte. »Hier«, sagte ich und zog mit dem Finger einen Kreis um die Stelle. »Er ist ungefähr hier heruntergekommen.«

Shaeffers Augen leuchteten, während er einen Blick auf die Nummer der Karte und dann auf die Stelle warf, auf die ich gezeigt hatte. »Gut. Sehr gut. Jetzt etwas Wichtiges: Haben Sie bemerkt, ob an seinem Fallschirm ein orangefarbenes Notfallpäckchen befestigt war?«

»Es war keines daran. Ich habe es auf dem Fußboden gesehen, bevor er hinaussprang. Es ist wahrscheinlich heruntergefallen, während er sich den Fallschirm umhängte.«

Shaeffer brummte. »Das ist gut. Es schaltet das Problem aus, warum es keinen Sender/Empfänger gab, den sie anpeilen konnten. Leider bedeutet es auch, daß er weder Nahrung noch Wasser bei sich hatte. Könnte er mit der Landung Schwierigkeiten gehabt haben? Wäre es eine gute Idee, noch einen Sprung durchzuführen?«

Ich seufzte. »Das weiß ich nicht. Shaeffer… was ist mit dem Ort dort unten?«

»Was soll mit ihm sein?«

»Na ja, er liegt genau *dort*, wohin er aller Wahrscheinlichkeit nach gegangen ist. Aber er ist vor fünfundzwanzig Stunden gelandet, und…« Ich zuckte hilflos die Achseln.

»Vielleicht ist er klüger, als Sie alle angenommen haben«, stellte Shaeffer fest. »Vielleicht wurde ihm klar, daß Sie aus der Zukunft kamen, und er wartete, bis wir ihn suchten. Oder vielleicht bemerkte er, während er hinunterkam, den Ort überhaupt nicht, und in diesem Fall war es das Vernünftigste, wenn er in der Nähe des Landeplatzes blieb.« Er erhob sich unvermittelt. »Was immer, es gibt eine einfache Möglichkeit, es herauszufinden.«

»Sie wollen den Suchtrupp sofort hinschicken?« fragte Griff.

Shaeffer zog die Augenbrauen hoch. »Wie Mr. Sinn gerade feststellte, hat er ungefähr fünfundzwanzig Stunden in den Colorado Rockies verbracht. Es wäre vergeudete Mühe, wenn wir ihn aus dem Flugzeug herausholen und ihn dann an Unterkühlung sterben lassen, oder?«

Ich holte tief Luft. »Ich möchte vorher noch einmal springen.«

Beide sahen mich an. »Warum?« fragte Shaeffer.

»Ich… möchte sehen, was geschah, nachdem er gelandet war.«

»In ein oder zwei Stunden werden wir in der Lage sein, *ihn* zu fragen, was geschehen ist«, sagte Shaeffer ätzend. »Außerdem brauchen Sie noch Ruhe, bevor Sie wieder springen können.«

»Und außerdem komme ich nicht mehr in Gefahr, die Vergangenheit zu verändern, wenn ich nicht weiß, was geschehen ist.«

Shaeffers Lippen zuckten. »So ungefähr. Ich habe keine Zeit für solche Dinge. Die Vergangenheit befindet sich in Sicherheit, Mr. Sinn – das beweist die Tatsache, daß wir noch hier sind und daß alle unsere Erinnerungen noch intakt sind. Richtig? Jetzt ist es wichtig, daß wir hinausgehen und ihn nach Hause bringen. Später werden wir jede Menge Zeit für Spekulationen und Auf-die-Schulter-klopfen haben.« Er nickte Griff zu, zog die Tür auf und ging.

Ich sah Griff an. »Griff …?«

Er zuckte die Achseln. »Ich weiß es nicht, Adam«, gab er zu. »Alles *fühlt* sich okay an. Doch wenn unsere Erinnerungen ebenfalls verformbar sind, dann sind Gefühle nicht notwendigerweise ein guter Hinweis. Ich glaube nicht, daß es notwendig ist … aber wenn Sie noch einmal springen wollen, gebe ich Ihnen die Erlaubnis.«

Ich zögerte; aber Shaeffer hatte recht. Was immer geschehen war – die Tatsache, daß Jeffers noch immer dort draußen herumirrte, wies darauf hin, daß das, was wir getan hatten, die uns bekannte Vergangenheit nicht wesentlich verändert hatte. »Nein, das geht schon in Ordnung«, seufzte ich. »Ich kann warten, bis uns Jeffers selbst erzählt, was geschehen ist.«

»Okay. In diesem Fall sollten Sie sich darauf konzentrieren, sich auszuruhen.«

»Das werde ich schaffen.« Ich schloß die Augen.

Das Licht ging aus, die Tür wurde geöffnet und geschlossen, und ich war allein. *Das ist es also,* dachte ich. *Sieht aus, als wären die ganzen Sorgen unnötig gewesen …*

Die Tür ging auf und riß mich aus dem Schlummer, in den ich gefallen war. Ich öffnete die Augen und sah

Morgan, der in der Tür stand. »Adam?« flüsterte er. »Bist du wach?«

»Ja. Komm 'rein, aber schalte bitte nicht die Deckenbeleuchtung ein.«

»Okay.« Er schloß die Tür hinter sich und tastete sich zum Bett, wo er die kleine Lampe einschaltete. »Du hast es also geschafft?« Er musterte mich genau.

»Shaeffer nimmt es jedenfalls an. Hat er es schon allen erzählt?«

»Eigentlich nicht, aber als Hale, Rennie und ich unsere Zimmer verlassen durften, war es ein guter Hinweis. Erzähl mir, was geschehen ist.«

Ich erzählte ihm alles, und als ich fertig war, schwieg er lange. »Also?« fragte ich. »Was denkst du?«

»Es gefällt mir nicht, daß der Ort so nahe ist. Wenn du die Wahrheit wissen willst – es macht mir gewaltige Sorgen.«

»Auch mir«, gab ich zu. »Aber da Jeffers nie dort aufgetaucht ist, muß alles in Ordnung sein ...«

»Muß? Und wenn der einzige Grund, warum bis jetzt nichts geschehen ist, darin besteht, daß wir es noch immer ändern können?«

»Ich ... kann dir nicht folgen.«

Er holte tief Luft. »Wir haben noch immer etwa sechsundvierzig Stunden, um zurückzugehen und den Präsidenten dazu zu bringen, etwas zu tun, bevor der Zeitraum vorbei ist. Vielleicht sollen wir etwas anderes mit ihm tun ... und wenn wir es nicht tun, dann geschieht vielleicht plötzlich, daß er doch den Ort erreicht hat, und daß er vor zwanzig Stunden gefunden wurde ...«

Er brach ab, und als ich in seine Augen sah, fröstelte ich. Eine vorübergehend zerschlagene, aber noch immer nicht endgültige Vergangenheit, die wartete, war eine Möglichkeit, auf die ich nicht gekommen war. Morgans Gesichtsausdruck besagte klar, daß er diese Vorstellung überhaupt nicht mochte; *mich* hatte sie erschreckt. »Was sollen wir dagegen unternehmen?« fragte ich.

»Es geht nicht um *uns,* sondern um *dich,* Adam. Shaeffer hat uns aus unseren Zimmern hinausgelassen, aber er wird uns vorläufig nicht hinunterlassen, jedenfalls nicht in die Nähe der Couch.«

»Was soll ich also deiner Meinung nach unternehmen?« knurrte ich.

Er sah mir in die Augen. »Geh dorthin zurück«, sagte er geradeheraus. »Geh zurück und ... stoppe ihn.«

»Wie soll ich ihn stoppen? Indem ich ihn über meinen Fuß stolpern lasse?«

Er bemerkte den Sarkasmus nicht einmal. »Du bist der Kerl, der ihn aus dem Flugzeug geholt hat – er wird dir überall hin folgen, wo du ihn hinführst. Also ... führe ihn zu einer Schlucht und bringe ihn dazu, daß er hinunterstürzt.«

Ich traute meinen Ohren nicht. »Bist du verrückt?« fragte ich.

»Es ist die einzige Möglichkeit«, erwiderte er. »Du suchst die richtige Schlucht aus, und er muß einen kilometerlangen Umweg machen, bevor er hinauskommt.«

»Und wenn ich die falsche Schlucht wähle und er beim Sturz stirbt? Damit wäre tatsächlich alles geregelt.«

Sein Blick wich mir aus. »Er war schon einmal tot, Adam. Du würdest nur das Universum wieder so herstellen, wie es vorgesehen war.«

»Nein, das wäre nicht alles, was ich täte. Ich würde einen Mord begehen.«

»Dann laß ihn sich verirren oder sonstwas. Führe ihn von dem Ort weg, so weit weg, daß er nicht mehr zurückfindet.«

»Morgan, der Ort ist vielleicht anderthalb Kilometer entfernt – und ich werde nur eine Stunde Zeit haben, bevor ich den Sprung beenden kann. Wie kann ich ihn so schnell so gründlich in die Irre führen?«

»Dann kannst du ihn nur in eine Schlucht stürzen

lassen; es ist deine einzige Chance. Unsere einzige Chance.« Er holte tief Luft. »Ich weiß, daß es riskant ist. Aber dieses Risiko mußt du eingehen.«

»Großartig. *Ich* muß das Risiko eingehen. Aber du wirst natürlich im Geist bei mir sein.«

»Moment mal, ich stecke viel tiefer drin«, knurrte er. »Ich und alle Menschen auf der Welt. Wir alle müssen ertragen, was immer geschieht, wenn die Vergangenheit verändert wird. Du solltest einmal zur Abwechslung darüber nachdenken.«

Ich schüttelte langsam den Kopf. »Es tut mir leid, Morgan. Ich kann das Leben eines Menschen nicht bewußt wegen unbekannter und möglicherweise gar nicht existierender Folgen aufs Spiel setzen. Ich kann es einfach nicht.«

Er betrachtete mich verächtlich. »Das war's also, was? Du spuckst große Worte und so, und dann findest du den leichtesten Ausweg. Wie du es immer tust.«

»Ich habe nie in meinem ganzen Leben den leichtesten ...«

»Verdammt, wirst du mit der Scheiße aufhören?«

Der vollkommen unerwartete Ausbruch war so heftig, daß ich zurückwich. »Morgan ...«

»*Jedes* Mal«, knurrte er. »Jedes verdammte einzelne Mal. Wenn du die Wahl hattest, wähltest du immer den leichtesten Weg. Vielleicht dachtest du nicht so, aber du tatest es.«

»Tatsächlich?« fuhr ich ihn an. »Vielleicht hast du nie das ganze Bild gesehen.«

»Vielleicht bist *du* derjenige, der es nicht gesehen hat. Du gibst mit dem Zeug über den Weißen Ritter mächtig an, aber weißt du was? –, du bist gar kein Weißer Ritter. Du bist nur das, was wir einen professionellen Märtyrer nennen. Du bringst ein kleines Opfer, das dich etwas kostet, und redest dir ein, daß du jemandem etwas Gutes getan hast.«

Irgendwie fand ich meine Stimme wieder. »Das ist unfair. Du hast keine Ahnung, was ich tue und wie ich es tue.«

»Nein? Soll ich dir erzählen, warum du Banshee verlassen hast? Und warum es uns allen mehr schadete als half?«

Ich schluckte die Antwort hinunter, die mir auf der Zunge lag. »Ich höre«, sagte ich statt dessen.

Er holte tief Luft. »Griff erzählte dir, daß Banshee weniger Geld bekommen würde, du stelltest einige Berechnungen an und merktest, daß es, obwohl Rennie hinausgeworfen wurde, nicht mehr für vier Springer reichen würde. Statt also eine Abmachung zu treffen – zum Beispiel, machen wir eine Teilzeit-Beschäftigung daraus –, bist du einfach abgehauen.«

Ich wurde rot. Ich hatte mich so sehr bemüht zu verhindern, daß sie herausbekamen, warum ich es getan hatte ... »Wissen es die anderen?«

»Natürlich nicht. Was glaubst du, wie sich Kristin fühlen würde, wenn ich ihr erzähle, daß du deinen Job ihretwegen aufgegeben hast? Besonders, da sie dadurch hier in der Falle sitzt?«

»Sie hätte wahrscheinlich – was?« Ich unterbrach mich, als ich die letzten Worte erfaßte. »Was soll das heißen, daß sie hier in der Falle sitzt? Sie verdient jetzt mehr als je zuvor in ihrem Leben.«

Er seufzte. »Genau das habe ich gemeint, Adam. Verstehst du denn nicht? – die Arbeit für Banshee ist eine Sackgasse. Man kann sie nur hier tun. Aber das Geld ist so angenehm, daß sie es nicht fertigbringt zu gehen und von vorn anzufangen. Das gilt auch für Hale und mich, wenn auch aus verschiedenen Gründen.«

»Ach, wirklich?« höhnte ich. »Dann sag mir doch, wohin ein Mensch mit Hales aggressiver Persönlichkeit gehen könnte.«

»Genau das habe ich wieder gemeint«, antwortete er müde. »Hier in Banshee bleibt Griff nichts anderes übrig, als sich mit ihm abzufinden, also hat Hale keinen Grund, sich zu ändern.« Er zögerte. »Und ich ... verdammt, wir wissen alle, daß ich nur ein Hinterwäldler bin. Richtig? Ich habe nicht viel gelernt, und wenn ich nicht weiterlerne, finde ich nie einen besseren Job als den hier. Wenn ich aber nur einen Teil des Jahres hier arbeite, könnte ich vielleicht irgendwo auf ein College gehen, vielleicht sogar einen akademischen Grad erwerben. Aber ich sitze hier fest, bin immer abrufbereit ...« Er schüttelte den Kopf.

Ich sah ihn lange schweigend an, und die Gedanken tobten wie Mini-Tornados in meinem Gehirn, während mein ganzes Wesen schreckliche Schmerzen litt. War ich tatsächlich die Ursache für das alles gewesen? Es war unvorstellbar – ich hatte ihnen helfen, nicht ihnen weh tun wollen. Und trotzdem war es mir unmöglich, Morgans Argumente zu widerlegen.

Und sie nicht zur Kenntnis zu nehmen.

»Es läuft ziemlich genau darauf hinaus«, sagte Morgan endlich, »was meine Ma *harte Liebe* nannte. Als würde man einen Verband abnehmen – kurzer Schmerz für lange Hilfe. Wenn du das nicht kannst ... dann solltest du vielleicht mit deiner Weißer-Ritter-Masche aufhören.«

Ich bekam keine Luft. All die Schatten der Vergangenheit – alle Opfer, die ich für andere gebracht hatte – stürzten sich auf mich und verfolgten mich. Wie viele von ihnen waren wohl sinnlos gewesen? Wie viele waren schlimmer als sinnlos gewesen? Am schmerzlichsten war die Tatsache, daß es zu spät war, es bei irgendwem wieder gutzumachen.

Aber nicht bei allen. »Heb den Hörer ab«, befahl ich Morgan und setzte mich auf. Ich biß die Zähne zusammen, löste eine Ecke des Klebestreifens, der die intravenöse Nadel auf meinem Arm festhielt, und riß ihn herunter. *Wie ein Verband,* hatte er gesagt ... »Griff steckt wahrscheinlich im Kommunikationsraum. Sag ihm, daß ich den Sprung doch durchführen will. Und sag ihm, daß ich mir Shaeffers Karten noch einmal ansehen will.«

Aus einer Höhe von dreitausend Metern gesehen, hatte an diesem verhängnisvollen Nachmittag die Sonne auf einem wolkenlosen Himmel gestanden und die Welt scheinbar in Licht und Hitze gebadet. Vom Boden aus sah das Ganze wesentlich anders aus. Die Sonne stand zwar noch immer am Himmel, war aber trotzdem beinahe beim ›Sonnenuntergang‹ angelangt, weil sie sich einer langen Bergkette im Westen näherte. Der Ausblick nach Süden war noch ernüchternder, da der schwache Frostschleier auf den Gipfeln ein Hinweis darauf war, daß die Hitze der Sonne mehr Illusion als Realität war. In einer halben Stunde oder weniger, wenn die Sonne hinter den Bergen verschwand, würde die Temperatur auf dem Hang langsam aber gleichmäßig sinken.

Jeffers wußte es offensichtlich ebenfalls. Ich hatte den Sprung so angesetzt, daß ich eintraf, nachdem er auf dem Boden war; als ich bei ihm anlangte, stand er in der Mitte der keksdosengroßen Lichtung, in der er gelandet war, und sammelte fleißig die Fallschirmseide ein. Ich schwebte hinter ihm und sah zu, wie er sie zusammenballte und dann wie eine Kombination aus Jacke und Sari um sich schlang; er befestigte die Konstruktion mit Gürtel und Krawatte.

Ich fühlte mich schrecklich.

Ich hatte noch nie zwei Sprünge an einem Tag gemacht, geschweige denn drei, und wußte jetzt, warum Griff für gewöhnlich so streng darauf bestand, daß ein Sprung pro Tag reichte. Übelkeit, Schwindel und zunehmende Erschöpfung zerrten schwer an mir und lenkten mich von meiner Aufgabe ab. *Bitte,* bat ich stumm, *laß ihn sich hinsetzen und auf Rettung warten. Bewahre seine Energie ...*

Jeffers zog ein letztes Mal an seiner Krawatte und sah

sich kurz um. Sein Blick haftete eine Zeitlang an der Rauchfahne in der Ferne, und er ballte in ohnmächtiger Wut die Fäuste. Dann holte er tief Luft, straffte die Schultern und ging bergab.

Auf den Ort unterhalb von ihm zu.

Ich stöhnte innerlich. Er hatte also das Dorf gesehen, während er in der Luft war … und meine letzte Chance, mich vor der harten Wahl zu drücken, war vorbei. *Harte Liebe,* erinnerte ich mich; ich stellte mich vor Jeffers, schwebte vor seinen Augen und wartete darauf, daß er mich entdeckte.

Nach einigen Schritten war er soweit. *Bist du derselbe?* fragten seine Lippen. Ich versuchte es wieder mit der Hinauf-hinunter-Bewegung und er nickte. *Du hängst nicht mehr an dem Flugzeug, nicht wahr?*

Als Antwort trat ich hinter ihn zu dem Fallschirmpack, das noch auf seinen Rücken geschnallt war. *Gut. Kannst du mich zu dem Ort führen, den ich sah, als ich herunterkam?*

Ich schluckte krampfhaft und setzte mich vor ihn. Morgan hatte recht; er zögerte nicht mehr, wie an Bord des Flugzeugs, sondern folgte mir sofort.

Er vertraute mir.

Ich biß die Zähne zusammen, weil mich das Schuldbewußtsein und die Übelkeit beinahe überwältigten, und ging weiter. *Harte Liebe,* wiederholte ich mir. *Harte Liebe.*

Es funktionierte eine halbe Stunde lang. Wir marschierten durch Wäldchen mit spindeldürren Fichten und über harten, kantigen Fels, immer nach Süden, und eine Zeitlang hoffte ich, daß ich ihn einfach in die Irre führen und stehenlassen würde. Wenn ich ihn genügend verwirrte, würde er vielleicht nicht wagen, allein weiterzugehen, sobald ich ihn verlassen hatte. Selbst wenn er wußte – was er vielleicht nicht tat –, daß mein Zeitlimit bedeutete, daß er nie weiter als eine Stunde Fußmarsch von dem Ort entfernt sein würde, ganz gleich, wohin ich ihn führte.

Doch noch während ich hoffte, wußte ich, daß ich mich nicht auf Wunschdenken verlassen durfte. Ich ging also weiterhin in die richtige Richtung ... und fünf Minuten vor meinem Ziel platzte die Seifenblase.

Noch dazu ohne Vorwarnung. Ich führte Jeffers gerade noch über besonders unangenehmen Boden, auf dem Dutzende Äste herumlagen, die offenbar einem kürzlichen Sturm zum Opfer gefallen waren; einen Augenblick später blieb er stehen und blickte stirnrunzelnd zum Himmel hinauf. *Wir gehen nach Südwesten*, sagte er mir. *Lag das Dorf nicht mehr im Westen?*

Ich hätte wahrscheinlich darauf gefaßt sein müssen, daß ihm irgendwann die Richtung auffallen würde, in die wir unterwegs waren, und hätte mir einen Plan zurechtlegen sollen, um sein Mißtrauen zu beschwichtigen. Aber infolge meines körperlichen Unbehagens und des noch nagenderen emotionellen Aufruhrs in mir hatte ich nicht daran gedacht. Ich hatte natürlich eine Erklärung – daß ich ihn auf dem sichersten Weg, den es gab, in den Ort führte –, aber infolge der einseitigen Kommunikation hatte ich keine Möglichkeit, ihm eine so komplizierte Lüge beizubringen. Selbst wenn mein Gewissen es zugelassen hätte.

Er beobachtete mich noch immer. Ich ›nickte‹ sorgfältig und ging dann in die Richtung weiter, in die ich ihn geführt hatte. Er beobachtete mich einige Sekunden lang und folgte mir dann beinahe widerwillig. Ich seufzte erleichtert. Ich brauchte sein Vertrauen nur noch fünf Minuten lang ... fünf Minuten, und ich würde in der Lage sein, dieses Vertrauen zu mißbrauchen.

Harte Liebe. Harte Liebe.

Drei Minuten später erreichten wir die Schlucht.

Sie war breiter und tiefer, als ich sie mir aufgrund von Shaeffers Karten vorgestellt hatte, an dieser Stelle von Rand zu Rand wahrscheinlich fünfzehn Meter breit und vom Rand bis zum Boden über dreißig Meter tief. Sie war auch wesentlich nackter, als ich erwartet hatte.

An beiden Rändern und auf dem Boden wuchsen verkümmerte Bäume, aber die Hänge bestanden nur aus Felsen und Schotter und gelegentlich einem Klumpen Gras oder einer Gruppe Kakteen.

Die Sonne versank jetzt hinter den Bergen im Westen, und die zunehmende Dunkelheit verbarg, was unter uns lag.

Jeffers entdeckte die Schlucht natürlich, als wir uns ihr näherten, blieb einen Augenblick am Rand stehen und blickte so weit um sich, wie es der sanfte Hang gestattete. *Was jetzt?* fragte er.

Als Antwort trieb ich über den Rand hinaus und einige Meter hinunter; dabei musterte ich das Gebiet direkt unterhalb von mir. Ich hatte uns tatsächlich zu genau dem Ort geführt, den ich mir erhofft hatte: Nicht einmal zehn Meter unter mir fiel der zunehmend steilere Hang plötzlich senkrecht zu den Bäumen unten ab. Dazu der lockere Schotter… Ich wandte meine Aufmerksamkeit wieder Jeffers zu und betete darum, daß er sich nicht weiter umsehen, sondern mir vertrauen und über den Rand treten würde.

Doch sein Vertrauen zu mir – soweit überhaupt vorhanden – war keineswegs blind. *Gibt es keine andere Route?* fragte er, ohne sich zu rühren. *Das da kommt mir nicht sehr sicher vor.*

Ich konnte wieder nur mit ihm kommunizieren, indem ich meine Bewegung in die Schlucht wiederholte. Er rieb sich das Kinn und blickte am Rand entlang in beide Richtungen, als überlege er, ob er versuchen sollte, sie zu umgehen. Aber in beide Richtungen war der Hang mindestens genauso einschüchternd wie der Teil der Schlucht, den er sehen konnte – als ich diesen Ort wählte, hatte ich mich vergewissert, daß es der Fall sein würde. Er suchte noch einmal das Gebiet um uns ab, um vielleicht etwas zu finden, an dem er eine Leine seines Fallschirms als Sicherheitsleine befestigen konnte. Aber keiner der halbtoten

Bäume um uns konnte eine solche Belastung ertragen, und eine Minute später biß Jeffers die Zähne zusammen und nickte. Er hielt sich an den nächsten Bäumen an, trat auf den Hang und begann hinunterzugehen.

Nach fünf Schritten verlor er den Halt.

Er schrie – oder fluchte vielleicht –, als der Boden unter seinen Füßen nachgab und er zu rutschen begann. Er ließ sich auf das Gesäß fallen, rollte sich auf den Bauch, preßte den Körper gegen den steinigen Hang, und suchte mit den Händen einen Halt. Doch es gab nichts, was er fassen konnte; und als der Hang steiler wurde, gaben seine Hände auf, als wäre ihm klar geworden, daß er verloren war. Er glitt immer schneller, wirbelte Staub und Wolken von winzigen Steinen auf, während er immer weiter stürzte, auf den Grund der Schlucht und den sicheren Tod zu …

Und einen Augenblick später prallte er auf dem breiten Granitband auf, das aus dem Berghang ragte, und brach zusammen.

Eine schreckliche Minute lang glaubte ich, daß meine sorgfältige Planung vergeblich gewesen war, daß ihn der Sturz getötet oder tödlich verletzt hatte. Dann rollte er sich zu meiner ungeheuren Erleichterung auf den Rücken und setzte sich steif auf. Er betrachtete das Sims, blickte hinauf, schob sich dann vor und schaute über den Rand auf den senkrechten Fels unter ihm. Dann fand sein Blick mich …

Ich zwang mich, den Blick zu erwidern, die Enttäuschung über den Verrat zu akzeptieren. Auch damit hatte Morgan recht gehabt: harte Liebe bedeutete kurzen Schmerz … und ich war noch immer soweit Märtyrer, daß ich einen Teil dieses Schmerzes für mich beanspruchte.

Obwohl Jeffers und Shaeffer nach dem Sprung in der Lage sein würden, jede Menge von Schmerz für mich zu finden. Aber das ging in Ordnung. Ich hatte Jeffers das Leben gerettet und ich hatte die Vergangenheit gerettet, und das allein zählte.

Ich lächelte, als ich fortging.

Als ich mich endlich soweit wohl fühlte, daß ich mein Zimmer verließ, fand ich Morgan, Kristin und Griff vor dem Fernsehapparat in der Lounge. Zufällig war auf dem Bildschirm Präsident Jeffers zu sehen, der seine erste öffentliche Rede seit seiner Rettung hielt. Die beiden Ruhetage hatten ihm anscheinend sehr gut getan.

»He – Adam.« Griff drehte sich halb um, als ich eintrat. »Wie fühlen Sie sich?«

»Groggy, aber sonst ganz gut.« Ich zog einen Stuhl neben ihn und nickte Kristin und Morgan zu. »Es wundert mich nur, daß ich nicht in Leavenworth aufgewacht bin.«

Er lachte leise. »Glauben Sie wirklich, daß Jeffers es Ihnen heimzahlen will?«

»Ich habe tatsächlich daran gedacht.«

»Er hatte dort draußen eine Menge Zeit, in der er sich ausrechnen konnte, warum Sie getan hatten, was Sie taten. Shaeffer ist zugegebenermaßen etwas wütender, aber auch er versteht es.« Er atmete laut aus. »Angeblich wird Banshees Budget dramatisch erhöht werden. Würden Sie in Betracht ziehen zurückzukommen?«

Ich zuckte die Achseln. »Das weiß ich nicht. Es hängt von einer Menge Dinge ab.«

»Zum Beispiel?«

Zum Beispiel, ob ich den übrigen Springern half, wenn ich wiederkam. Ihnen *wirklich* half, und nicht nur mich verletzte. »Ach, Sie wissen ja. Dinge.«

Griff brummte. »Ich hoffe jedenfalls, daß Sie es tun. Vor allem, da es jetzt ein ganz neues Gebiet gibt, auf dem wir arbeiten sollen.«

»Sie meinen damit die Veränderung der Vergangenheit?« warf Morgan leise ein.

Etwas an der Art, wie er es sagte… »Ist alles in Ordnung, Morgan?« fragte ich, während ich mir den Hals verrenkte, um ihn anzusehen.

Auch sein Gesichtsausdruck war seltsam. »Hör zu«, forderte er mich auf und deutete mit dem Kopf auf den Fernsehapparat.

Ich wandte meine Aufmerksamkeit dem Apparat zu. »... wird jene ausfindig machen, die für den feigen Angriff auf mich – und durch mich auf das amerikanische Volk – verantwortlich sind. Außerdem habe ich das Pentagon angewiesen, Pläne für militärische Strafaktionen auszuarbeiten, falls wir Beweise dafür finden, daß ausländische Regierungen daran beteiligt waren ...«

»Er meint es ernst«, sagte ich.

»Er ist zornig und verbittert«, sagte Kristin. »Er hat mit dem Flugzeug eine Menge Freunde verloren.«

Morgan holte tief Luft und atmete langsam aus. »Hat einer von euch jemals von Ezechiel gehört?«

Griff sah mich stirnrunzelnd an. »Er war doch einer der Könige des alten Israel?«

»Von Judäa, richtig«, nickte Morgan. »Er war ein guter König ... nur als Gott ihm sagte, daß es für ihn Zeit sei zu sterben, kämpfte und wehrte er sich gegen die Entscheidung. Und Gott gab nach – gab ihm weitere fünfzehn Jahre Leben.«

Mich überlief es kalt. »Und ...?«

»Und während dieser Zeit zeugte er einen Sohn, der sich zu einem der schlechtesten Könige entwickelte, die Judäa je hatte. Und der dazu beitrug, daß das ganze Land zerstört wurde.«

Ich sah zum Fernsehapparat zurück ... zu dem Bild des Menschen, dessen Tod ich rückgängig gemacht hatte. »Ich hoffe nur, daß sich diese Geschichte nicht wiederholt«, sagte ich leise.

Morgan nickte. »Das hoffe ich ebenfalls.«